내 인생은
멈추지 않는다

# 내 인생을 멈추지 않는다

이재길 지음

이담
Books

# 머리말

가난과 배우지 못한 무지가 한이 되어 그림자처럼 따라다니던 지난 시절, 57세의 나이가 되어서야 그 한 많은 배움에 다시 도전을 시작하면서 그간 내가 걸어온 길을 글로 쓰게 되었다.

우리 사회는 아날로그시대에서 디지털 시대로 섭어들면서 모든 산업과 문명이 빠른 속도로 변화되어 왔다. 빠르게 변화한 것은 비단 산업만이 아니다. 우리의 생활문화는 물론 인간의 성품까지도 변화시켜 '빨리빨리'란 말이 전혀 어색하지 않은 것이 요즈음 세태다. 그러다 보니 젊은이들이 부르는 노래마저 가사를 빠르게 중얼거리는 '랩'이 유행하는 시대가 되었다. 트로트나 국악처럼 마음속에서 우러나 가슴을 저미게 하는 노래는 음악을 전공한 가수나 그런 노래를 전문으로 부르는 소리꾼의 몫이 되어버린 지 오래다.

나는 이 글을 시작하며 나의 지난 시절을 드러내는 것이 옳은 일인지 몇 번이고 망설였다. 하지만 결코 부끄럽게 살아온 삶이 아니기에 용기를 내었다. 청소년은 물론 장년들까지도 그들에게 희망을 심어주고 싶은 간절한 바람에서다.

젊음이라는 것은 누가 뭐래도 인생 최고의 선물이다. 젊은이란? 나이가 젊은 사람을 의미한다. 젊은 시절은 젊기 때문에 젊음을 모른다는 말도 있다. 젊음이란 무엇인가를 젊어서도 고민하고, 나이가 들어서도 고민하지만, 젊다는 것이 무슨 의미이고, 왜 좋은지는 살아본 후 어른이 된 후에야 알 수 있는 답이다. 젊다는 게 왜 가치를 갖는가는 무엇이든 할 수 있고 어떤 어려움도 이겨낼 수 있고, 인생을 심취해서 즐길 수 있는 충분한 여력이 많이 남아 있기 때문이다. 젊은 시절을 보내고 나니 요즘에 들어서야 서서히 인생에 대해 알 것 같은 생각이 들기도 한다.

내가 어렸을 때 어른들로부터 들은 이야기다. "부자 3대 없고, 거지 3대 없다"는 말을 나는 기억한다. 또 "부자가 돼서 부자로 죽는 것은 불명예다"라는 말은 그 유명한 철강왕 카네기의 명언이다. 그는 자신이 가진 재산을 죽기 전에 모두 사회에 환원해야 한다는 믿음을 가지고 있었다. 그리고 여기저기 다양한 방법으로 재산을 기증했는데 그 중 가장 많은 혜택을 받은 곳은 도서관이다. 미국에서만 1,679개의 공공도서관이 건립되었다. 그의 고향인 스코틀랜드와 영어권 지역을 합하면 2,800여 개가 넘는다고 한다. 그 많은 재산을 후손에게 물려주지 않고 사회에 환원하였다. 미국 여기저기에 도서관, 박물관, 예술관의 건물들이 그의 기금으로 세워졌다. 이 시대를 살고 있는 조금은 여유로운 사람들이 본받아야 할 자세가 아닌가 싶다.

또 소나무가 사군자에 못 들어간 이유가 혼자만 '독야청청'해서란다. 세상은 더불어 살며 자연 순리에 순응하면서 사는 것이 옳은 일일 것이다. 푸르고 늠름한 것도 좋지만 내 주변과 서로 상생하는 삶을 사는 것 또한 바람직한 일 아닌가? 더불어 배움의 갈증을 해소하기 위해서라도 학교수업은 물론 부지런히 일하고 더 열심히 노력하며 몸에 밴 근검절약을 실천하며 남은 인생을 보람 있게 보내고 싶다.

이 책을 읽다 보면 어느 분들은 이렇게 말할 것이다. "이 시대에 살면서 그 정도 고생 안 한 사람 몇이나 되겠나" 할지 모르지만 나는 고생했다는 것을 자랑하는 것이 아니다. 이 나이에 끊임없이 도전하며 살아가는 내 모습을 젊은이들에게 보이고 싶은 것뿐이다.

젊은이들이여! 현실에 안주하지 말고 좀 더 폭넓은 일에 도전하고 매진하라. 그래야 이 나라의 미래가 밝다. 나 같은 사람도 해내는데, 그대들은 더더욱 충분하다. 아직 젊음이 있으니까! 나는 환갑이 넘은 후에도 또 다른 도전을 할 것이다. 그래서 내 삶의 마지막에 후회 없이 최선을 다했노라 말할 것이다.

2011. 12.

이재길

# 프롤로그 – 약속

이른 새벽, 나는 일찍 일어나 분주히 움직였다. 이는 무엇을 준비하기 위해서가 아니었다. 그것은 20여 년 동안 찾아뵙지 못하고 겨우 전화로만 인사를 드려야만 했던, 나의 6학년 때의 담임선생님이셨던, '정우호' 선생님을 뵈러 가기 위함이었다.

40여 년 전 국민학교를 졸업하고 나서 며칠 후, 나의 손에 《중앙강의록》이란 책 한 권을 쥐여주시며, "니는 어데 가서 살든지 간에, 꼬옥 공부를 해야 한데이……" 하시며 까까머리 열다섯 살, 나의 머리를 쓰다듬어 주시던 선생님. 선생님의 품 안에서 "선생님 말씀대로 꼭 공부하고, 돈도 마이 벌면서 열심히 살겠심더!"라며 눈물로 약속을 하던 나는, 선생님과 그렇게 헤어졌다.

그동안 소식을 알지 못하고 살던 중에, 선생님께서 대구에 살고 계시다는 소식을 우연히 알게 되었다. 그 당시 나는 채소장사를 하던 중이라 좀처럼 시간이 나질 않았다. 겨울의 어느 일이 없던 날, 그날도 오늘처럼 새벽같이 일어나 달려가듯 대구로 향했다. 동대구역 앞에서 한 시간 전부터 나를 기다리고 계시던 선생님은, 나의 변한 모습에 한눈에 알아보지 못하셨다. 조용한 식당의 방에 들어서서 선생님께 큰절을 올리는 것으로 나는 그동안의 안부를 대신하였다. 선생님께서는 절을 하고 일어서려는 나의 손을 잡아 앉히시며 말씀하셨다.

"그래, 그동안에 우예 지냈노? 십몇 년 전인가, 니가 무신 장사를 하다가 누구한테 사기를 당해가 어렵게 산다카든데……. 그때, 내가 걱정마이 했다. 그래, 지금은 우예 살고 있노? 지금은 괜않나? 그때, 내가밥을 굶는 한이 있어도 니를 중학교에 보내가 공부를 시킷어야 하는긴데……. 빠듯한 교사월급에 식구가 일곱이나 되다 보이까네……."

선생님의 두 눈에서는 눈물이 흘러내렸지만 잡은 나의 두 손은 결코 놓지 않으셨다. 나는 그간의 나의 삶에 대하여 선생님께 모두 말씀드렸다.

"지금은 돈을 마이 벌지는 못하지만, 단골도 늘고, 머지않아 잘살수 있는 날이 꼭 올낍니더. 앞으로도 희망을 잃지 않고 열심히 살겠심더. 그라고, 꼭 학교가 아이더라도 배울 수만 이씨마, 형편이 나아지는 대로 꼭 공부도 할낍니더……."

나는 선생님께 그렇게 다시금 눈물로 약속하였다. 선생님과 나는옛날 학교 다니던 시절이며, 그간 살아온 이야기들을 나누다 저녁 무렵이 다 되어서 헤어졌다. 헤어지기 전, 선생님께서 댁에 가서 하룻밤만이라도 자고 가라고 말씀하셨지만 그럴 수 없는 나의 사정을 잘 아시기에 너무도 아쉬워하셨다.

그런 선생님을 뒤로하고 나는 서울로 올라왔다. 그것이 벌써 20여년 전의 일이었다. 가방 안에 고입 검정고시 합격증과 대입 검정고시합격증, 강남대학교 합격증, 강남대학교 입학허가 통지서, 학생증 등을 소중히 넣고, 전철을 타고 서울역으로 출발했다. 날씨가 무척 추웠지만 대합실 안은 꽤 훈훈했다. 9시가 조금 넘어서 KTX 열차에 올랐다. 그동안 말로만 듣던 KTX가 이런 것이구나 하는 생각을 하며 나는 지정된 좌석을 찾아 앉았다. 좌석에 앉은 지 10여 분 후 열차는 출발했다.

열차가 한강을 건널 무렵, 나는 지나온 세월을 떠올리고 있었다. 선생님과 했던 약속을 40여 년이 지난 오늘에서야 이룰 수 있다는 뿌듯함에, 차창에 비친 내 모습을 이리저리 살펴보며, 선생님을 뵈면 무슨 말부터 꺼내야 할지 생각해보았다. 어릴 적, 소풍 가기 전 설레던 마음이 딱 지금 같으리라. 동대구역까지 굳이 나오시겠다는 선생님께 선생님의 댁까지 가서 찾아뵙겠노라 약속을 드렸다. 2시간이 조금 못 되어 열차는 동대구역에 도착했다. 역을 나와 지하철을 타고 약속된 지하철역에서 내려 밖으로 나왔다.

그곳에 선생님이 계셨다. 20여 년 전의 모습은 온데간데없고, 어느새 70대 후반 노인의 모습으로 그곳에 서 계셨다. 그간 세월이 20여 년이나 더 흘렀음에도 우리는 서로를 한눈에 알아볼 수 있었다. 허리를 굽혀 인사드리는 나의 손을 움켜잡으시며 선생님은 말씀하셨다.

"자네가 우리 재길이가 맞나? 어데 보자……. 재길이, 우리 재길이가 맞네……."

주름진 얼굴의 눈가에서 쉴 새 없이 흘러내리는 눈물을 쓱 닦으시는 그 모습은 내 가슴을 더없이 뭉클하게 했다.

택시를 타고 어느 저수지가 보이는 깨끗한 음식점으로 자리를 옮겼다. 조용한 방 안에서 다시 한 번 선생님께 큰절을 올리고, 가방에 넣어온 소중한 것들을 선생님 앞에 꺼내어 놓았다.

"선생님요, 선생님과 한 40년 전의 약속을 고마, 이제사 지키러 왔심니다. 너무 늦게 와가 죄송합니다……."

나는 북받쳐 오르는 감정에 흐르는 눈물을 주체할 수가 없었다. 선생님께서는 그런 나의 등을 쓰다듬으시며 말씀하셨다.

"장하이, 장해. 이것이 정말 재길이 자네 것이 맞나? 우찌 이래 늦은 나이에 공부를 했단 말이고……. 내 교편생활 42년 동안 제자가 수천 명이 더 되고, 그중에 판사며 검사며 고위 공무원이며 훌륭한 사람들 참 마이 있지만도, 자네같이 자랑스러븐 제자가 엄따! 자네가 그 사람들 중의 최고다, 최고!"

선생님의 얼굴에는 행복한 웃음과 눈물이 가득했다. 점심상을 앞에 놓고 선생님께 술 한 잔을 따라 올렸다.

"이런 좋은 날에는 술을 마시야 된다카이. 이런 날 마시는 술은 몸에도 좋을 끼구마. 자네도 한 잔 받으레이."

선생님은 내게도 술을 따라 권하시며 말씀을 이었다.

"다른 사람들은 한 마리 토끼도 제대로 잡지 몬하고 사는데, 재길이 자네는, 고마 지금 두 마리 토끼를 다 잡은 기다. 허허허. 사업도 잘하고 그동안에 하고 싶었던 공부도 열심히 하면서, 마음속에 긍지와 자부심을 갖고 있으니, 이제는 그 큰 뜻 한번 활짝 펼쳐 보그라."

잡고 있던 내 손을 놓고 술 한 잔을 드시고는 다시 나의 손을 잡으셨다.

그간의 지나온 세월을 이야기하다 보니 겨울의 짧은 해는 어느덧 서쪽 하늘에 걸려 있었다.

"앞으로 방학 때가 되마 자주 찾아뵙겠심다."

"아이다. 바쁜데 일부러 시간 내가 찾아올 필요 읍다. 나중에 대학교 졸업하믄 그때 내려온나. 우리 재길이가 대학교 졸업장 가지고 올 때까지, 내 꼭 기다리고 있을 끼구마."

선생님을 택시에 태워 드리고 서울로 올라가기 위해 역으로 향하는 나의 발걸음은 마치 구름 위를 걷는 듯 가벼웠다.

contents

# 제2부 힘겨운 돈벌이

## 제3부 절망의 정상에서 희망을 보다

# 제1부 가난의 굴레

# 내 고향 예천

내가 태어난 곳은 경상북도 예천군 지보면 매창리 내포동 112번지였다. 지형적으로는 낙동강 상류이면서 양 옆쪽과 뒤는 산으로 둘러싸여 있고 마을 앞으로는 낙동강물이 유유히 흐르는, 풍수지리학적으로 보면, 그야말로 배산임수의 자리라 해도 좋은 곳이었다. 게다가 강 건너 멀리 보이는 의성군의 비봉산은, 천재가 거처하는 곳이라는 자미원에서 유래하여, 예부터 어른들은 '자미산'이라고도 불렀다. 또한 우리 마을에서 40여 리를 가면 그 유명한 안동 화회마을이 있었다.

우리 가족은 아버지, 어머니, 누나, 큰형, 작은형, 나와 동생, 이렇게 일곱 식구였다. 아버지는 면소재지 농협협동조합의 조합장으로 근무하셨던 것으로 기억된다. 어머니는 재봉틀로 삯바느질을 하여 살림을 꾸려 가셨다. 아버지가 조합장을 하시면서 지인들이 조합에서 융자를 받는 것에 보증을 서는 바람에, 얼마 되지 않는 논이며 밭이 차압당하여 경매로 넘어가고 남은 땅은 800평 정도뿐이었다. 그 덕에 어머니는 삯바느질로 밤을 새우는 날이 허다했다. 바느질을 해다 주면 옷을 찾아가는 사람들이 보리쌀이나 좁쌀 같은 것을 삯으로 주곤 했다. 그러나 생활형편은 좀처럼 나아지질 않았다. 조합장 자리에서 쫓겨난 아버지는 매일같이 술집을 전전하며 집에는 들어오지 않았다. 어머니가 바느질을 하다 보니 집안 살림은 첫째이자 여자인 누나가 도맡아 해야만 했다. 게다가 우리 집에는 우물도 없어서 동네 우물에서 물을 길어와 머리에 이고 와야 했는데, 그것 역시 누나의 몫이었다. 그 와중에도 누나는 우리 형제들의 양말이며 장갑 등을, 무명실로 뜨개질하여 쓸 수 있게 해주었다. 집에서는 물론이고, 때때로 저녁에 이웃집에 마실이라도 갈 때면 어김없이 뜨개질감을 가져가는 것을 잊지 않았다.

내가 엄마에 대해서 지금까지 기억하는 것은 무척이나 엄하셨다는 것 정도이다. 형제들끼리 혹 싸움이라도 나는 날이면 이유를 불문하고 무조건 동생을 때리셨다. '동생은 절대로 형에게 덤벼서는 안 된다'는 이유에서였다. 또 밖에서 친구들과 싸움이라도 하고 온 날이면 옷감을 재단할 때 쓰는 기다란 대나무자로 종아리를 사정없이 후려치셨다. 그것은 남에게 나쁜 짓을 하고 왔을 때도 마찬가지였다. '남의 눈에 눈물 흐르게 하는 짓은 절대로 하지 마라. 남의 눈에 눈물이 흐르면 네 눈에서는 반드시 피눈물이 흐를 것이다.' 내가 어렸을 적부터 어머니에게 들어온 말씀이다. 이런 어머니의 엄한 모습을 보고 자란 덕에, 우리 형제들은 너무나 당연하게 내가 좀 손해 보는 게 더 낫다는 생각을 갖고 살아오지 않았나 생각이 든다. 어머니는 삯바느질감이 없는 날이면 안동 장까지, 동도 트기 전 깜깜할 때 출발하여 밤이 깊도록, 여러 가지 물건을 사서 머리에 이고, 90리나 되는 먼 길을 왕복으로 걸어오셨다. 사온 물건은 다음날부터 상자에 담아 또 머

리에 이고, 이 동네 저 동네를 다니시며 팔고 돌아오셨다. 늦게 들어
오시는 날이 대부분이어서 어떤 때는 내가 한참 잠에 빠져 있을 무렵
에서야 들어오시곤 하였다. 몸살이 나서 일어나지 못 할 때도 있었지
만 약 한 번 사드시지 않았고, 병원에 갈 생각은 아예 꿈에서조차 하
지 않으셨다. 그 당시의 생활이 그만큼 어려웠기 때문이리라.

# 까까머리 촌놈, 학교에 가다

1961년, 나는 국민학교에 입학을 하게 되었다. 큰형은 6학년, 작은 형은 4학년이 되었다. 그때 내 나이가 아홉 살이었는데, 나는 집이 가난한 탓에 늦게 입학을 하게 된 것이다. 우리 반은 1학년 1반이었고, 한 반의 학생 수는 거의 70명이나 되었다. 또래의 다른 아이들은 학교에 오기 전 여러 가지 준비를 많이 한 듯, 아는 것이 많았다. 학교에 입학은 했지만 아는 것이 아무것도 없던 나는 창피하기도 하고 뭘 어찌해야 할지 몰랐다. 집으로 돌아와 누나에게 말했더니 그날 밤부터 공부를 가르쳐 주겠다고 했다. 호롱불을 밝혀 놓고 ㄱ, ㄴ, ㄷ, ㄹ, 아, 야, 어, 여 그리고 1, 2, 3, 4 등과 내 이름 쓰는 방법들을 누나는 매일같이 열심히 가르쳐 주었다. 그러나 학교에 가면 대부분의 아이들이 나보다 공부를 잘했다.

어느 날, 담임선생님이 책을 사야 하니 부모님께 말씀드려 책값을 가져오라고 하였다. 집으로 돌아와 책값 이야기를 꺼냈더니, 누나는 새 책을 사기에는 돈이 너무 비싸니 동네에 2학년으로 진급한 아이에게서 1학년 때 쓰던 헌책을 싼값에 사 보겠다고 했다. 나는 헌책으로 공부를 해야 한다는 서글픈 생각이 들었다. 다음 날, 학교에 온 아이들의 대부분이 책값을 가져왔다. 선생님은 오늘 가져오지 못한 사람은 3일 안에 모두 가져오라고 하셨다. 그러고는 새 책을 살 수 없는 사람은 손을 들어 보라고 하셨다. 책을 살 수 없는 아이는 나 혼자뿐이었다. 나는 선생님께 집에서 헌책을 사준다기에 새 책을 사지 않는 것이라고 말씀드렸다. 누나는 동네에서 산 헌책을 내게 내밀었다. 국어, 산수, 사회, 자연 네 권뿐이었다. 학교에서 새 책을 산 아이들보다 세 권이나 부족했다. 그러나 겨우 네 권뿐인 헌책이었지만 소중히 책보에 싸서 학교에 가는 일은 어린 시절, 나의 몇 안 되는 즐거움 중에 하나였다.

선생님은 우리를 데리고 길게 줄을 세워 구령을 외쳐가며 행진도 시키고 또 어떤 때는 나무그늘 아래 앉혀 놓고는 재미있는 옛날이야기도 들려 주시곤 하였다. 체육시간에는 운동장을 돌며 달리는 릴레이경주도 자주 했다. 나는 공부는 잘하지 못하였지만 달리기만큼은 자신 있었다. 바통을 이어받아 한참을 달리다 보면 다른 팀은 어느새 저 멀리 뒤처져 있었다. 담임선생님께서도 내가 달리기를 정말 잘한다며 칭찬을 아끼지 않으셨다.

그렇게 시작된 나의 학교생활에 차츰 적응이 되어 갈 무렵, 누나가 구해온 책의 주인이 우리 집에 와서 책들을 모두 가져갔다. 누나가 그 당시에 책값이 없어서 나중에 주기로 하고 책을 가져온 모양이었다. 그러나 시간이 한 달, 두 달 지나도 책값을 주지 않자 책을 도로 가져간 것이었다. 누나가 그 집에 가서 통사정을 해보았지만 책을 다시 가져올 수는 없었다. 그 덕에 다음 날부터 나는 공책과 연필만을 가지고 학교에 가서 옆에 앉은 친구의 책을 같이 보며 공부를 할 수밖에 없었다. 책은 없었지만 누나는 내게 단 하루도 잊지 않고 공부를 가르쳐 주었다. 나는 차츰 학교생활에 재미가 느껴졌다. 그러나 집에 돌아오면 어머니의 바느질하는 모습과 지독히도 가난한 현실이 나를 기다리고 있었다.

학교에서 한 달에 두 번, 가난한 학생들을 선별해서 가루우유를 배급해주었다. 가루우유를 받는 날, 빈 보자기나 자루 따위를 가지고 가면, 수업이 모두 끝나고 가난한 아이들은 선생님의 뒤를 따라 학교 창고로 갔다. 여러 학년의 가난한 아이들이 길게 줄을 서서 가루우유 배급을 기다렸다. 한참을 기다린 끝에 우리 반 차례가 되어 학교 소사아저씨가 바가지로 가루우유를 한 바가지 퍼주면, 아이들은 보자기나 자루의 입구를 넓게 벌려서 받아 담을 수 있었는데, 나는 그때 혼자서 잘 펼치지 못하는 아이들의 보자기와 자루를 같이 붙잡아 넓게 펼칠 수 있게 도와주었다. 그러다 보니 제일 마지막까지 남을 수밖에 없었다. 드디어 내 차례가 되었다. 그때 담임선생님의 목소리가 들려왔다.

"야한테는 우유 한 바가지 더 퍼서 담아 주이소."

어린 마음이지만 다른 아이들보다 가루우유 배급을 더 받았다는 것이 나는 무척이나 기뻤다. 집에 오자마자 학교에서 있었던 일을 자랑스러운 듯 이야기했다. 엄마와 누나는 '오늘처럼 남을 도와주며 살아야 한다'고 말하며 웃었다. 나는 부엌으로 가서 숟가락을 가지고 와서는 가루우유를 한 숟가락 퍼서 입에 넣었다. 달콤하면서 부드러운 가루우유의 맛은 그때까지 먹어본 음식들 중에서 가장 독특하고 새로웠다. 가루우유를 입에 넣고 오물거리면 입 안에서 뽀드득거리는 소리가 났다. 잠시 후에는 입 안에 있던 가루들이 한 덩이가 되어 입 천장에 척 들러붙었다. 그러면 손가락을 입에 넣어 입천장에 들러붙은 우유덩이를 떼어내서 다시 씹는 즐거움이란 먹어 보지 않은 사람은 상상도 할 수 없으리라.

그러나 그 당시에는 가루우유를 먹을 수 있는 방법을 한 가지밖에 몰랐다. 그것은, 반죽을 하여 도시락 뚜껑에 얇게 펴 담아 밥을 할 때 밥 위에 얹어서 쪄 먹는 방법이었다. 그것이 굳어지면 칼로 잘라서 먹곤 했는데, 찐 가루우유는 뜨거울 때는 그렇지 않지만 식으면 돌처럼 단단해졌다. 게다가 먹고 나면 갈증이 심하게 나서 물을 먹게 되고 또 그러고 나면 배탈이 나기 일쑤였다. 분명 좋은 음식임에는 틀림이 없지만 활용하여 먹을 수 있는 방법을 알지 못하던 시절의 우리들에게는 그다지 좋은 식재료는 아니었던 것 같다.

학교에 입학을 한 지 한 학기가 거의 끝나고 여름방학이 다가올 무렵의 어느 날, 선생님은 우리 반도 이제 반장과 부반장을 뽑아야 할 때가 되었다면서, 공부도 잘하고 착하고 우리 반을 잘 이끌어갈 수 있는 협동심 강한 아이를 반장으로 뽑자고 하셨다. 누가 반장을 하면 좋겠냐고 하시기에 나를 포함한 반 아이들은 모두 이구동성으로 한 아이의 이름을 외쳤다. 그 아이는, 키는 반에서 가장 작았지만 공부는 가장 잘 하는 아이였다. 그 아이의 형도 같은 학교의 5학년에 다니며 그 역시 반장을 하고 있다는 사실을 우리 반 아이들 대부분은 잘 알고 있었다. 그러니 모두가 그 아이를 반장으로 뽑아야 한다고 하는 것은 어쩌면 당연한 일이었는지도 모르겠다. 그런데 그 다음에 이어진 선생님의 말씀은 모두를 놀라게 하기에 충분했다.

"느그들이 윤수를 반장으로 뽑은 것은, 윤수가 공부를 제일로 잘하는 사람이기 때문일 끼다. 하지만 반장이라꼬 하는 것은 공부만 잘해 가지고는 되는 기 아이다. 내가 보기에는 우리 반 반장은 이재길이가 하는 기 맞다꼬 생각한다.”

“우~우~.”

선생님의 말씀에 여기저기에서 야유가 터져 나왔고 나는 마치 죄 인이라도 된 듯 고개도 들지 못했다. 이에 선생님의 말씀이 이어졌다.

“조용히 해봐라, 고마. 공부는 윤수가 재길이보다 잘하지만도 재길 이는 힘도 더 세고 달리기도 훨씬 잘한데이. 그라이끼네 우리 반을 이끌어가는 반장은 재길이가 하는 기 더 좋지 않겠노.”

이렇게 말씀하시며 윤수에게는 분단장을 시키시고는, 우리 옆집에 사는 내 단짝 친구에게 부반장을 시키시는 것이었다.

“반장, 부반장은 앞으로 나온나. 이거는 반장, 부반장의 표시니까네 내일부터 이름표 밑에 요래 달고 와야 한데이.”

선생님은 이렇게 말씀하시며 나에게 검은 바탕에 네 줄의 노란색 선이 그어져 있는 휘장을 건네주셨다. 나는 그 휘장을 받아들긴 했지 만 마음이 편하지가 않았다. 공부를 윤수만큼 잘했더라면 훨씬 당당 했을 테고, 어린 마음이지만 남의 자리를 빼앗은 것 같아 윤수에게 괜스레 미안했다. 나는 집으로 돌아와 엄마와 누나에게 오늘 있었던 반장선거 이야기를 하며 반장의 휘장을 내보였다.

“잘 됐다, 고마. 우리 재길이가 학교 선상님한테 잘 보인 모양이구마.”

엄마와 누나는 한껏 웃으며 말했다. 엄마가 휘장을 이름표 밑에 달 아주시겠다고 하셨지만 나는 당분간 달지 말아 달라고 말씀드렸다. 그러자 누나가 말했다.

“와 이 표시를 안 다노? 반장이 되마 이 표를 달고 가는 기 당연한 기다."

그러나 누나는 내가 왜 휘장을 달지 않겠다고 했는지 다 알고 있었던 듯, 그날 이후 저녁공부 시간마다 더욱더 열심히 나의 공부지도를 해주었다.

이튿날 학교에 가자 선생님께서는 차렷, 경례 등의 선생님께 하는 인사법을 가르쳐 주셨다. 그때부터 나의 구령에 맞춰 우리 반 아이들은 일제히 선생님께 "안녕하세요!"라며 인사를 했고 내가 "착석!" 하고 외치면 자리에 앉아 공부를 시작했다.

나의 학교생활은 이렇듯 안정되어 갔고 공부도 조금씩 나아져 갔다. 그러나 그 지긋지긋한 가난만큼은 우리 집을 떠날 줄을 몰랐다.

그때까지 책도 없이 공부하는 학생은 오로지 나 하나뿐이었고, 그나마 육성회비는 형들이 내야 했고, 형들이 내는 덕에 나는 다행히 면제되어 내지 않아도 되었다.

2학기가 시작되었지만 나는 역시 새 책을 살 형편이 되지 못하였다. 누나가 이번에는 틀림없으니 걱정 말라며 헌책 몇 권을 구해다 내게 주었다. 그러나 그 책은 새 책과 내용이 중간 중간 다른 부분이 있어서 공부하기가 꽤 불편했지만 전처럼 책 자체가 아예 없는 것보다는 훨씬 나았다.

작은형도 육성회비를 가져가지 못해서 툭하면 화장실 청소니 학교 건물 앞 화단 청소 등을

도맡아하곤 했다.

이렇게 자식들이 어렵게 살아가고 있어도 아버지는 집에 들어오지 않았고 어쩌다가 들어오는 날에도 옷만 갈아입고는 다시 나가, 그가 어디에서 어떻게 살고 있는지 우리들은 전혀 알 길이 없었다. 전해

들은 이야기로는 매일같이 술집을 전전한다는 말들뿐이었다.

1학년이 그렇게 끝이 나고 2학년이 되었지만 우리 집의 살림살이는 좀처럼 나아질 기미가 보이질 않았다. 나는 2학년 때에도 반장이 되었는데 누나의 쉼 없는 적극적인 가르침 덕분에 공부를 어느 정도 잘하게 되어, 시험을 보면 5등 안에는 항상 들어가게 되었고, 어떤 때는 반에서 1등을 하기도 했다. 그리하여 반 아이들에게도 이제는 반장으로서 당당히 인정을 받고 있었다. 그러나 집에 돌아오면 다른 아이들에 비해 형편없이 가난한 살림살이 때문에 가끔은 집이 너무 싫어지기까지 했다. 겨울방학이 되었지만 우리 형제들은 여느 아이들처럼, 어디 갈 곳도 없고 해서 어린 나이에 지게를 지고 가는 형의 뒤를 따라 산에 가서 나무를 해오곤 했다. 그렇지 않은 날에는 누나를 따라 호미를 들고 강가의 밭을 돌아다녔다. 강가의 밭에는 사람들이 조나 콩, 혹은 무나 배추를 주로 심었는데, 엄동설한의 밭을 돌아다니다 보면 운수가 좋은 날에는, 씨앗이 늦게 떨어져 채 크지 못한 무나 배추를 여기저기에서 발견할 수 있었다. 그러면 꽁꽁 언 땅을 파서 캐냈다. 또 콩밭을 다니다 떨어진 콩알을 하나하나 주워 담기도 하였는데, 이렇게 주워 모은 푸성귀를 보자기에 싸서 누나와 함께 이고 지고 집으로 돌아올 때면 우리가 마치 부자가 된 것만 같은 기분마저 들었다. 그러다가도 그나마도 찾을 수 없을 때는 강을 따라 걷고 걷다 십 리도 더 간 경우도 있었다. 추운 겨울날에도 우리 형제들은 이불 속에 누워 있지 못하였다.

"일하기 싫어하고 게으르게 살믄 그기 습관이 된데이. 그라믄 평생을 가난하게 살게 될 끼다. 아침 일찍 일라서 아무 할 일도 엄쓰마, 들로 산으로 댕기믄서 개똥, 소똥이라도 주어온나!"

이런 어머니의 불호령이 떨어지기 때문이었다. 우리 형제들은 망태기를 둘러메고 개똥이나 소똥을 주우러 다녔다. 그것을 주워 모아서 거름이나 퇴비를 만들곤 했다. 그렇지 않은 날에는 서리가 하얗게 내린 보리밭을 밟아야 했는데, 그렇게 밟아 주어야 추운 겨울에도 보리의 뿌리가 들뜨지 않고 또 뿌리에 찬바람이 들어가지 않아 보리가 죽지 않기 때문이었다. 나는 형들과 함께 보리 위의 하얀 서리를 자주 밟아 주었다. 어떤 때는 남의 집의 보리도 종종 밟아 주었는데, 그날도 남의 집 보리를 밟고 있는데 거의 다 밟았을 무렵 그 보리밭의 주인이 왔다. 그 보리밭 주인은 진작부터 우리가 보리를 밟아 주고 있다는 사실을 알고 있던 모양이었다. 그는 우리 형제부刀 따라오라고 하면서 앞장을 섰다. 우리 형제는 영문도 모른 채 그를 따라갔다. 따뜻한 사랑방으로 이끈 그 사람은 큰형과 작은형에게 물었다.

"와 남의 집 보리밭에 보리를 밟아주었노? 이유가 뭔지 말해줄 수 있나?"

"우리도 아침에 잠을 더 자고 싶습니더. 하지만도 엄마가 일찍 깨워가 개똥도 주어 오라 카고, 소똥도 주어 오라 카고, 보리밭에 보리도 밟아주라 켔다 아임니꺼."

"느그 어매는 배우신 분이라 느그들을 아주 훌륭하이 잘 키우고 있는 기라. 앞으로도 느그 어매 말씀 잘들어야 한데이, 알긋나?"

그는 그렇게 말하고는 우리에게 배부르게 먹을 수 있을 만큼 한상 가득 밥을 차려 주었다. 우리 형제는 생각지도 못한 아침밥을 잘 얻어먹고 의기양양하게 집으로 들어섰다. 집에서는 엄마와 누나가 우리를 기다리고 계셨다. 큰형의 말을 다 듣고 난 후에 엄마는 얼굴 가득 미소를 지으시며 우리에게 말씀하셨다.

"남의 집 보리밭을 밟아준 기는 참말로 잘한 일이데이. 하지만도 그 양반을 따라가가 아침밥꺼정 얻어 묵고 온기는 잘몬한 일인기라. 앞으로도 남의 집 보리밭을 밟아줄 때는 오늘처럼 다른 보리밭 주인이 밥을 주지는 않을랑가 하는 생각이 들마, 고마, 보리를 밟지 말고 곧장 집으로 온나, 알았제?"

# 보릿고개

큰형은 학교를 졸업하고 공장에 취직해서 돈을 벌어야겠다며 대구로 떠났다. 그래도 큰형이 농사일은 우리보다 훨씬 잘했는데 큰형의 부재로 농사일은 누나와 작은형 그리고 나의 몫이 되었다. 1960년대 우리나라의 모든 농촌 상황이 그러했겠지만, 특히나 우리 집의 상황은 다른 여느 집들보다 더욱 어렵고 힘겨웠다.

나는 어려서부터 '보릿고개'라는 말을 자주 듣고 컸지만, 내가 국민학교 2학년 때 그것을 현실로 겪게 되었다. 보리와 밀의 싹이 피기 시작할 무렵, 식량이 바닥을 드러낸 것이다. 학교에서 수업이 끝나 집으로 오는 길은 거의 십 리 정도였다. 논둑길과 밭둑길을 걸어오면서, 이른 봄에는 찔레순도 꺾어서 먹고 떫은 감꽃도 주워 먹어야 했다. 누나는 들판을 다니며 냉이며 쑥이며 먹을 수 있는 것은 무엇이든 캐고 뜯어 왔다. 그것을 삶아서 된장이나 고추장을 묻혀 밥도 없이 나물만 먹은 적이 한두 번이 아니었다. 여름이 되면 보리와 밀이 익어 갔는데 다 익었을 때는 먹거리 형편이 그나마 조금 나아졌다. 또 대추나무에는 설익은 풋대추가 달려 있고 감나무에는 알이 굵지 않은 시퍼런 감이 달려 있었는데, 아침 일찍 다른 사람들보다 먼저 대추나무 밑이나 감나무 밑에 가면 한 바가지씩은 주워올 수 있었다. 대추는 그냥 먹을 수 있었지만 감은 그럴 수가 없었다. 조그마한 항아리에 감을 담아 물을 붓고는 소금을 한 주먹 물에 타놓고 하룻밤만 지나면 떫은맛이 없어지고 작지만 씨도 없는 것이 먹을 만했다. 그러나 풋대추는 먹고 나면 배 속에서 부글부글 소리가 나고, 대변이라도 볼라치면 거품이 부글대는 소리가 요란스레 나기도 했다.

밭주인들이 감자를 캐 가고 난 후에 우리는 작은 감자를 주우러 다녔다. 온종일 다 캐 가고 없는 감자밭을 호미로 뒤지다 보면 가끔 우리 식구들이 한 끼 정도 삶아서 먹을 수 있을 만큼의 감자가 모아지기도 했다. 또 보리를 베고 난 후의 보리밭을 돌아다니면서 보리이삭도 주웠다. 이렇게 여러 날 다니며 주워 모은 보리이삭의 양은 꽤 많았다. 우리 집에서도 보리농사를 지었지만 그 양이 얼마 되지 않았다. 이렇듯 힘겹게 우리는 보릿고개 시기를 넘기고 있었다. 여름에서 가을로 접어들 때까지는 그래도 산이나 들로 가면 농사짓는 곡식 외에도 먹을 만한 것들이 제법 있었다. 밭둑에는 산딸기가 있고 뽕나무에는 오디도 많이 달려 있었다. 또 마늘밭에 가 보면 마늘종도 많이 올라와 있었다. 사실 마늘종은 몹시 매웠지만 그래도 배고픔을 해소하기 위해서 뽑아 먹어야만 했다. 학교에서 돌아올 때면 남의 가지 밭의 가지도 따서 먹기도 했고 논둑이나 밭둑에 심어져 있는 강낭콩이나 완두콩을 보면 따서 먹기도 했다. 산과 들을 다니면서 인간이 먹을 수 있는 모든 것을 먹어 보았던 것 같다.

배고픔의 고통, 겪어 보지 않은 사람이 과연 그것을 알 수 있을까?

# 열두 살의 상처

내가 2학년 때의 담임선생님께서는 우리 집 사정을 잘 알고 계셨다. 언젠가 나를 부르셔서는 공부 열심히 해야 한다며 내게 없는 교과서를 주신 적도 있었다. 나는 두고두고 선생님의 고마움을 잊지 않겠다고 마음속으로 다짐을 하곤 했다.

힘들고 고된 생활을 계속 이어 가면서도 시간은 흘러 나는 3학년으로 진급하였다. 3학년이 되자 반 편성이 이루어졌다. 그전까지는 없던 반 편성을 하게 된 이유는 지보국민학교에서 10리 정도 떨어진 월탄에 분교가 생겼기 때문이었다. 월탄 분교보다 그 당시 다니고 있던 학교가 먼 동네의 아이들은 월탄 분교로 전학을 가게 되어 학생 수가 줄어들면서 반 편성을 하지 않을 수 없게 된 것이었다. 내가 다니던 3학년은 세 반이 있었는데 그중 한 반을 줄여 두 반만이 남아 있게 되었다. 그렇게 나는 3학년 1반으로 편성이 이루어졌다.

같은 반이라고는 해도 처음이라 낯선 친구들도 꽤 많았다. 반 편성 후 담임선생님께서 이제 반장을 선출하자고 하셨다. 선생님의 말씀대로 나를 포함한 반장, 부반장 후보가 정해졌다. 곧이어 투표가 진행되었고 압도적인 표 차이로 내가 또다시 반장으로 뽑혔다. 선생님께서 내게 축하의 박수를 쳐주시며 말씀하셨다.

"우리 다 같이 재길이가 반장이 된 것을 축하해주자."

내가 앞으로 나가 답례의 인사를 하려고 하던 그때였다.

"선생님요, 이번 반장선거는 잘못된 것 같은데예."

"뭐라꼬?"

선생님이 묻자 이의를 제기한 여자아이가 말을 이었다.

"반 편성이 되가, 2학년 때 1반이었던 애들이 2반이었던 애들보다 더 많다 아임니까?"

이번 선거에서 떨어진 ○○이와 이 여자아이는 2학년 때 같은 반의 반장과 부반장이었다고 한다. 이 여자아이의 위세는 앞에 서 계신 선생님조차도 움츠러들게 만들기에 충분했다. 실로 대단하다는 그 여자아이의 집안은 이러했다. 그녀의 큰아버지는 자유당시절 장관이었고, 아버지는 우리 학교 육성회 회장이었으며, 엄마 또한 학교에 막강한 영향력을 행사하는 그야말로 기세등등한 집안이라 할 수 있었다.

나는 그 여자아이의 말을 듣는 순간 아무 말도 할 수가 없었다. 또다른 아이들은 이미 뽑힌 재길이가 반장이 되어야 한다고 말을 하기도 했다. 잠시 후 선생님은 반 아이들을 진정시키며 말씀하셨다.

"재길이가 반장이 되는 것을 찬성하는 사람도 있고 반대하는 사람도 있는 갑다. 그라믄 먼저 한 달은 재길이가 반장을 하고, 그다음 한 달은 ○○이 니가 반장을 해보마 되지 않겠나?"

그러고는 선생님께서 그 여자아이를 부반장으로 임명하셨다. 그러자 여기저기에서 아이들이 수군거렸다. 내가 반장이 되었을 때 이의를 제기했던 그 여자아이는 박수를 치며 받아들였다. 선생님은 우선 내게 반장 휘장을 건네주셨다. 나는 휘장을 받아서 집에 돌아왔지만 마음이 무거웠다. 그 어린 마음에도 반쪽짜리 반장을 해야 한다는 것이 서글펐다. 앞으로 부반장인 그 여자아이가 무슨 일이든 내가 하려는 것은 무조건 반대를 할 텐데 어떻게 하면 좋을지 알 수가 없었다. 며칠 동안 집에서는 내가 반장이 된 것을 모르고 있었다.

한 달이 되어서 나는 선생님께 반장 휘장을 드렸다. 선생님은 내가 돌려 드린 휘장을 ○○이에게 다시 주셨다. 이튿날부터 ○○이는 이름표 밑에 반장의 휘장을 단 모습으로 학교에 왔다. ○○이는 키도 나보다 크고 부잣집의 외아들이라, 내 마음은 모든 것을 빼앗긴 허탈감마저 들었다. 한 달 후 그 여자아이는 선생님께 또다시 건의를 했다.

"다른 반은 반장이 한 사람인데, 이제 우리 반도 한 사람이 반장을 해야 하지 않겠어예?"

"음…… 그래, 알았다. 그래 하자. 됐제?"

그런 일이 있은 며칠 후 미술시간이었다. 나는 도화지 살 돈도 없었고, 물론 크레용도 없었다. 그래서 집에 걸려 있던 달력을 한 장 떼었다. 그 종이는 마치 도화지처럼 깨끗했다. 그 종이를 미술시간에 펼쳐놓고 옆자리 친구의 크레용을 빌려서 그림을 그리기 시작했다. 그러나 그 친구의 크레용도 여러 가지 색깔이 갖춰져 있지 않은 터라, 옆 분단의 끝에 있는, 나와 같은 동네의 친구에게 노란색 크레용을 빌리러 갔다. 크레용을 빌려서 돌아서려는 순간, 선생님이 나를 부르는 소리가 들렸다. 그 목소리는 몹시도 화가 난 사람의 그것이었다.

"니, 앞으로 나와! 엎드려뻗쳐!"

"지는 크레용 빌리러 간 건데예……."

"엎드려뻗치라면 뻗치지 뭔 놈에 말이 그리 많노!"

그 말을 듣자마자 '퍽!' 하는 소리와 함께 나는 교실바닥에 내동댕이쳐졌다. 선생님이 내 뺨을 후려치신 것이다. 일어서려는 내게 선생님은 기다란 막대기를 휘두르면서 다시 말을 이었다.

"니, 엎드려뻗치라 켔데이. 당장 엎드려뻗치라꼬!"

그 후 얼마나 맞았는지 기억도 나질 않는다. 맞기는 엉덩이를 맞았는데 교실바닥에는 내가 두려움에 지린 오줌과 흘러내린 눈물로 뒤범벅이 되어 있었다. 그렇게 한참을 때리고 난 선생님은 내 귀를 잡아당겨 앞, 뒤로 흔들며 다시 말을 잇기 시작했다.

"미술시간에 그리라는 그림은 안 그리고 돌아댕기면서 장난을 쳐? 교탁 옆에서 무릎 꿇고 앉아서 내가 내리라 그랄 때까지 손들고 있으레이!"

나는 미술시간이 모두 끝날 때까지 그렇게 있어야만 했다. 미술시간이 끝나자 선생님은 아이들에게 말씀하셨다.

"오늘부터 공부시간에 돌아댕기고, 그람면서 장난이나 치는 재길이 같은 놈은 반장이 될 자격이 엄따. 그라이끼네 앞으로 3학년 1반의 반장은 ○○이, 니가 계속하레이. 그라고 재길이, 이제 일라라. 니, 앞으로는 절대로 공부시간에 장난이나 치고 그라지 말아야 할 끼다. 알았나?"

불과 30분 사이에 단 한 번도 상상해본 적이 없는 일들이, 내게 일어났다. 방금 벌어진 일을 어떻게 받아들여야 하는지보다, 내가 어째서 반 아이들이 모두 지켜보는 앞에서 그렇게 짐승처럼 맞아야 했는지, 나는 그 이유를 알지 못했다.

그까짓 반장자리 하나 때문에 고작 여자아이 하나의 말대로 하기 위해서 내가 이렇게 맞아야 했나? 선생님이라는 사람이 거짓말까지 해가면서 꼭 빼앗아야 하는 것이었나, 그깟 반장 자리가……. 이런 생각들로 머릿속은 혼란스러웠고, 내 얼굴은 하염없이 흘러내린 눈물로 잔뜩 얼룩져 있었다. 나는 오줌을 지린 바지를 입은 채로, 맞은 엉덩이가 쑤셔와 다리를 절룩거리며, 집으로 향했다. 같은 동네에 사는 아이들이 열 명이나 되었지만 나는 아무도 보지 못하는 곳에 숨어 앉아 있다가 한참이 지나서야 길을 나섰다. 비록 어린 나이였지만 억울하고 분하기가 이를 데 없었다. 집으로 향하는 길 옆 개울에서 오줌에 젖은 바지를 몇 번이고 흔들어 헹구며, 나도 부잣집에서 태어났다면 선생님이 나에게 오늘과 같이 대했을까 하는 생각을 했다. 그러자 또다시 눈물이 주르륵 흘러내렸다.

젖은 옷을 입고 집에 돌아왔지만 엄마나 누나에게는 아무 말도 하지 않았다. 할 수가 없었다. 나에게는 더 이상 학교에 다니고 싶은 마음도 사라지고 없었다. 누나는 저녁마다 내게 공부를 가르쳐주었지만 그땐 그마저도 하기 싫었다.

변변한 책 한 권이 없어 1, 2학년에는 그나마 잘하던 공부를, 3학년 때는 잘 따라가기가 어려웠고 게다가 며칠 전 반장문제로 선생님께 죽도록 맞은 기억이 떠오를 때면 자신감도 사라지고 더욱 학교라는 곳에 가기가 싫어졌다.

어느 날 엄마와 누나가 내게 물었다.

"느그 반은 반장 안 뽑나? 언제 뽑노? 이번에도 우리 재길이가 반장해야제."

"……."

나는 아무 말도 할 수 없었다. 반장이라는 말만 들어도 소스라치게 놀랄 정도로 정말이지 싫었다. 그러면서 나는 다짐을 하게 되었다. 다시는 반장 따위 하지 않겠다고. 그리고 3학년 담임선생님 이름과 그 여자아이 이름을 평생 기억하겠다고. 그렇게 몇 번이고 다짐을 하면서도 학교는 결석 한 번 하지 않고 고박꼬박 다녔다. 책도 없이 학교에 다녔지만 3학년 겨울방학이 끝나고, 혹여 선생님이 나를 미워해서 우등상을 주지 않을지도 모른다는 괜한 걱정을 하기도 했지만, 나는 개근상과 우등상을 모두 받을 수 있었다. 지금에 와서 생각해봐도 성적이 괜찮아서 70명 정도의 아이들 중에서 5등 안에는 항상 들었던 것 같다.

그동안 삯바느질과 농사일로 밤잠 못 자가며 힘겹게 살아가던 엄마가 아파서 자리에 눕고 말았다. 그러나 우리들은 어려서 어떻게 해야 할지 암담하기만 했다. 엄마가 자리에 눕자 대구에서 공장에 다니던 큰형이 내려왔다. 큰형은 이제 공장에 다니지 않겠다며, 다음 날부터 마을의 여러 집을 다니면서 일을 해주고 품값을 받았는데 어떤 때는 곡식을 품값 대신 받아와 식량으로 쓰며 살았다. 엄마의 병은 그리 쉽게 낫지 않았다.

그 와중에 작은형은 중학교 시험을 봐서 합격을 했다. 엄마는 그런 작은형의 등록금을 마련하기 위해 아픈 몸을 이끌고 이 집 저 집 돌아다니며 돈을 빌려서 작은형을 중학교에 입학시켰다. 작은형은 중학교에 입학은 했지만 다른 학생들처럼 멋진 중학생이 될 수는 없었다. 다른 학생들은 중학교 합격을 하면 부모들이 새 교복이며 새 모자, 새 가방, 새 운동화에 새 양말까지, 전부 새로 사주어서 멋진 중학생이 될 수 있었지만, 작은형은 엄마가 병이 나시기 전, 밭에 심은 목화솜을 따서 안동 장까지 이고 가서 판 돈으로 산 무명베에 검은색 물을 들여 엄마가 집에서 직접 만들어주신 옷을 입어야만 했다.

아무리 염색을 잘해도, 시중에 파는 교복과 염색기술도 없이 집에서 물들인 옷의 색깔은 어린 나의 눈에도 금방 표시가 날 정도로 차이가 났다. 게다가 운동화도 없어서 못 신고 검정고무신을 신어야 했고 그 흔한 나일론 양말 대신 누나가 무명실로 짠 무명양말을 신어야 했다. 또 책가방 대신 보자기에 책을 싸가지고 다니는 책보를 메고 다녀야 했다. 그리고 중학생들은 학교에서 늦게까지 공부를 해야 했는데 다른 학생들이 도시락을 싸가지고 다닐 때도 작은형은 도시락을 가지고 다닐 수가 없었다. 아니, 우리 집에는 도시락이라고 하는 것 자체가 없었다. 엄마가 자리에 눕게 되면서 바느질도 할 수 없게 되자 우리 집의 가난은 이루 말할 수 없을 만큼 심해져만 갔다. 나도 학교에 갔다 오면 이 집 저 집 다니면서 망태기에 꼴을 베어다가 소먹이로 갖다 주었다. 그러면 그 집에서는 그것을 소에게 먹이고 그 대가로 나는 저녁을 얻어먹을 수 있었다. 또 보리를 다 벤 밭을 다니며 보리이삭을 주웠다. 감자 캔 밭에서는 남은 감자들을 주워 모았고 마늘 캔 밭에서는 캐고 남은 마늘도 주웠다.

누나도 이 집 저 집의 밭을 메주기도 하고, 누에를 키우는 철이면 뽕잎도 따주며 얼마 되지 않는 돈을 받고 일이 끝나 저녁에 돌아올 때는 엄마가 드실 밥 한 그릇을 얻어 오곤 했다.

정말이지 아무리 생각을 해봐도 우리 누나같이 부지런하고 동생들 잘 돌보고 착한 사람은 없을 것 같았다. 이다음에 내가 돈을 많이 벌면 엄마는 물론이고 누나에게 제일 잘 해주어야겠다고 나는 늘 생각했다.

나는 4학년이 되었다. 이제 작은형은 중학생, 나는 4학년, 막내 재천이는 2학년이 된 것이다. 4학년 담임선생님은 우리 동네 분이셨다. 우리 집안과는 친척 간으로 그리 멀지도 가깝지도 않은, 집안아저씨였다. 선생님의 큰아들은 나와 1학년 때부터 같은 반이었다. 나는 4학년도 되었고 담임선생님도 먼 친척에 동네분이시고 하니, 그제야 학교에 다니는 것이 싫지 않았다.

우리 1반과 2반은 음악시간에 가끔씩 한 교실에서 같이 음악을 배워야 했다. 우리 담임선생님이 풍금을 칠 줄 몰라서 음악시간이 되면 우리가 2반으로 가서 음악을 배워야 했는데, 그런 날이면 복잡하기도 하고 아이들도 많아 무척 소란스러웠다. 2반의 아이들은 원래 앉았던 자리에 앉아 있었지만 우리 반 아이들은 선생님이 자리를 정해주시기 전에는 어디에 앉아야 할지 몰라 선생님이 오시기 전까지 이리저리 오고가며 장난도 치곤 했다.

그날도 바로 그런 날이었다. 나는 2반이지만 알고 지내던 친구의 자리에 좁게 같이 앉았다. 원래 의자는 두 명이 앉는 의자였지만 음악시간에는 세 명이 같이 앉고, 그런 의자에 앉을 수 없는 아이들은 우리 교실에서 의자를 가져다가 교실 뒤쪽이나 분단과 분단 사이에 놓고 앉아야 했다.

소란스러운 와중에 2반 담임선생님이 들어오셨다. 그 선생님은 학교에서도 유명한 무서운 선생님이었다. 그때, 어느 여자아이의 울음소리가 들려왔다. 그 선생님의 얼굴이 일그러졌다. 선생님은 울고 있는 아이에게 우는 이유를 물었다.

"니, 와 우노?"

여자아이는 훌쩍이며 한 아이를 가리켰다.

"니, 이리 나와."

지목을 당한 그 아이는 우리 반 영찬이었는데 선생님은 영찬이를 앞으로 나오게 했다. 영찬이는 겁을 잔뜩 집어 먹은 표정으로 앞으로 나갔다. 선생님은 다시 울고 있는 아이에게 물었다.

　"야가 니를 때렸나?"

　여자아이는 선생님께 양 갈래로 땋은 머리를 보여 드리며 말했다.

　"자가 내 머리카락을 잡아땡기가 운 깁니더."

　"니, 와 그런 짓을 했노?"

　선생님의 물음에 겁에 질린 영찬이는 그 순간 눈이 마주친 나를 손가락으로 가리켰다. 선생님은 나에게도 앞으로 나오라고 했다. 너무나 순식간에 벌어진 일이라 뭐라 할 겨를도 없이 앞으로 나가자 선생님이 내게 물으셨다.

　"니가 야보고 머리카락 잡아땡기라꼬 시켰나?"

　"아임니더. 그런 일 없었심더. 지는 자가 울고 있었는지도 몰랐다 아임니까."

　불이 번쩍했다.

　"니, 바른 대로 말 몬 하나?"

　"참말임니더 정말로 지는 안 했심니더."

　또 한 번 불이 번쩍거렸다. 선생님이 손으로 내 뺨을 힘껏 후려치고 있었던 것이었다. 그러나 손으로 치는 것이 성에 차지 않았던지 신고 있던 얇은 고무 슬리퍼를 벗어들었다.

　"니, 진짜 바른 대로 말 몬 하겠다는 기가?"

　그렇게 말하며 벗어든 슬리퍼를 내 얼굴에 휘둘렀다. 정말이지 너무나 아팠다.

　"흑흑…… 지는 정말 절대로 시킨 적이 없심더."

"아, 내 이노무 셰끼를…… 오늘 음악공부 몬 하는 한이 있더라도, 너 이 셰끼 거짓말하는 버릇은 내 꼭 고쳐줄끼다, 알았나?"

몇 번을 맞아서 넘어졌는지 모르겠다. 일어나면 때리고 또 일어나면 때리고……. 3학년 때 담임선생님에게 맞은 것은 아무것도 아닌 것처럼 느껴지기까지 했으니, 그 고통이 오죽했으랴. 나는 결국 1, 2반 아이들이 모두 보는 앞에서 오줌을 싸고 말았다. 마룻바닥이 오줌으로 흥건하게 젖어갈 즈음, 내 얼굴은 벌겋게 물들며 부어 오르기 시작했다.

그 순간 나는, 이 사람은 사람이 아니라 나를 죽이려는 미친 악마가 틀림없다는 생각이 머리를 스쳤다. 그런 생각이 들자 절대 죽지 말고 살아야겠다는 오기 같은 것이 생기는 것이었다. 적어도 30분은 족히 맞은 것 같다. 나는 쓰러져서 더는 일어나지 못했다. 그러면서 내 입에서는 이런 소리가 새어 나오고 있었다.

"지가…… 시킷심니더…… 지가…시켰어예……."

더 이상 맞기 싫었다. 아니 맞아서 죽기 싫었다. 그래서 나는 나도 모르는 일을 내가 시켰다고 거짓자백을 하고 말았다. 나는 쉬는 시간을 알리는 종소리가 들릴 때까지 내가 싼 오줌 위에 무릎을 꿇고 앉아 두 손을 들고, 고개도 들지 못한 채 피눈물을 쏟아내고 있었다.

겨우 열두 살밖에 안 된 아이를 그토록 매질을 하다니, 나는 세상에 선생님이 다 사라진다 해도 저 사람만은 선생님이라고 절대 부르지 않겠다고 다짐했다.

집으로 돌아온 나의 얼굴을 본 누나는 기겁을 하고 말았다. 내 얼굴, 맞으면서 입 안의 볼 살이 터져 피가 나고 있었고 두 뺨과 귀가 시퍼렇게 멍이 들어 있었다. 누나는 내일 학교에 가서 따져 묻겠다고 했지만 나는 대꾸조차 할 수가 없었다. 밤에도 잠을 잘 수 없을 만큼 아파서 끙끙 앓아야 했다.

이튿날은 얼굴은 더 심하게 부어올랐고 멍도 더 심해졌지만, 무엇보다도 귀가 몹시 아팠다. 여태껏 결석 한 번 하지 않고 버텨왔는데 이번에는 도저히 갈 수가 없었다. 그렇게 이틀을 학교에 가지 못했다. 결석은 결코 하지 않으려고 했는데……

3일 후 누나는 학교 갈 채비를 하는 나를 보고 말했다.

"누나가 데리다 주까?"

"아이다. 그럴 필요 음따. 내 혼자서도 댕기올 수 있꾸마."

그렇게 말을 하고 나는 학교로 향했다. 엄마는 다행인지 불행인지 다른 방에 누워 계셔서 내가 아파서 학교에 가지 못한 사실을 알지 못하셨다.

# 저 하늘에도 슬픔이

4학년 2학기가 되면서 학교에서는 <저 하늘에도 슬픔이>라는 영화가 연일 화제가 되고 있었다. 어디를 가나 <저 하늘에도 슬픔이>에 대한 이야기뿐이었다. 우리와 나이가 비슷한 대구 명덕국민학교의 '이윤복'이라는 학생이 쓴 일기가 영화로 만들어지면서 전국의 극장마다 만원사례라고 중학생들이 영화를 보고 와서는 많이들 이야기했다.

어려운 가정형편 속에, 아버지의 술과 도박으로 인해 어머니마저 가출을 하고, 구두닦이와 껌팔이를 하여 동생들을 돌보며 힘겹게 살아가는 '이윤복'의 일기는, 그의 담임선생님에 의해 세상에 알려지며 영화화되었고, 그 당시 전국 각지의 극장마다 내걸려 절찬리에 상영 중이었다. 우리 학교도 학년별로 날짜를 정하여 영화를 보러 간다고 하였다.

"일주일 후에 버스 대절해가 예천 읍내에 있는 극장에서 단체로 영화관람을 하기로 했다. 그러니 집에 가서 부모님께 잘 말씀드리가, 영화 보는 날까지 50원씩 자지고 온나."

선생님의 이 같은 말씀에 우리 반 아이들은 너나 할 것 없이 손뼉을 치며 환호성을 질렀지만, 나의 표정만은 더욱 어두워질 뿐이었다. 우리 집 사정으로는 '50원'이라는 돈조차 정말 큰돈이었기 때문이었다.

나는 학교에서 돌아와 여느 때처럼 이삭을 주우러 다녔다. 어떤 날은 괭이를 어깨에 메고 강가에 가서 '반하'라는 한약재료를 캐기도 하였다. 반하를 캐서 물로 깨끗이 씻어 말려 학교 앞 한약방에 가져다 팔았다. 버스 삯과 영화 관람하는 데 50원이라는 큰돈이 필요했기 때문이었다. 나는 정말 꼭 보고 싶었다.

그래서 학교가 파하기가 무섭게 돌아와 이삭 줍기와 반하 캐기에 힘을 쏟았다. 그렇게 열심히 일한 결과, 영화관람 하루 전, 나는 마지막 반하를 팔고 관람비용 50원을 겨우 마련할 수 있었다

다음날, 나는 난생처음 버스라는 것을 타게 되었다. 우리 학교 앞에도 버스가 다녀, 보기는 해봤지만 올라타서 의자에 앉아보는 것은 정말 처음이었다. 우리를 태운 버스는 40리 길의 울퉁불퉁한 비포장 도로를 한참이나 달린 끝에 예천 읍내의 한 아이스께끼공장 앞에 멈추어 섰다. 아이스께끼공장 앞에 내린 우리는 그 공장직원이 나누어 주는 아이스께끼를 하나씩 손에 쥐었다. 우리는 영문을 몰라 손에 든 채 그대로 서 있었다. 그때 선생님께서 하시는 말씀이 들려왔다.

"지난번에 지보 지소에 근무하시다가 이번에 예천 경찰서로 오신 하순경님께서, 느그들 묵어 보라꼬 아이쓰께끼 하나씩 사주신기다. 고맙다꼬 인사드리라!"

그러고 보니, 학교 다니며 지소 앞에서 가끔 보았던 순경아저씨가 웃으며 선생님 옆에 서 계셨다.

"고맙심니데이! 잘 묵겠심니데이!"

우리는 생각지도 못한 횡재에 기분이 좋아져 소리를 지르듯 인사

를 드렸다.

"그래. 맛나게 묵고 영화구경도 잘 하레이. 그라고 선생님 말씀 잘 듣는 학생들이 돼야 한데이, 알았제?"

처음 맛보는 아이스께끼의 맛, 그것은 정말이지 말로는 표현을 못할 정도였다. 그 차갑고 달콤한 맛이란…… 장날에 자전거에 '아이스 케키'라고 쓴 통을 싣고 다니면서 "달고 시원한 아이쓰께끼!" 하며 소리치며 파는 아저씨들을 보기만 했을 뿐, 직접 손에 들고 먹게 된 것은 이번이 처음이었다.

우리는 아이스께끼를 손에 들고 다시 버스를 타고 멀지 않은 곳에 있는 극장까지 갔다. 아이스께끼는 다 먹어치워 없어진 지 오래지만, 막대기는 버리지 않고 계속 빨고 있었다. 계속 빨다 보니 어쩐지 조금 전 먹은 아이스께끼의 달콤한 맛이 느껴지는 것 같았다.

선생님의 인솔하에 줄을 서서 한 줄로 손을 잡고 어두컴컴한 극장 안으로 들어갔다. 우리는 좌석에 앉아서 영화가 나오기를 기다렸다. 영화상영이 시작되자 시끄럽던 극장 안이 일순간 조용해졌다.

'이윤복'이라는 영화 속 주인공은 정말 힘겹게 살아가고 있었다. 구두닦이와 껌팔이를 해서 겨우 번 돈을 모두 빼앗기고도 살기 위해 애쓰는 그의 모습은 보는 사람으로 하여금 눈물을 쏟게 하기에 충분했다. 그는 나와 비슷한 나이임에도 오빠로서 형으로서 동생들을 위한 희생을 마다하지 않았다. 아버지가 있어도 어린 나이에 가장의 역할을 할 수밖에 없는 그의 모습을 보며, 누워 계신 엄마와 누나, 큰형, 작은형 그리고 막내가 내 곁에 함께 있다는 것이 얼마나 다행이고, 얼마나 내게 위안이 되어 주는지 새삼 느끼게 되었다. 그리고 나도 열심히 살면 행복해질 수 있을 거라는 희망을 가져 보았다.

# 진눈깨비

엄마는 자리에 누운 지 1년이 지났는데도 점점 병이 더 심해지시는지 자리를 털고 일어나질 못하셨다. 이럴 때 아버지라도 집에 계셨으면 엄마가 병이 나을 수도 있지 않았을까 하는 생각도 들었지만, 아버지는 우리가 알 수 없는 어느 술집에서 술이나 마시면서 우리들이 어찌 지내고 있는지 관심조차 없는 사람이 되어 버린 것 같았다.

4학년 겨울방학도 어느덧 끝나고 개학을 했는데 진눈깨비가 내리고 있었다. 동생과 같이 학교에 가야 하는데 고무신은 한 켤레밖에 없었다. 동생의 고무신은 낡고 찢어져서 도저히 신을 수가 없는 지경이었다. 재천이는 나보다 네 살이 어렸지만, 학교는 제 또래 아이들보다 1년 먼저 입학을 했다. 일찍 입학을 하기도 했지만 원래 몸이 약하고 키도 작았다.

진눈깨비가 내린 땅은 물과 눈으로 질퍽였다. 나는 책보를 목에 걸치고 동생을 등에 업었다. 몸도 약한 동생이 신발이 없어 학교를 갈 수가 없었기 때문이었다. 나는 양말이 없어 맨발인 채로 고무신을 신고 역시 맨발인 동생을 업고서 집을 나섰다. 한참을 업고 가다가 너무 힘이 들어 쉬고 싶었다. 동생에게 내가 신던 고무신을 벗어 신겨서 내려놓고, 나는 논가에 있던 지푸라기를 한 움큼 가져다 땅에 깔고 그 위에 올라섰다. 그러나 맨발인 데다 진눈깨비로 질척이는 땅을 걸어온 내 발은 시리다 못해 아프기까지 했다.

나는 짚을 동생의 손에 쥐어 주고, 동생이 신고 있던 내 고무신을 신고는 다시 동생을 들쳐 업었다. 그러고는 동생을 업고 걸을 수 있는 그 짧은 시간 안에 최대한 멀리 가려고 발걸음을 바삐 움직였다.

몇 번을 반복했는지 모른다. 학교를 500여 미터 남겨둔 거리에 개울이 있었다. 진눈깨비가 제법 내린 탓에, 개울물은 마치 얼음을 갈아놓은 듯 보였다. 개울에 징검다리가 있긴 했지만 어른들조차 뛰어서 건너야 할 정도로 간격이 넓어 어린 내가 동생을 등에 업은 상태로는 도저히 건널 수가 없었다. 잠시 동생을 내려놓고 어찌 건너야 하나 생각을 하고 있는데 마침 우리 반 담임선생님이 그 옆을 지나고 계셨다. 나는 반가운 마음에 인사를 드렸다.

"선생님, 안녕하심니꺼?"

"그래, 물이 마이 불었다. 조심해서 건너온나."

나의 인사에 선생님은 그렇게 말씀하시고는 징검다리를 껑충껑충 뛰어 건너가 버리셨다. 순간 입이 들썩거렸지만 나는 아무 말도 할 수가 없었다.

맨발로 서서 동생을 업고 진눈깨비를 맞으며 개울을 건너려는 나의 모습을, 선생님은 분명 보았을 것이다. 그러나 그는 그냥 못 본 척 지나가 버린 것이다. 선생님의 뒷모습을 보던 내 눈에서 차가운 진눈깨비가 뜨뜻해질 정도로 뜨거운 눈물이 흘러내렸다.

결국 나는 바지를 무릎까지 걷어 올리고, 눈과 물이 뒤섞인 빙수 같은 개울물에 발을 담갔다. 동생이 떨어질까 조심스레 걷다 보니 내 다리와 발은 점점 마비가 되어가는 것 같았다. 다 건넌 후에도 감각이 제대로 돌아오지 않는 듯해서 무서운 마음에 동생을 업은 채로 학교까지 정신없이 뛰어갔다.

동생을 교실에 데려다주고 우리 교실에 들어서니, 반 아이들 여러 명이 갈탄이 활활 타는 난롯가에 모여 앉아 있다가 내 모습을 보고는 말없이 자리를 비켜주었다. 나는 아이들에게 고맙다는 말조차도 할 수 없었다. 퍼렇게 질린 입술이 바들바들 떨렸다.

난롯불을 쬐고 있으려니 손이 아리면서 오그라드는 것 같은 느낌이 들었다. 다리를 내려다보니 절로 한숨이 새어 나왔다. 다리의 여기저기가 터지고 찢겨 피가 흐르고 있었다. 개울을 건널 때, 개울물에 섞인 얼음조각들이 감각이 무뎌진 내 다리를 쉴 새 없이 스쳐 갔던 모양이었다. 그 광경을 본 반 아이들이 그제야 왜 이리 되었는지 물어왔다. 얼마나 가난하면 고무신조차도 살 수 없는지 그때 비로소 눈치들을 챈 것 같았다.

학교가 끝나고 동생의 교실로 가서 동생을 다시 들쳐 업고 교문을 나서는데, 숨을 몰아쉬며 뛰어오고 있는 큰형의 모습이 보였다. 아침 일찍 남의 집 일을 해주러 가서 일을 하다 보니 막내의 고무신 생각이 났다고 했다. 나는 걱정과 미안함이 가득한 큰형의 얼굴을 보자 안도감에 코끝이 찡해졌다. 큰형은 동생을 받아 업고 신발가게에서 재천이에게 고무신을 사서 신겼다.

아침부터 진눈깨비가 내리던 추운 겨울이었지만 그런 형의 모습을 보니 더 이상 추위도 두렵지 않을 만큼 마음이 푸근해졌다.

# 김밥 도시락

그 춥고 고생스러웠던 겨울도 어느덧 지나가고 있었다. 해가 바뀌어도 여전히 우리 집은 가난에 허덕였다. 엄마의 병세는 점점 깊어만 가고 있었고, 우리는 아침에 죽 한 그릇도 못 먹고 학교에 가는 날이 많았다.

학교 옆 시장 길로 가면 술을 만드는 양조장이 있었다. 대문 안마당에 술을 거르고 남은 술지게미를 모아두었다. 소나 돼지의 사료로 쓰기 위해서였다. 어느 날, 나는 학교가 끝난 후 아무도 모르게 술지게미를 먹었다. 짐승 사료용이라서 그런지 파리 같은 벌레들이 들끓었지만 배가 고픈 나머지 그깟 파리 떼쯤은 아무 상관없었다. 그나마 맛이라도 괜찮으면 좋았으련만, 맛도 정말 형편없었다. 돈을 줄 테니 먹어 보라고 한다면, 아마도 어지간한 비위를 가진 사람이 아니라면 입도 못 댈 것이다.

소풍을 가도 나는 도시락을 단 한 번도 싸 가지고 가본 적이 없었다. 소풍은 주로 우리 동네 앞 낙동강 모래밭으로 갔는데 점심을 먹을 시간이면, 나는 아무도 모르게 집으로 가서 아침에 먹다 남은 것이 있으면 그걸 먹고 다시 소풍장소로 가곤 했다. 5학년 담임선생님께서는 다른 학교에 계시다 새로 오신 분이었다. 그 선생님은 나뿐만이 아니라 우리 반 아이들 모두에게 너무나 잘 대해주셨다. 우리는 가끔 학교공부 외에도 송충이를 잡으러 가기도 하고 산에 풀씨를 흩뿌리러 가기도 하였다. 어느 날 선생님이 말씀하셨다.

"내일은 송충이 잡으러 가야 하니까네, 책은 가져오지 말고 점심에 먹을 도시락만 싸 가지고 와야 한데이."

그러자 아이들은 마치 소풍이라도 가는 것처럼 "와!" 하고 소리를 지르며 좋아했다. 그러나 나는 좋아할 수가 없었다. 도시락을 싸 가지고 갈 형편이 못 되기 때문이었다. 도시락이라고 하는 것이 집에 하나가 있긴 있었지만 중학교에 다니고 있는 작은형이 가지고 다녀야 하기 때문에 나는 도시락이라고 하는 것을 가지고 다닐 일이 전혀 없었다.

이튿날 아침, 집에는 아무 말도 하지 않고 도시락 없이 학교로 갔다. 송충이를 잡아야 할 산은 학교에서도 10리나 떨어져 있는 마을의 뒷산이었다. 산에 도착하자 선생님께서 봉투를 하나씩 나누어 주시며 말씀하셨다.

"선생님이 검사해가 이 봉투 안에 까뜩 잡아온 사람은 점심을 묵고 바로 집에 가도 되고, 헐렁하이 몇 마리 몬 잡은 사람은 까뜩 찰 때까지 다 잡은 다음에 밥 묵고 집에 갈 수 있데이, 알았제? 자, 이제 가서 마이들 잡아 온나."

아이들은 "와!" 하고 좋아하며 소나무에 붙어 있는 송충이를 잡으러 사방으로 흩어졌다. 여자아이들도 시골에서 자라서 그런지 송충이를 징그럽거나 무서워하지 않고, 손으로도 잡고 나뭇가지를 젓가락처럼 사용하여 잡기도 했다.

여기저기에서 소리도 지르고 장난도 치고 하니, 숨어 있던 산토끼가 후다닥 도망을 갔다. 그러자 달아나는 토끼를 잡겠다며 돌멩이를 들고 뒤쫓는 아이들도 있었다.

"삐익, 모두 모이!"

그렇게 한참을 다니며 송충이를 잡고 있는데 선생님의 호루라기 소리가 들렸다.

"자, 잡아온 송충이를 요래 막대기로 땅을 파가 구녕을 만들어서 집어여코 묻은 다음, 발로 이래 이래, 꼭꼭 밟아서 죽여야 한데이. 자, 다 함 해봐라."

우리는 선생님께서 하라는 대로 발로 꼭꼭 밟아 잡은 송충이를 모두 죽였다. 잠시 후, 점심 도시락을 펼치고 있는 아이들을 향해 선생님이 또 말씀하셨다.

"점심 다 까서 묵고 쪼금 더 잡아야 한데이, 알았나? 참, 그란데 느그들 중에 도시락 몬 가온 사람 혹시 있드나? 있으마 손 함 들어 봐라."

손을 든 사람은 아무도 없었다. 나는 도시락이 없었지만 아이들 모두가 지켜보는 앞에서 차마 손을 들 수가 없었다. 나는 아무도 눈치채지 못하게 보이지 않는 곳에 가서 있다가 점심시간이 끝나면 다시 올 요량으로 슬며시 일어나 몇 걸음, 발을 옮겼을 때였다.

"선생님요!"

나는 걸음을 멈추고 굳은 듯 움직이지 않았다.

"재길이 도시락 안 싸왔는데예."

모든 아이들이 뻘쭘하게 서 있는 나를 쳐다보았다. 선생님은 도시락 뚜껑을 열다가 내 얼굴을 돌아보셨다.

"재길아, 이리 온나. 아나, 선생님 도시락 같다 무라."

나는 대답도 하지 않고 옴짝도 하지 않았다.

"재길이, 니, 일로 와보그라."

또다시 모든 시선들이 나를 향하자 눈가가 뜨거워져 왔다. 나는 냅다 뛰기 시작했다. 내가 향한 곳은 선생님과 아이들이 있는 곳과 반대방향이었다. 뒤에서 선생님이 내 이름 부르시는 소리와 아이들에게 어서 가서 재길이 데려오라는 소리가 들려왔지만, 나는 뒤도 돌아보지 않고 계속 뛰었다. 아이들이 내 이름을 부르며 뒤를 쫓아왔지만, 나는 나무 사이를 요리조리 헤치며 산속으로 계속 달려갔다. 저 앞에 커다란 바위 밑 틈이 보였다. 나는 그 속으로 기어들어가 납작 엎드렸다.

그렇게 얼마 있으려니 결국 아이들은 나를 찾는 것을 포기하고 선생님께로 모두 돌아갔다. 나는 바위틈에 숨은 작은 짐승처럼, 엎드려 서럽게 울었다. 사실, 선생님이 건네주시던 그 김밥은 정말이지 꼭 한번 먹어 보고 싶었다. 그렇지만 반 아이들 140개의 눈이 모두 나를 지켜보고 있는 상태에서 벌어진 일이라, 그런 상황을 만드신 선생님이 마냥 원망스러울 뿐이었다. 그래서 그 창피하고 부끄러운 순간을 피하고 싶은 마음에 그 자리를 박차고 달렸던 것이다.

나는 반 아이들이 점심을 먹고 있는 장소를 빙 돌아 집으로 향했다. 산을 거의 내려오니 허기가 밀려왔다. 나는 산에서 흘러 내려오는 개울물을, 엎드려 벌컥벌컥 한참을 들이켰다. 집으로 가는 그 10리 길이, 배고픈 어린아이의 발걸음이라서 그런지 무척이나 멀게 느껴졌다. 나는 길가의 밭들을 살피며 걸었다. 행여 먹을 수 있을 만한 것이 있지 않을까 싶어서였다. 길가의 주인 없는 오이나 가지 몇 개를 먹고, 힘없이 집으로 들어섰다. 집에는 엄마만 방에 누워 계셨고 누나와 큰형은 남의 집에 품팔이 가고 없었다. 중학교에 다니던 작은형은 아직 돌아오지 않고 있었다.

부엌에 가서 솥 안을 들여다보니, 그 안에 먹을 것이라고는 아무것도 없었다. 나는 그 길로 망태기와 낫을 들고 들로 나갔다. 풀을 베기 시작하고 얼마 있으려니, 배가 고파서 머리가 어지럽고 눈이 빙빙 돌았다. 하지만 잠시 앉았다 일어나서는 또다시 풀을 베기를 여러 번 반복해서, 망태기 한가득 풀을 채워 친척 집에 가져다주었다. 풀을 베어다 준 대가로 저녁을 배부르게 얻어먹을 수 있었다.

저녁을 얻어먹고 집으로 가보니, 누나가 일해 준 집에서 엄마의 밥을 얻어와 상을 차리고 있었다. 누나는 내가 말을 하지 않아도 꼴을 베어다주고 저녁을 얻어먹고 왔다는 것을 알고 있었다.

나는 아무런 말도 하지 않고 방으로 들어가 드러누웠다. 그런데 잠시 후 "재길아!" 하는 소리가 들렸다. 같은 반 친구인 광식이가 찾아온 것이었다.

"이 밤에 무신 일이고?"

"니, 아까 산에서 선생님이 부르실 때 어데로 뛰갔드노? 그나저나 니는 내일 학교에 가마 선생님한테 디게 혼날 끼다. 내는 선생님이 니 집에 잘 드갔는강 보고 오라캐서 와본 기다. 아깨도 두 번이나 왔었는데, 집에 없덩구마는."

"이래 넬로 걱정을 해주니 고맙데이……. 내일 학교 가가 선생님께서 혼내시마 혼나야제 우짜겠노?"

나는 광식이와 툇마루에 앉아 밤하늘을 올려다보았다.

"와! 진짜 별 많데이, 그자?"

"반딧불이다!"

별 중에서 제일 큰 북두칠성을 보고 있을 때 어디서 날아왔는지 반딧불이들이 여기저기 날아다니고 있었다. 광식이가 재빨리 한 마리 잡았다.

"니도 함 만지 볼래?"

광식이가 내민 반딧불이를 손에 들고 보고 있자니, 자연시간에 선생님께서 하신 말씀이 생각났다.

"옛날에 가난한 선비가 반디를 여러 마리 잡아 모아가, 그 불빛으로 글공부를 해서 과거에 급제를 했다 카는 이야기는 다들 들어 봤제? 그란데, 지금까지 과학이라는 것이 억수로 발달을 했지만도, 이 '열이 나지 않는 빛'을 발명한 사람은 아무도 음따. 선생님 생각에는 말이제 이 반디처럼 열이 나지 않는 밝은 빛을 누군가 발명을 한다며, 더 살기 좋은 세상이 되지 않겠나 싶다."

나는 반딧불이를 살며시 만져 보았다. 정말 뜨겁지 않았다.

이튿날, 학교로 가는 내내 마음이 무거웠다. 선생님이 많이 꾸중하실 것 같았다. 내 머릿속에는 3학년, 4학년 때 나를 때리시던 두 분 선생님의 얼굴이 휙휙 지나가고 있었다.

교실에 들어가서 얼마 후 선생님께서 들어오셨다. 선생님께선 어제 일을 잊으신 건지, 내게 아무 말씀도 하지 않으셨다. 오전수업이 다 끝나고 점심시간이 되었을 때, 선생님은 그대로 교실을 나가셨다. 다른 아이들이 점심 도시락을 꺼내들 무렵, 나는 교실을 나왔다. 도시락도 없이 앉아 있기가 창피했기 때문이었다.

화장실을 가는 척하며 학교 뒤를 돌아 우물가로 갔다. 한 두레박

물을 퍼 올려 다른 사람의 눈에 띄지 않는 곳에 쭈그리고 앉아 물을 들이켰다. 목이 말라서가 아니었다. 물로라도 배를 채워 조금이라도 허기를 달래볼 요량이었다.

"재길아!"

한참 물을 들이켜고 있는데 선생님의 부르는 소리가 들려왔다. 나의 몸은 돌이 된 것처럼 굳어 버렸다.

"재길아!"

다시 한번 선생님께서 나를 부르셨다. 나는 그제야 입 안 가득 물을 담은 채 뒤를 돌아보았다. 그곳에는 도시락을 손에 든 선생님이 서 계셨다. 나는 어제처럼 잽싸게 선생님의 옆을 지나가려 뛰기 시작했다. 그러나 선생님은 미리 예상이라도 하신 듯 나를 붙드셨다. 아무도 없는 학교 밖 면사무소 담 모퉁이로 나를 이끄신 선생님은, 도시락 뚜껑을 열어 내게 내미시며 말씀하셨다.

"재길아, 함 무봐라."

도시락 안에는 그토록 먹고 싶었던 김밥이 정갈하게 담겨 있었다. 나는 이내 울음을 터뜨렸다. 그런 나의 손을 잡으시며 선생님은 말씀하셨다.

"재길아, 느그 집이 잘 살지 몬하는 것은 내 알고 있었지만도 이 정도일 줄은 몰랐데이."

"선생님요, 지는 배 안 고픕니더. 이 밥은 선생님 꺼니까네 선생님 드이소. 지는 괘안심니더."

"니, 이 선생님 말 안 들으마 진짜 혼난데이! 어서 무보라 카이. 자, 아, 해봐라, 고마."

나는 입에다 넣어 주시는 김밥을 울면서 받아먹었다.

정말 이렇게 맛있는 음식은 난생처음이었다. 선생님과 나는 그렇게 면사무소 담벼락 한쪽 귀퉁이에 앉아 김밥을 나누어 먹었다.

"선생님요, 선생님 덕분에 억수로 맛난 점심 잘 먹었심니데이. 참말로 고맙심니데이."

"그래, 내도 니랑 같이 무니까네 더 맛났다. 재길아, 니처럼 어려분 집에서는 공부하고 농사일도 같이 하기가 참말 힘들끼다. 그래도 공부 열심히 해야 한데이. 지금도 공부 잘하고 있지만도, 집안이 어려부면 어려불수록 더욱 공부를 열심히 해야 하는 기다. 어렵고 힘이 들 때는 애들 모리게 이 선생님을 찾아온나. 알았제?"

나는 선생님의 말씀을 마음속에 간직하기만 한 채, 한 번도 선생님을 찾아가지는 않았다.

# 엄마를 잃다

추석이 지난 며칠 후 학교에서 집에 오니 우리 집 안에서 동네 사람들이 웅성거리고 있었다. 나는 무슨 일인가 싶어 누나와 형을 보았더니, 얼굴에 눈물범벅이 되어 흐느껴 울고 있을 뿐이었다. 학교에서 먼저 온 동생 재천이도 울고 있었다. 엄마……. 어린 나이지만 나는 알 수 있었다. 엄마가 돌아가신 것이었다. 나는 누나와 형처럼 울기만 했다. 곁에서 보고 있던 동네 분이 나와 재천이는 나이가 너무 어려서 놀랄까봐 이웃집에 있게 했다. 아버지는 나중에 들은 이야기지만, 엄마의 죽음에도 소식이 닿지 않아 수소문 끝에 겨우 찾아 이틀날에서야 왔다고 한다. 그러나 장례가 끝나자마자 아버지는 다시 떠났다.

엄마는 아버지도 없이 우리 오남매를 키우려고 고생만 하시다가 병을 얻어 자리에 누운 지 2년 만에 돌아가셨다. 너무나 가난해서 상여도 꾸리지 못하고 동네 사람 몇 분의 도움으로 엄마의 시신을 지게로 옮겨 장례를 치러야 했다. 우리는 엄마의 산소에서 한없이 울고 또 우는 것 외에 할 수 있는 것이 아무것도 없었다.

장례가 끝나고 삼우제도 끝이 났다. 삼우제가 끝나는 날 밤에 동네 아저씨 한 분이 집에 왔다. 그는 내가 4학년 때 담임선생님이셨던 분이었다.

"느그 어매가 살아 있을 때, 내한테 나락을 장래로 빌려 갔으니까네 느그들이 갚아 줘야겠데이."

"우리는 몰랐는데예."

그는 손에 든 장부를 펼쳐 보였다.

"야야, 몰랐다 카믄 안 되지, 이래 다 적어 논 기 있는데 느그들, 이거 꼭 갚아야 한데이. 몰랐다 카고 어물쩡 넘어갈라 카는 것 같은데, 어림도 엄따."

"지금은 암 껏도 없어가 몬 갚는 데 우짭니꺼?"

"그라믄, 금년 말까정 시간을 주마, 되겠나? 그때까지 꼭 마련해놔야 칸다, 알긋제?"

우리 남매는 머리를 맞대고 모여 앉아 한참을 이야기했다.

"엄마가 나락을 저 아저씨 집에서 빌려 와는강 안 왔는강 알 수는 없지만도, 갚아주자! 그기 우리 맘 편하고 돌아가신 엄마 흉 안 잡히는 길 아니겠나? 그랄려면 낼부터 내는 저번에 일해 준 집에 가 머슴으로 올 연말까징은 있어야 할 꺼 같다. 느그들 내가 하는 말 잘 알아듣겠제?"

"내도 할 끼다! 내도 당장 학교 그만두고 형처럼 머슴살아가 새경으로 나락 빚 빨리 갚을 끼다!"

큰형의 말을 듣고 있던 작은형도 머슴살이를 하겠다며 목소리를 높이며 말했다.

"안 된다, 고마. 니는 다니던 학교 계속 열심히 다니야 칸다. 그런 일은 낼로 하마 된다."

"그래, 내도 니가 학교 다니는 기 좋지 싶다."

작은형의 말을 들은 큰형과 누나가 손사래를 치며 말렸지만 끝내 작은형의 고집을 꺾진 못했다. 이튿날 큰형과 작은형은 각자가 머슴살이 할 집을 찾아갔다. 그러고는 연말까지 받을 새경을 선불로 받고 일하기로 하였다. 같은 마을 안에 있었지만 새벽 일찍 일어나 들로 일을 하러 나가야 했기 때문에 잠도 집에서 자지 못하고 머슴살이 하는 집에서 먹고 자야 했다. 며칠 후 두 집에서 새경으로 받은 낟알은 우리는 구경도 하지 못한 채 나의 4학년 담임선생님 장부에 기록을 해가며 나락을 빌려 주었다가 엄마가 돌아가시기가 무섭게 빚 갚으라고 하셨던 바로 그 아저씨에게로 보내졌다.

그날 저녁 큰형과 작은형이 집에 잠깐 들렀다.

"이제 엄마가 졌다는 빚은 다 갚았다. 그라믄 됐지 싶다. 우리는 알지도 몬하는 빚이지만도 그 아저씨가 갚으라는 만큼, 한 근도 모자래지 않게 이자까지 쳐서 다 갚아뿟다. 그라니 재길이 니는 내하고 재식이가 집에 엄쓰니까네 얼마 되지 않는 농사지만은, 누야랑 같이 열심히 지어야 칸데이. 그라고 절대로 공부 게을리하마 안 된다이. 이 형아 말, 알긋나?"

큰형과 작은형은 우리에게 이렇게 이야기하고는 잠도 자지 못하고 그대로 돌아갔다.

엄마가 돌아가시고 우리 다섯 남매의 생활에 너무나도 큰 변화가 생겼다. 엄마가 돌아가시기 전에, 큰형은 남의 집에 품팔이를 다닌 적은 있었지만 머슴살이는 하지 않았었다.

작은형은 중학교에 다닐 때, 나와 마찬가지로 제대로 된 책은 가지고 다니지 못했었지만 그래도 중학생이었는데, 돌아가신 엄마의 삼우제가 끝나자 큰형과 함께 남의 집에서 머슴살이를 하게 된 것이다.

누나 역시 고단하기는 매한가지였다. 엄마가 돌아가시기 전보다 훨씬 더 많은 일을 해야만 했다. 또한 엄마가 자리에 누워 계실 때 이 집 저 집 온갖 궂은일을 해가며 밥을 얻어다가 엄마에게 드리고 돌본 사람이 바로 누나였다.

나라고 해서 예외는 아니었다. 학교에서 돌아오면 다른 집에 꼴을 베어다 갖다 주고, 그렇지 않을 땐 우리 밭에 가서 풀을 뽑는 등 농사일을 거들었다. 그래도 나는 형들처럼 머슴살이는 하지 않으니 형들에 비해서 고생을 덜 하고 있는 기라는 생각이 들었다.

작은형은 집에 자주 올 수 없었지만 큰형은 늦은 시간에나마 자주 올 수 있었다.

어느 날, 밤늦게 집에 들른 큰형과 누나의 대화를 우연히 듣게 되었다. 큰형이 일하는 집의 주인은 성정이 좋은 사람이 못 되어, 먹는 음식까지 자기 식구들과 일하는 사람을 차별해서 준다고 했다. 아침에 새로 지은 밥은 자기네 식구들끼리 둘러앉아 먹고, 일꾼들에게는 전날 먹다 남은 찬 음식을 겨우 준다는 것이었다. 어떤 날은 그나마도 배가 고파 한 술 떠서 입에 넣으려는데 쉰내가 나서 말했더니, 그 정도로는 죽지 않으니 그냥 먹으라고도 했단다.

그런 인간 이하의 대접을 받고 있다는 이야기를 하며 큰형은 울분을 토해내고 있었다. 누나는 큰형의 이야기에 말없이 눈물만 뚝뚝 흘릴 뿐이었다.

# 정우호 선생님과의 첫 만남

"누야! 내가 이담에 커가 돈 마이 벌마, 저 앞에 보이는 논하고 밭하고 전부 다 내가 살 끼다. 저것만 다 사머 우리 동네에서 젤로 부자가 될 끼다, 그자?"

가끔 방문을 열어 논밭을 가리키며 말했다. 그럴 때마다 누나는 말 대신 미소만 지어 보였다.

학교에서 가루우유로 주던 빈곤가정을 위한 배급을 옥수수가루로 바꾸어주기 시작했다. 담임선생님은 이따금 우리 집 사정을 묻곤 하셨는데, 배급을 받을 때마다 곁에 계시다가 내가 가져간 자루에 옥수수가루를 몇 바가지 더 퍼 담아 주셨다. 정말 고마운 분이셨다. 옥수수가루를 한 주먹 입에 털어 넣고 씹으면, 가루우유처럼 달지는 않았지만 입천장에 달라붙어 떼어내야 하는 수고로움이 없어서 배고픈 나에게는 씹어 먹기에 나쁘지 않았다. 옥수수가루로 누나가 죽을 끓여서 한 그릇씩 주면 우리는 게 눈 감추듯 먹어치웠다. 원래 소화가 잘 되는 음식인지라 옥수수죽은 두 그릇을 먹어도 얼마 지나지 않으면 또 배가 고파왔다.

5학년 겨울방학이 시작되었다. 나는 동네의 어느 가마니 치는 집을 찾아갔다. 찾아가서 가마니를 치는 데 필요한 새끼를 꼬아주겠다고 했다. 그 집에서 처음에는 내가 하는 말을 믿지 못하는 눈치였다. 나는 자리에 앉아 새끼를 꼬아 보였다. 가마니 새끼는 보통의 새끼보다 가늘고 질기게 꼬아야 하는 것을 나는 알고 있었다.

다음 날부터 나는 그 집에 가서 새끼를 꼬았다. 매일같이 여러 날을 가마니새끼를 꼬다 보니 손이 무척 아팠다. 짚으로 하는 일은 손바닥이 까지고 닳기 때문이었다. 그래도 새끼 꼬는 일을 할 수 있어서 매 끼니마다 집에서 먹는 것보나 훨씬 잘 얻어먹을 수 있었다.

20여 일 동안 꼬아 놓은 새끼는 꽤 많았다. 그렇게 열심히 새끼를 꼬는 모습을 지켜보던 그 집 아저씨는 나에게 공책과 연필을 많이 사주셨다. 뜻하지 않은 공책과 연필을 받아들고는 아저씨께 몇 번을 허리 숙여 인사를 했는지 모른다.

드디어 큰형과 작은형은 머슴살이가 끝나고 집으로 왔다. 그러나 끼니도 제대로 못 먹는 날은 계속 이어졌다. 생각 끝에 작은형은 1년 더 머슴으로 지내겠다고 했고, 그것은 큰형도 마찬가지였다. 집에 와서 얼마 쉬지도 못하고 그들은 또다시 머슴살이를 시작했다.

형들이 몇 달을 고생한 새경은 빚을 갚는 데 다 들어갔지만 이제부터 받는 새경으로는 저축도 조금씩 할 수 있을 거라고 누나가 말했다. 지금까지 우리 오 남매가 남의 일만 해주고 급기야 형들이 머슴살이까지 하고 있으니, 우리도 어서 누나 말대로 남들처럼 살아 봤으면 하는 생각이 수도 없이 들었다.

5학년을 마치는 날, 나는 이번에도 개근상과 우등상을 탔다. 담임선생님께서 내게 6학년이 되면 힘들어도 공부 열심히 해야 한다고 당부를 하셨다.

6학년의 첫날, 운동장에 모인 우리들 앞에서 선생님들의 각 학년과 각 반 담임선생님들의 배정이 시작되었다. 주임선생님의 안내 말씀에 따라 진행된 배정은 6학년의 담임선생님들이 가장 나중에 정해지게 되었다.

그런데 학교에서 제일 무서운 선생님 한 분과 다른 한 분의 선생님이 6학년 1, 2반의 담임으로 정해질 차례였다. 나는 1반이었는데, 우리 반 선생님이 제발 저 호랑이 같은 선생님만 아니기를, 나와 우리 반 아이들은 모두 같은 마음으로 빌고 있었다. 주임선생님의 말씀이 이어졌다.

"6학년 1반의 담임선생님은 '정우호' 선생님."

우리가 그렇게 바라고 바랐건만……. 그가 바로 호랑이처럼 무섭다는 바로 그 선생님이셨다.

우리는 하나같이 한숨을 내쉬며 "아이고, 이제 죽었구나" 모두 같은 말을 하고 있었다.

잠시 후 우리는 선생님의 인솔하에 교실로 들어갔다. 교실 안에서 다른 때 같았으면 아이들이 떠들고 장난치느라 무척 시끄러웠을 텐데, 그 순간은 매우 조용했다. 떠들었다간 선생님의 불호령이 떨어질 것이 틀림없기 때문이었다.

선생님께서 본인의 소개를 하시고는 출석부를 보면서 한 명 한 명의 이름을 천천히 부르시며 기억을 하시려는 듯 얼굴을 바라보셨다. 출석을 다 부르시고는 조용히 말씀하셨다.

"한 반 친구들끼리 절대로 싸우지 말고, 공부시간에 떠들지 말고,

이 선생님이 내주는 숙제 잘 해오고, 부모님 말씀 잘 들으레이. 우리 반은 한 명이 잘못을 해도 전체가 다 같이 벌을 선다. 알았나?"

호랑이 선생님다운 말씀 덕분에 첫날부터 우리의 기는 확 꺾이고 말았다.

# 열네 살 농사꾼

두 형들이 남의 집 머슴살이를 해야 함으로 인해, 우리 집의 모든 일은 결국 나의 몫으로 돌아왔다. 못자리의 벼는 10cm 정도 되었을 때부터 피를 뽑아주어야 하는데, 못자리는 큰형이 시간을 쪼개어 만들어 주었지만 피를 뽑는 일은 매일 자주 해주어야 하기 때문에, 내가 아침 일찍 일어나 학교 가기 전에 피를 뽑다가 학교 갈 시간이 되면 학교에 가곤 하였다.

나는 또래의 다른 아이들보다 농사일이나 꼴을 베는 일을 몇 곱절은 더해야 하는 것 같았다. 그래도 우리 오 남매가 헤어지지 않고 같이 살 수 있다는 것이 얼마나 다행인지 몰랐다.

모판의 모가 많이 자라 모내기를 해야 할 시기가 되었다. 얼마 되지 않던 우리 논은 동네 여러 집을 일해준 누나와 꼴을 베어다준 나에게 고마워하시던 마을 사람 몇 분이 모내기를 도와주었다.

모내기 하는 날은 학교에 미리 말을 하면 결석 처리를 하지 않았다. 그래서 나는 학교에 미리 말씀을 드려 놓고, 아침 일찍부터 논에 가서 못단 묶음을 아저씨들이 모내기 하시기에 편하도록 가까운 곳으로 미리 옮겨 놓았다.

모내기가 끝난 논의 벼는 며칠이 지나자, 처음엔 노란색이던 것이 점점 짙은 녹색을 띠며 잘 자랐다. 벼가 어느 정도 자랐을 때 나는 동네 어른들이 하던 것처럼 김매는 연장인 제초기를 지게에 지고서 논으로 갔다. 제초기는 어른 크기만큼 커서 어깨에 메고 가야만 했다.

논에 들어서자 발이 빠지기 시작했다. 그래도 제초기를 논에다 대고 힘껏 밀기 시작했다. 처음에는 무게 탓에 앞으로 굴러가지 않던 제초기가 서서히 밀려가기 시작하더니 벼 사이사이의 풀을 뽑고 짓이기는 것이었다. 생각했던 것보다 김매기가 잘 되니까 기분도 좋고 신기했다.

스르륵스르륵 톱니가 돌아 풀을 뽑으며 앞으로 나아갈 때는 나도 이제 어른들처럼 농사꾼이 다 된 것만 같았다. 지나가던 동네 어른들이 보시고는 너도나도 잘한다며 칭찬을 해주셨다. 학교가 끝나면 곧장 논으로 가 그렇게 김을 맸더니 3일 만에 500평의 논을 다 맬 수 있었다. 누나는 웃으며 내게 말했다.

"이제 우리 재길이도 농사일 잘하는구마."

"농사일도 잘하마 좋지만도, 내년에는 중학교에 가야 하니까네 공부도 열심히 해야 칸데이."

저녁 늦게 잠깐 집에 들른 큰형이 이렇게 이야기했다. 모내기를 하고 벼를 벨 때까지 세 번 김을 매고, 세 번 농약을 쳐야 했다. 농약병에 적혀 있는 대로 물과 농약을 비율대로 혼합해서 농약 살포기를 짊어지고 논으로 갔다. 한 손에는 분무기를, 또 한 손에는 펌프 손잡이를 잡고 위아래로 움직여서 논의 이곳저곳을 차례대로 뿌리기 시작했다.

열네 살 나이의 소년이 감당하기에는 너무도 버거운 농사일이었다. 그러나 한편으로는 나도 졸업을 하고 나면 남의 집에서 머슴살이를 할 수 있을 것 같은 기대감이 들기도 했다.

학교에서는 6학년의 마지막 소풍은 버스를 대절해서 경주 불국사로 2박 3일 동안 수학여행을 간다고 했다. 그러나 수학여행 경비가 우리 집에서 내기에는 힘든 금액이었다. 선생님의 말씀대로 아이들은 경비를 가지고 왔지만 나는 내지 못했다.

국민학교에서 가는 마지막 소풍, 그 수학여행을 나만 결국 가지 못하였던 것이다. 수학여행을 가지 않은 그 며칠 동안 나는 열심히 일을 했다. 아이들이 수학여행을 떠난 그 이튿날 큰형이 이 사실을 알고 집에 와서 누나에게 물었다.

"누야, 재길이 수학여행 간다 카는 거 누야는 알고 있었드나?"

"아이다, 내도 몰랐다 아이가. 자가 내한테도 말 안 하드라."

"재길이 니, 누야한테라도 이바구했으며 좋았을 낀데, 와 말을 안 했드노? 형이 되가 수학여행도 몬 보내주고 형아가 미안타……."

큰형은 가만히 나를 안아주었다. 나는 그런 누나와 형을 바라보며 짐짓 아무렇지도 않은 듯 환하게 웃어 보였다.

# 배움에의 갈망

수많은 우여곡절 끝에 한 해 농사의 결실을 맺는 추수철이 찾아오고 있었다. 가을이 시작되면서 나의 농사일은 더욱 힘이 들었다. 논의 벼도 베어야 했고 밭에 심은 콩과 고춧대도 뽑아야 하는 등 그리 많지 않은 농사일이었음에도 그해에는 거의 다 내가 해야만 했다.

친구들은 학교에서 돌아오면 소를 산으로 끌고 가, 소가 알아서 풀을 뜯도록 놓아두고 그동안 놀잇거리를 찾아 놀면 그만이었는데, 소가 없는 우리 집은 소 먹이는 것보다 훨씬 힘든 일을 해야만 했다.

담임선생님이신 정우호 선생님은, 6학년 담임이라서 그러셨는지 중학교 진학을 위한 공부에 열의가 대단하셨다. 겨울방학이 시작되기 전, 선생님께서 우리들에게 말씀하셨다.

"중학교 시험 칠 사람은 방학하기 전까지 원서비 300원하고 사진 세 장을 내한테 제출해야 칸데이."

나는 집에 와서도 누나에게 아무 말도 할 수가 없었다. 중학교에 다니고 있던 작은형도 엄마가 돌아가신 후, 남의 집 머슴살이로 전락

하고 말았는데, 그 와중에 내가 중학교에 다니고 싶다는 말을 차마 할 수는 없었다.

그러던 어느 날 밤, 누나와 큰형이 방 안에서 조용히 나누는 대화를 듣게 되었다.

"내년에는 재길이를 중학교에 보내야 카는데, 재길이는 일도 잘하지마는 공부를 잘하니까네 꼭 중학교에 보내는 기 좋지 않게노?"

"하며, 재길이는 공부 더 마이 할 수 있구로 중학교 꼭 갔으믄 좋겠데이, 내도. 그란데…… 재천이가 걱정이구마. 재길이 중학교에 가고 2년 있다가 재천이도 가야 할 낀데, 우리 형편에 둘을 중학교를 우예 보낼지…… 아이다, 그거는 고마, 그때 가서 생각해뿌자. 우선은 재길이부터 중학교에 보내놓고 그다음은 또 그다음에 생각해보제이. 그라믄 되지 않겠나, 그자?"

인기척을 내지 않고 집을 나온 나는 중학교에 갈 수 있다는 생각에 무척이나 기뻤다. 괜스레 나뭇가지를 들고 허공을 향해 힘껏 휘둘렀다. '휙휙' 하며 밤공기를 가르는 소리가 듣기에 싫지 않았다.

그러나 기쁜 마음도 잠시, 나 때문에 동생 재천이가 나중에 중학교에 갈 수 없게 되면 어쩌나 하는 고민이 생기기 시작했다.

아홉 살 어린 나이에 엄마를 잃은 불쌍한 막내 동생인데, 하물며 나는 몸이라도 튼튼하지만 재천이는 키도 작고 몸도 약하기까지 하지 않은가? 큰형이 돌아가고 잠자리에 들어서도 나는 잠을 이룰 수 없었다.

'우리도 부모님이 살아계시고 부잣집에서 태어나 오 남매 모두 중학교도 가고 고등학교도 가면 얼마나 좋을까.' 이런 이룰 수 없는 상상을 해보기도 하였다.

며칠 후, 원서 마감일이 되었다. 겨울 방학 전의 마지막 수업 일이었다. 모두들 기쁘고 들뜬 마음이었지만 나는 기뻐할 수만은 없었다. 수업을 끝내시며 선생님은 나에게 말씀하셨다.

"재길이는 교무실로 잠깐 왔다가 집에 가그라."

나는 교무실의 선생님 책상 앞으로 갔다.

"니는 와 사진하고 원서비 안 가왔드노? 대답해 보그라."

나는 솔직히 말씀드렸다.

"우리 큰형하고 작은형은 집안 형편이 어려버가 지금 남의 집에서 머슴 살고 있고예, 누나는 남의 집 품 팔러 다니고 있어예. 지금 내하고 동생이 학교를 다니고 있는데, 2년 있으마 동생이 중학교에 가야 한다 아임니꺼. 그래가 지는 중학교에 갈 수가 엄심니더……."

나의 이야기를 들으시고 선생님은 나직이 말씀하셨다.

"재길아, 공부라 카는 기는 다 때가 있는 기다. 어렵고 힘들지만도 지금 공부를 하지 않으마 안 되는 기다. 이 선생님도 독학으로 어렵게 공부를 해가 이렇게 니를 가르치는 선생이 되었다. 원서비하고 사진 값은 내가 줄 테니까네, 니는 시험만 잘 치마 된다. 성적이 5등 안에만 들마 입학금하고 등록금은 면제가 된다, 아이가. 니는 충분히 5등 안에 들끼구마."

선생님의 이 같은 말씀을 들은 후 나는 말했다.

"선생님요, 지는 시험 안 칠랍니더……."

안타까움에 한숨을 내쉬고 계시는 선생님의 모습을 뒤로하고 나는 교무실을 나왔다. 교무실을 나오는 나의 발걸음은 내 마음만큼이나 너무도 무거웠다.

겨울방학 동안 나는 마을에서 한문을 가르치시는 친척아저씨를 찾아갔다. 나보다도 나이가 많은 사람들이 한문을 배우고 있었다. 나는 집에 있던 ≪동몽선습≫이라는 책을 가르쳐 달라고 부탁드렸다.

"니는 내년에 중학교 가야지, 와 한문을 배울라카노?"

나는 중학교에 갈 수 없는 형편이야기를 하며 가르쳐 달라고 사정을 하였다.

"좋다, 내 니한테 한문을 가르쳐 주꾸마. 수업료는 안 가와도 된다. 그 대신에 한문을 배우다가 절대로 중간에 그만두지 말고 끝까지 다 배워야 칸데이."

나는 몇 번이고 고맙다는 인사를 하고 집으로 돌아왔다.

이튿날부터 나는 정말 열심히 배웠다. 나보다 나이가 많은 사람들과 같이 앉아 지지 않으려는 듯 정말 열심히 했다.

동네에서 가난한 집을 선별해 산에 나무를 심는 사방사업이라는 것을 하라고 했다. 사방사업을 하면 면에서 품삯으로 밀가루를 준다는 것이었다. 우리 집은 큰형과 작은형이 머슴살이해서 못 가고, 누나는 여자라서 못 가고, 결국 내가 가기로 하였다.

매일 아침, 추운 날씨였지만 삽을 들고 우리 마을에서 10리나 떨어진 먼 산까지 가서, 벌거숭이산을 여러 명이 돌아다니며 오리나무와 아카시아나무의 묘목을 심고 잔디도 심었다.

일이 끝나면 십장아저씨가 매일같이 일한 대가로 전표를 나누어 주었다.

열흘에 한 번씩, 면사무소에서 밀가루를 나누어 주는 날에는 누나와 함께 전표를 밀가루와 교환해서, 나는 지게에 지고 누나는 머리에 이고 10리 길을 땀을 흘려가며 가지고 왔는데, 힘은 들었지만 내가 한 노동의 대가로 배고픔을 해결할 수 있다는 생각에 마음은 뿌듯했다.

밤에는 동몽선습을 배우고 낮에는 사방사업을 하러 다닌 결실이 방학이 끝나갈 무렵, 마루에 쌓여 있는 여러 부대의 밀가루 더미로 드러났다. 밀가루 몇 부대에 우리 집이 부자가 된 듯한 기분이었다.

동몽선습은 방학이 시작되자 배우기 시작해, 방학이 끝날 무렵에는 다 마칠 수 있었다. 한문을 가르쳐주신 아저씨가 마지막 수업 날 이렇게 말씀하셨다.

"낮에 사방사업 다니면서 밤에는 한문도 열심히 배우고 참말 잘했데이. 앞으로도 계속해서 열심히 외우고 쓰고 해야 한데이."

집에 돌아와 누나에게 아저씨에게 동몽선습을 다 배웠다고 했더니 누나는 쌀을 불려 방앗간에 가서 가루로 만들어 송편을 만들어 주었다. 그것을 아저씨께 갖다 드리라고 했다. 나는 담배 가게에서 풍년초 한 갑을 사서 누나가 싸준 송편 보따리와 함께 들고 아저씨를 찾아갔다. 내가 송편 보따리와 풍년초 한 갑을 내어놓자 아저씨가 입을 여셨다.

"이기 다 뭐꼬? 느그 집 살림살이도 어려분데 이래 떡을 해가 오면 우짜노? 양식을 이래 쓰마 되겠나? 느그 누나가 해준 떡은 벌써 해왔으니까네 맛나게 묵을 끼구마. 누나한테 맛나게 잘 먹겠다꼬 전해 주그라. 하지만도 이기는 도로 갖다 주뿌라."

그러시면서 담배를 내 앞에 도로 밀어놓으셨다.

"아임니더, 지는 아자씨가 지한테 갈차주싱는 게 참말로 고마버가 뭐라도 드리야겠는데, 드릴 게 없어가 죄송합니데이. 이담에 돈 마이 벌마 그때는 더 좋은 담배 사다 들릴게예. 풍년초밖에 몬 드리지만은 받아주이소."

나는 얼른 인사를 하고 밖으로 나왔다.

졸업식 전날이 되었다. 그날은 그동안 우리를 가르쳐주신 선생님의 은혜에 감사하는 마음으로 자그마한 선물이라도 드리는 사은회 날이었다. 나도 선생님께 뭐라도 해 드려야겠는데 드릴 것이 없어서, 학교 앞 가게에서 파는 제일 싼 술 한 병밖에는 사지 못했다.

다른 아이들처럼 선물을 드릴 수도 없었고, 그 죄송한 마음을 뭐라 표현도 할 수 없었다.

졸업식 날, 나는 여러 장의 상장들과 함께 상품으로 옥편과 노트 등을 받았다. 6년 동안을 다녔던 학교를 이제 다시는 올 수 없다고 생각하니 가슴 한편이 먹먹해져 왔다. 입학을 할 때가 엊그제 같은데 벌써 시간이 6년이나 흘렀다고 생각하니 새삼 지난날의 기억들이 떠올랐다. 우리들은 마지막 인사를 하고 헤어져 각자의 집으로 향했다.

졸업을 하고서도 나의 생활에 변화란 없었다. 나는 이제 졸업도 했으니 금년에는 농사일을 좀 더 열심히 해서 돈도 벌어 봐야겠다는 다짐을 했다.

졸업을 하고 3일이 지났다. 동생 재천이가 학교에서 오자마자 내게 말했다.

"정우호 선생님이 형아 내일 학교로 쫌 오라 카더라. 형아네 담임이었던 선생님 맞제?"

이튿날, 학교 교무실로 선생님을 찾아갔다. 졸업한 지 얼마 지나지 않았는데도 꽤 여러 날이 지난 것처럼 느껴졌다. 선생님은 내게 의자를 밀어주시며 앉으라고 권하셨다. 나는 권해주신 의자를 당겨 앉았다. 내가 앉자 선생님은 두꺼운 책 한 권을 내 앞에 놓으셨다.

"재길아, 앞으로 어렵고 힘이 들더라도 이 책을 가지고 공부를 해 보그라. 공부를 하믄서 이해가 가지 않을 때나 잘 모르겠을 때는 은

제든지 내한테 찾아온나."

책의 제목은 ≪중앙 강의록≫이었다. 나는 그저 눈만 껌벅이며 선생님을 바라보았다.

"니가 중학교 시험을 치지 않은 것이 이 선생님은 억수로 안타깝데이. 앞으로 재길이 니가 어데를 가든 무엇을 하든지 간에, 공부는 꼭 해야 한데이."

선생님은 진심 어린 걱정과 염려가 가득 담긴 얼굴로 나를 바라보시며 내 머리를 쓰다듬어 주셨다. 선생님의 진심이 내 마음에 느껴지면서 그의 따스한 손길이 머리에 닿자 나는 왈칵 울음을 터뜨렸다. 그렇게 그의 앞에서 한참을 울었나.

"선생님요, 지도…… 공부하고 싶습니더……. 지도…… 중학교 참말로 가고 싶습니더……. 하지만도 지가 중학교에 가마 동생 재천이가 중학교를 몬 갈 낀데 우얍니꺼? 지는 중학교에 가지 몬해도 제 동생은…… 꼭 중학교에 가야 한다 아임니꺼……. 재천이는 아홉 살 때 엄마가 돌아가시가 지보다 더 불쌍한 놈임니더……. 지는예, 괜안심니더…… 지는 괜안심니더……."

"니가 농사일을 할란지 도회지로 나가 살게 될란지는 알 수 없겠지만도 어데 가서 살든지 공부 꼭 하레이. 그래 하는 기 쉽지 않겠지만은 아무리 어려움이 닥쳐도 공부라는 것을 하지 않으마 안 되는기라. 니를 오라칸 것도, 니하고 내하고 약속을 할라고 했기 때문이다. 자, 앞으로 무신 일이 생기도 꼭 공부하겠다고 약속해라!"

"선생님, 중학교에도 가지 않는데 지가 우예 공부를 할 수 있겠능교?"

"세상에 훌륭한 위인들 중에도 혼자 독학으로 공부해가 성공한 사람들 마이 있다. 그라니 니는 배우겠다는 의지를 절대로 꺾으마 안 된다. 약속하그라."

"알겠심더. 선생님 말씀대로 어데서 우찌 살든지 간에 꼭 공부하면서 살겠심더."

나는 《중앙 강의록》을 품에 안고 선생님의 배웅을 받으며 교문을 나섰다.

# 살기 위한 노역

　우리 마을에서 같이 졸업한 친구들 중 남자아이들은 안동 2명, 서울 1명, 고향 중학교 2명, 이렇게 나를 제외한 모두가 시험에 합격해 입학을 하였다. 그리고 그들은 각자가 다니게 될 중학교로 떠났다. 검정 교복에 노란 배지를 달고 검정 모자를 쓰고, 까만 운동화를 신고 학교에 가는 친구들의 모습을 바라본 나의 마음은 착잡하기 그지없었다. 그 모습이 보기 싫어서 나는 일부러 피해 다니기까지 했다.

　봄이 되자 우리 마을에서 10여 리 떨어진 지보리라는 마을에서 농경지 정리사업이 벌어졌다. 농경지 정리사업에 대해 책에서 보고 배운 바로는, 선진국인 미국은 기계공업 기술이 발달해서 트랙터와 불도저 등과 같은 중장비로 흙을 파고 밀면서 땅을 고르게 한다는 내용이었는데, 우리가 해야 하는 농경지 정리사업은 모두 삽과 지게를 지고 계단식으로 생긴 논의 맨 위 논에 가서 흙을 퍼 담아 지게에 지고 내려와 아래 논에다가 붓는 것이었다. 그것은 정말 힘든 작업이었다.

　일을 한 품삯으로는 밀가루를 받을 수 있었다. 농경지 정리사업을 하러 오는 사람은 모두가 어른이었다. 어린 아이는 작은형과 나, 둘뿐이었다. 지게에 흙을 지고 나르는 고된 일이라서 어린 사람은 일을 시키지 않는데, 때마침 일을 감독하는 십장이 우리 마을아저씨였다. 그는 가난하게 살고 있는 우리를 많이 배려해주어 농경지 정리사업에 나가서 일을 할 수 있도록 해주신 것이다.

큰형은 머슴을 금년 한 해 동안 더해야 할 것 같다며 올해도 머슴살이의 길을 택했다. 그래서 작은형과 내가 농경지 정리사업을 하러 다녔다.

아침 일찍 누나가 싸주는 밥보자기를 지게에 매달고 삽을 얹은 후 농경지 정리사업장으로 갔다. 일을 시작하기 전, 십장아저씨는 다섯 명씩 팀을 만들어서 줄자로 하루에 일해야 할 할당량을 배당해주었다. 일을 잘하는 어른들이 하루에 받는 일당은 ― 밀가루 반 부대, 이것을 100%로 계산했다 ― 100%였다.

나와 작은형과는 아무도 팀을 같이 하려고 하지 않았다. 우리가 어려서 일을 빨리 하지도 못하고, 지게에 흙도 많이 지고 다니지 못하기 때문에 일의 능률이 오르지 않을 것이라고 생각했기 때문이었다. 그래서 작은형과 나는 따로 일을 해야 했다.

삽으로 흙을 퍼서 지게에 담아 지고 하는 일은 쉬운 일이 아니었다. 꽃샘추위가 한창이던 날씨였지만 등줄기에서 땀이 흐를 정도로 고된 노동이었다. 한참을 그렇게 일을 하니 어느덧 점심시간이 되었다. 이 마을 저 마을에서 일을 하러 온 아저씨들은 점심시간이 되자 같은 마을에서 온 사람들끼리 둘러앉아 식사들을 하였다.

점심을 먹고 나자 사람들은 대부분 따뜻한 햇볕을 쬐며 낮잠을 잤다. 우리도 얼른 점심을 먹었다.

"재길아, 우리도 저쪽에 따뜻한 데서 한잠 자자."

작은형은 그렇게 말했지만 내 생각은 달랐다.

"내는 지금 일을 해야 한다꼬 생각한다. 저 아저씨들은 우리보다 힘도 씨고 일도 잘해가 지금 쪼매 자도 할당량을 다할 수 있겠지마는 우리는 그렇지 몬하나까네, 쪼매라도 밀가루를 더 받을 수 있는 전표를 받을라머 딴 사람들이 저래 일을 안 하고 있을 때 일을 더해야 되지 않겠나 싶다. 형은 힘들마 쪼매 자고 온네이."

나는 지게를 짊어지고 일하던 곳으로 가서 지게에 흙을 퍼 담았다. 담은 흙을 다시 지고 아래 논으로 가서 쏟아 부었다. 작은형이 그런 나를 보고 같이 일을 하기 시작했다.

여러 마을에서 일을 하기 위해 모여든 사람들은 그 수가 수백 명이었다. 그중에 점심시간에 쉬지 않고 일을 하는 사람은 우리 둘뿐이었다. 작은형과 나는 일을 하면서도 왠지 기분이 좋았다. 그러다 어떤 아저씨가 하는 말이 들렸다.

"아이고, 야야, 느그들 점심시간에 쉬지 않고 일한다 케서 십장이 느그들한테 밀가루 더 주지 않는데이. 그래 힘 빼지 말고 쉬는 시간에는 쉬라, 고마."

우리는 못 들은 체했다. 점심시간에 쉬지 않고 일을 해서 그런가, 아침에 줄자로 재어 받은 할당량을 우리는 다른 사람들보다 빨리 끝낼 수 있었다.

해가 질 무렵, 십장아저씨의 호루라기 소리에 모두들 모여서 전표를 받았다. 할당량을 다한 사람들은 100% 전표를, 할당량을 마저 끝내지 못한 사람은 70~80%의 전표를 받을 수 있었다. 순서를 기다린 끝에 우리도 전표를 손에 넣을 수 있었다. 십장아저씨는 작은형과 나에게 100% 전표를 주었다. 형과 나는 전표를 받아들고 깜짝 놀라 입이 절로 벌어졌다. 그런데 우리보다 더 놀란 것은 우리의 전표를 본 수백의 어른들이었다. 그 사람들은 십장아저씨에게 항의를 했다.

"우째서 이래 어린 것들한테는 100%짜리를 주고, 힘들게 더 많이 일한 우리한테는 70, 80%짜리를 주능교? 이게 말이 됩니꺼? 이기 바로 십장이 부리는 횡포가 아이고 뭡니꺼?"

십장아저씨는 나머지 사람들에게 전표를 마저 나누어주고 호루라기를 불어 사람들을 조용히 시켰다.

"오늘, 여 있는 애들에게 100%짜리 전표를 준기는 나의 횡포가 아이고, 이 애들이 정당하게 받은 깁니다."

"말또 안 됩니다! 애들이 일을 해봐야 울매나 할 수 있겠능교? 이 딴 식으로 하마 우리는 낼부터는 일하러 나오지 않을 낍니다!"

"여러분, 오늘 아침에 내가 줄자로 여러분들이 보는 앞에서 할당량을 모두 똑같이 노나 주었는데, 그 할당량을 다 마친 사람한테는 100%짜리를 주었고, 다 몬한 사람한테는 일한 양에 따라서 전표를 주었심니다. 그란데 여 있는 애들은 즈그들이 해야 할 할당량을 다 마쳤심니다. 그것도 다른 사람들보다 훨씬 먼저 끝냈다 말입니다. 할당량을 다하마 100%짜리 전표를 준다 켔는데, 야덜이 어리다꼬 해서 덜 줘야 한다 카는 기 말이 됩니까? 오늘 100%짜리를 몬 받은 사람은 야들보다 일을 들 했기 때문이다, 그 말입니다! 100%짜리 전표를 받고 싶으마 내일부터 열심히 일을 해야 할낍니다!"

그러자 사람들은 하나 둘 자리를 뜨더니 각자의 집으로 발걸음을 옮기기 시작하는 것이었다.

동네에 채 들어서기도 전에 어둑어둑해져 왔다. 하루 종일 힘든 노동을 하고도 다시 지게를 지고 10리 길을 걸어와야 하는 작은형과 나는 어른들도 일을 열심히 해야만 받을 수 있다는 100% 전표를 하나씩 손에 들고 혹시 잘못된 것이 아닌지 이리저리 살펴보고 신기해하며 집으로 왔다.

저녁을 먹으며 전표를 꺼내 누나에게 주었다. 누나는 전표에 찍힌 도장을 보고는 어떻게 100% 전표를 받았느냐며 놀라움을 감추지 못했다. 우리는 그런 누나에게 오늘 있었던 일을 마치 전장에서 이기고 돌아온 개선장군마냥 과장된 몸짓으로 이야기했다. 이야기를 하는 그때까지도 여전히, 전표를 처음 받았을 때처럼 기분이 좋았다.

다음 날도 우리는 또다시 지게를 지고 논 한가운데서 쉬지 않고 일을 했다. 점심시간이 되어서 점심을 먹은 사람들은 어제의 일은 모두들 잊었는지 달콤한 낮잠을 즐기고 있었지만 형과 나는 점심시간에도 역시 열심히 일을 했다. 어제처럼 십장아저씨에게 따지는 사람은 아무도 없었다.

# 가난한 오 남매

농사철이 시작될 무렵, 농경지 정리사업도 끝이 났다. 농사철에는 논에다가 모내기를 해야 하기 때문인 것 같았다. 작은형은 고민 끝에 결론을 내린 듯했다.

"집에 있어봐야 남의 집에 품이나 팔러 가는 거밖에 더 하겠노? 이참에 도회지로 나가가 일자리 함 구해 보는 기 우짤까 싶다."

큰형과 누나는 그런 작은형을 걱정스러운 눈빛으로 바라보았다.

"안 가마 좋긴 하겠는데, 니 말에도 일리가 있는 거 같데이. 어데 갈 데만 있이마 도회지로 가가 생활해보는 기도 괜안겠제. 그래, 니 생각대로 함 해보그라."

며칠 후 작은형은 인천의 작은고모 댁에서 어디 취직자리라도 알아보겠다며 집을 떠났다. 작은형이 떠난 뒤, 우리 집 농사일을 온전히 도맡아 해야만 했던 나는 눈코 뜰 새 없이 바빴다. 더욱이 우리 집 농사야 얼마 되지 않았지만, 툭 하면 큰집에서 불러 일을 시키는 통에 아주 애를 먹었다. 부르는데 가지 않을 수도 없고, 가서 일을 늦도록 해도 품삯조차 전혀 받을 수 없었다. 큰집에서 일하라고 부르지 않는 날에는, 품삯을 받아가며 다른 집의 일을 해주곤 할 수 있었다.

누나 역시 농사철이 시작되자 여기저기 이웃집의 밭도 매주고 모판의 피 뽑는 일도 마다하지 않고 닥치는 대로 일을 하였다. 그렇게 해서 저녁에는 누나가 일해준 집에 가서 나는 물론이고 동생 재천이까지 밥을 얻어먹었다.

엄마가 살아계셨을 때도 가난했는데, 돌아가신 후에는 이 가난이라고 하는 굴레는 우리 오 남매를 더욱더 옥죄어 오는 것 같았다.

엄마가 돌아가시고 누나는 말이 누나지 우리에게는 정말이지 엄마와도 같은 존재였다. 마을 처녀들은 스무 살만 되어도 시집을 가고, 누나보다도 훨씬 어린 처녀들도 시집을 가곤 했다. 그러나 누나는 어린 우리들 걱정에 시집갈 생각은 아예 하지도 않았다. 이따금 중매를 서겠다며 물어오는 사람도 있었지만, 누나는 한결같이 동생들이 모두 커서 제 앞가림 할 때까지 시집을 가지 않겠다고 잘라 말하는 것이었다. 그러면 큰형은 무슨 소리냐며 펄쩍 뛰었다.

"그기 무신 소리고? 안 된다. 좋은 사람 있이며 시집을 가야제, 우째 그런 말을 하노? 누나도 이제 시집가 행복하니 살아야 한데이. 우리 걱정은 안 해도 된다."

마을 사람들은 누나의 착한 성품과 알뜰한 살림살이며, 동생들도 잘 보살핀다는 것을 잘 알고 있었고, 그래서 모두들 칭찬을 아끼지 않았다. 그러다 보니 누나에 대한 이야기가 멀리 있는 다른 마을에까지 전해지기도 하였다.

어느 날, 누나가 다른 집에 일을 해주러 가서 없고 내가 지게 멜빵을 고치고 있을 때, 50대의 한 아주머니가 집에 들어서는 것이 보였다.

"느그 엄마 집에 있나?"

"엄마는…… 그기…… 잠깐 이웃집에 가셨는데예."

나는 얼떨결에 그렇게 대답했다.

"근데, 누구심니꺼?"

"내는, 느그 엄마 친구다. 느그 집 좀 둘러봐도 되제?"

그러더니 방 안을 살펴보고 부엌살림도 보고, 심지어는 솥뚜껑까지 열어 보는 것이었다. 아주머니는 그렇게 온 집 안을 한 바퀴 훑어보고는 돌아갔다.

참으로 이상한 사람이라고 생각을 했지만 어디서 온 누구인지는 끝내 알 수 없었다.

그러나 그 일이 있은 얼마 후부터 누나의 중매를 서겠다는 사람들이 많아지기 시작했다. 부모님도 없는 집에서 어린 동생들을 돌보며 열심히 살아가는 누나의 인간 됨됨이가 마음에 들어, 여기저기에서 호감을 갖고 며느리로 들이고 싶어 하는 것이 아닌가 하는 생각이 들었다.

나는 우리 농사와 여러 집의 일들도 해주며 농사짓는 기술도 하나하나 배워 나갔다. 마을 사람들은 이런 나를 언제나 칭찬했다. 이렇게 앞으로 몇 년만 지나면 우리 집도 가난에서 벗어날 수 있는 날이 빨리 찾아오지 않을까 생각해 보았다.

가끔씩 낮에 땔나무를 하러 산으로 다니다가 산마루에 서서 먼 신작로를 바라보노라면, 가끔 버스가 지나는 모습이 보였다. 그때까지 세상에 태어나 버스라고 하는 것을 단 한 번밖에 타보지 못했다. 내가 앞으로 열심히 살면 저 버스를 타고 세상 밖으로 나가게 될 수 있을까?

하루 종일 일을 하고 돌아와 저녁에 호롱불 밑에서 선생님이 주신 ≪중앙 강의록≫을 보고 있자니 얼마 가지 않아 눈꺼풀이 덮여 오곤 했다. 그럴 때면 지난 겨울에 배운 '동몽선습'을 일부러 큰소리로 읽었다. 그러나 혼자 하는 공부는 그리 쉽게 되질 않았다. 큰형이 가끔씩 집에 들러서 공부를 게을리해선 안 된다며 종종 가르쳐주기도 했지만 나는 큰형의 생각대로 되지 않았다.

중학교에 다니는 친구들은 토요일 오후면 내려왔다. 어떤 때는 교복을 입은 채로 나에게 온 적도 있었다. 반갑기도 했지만 사실 부러운 마음이 더 컸다. 교복에 모자를 쓰고 운동화까지 신은 모습은 정말이지 근사해 보였다. 그들은 일주일에 한 번씩 집에 와도 전혀 일도 하지 않고 동네 여기저기를 돌아다니며 소일하다가, 학교로 갈 때는 이것저것 싸갖고 가기까지 했다. 나는 그런 그들의 모습을 보면서 헛된 꿈도 잠깐씩 꿔 보았지만, 곧 지금의 나의 현실을 받아들여야만 한다는 사실을 인정해야 했다. 그러면서 나는 마음속의 칼에 더욱더 날을 세웠다.

'느그들이 공부를 할 동안에 내는 열심히 돈을 벌어가 이담에 공부마이 한 느그들보다 더 잘 살마 될 거 아이가!'

다행히도 동생 재천이는 공부를 아주 잘했다. 나이는 어리지만 누나가 엄마 못지않게 살뜰히 보살펴준 덕에, 엄마가 돌아가신 그 이후로 단 한 번도 엄마를 찾지 않았다.

그리고 이제 우리 집도 몇 년 전보다는 어느 정도 생활이 안정이 되어 굶고 지내는 지경에서는 벗어난 것 같았다. 불과 얼마 전만 해도 굶는 것을 밥 먹듯 했었는데……

그러고 보니 그때 일이 떠오른다. 먹을 것이 없던 어느 날, 정미소를 지나가다가 밀가루에서 가루를 빼고 남은 찌꺼기인 밀기울이 있는 것을 보고, 정미소 주인에게 사정사정하여 밀기울을 얻어 가지고 와 죽을 끓여 먹었던 것이 말이다.

몇 끼니를 굶다가 그 밀기울 죽을 먹고 오 남매가 하나같이 머리가 아파 일어나지도 못했었는데, 이웃 어른이 우리가 먹은 밀기울 죽을 보고 하시는 말씀이, 밀기울에는 머리를 아프게 하는 독성이 들어 있다고 하시는 것이었다. 우리는 이때 두통으로 그렇게 고생을 했는데, 요즘에는 이 밀기울이 풍부한 식이섬유와 각종 무기질 함량이 높다 하여 영양식품으로 인정받고 있으니 아이러니한 일이 아닐 수 없다.

우리는 정말이지 먹고살기 위해, 들로 산으로 다니며 굶어 죽지 않으려고 무던히도 애를 썼다. 큰형이 집에 들러 이야기를 했다.

"금년만 남의 집 머슴살이를 하마 내년부터는 장사라도 해볼 수 있을 끼다. 이미 올해도 절반이 지나 갔으니까네 조금만 더 참고 견디마. 우리에게도 잘살 수 있는 날이 곧 올끼구마. 그라니 누야도 좋은 혼처자리가 들어오머 우리 걱정일랑은 고마하고 시집갈 준비해라."

나는 누나와 형의 이야기를 듣고, 우리가 이만큼이라도 살 수 있게 된 것이 정말이지 꿈인 것만 같았다.

# 열여섯, 고향을 떠나다

1967년, 설날이 되었다. 국민학교를 졸업한 지도 1년이 넘어가고 있었다. 그동안 나는 아무것도 하지 못한 채 세월만 흘려보내고 있었다. 고작 일해 봐야 얻을 수 있는 것도 없는 큰집 일만 죽어라 해야 했다.

차라리 남의 집에서 품이라도 팔았으면 품삯으로 낟알이라도 몇 가마니 받을 수 있었을 텐데 올해도 역시 큰집에서 새경도 못 받는 머슴살이를 해야 한단 말인가? 한숨이 나왔다.

정월 초이튿날, 아버지의 막내고모, 우리에게는 고모할머니이신 분이 집에 찾아오셨다. 우리 동네에서 10리 정도 떨어진 '만촌'이라는 동네에 그분의 시댁이 있어, 설을 쇠러 왔다가 대구로 돌아가는 길에 잠깐 들여다보고 가실 요량으로 들르신 것이었다. 갑자기 큰형이 할머님의 손을 덥석 잡았다.

"할무이, 우리 재길이 쫌 데불고 가주이소. 데리 가가 아제한테 취직시켜 돌라꼬 말 쫌 해주이소. 할무이요, 쫌 데불고 가주이소, 야?"

막무가내로 떼를 쓰는 형의 모습에 할머니는 잠시 생각을 하셨다.

"야야, 고마 알았다. 함 가보꾸마."

잠시 후 내 손에는 돈 500원이 들려져 있었다.

"재길아, 지금부터 이 누야가 하는 말 잘 새기 들으야칸데이. 기술을 배울라면 대구에 꼭 가야 한다 말이다. 그라니까네 할무이 따라 대구에 가가, 거서 할무이 말씀 잘 듣고 기술도 열심히 배워야 칸데이. 누야 말 잘 알아들웃나?"

"그래, 니가 여 있어 봐야 겨우 머슴살이밖에 더 하긋노? 그라니 이참에 올라가가 잘함 해보그라."

불과 몇 시간 안에 일어난 일에 나는 어안이 벙벙했다. 나는 누나와 형에게 좋다 싫다 말할 겨를도 없이 할머니를 따라나섰다. 나룻배를 타고 강을 건너며 나는 몇 번이고 내 고향 마을을 돌아보았다. 내 나이 열여섯 살, 내가 태어나고 자란 고향마을을 떠나 겪게 될 힘겨운 타지생활의 고난이 그렇게 시작되고 있었다.

박박 깎은 머리에 검정고무신을 신고 할머니의 뒤를 따르는 나는 버스 타는 곳까지 가는 그 거리가 그렇게 멀게 느껴질 수가 없었다. 한참을 기다린 후에야 버스가 왔다. 버스요금은 대구까지 220원이라는 거금이—예전에 영화관람 때 버스비와 영화관람 비용으로 든 돈이 50원이었던 것에 비하면—들었다. 누나가 쥐어준 500원을 주고 280원을 거슬러 받았다.

비포장도로를 달리기 시작한 지 몇 시간 후, 버스가 대구 시내로 들어서자, 나의 눈은 휘둥그레졌다. 시골에서 자라 도회지 구경이라고는 한 번도 해본 적 없는 내 눈앞에 대구라는 도시의 모습은 실로 엄청난 현실로 다가왔다.

그런 복잡한 대구에서 할머니를 놓치면 길을 잃게 될까봐 할머니에게 바짝 붙어 따라가 할머니가 살고 계시는 집으로 들어섰다. 할머니의 집은 대구에서도 동쪽으로 제일 끝에 있는 범어동의 대구목장 뒤, 산 중턱에 있었다.

　단칸방에서 할머니를 비롯한 아들 내외 그리고 아이들 네 명까지, 모두 일곱 명이 생활하고 있었다. 이제 거기에 나까지 합치게 되었으니 여덟 명이 작은 방 안에서 함께 잠을 자야 했다. 아저씨는 전기다리미와 형광등을 만드는 공장에 다니고, 아주머니는 범어시장에서 생선장사를 하고 있었다. 아저씨는 공장에 다니시며 새벽에 자갈마당 시장에 가서 생선을 사가지고 매일같이 자전거로 실어다 아주머니가 장사하는 시장에 내려놓고 출근을 하셨다.

　할머니는 손자들 뒤치다꺼리와 집안일을 도맡아 하시고 계셨다. 아주머니가 장사를 마치고 돌아올 때는 남은 생선을 갖고 오셔서 이튿날 반찬으로 먹곤 했다. 산으로 덮인 시골에서 나고 자란 나로서는 바닷고기는 한 번도 먹어 보지도 구경하지도 못한 생선들뿐이었다.

　대구에 온 지 며칠이 지났을 때 할머니가, 아주머니가 장사를 하는 곳에 아침밥을 가져다주고 오라고 하셔서 밥보자기를 들고 시장으로 갔다.

　아저씨는 제법 추운 날씨임에도 땀을 흘리시면 자전거 가득히 생선을 싣고 오셨다. 아주머니가 생선을 진열하는 동안 나는 밥보자기를 내려놓고 펌프장으로 가서 양동이 가득 물을 퍼 담아 가지고 왔다. 생선을 진열하고 물을 한 바가지 뿌려주니 생선이 깨끗하고 신선한 듯 윤이 나는 것이 보기 좋았다.

　할머니 가족이 살고 있는 산 중턱에는 수로시설이 전혀 되어 있지 않아서, 매일 새벽에 물장수가 리어카에 싣고 와서 파는, 한 통에 5원씩 하는 물을 사서 식수로 사용해야 했다. 나머지 생활용수는 인근 목장이나 산 아래에 있는 펌프가 있는 집에까지 가서 얘기를 하고 길어 와서 써야 했다.

나는 공장취직도 아직 못하고 해서 취직할 동안 물지게를 지고 여기저기를 다니며 물을 길어 왔다. 시골에서 땔감 같은 것을 지는 지게는 많이 져 보았지만, 물지게는 처음이었다. 물을 양쪽 통에 담아서 지게를 져보면, 중심을 잡지 못해 출렁이며 흘러넘쳐 쏟아지기 일쑤였다. 그러면 통 가득 담아들고 온 물통 안에 물이 채 반도 안 남아 있는 경우도 있었다.

여덟 식구의 세탁물과 설거지, 세숫물 등에 필요한 물은 적은 양이 아니었다. 또 그 물을 길어서 와야 하는 거리가 무려 500~600미터는 더 되는 거리여서 오다가 여러 번을 쉬어가며 다니면 하루에 물지게를 지고 있는 시간이 5~6시간은 족히 되었다.

그예 가슴에 담이 결려 왔다. 열여섯 나이에 오랜 시간을 물지게를 지며 다니다 보니 가슴에 담이 결려온 것인데, 그것이 무척이나 아프고 오래갔다. 그러나 아프다는 말 한마디 하지 못하고, 다시 아침이면 일어나서 생선가게에 물을 길어다 주고, 낮에는 물지게를 지고 물을 져 나르기를 반복했다. 할머니는 그런 내가 안쓰러우셨는지 물 긷기를 쉬어 가면서 하라고 하셨지만 나는 매일같이 밥을 얻어먹고, 비좁은 잠자리일지언정 잠까지 얻어 자고 있었으니 내 밥값은 반드시 해야 한다고 생각했다.

나는 가끔씩 집 뒤에 있는 산에 올라 대구 시내를 내려다보곤 했다. 내 주머니 깊숙이 시골에서 올 때 버스비를 쓰고 남은 280원이 들어 있었다. 이 돈은 무슨 일이 있어도 남겨두었다가 혹여라도 취직을 못 하면 고향으로 내려갈 차비로 쓸 작정이었다.

그렇게 대구에서의 하루하루가 지나가고 있었다. 누나와 큰형님이 종종 꿈에 보였다. 꿈속에서 큰형님은 남의 집 머슴살이를 하고 있었고 누나는 이웃집에서 품팔이를 하고 있었다. 그들의 모습은 비참하리만치 고단한 모습이었다. 동생도 많이 보고 싶고 궁금했다.

나는 아직 어린 나이에 대구에 올라온 것이 괜한 짓인가 싶기도 했다. 나의 대구에서의 생활은 하루하루 힘들게 지속되었다. 벌써 대구에 온 지도 한 달이 다 되었다. 공장에 취직도 하지 못하고 그저 하고 있는 일이라고는, 매일같이 시장과 집에 물을 길어다주는 것이 전부였다. 할머니를 따라 처음 대구에 왔을 때만 해도, 그래도 열심히 하면 돈도 벌면서 공부도 좀 할 수 있지 않을까 생각했었다. 그러나 나의 예상은 완전히 빗나갔다. 힘든 물지게를 진 덕에 말을 할 수도 없는, 가슴에 담이나 결렸을 뿐이었다.

고향에서는 한 번도 볼 수 없었던 광경을 보게 되었다. 시장에서 상인 한 사람이, 연탄불 위에 냄비를 올려놓고 물을 끓인 후 거기에 꼬불꼬불한 면 덩어리와 무슨 가루와 계란을 넣고 끓여서 '후루룩' 하는 소리를 내며 먹는 것이었다. 이것이 끓으면서 나는 냄새는 진정 미각을 자극하는 기가 막힌 냄새였다. 그 냄새와 먹는 모습을 보노라니 침이 입 안 가득 고여, 나는 연신 군침을 삼켜야 했다. 나는 정말 그 맛이 궁금했다. 저 국물 한 모금만이라도 먹어 봤으면…….

한참을 그렇게 보던 나는 잡화점에 가서 그것이 무엇인지 물어보았다. 그것이 바로 '라면'이라고 하는 것이었다. 나는 그 라면의 가격을 물어 보고 입을 다물 수 없었다.

10원. 라면 하나의 값이 10원이란다. 어른 서너 명이 먹을 수 있는 양의 국수 한 뭉치의 값이 5원이던 시절이니, 라면 한 봉지를 한 끼에 혼자서, 게다가 계란까지 넣어서 먹는다는 것은 나로서는 꿈도 못 꿀 일이었다. 시골에서는 구경도 못해본 라면을, 어서 빨리 공장에 취직을 해서 돈을 많이 벌어 고향집에 내려갈 때, 많이 사가지고 가야겠다는 생각을 했다.

　그러나 하루, 이틀 시간은 자꾸 흘러갔지만 취직은 좀처럼 되질 않았다. 아저씨는 조금만 더 기다려 보자고 하셨지만 나는 마음이 조급해졌다. 잠이 들면 자꾸만 고향집 꿈을 꾸었다. 처참하기까지 한 누나와 큰형의 모습과 학교에 육성회비를 못 내서 화장실 청소를 하고, 도시락이 없어 밥을 굶고 있는 동생의 모습은 내 마음을 쓰리게 했다. 그 와중에 물지게를 지다가 든 담은 고향을 그리워하고 걱정하는 마음이 더해져 시간이 지날수록 더욱 아파왔다.

　그럭저럭 두 달이 지나갔다. 나는 할머니와 아저씨께 나의 결심을 말씀드렸다.

　"지는 내일 고향에 내리갈랍니더. 여기 더 있어 봐야 공장에 취직도 몬 하고 요즘이 시골에서는 농사준비 때문에 제일로 바쁠 때라 이래 놓고 있을 수가 읍심니더."

　"요새 공장에 일거리가 별로 없어가 그런기다."

　"지는 괘안습니다. 그리고예, 시골에 내리갈 차비는 지한테 있으니까네 그 걱정은 하지 마이소."

　주머니 속에서 꼬깃꼬깃해진 돈 280원을 꺼내어 보여 드렸다.

　"확실하게 니한테 취직이 될 끼라는 약속은 몬 하지만도 내일 점심 때 공장으로 함 찾아와 보그라."

이튿날 15리나 되는 길을 걸어, 물어물어 공장을 찾아갔다. 수위실에 가서 아저씨를 찾아왔다고 했더니 얼마 후 아저씨가 나오셨다. 그는 나를 관리과 사무실로 데려가서는 총무에게 이야기를 하였다. 옆에서 지켜본 아저씨의 모습에서 느껴지는 나에 대한 책임감은 마치 부모의 그것과도 같았다. 이야기를 다 들은 총무는 나에게 내일부터 일을 시작하라고 하였다.

관리과 사무실을 나오면서 '내가 취직이 되었구나' 하는 생각을 하니, 나는 가슴이 터질 듯 너무나 기뻤다.

# 제2부 힘겨운 돈벌이

# 나의 첫 직장

    관리과를 나와 수위실 앞을 지나는데 그곳의 수위아저씨가 나를 불러 세웠다.

    "와 그라시는데예?"

    "니는 나이가 올해 맻이고? 학교는 어데까정 댕깄노?"

    "지는 올해 열여섯임니더. 예천에서 올라왔고예, 국민학교까정 댕깄심니더."

    그는 나를 유심히 바라보았다.

    "공장 기숙사 생활을 시작할라믄 안에 드가서 열일곱이라 카고 학교도 중핵교 중퇴했다 케야 된데이. 안 그라마 애들이 마이 놀릴 끼라."

    "국민학교만 나왔지만은 동몽선습이라 카는 한문책을 끝까정 배워심더."

    "첫머리만 함 외아볼 수 있겠나?"

    그는 설마 하는 눈빛으로 내게 말했다. 나는 즉시 '천지지간 만물지중'으로 시작하는 동몽선습의 첫 구절을 외우면서 종이에 써 내려갔다. 그제야 아저씨는 칭찬을 하며 인정을 하는 눈치였다.

오후에 할머니 댁에 가서 내 짐 보따리를 들고 공장 기숙사로 들어갔다. '영성기업사'라고 하는 공장은 전기다리미와 전기곤로, 형광등과 가로등인 써크라인을 만드는 공장이었다. 저녁에 공장 총무님이 나를 기숙사에 데리고 가서 기숙사에 먼저 생활하고 있던 사람들과 인사를 시켜주셨다. 기숙사 사람들의 연령층은 꽤 다양했다. 스물일곱 살이나 된 사람들도 있었고 내 또래 아이들도 네 명이나 있었다. 기숙사는 말이 좋아 기숙사지, 창고 같은 곳에 돗자리를 양쪽으로 깔아놓아, 군대 내무반처럼 만들어놓은 모양이었다. 그곳은 봄이라서 그리 춥지는 않았지만 그렇다고 해서 온돌처럼 따뜻하지도 않았다.

총무님이 나가자 나이 많은 사람이 내게 와서 기숙사 생활을 원만히 잘 하려거든 고참들이 시키는 대로 청소며 심부름 같은 것을 알아서 잘하면 문제없을 것이라고 일러주었다. 그는 그렇지 않은 경우에는 뭇매를 맞을 수도 있다는 것도 잊지 않고 말해주었다.

다음날은 총무님이 회사의 방침에 대해 이야기했다. 한 달 급여는 1,500원, 즉 하루 일당은 50원이었다. 결석을 하면 그 일수만큼 일당이 없어진다. 또 휴일은 이틀이고 만일 결석을 하지 않으면 수당이 조금 더 나온다고 했다. 기숙사에서의 밥값은 식권 한 장에 17원, 하루 밥값이 51원이나 되었다. 한 달이면 1,530원이라는 돈을 밥값으로 내야 했다. 설명을 다 듣고 나니 정말 고달픈 생활이 시작될 것만 같았다.

아침 8시부터 오후 6시까지 일과 중에 일거리가 많을 경우, 야간에 하는 근무시간 외의 잔업을 할 수도 있었다. 그것은 밤 10시 정도까지 해야 했는데 그럴 경우 시간당 수당인 5원보다 50%를 더 쳐주어

시간당 7원 50전을 받을 수 있었고 저녁도 무료로 준다고 했다.

그러나 취직만 하면 돈도 벌면서 공부도 할 수 있을 것 같았던 나의 생각은 점점 비현실적으로 느껴졌다. 그렇다고 싫다고 할 수도 없어서 직원의 안내를 따라 공장 안으로 들어갔다. 공장 안은 프레스 소리와 같은 여러 가지 기계음으로 무척 시끄러웠다.

내가 배치된 곳은 공작반으로 핸드프레스로 철판을 다리미나 형광등 같은 부속품으로 만드는 작업을 했다. 그러나 장갑도 하나 끼지 않고 맨손으로 하는 작업이라 무척 위험했다. 그렇게 며칠이 지나니 두 손이 철판에 찢기고 긁혀 피가 났다. 나보다 오래된 아이들은 요령이 생겨 나보다는 나았지만 그럼에도 상처가 많았다. 그들은 종종 손가락 절단사고가 일어난다며 조심하라고 귀띔해주었다.

기숙사 생활은 힘들었지만 그래도 견딜 만했다. 우선 변변치 못한 -밥 한 그릇과 콩나물국에 반찬도 없는- 밥일지라도 남에게 얻어먹는 것이 아니라 내가 일한 대가로 떳떳하게 내 돈 주고 사먹는 밥이라고 생각하니 마음이 무척 편했다.

취직은 했지만 돈을 모을 수는 없었다. 그런 현실이 암담하게 느껴졌다. '이렇게 벌어서 언제 돈 모으고 언제 공부는 할 수 있을까' 하는 걱정과 조바심에 업무가 끝나기 한 시간 전부터 나는 각 반의 작업반장님들을 찾아다니며 야간잔업 좀 시켜 달라고 사정을 했다. 가끔 일거리가 있을 때 나를 불러서 일을 시켜주시는 반장님들도 더러 있었다. 그럴 때면 기분이 좋아졌다. 돈도 벌고 저녁밥도 공짜로 먹을 수 있으니 '일거양득'이란 말은 이럴 때 쓰는 말일 게다.

공장에 입사한 지 한 달이 지났다. 나의 첫 월급은 170원뿐이었다. 월급에서 식대를 제하고 남은 금액이었다. 그래도 나에게 있어서는 금쪽과도 같은 돈이었다. 취직을 도와주신 아저씨께 드릴 파고다 담배 한 갑을 40원을 주고 샀다. 그리고 몇 번이나 물어서 12km나 되는 길을 걸어, 대구 중앙통에 있는 대구 우체국에 남은 130원과 고향을 떠나올 때 남은 280원을 합쳐서 410원을 저금했다. 돈을 넣고 돌아오는 그 12km가 나는 전혀 힘들지 않았다. 이대로라면, 돈을 빨리 모아 큰형에게도 부치고 공부도 할 수 있을 것만 같았다.

그러나 1960년대 말, 우리나라의 경제상황은 그리 좋지가 않았다. 야간잔업을 하고 싶어도 일거리가 없어서 그나마도 할 수가 없었다. 그 덕에 매일 먹을 밥값 벌이만 하고 있었다. 복잡한 마음에 여러 가지를 생각해보았지만, 결론을 낼 만한 뾰족한 수가 보이지 않았다.

생각 끝에 하루에 한 끼를 굶으면 한 장에 17원 하는 식권이 절약되고, 하루에 17원이면 한 달이면 510원이라는 큰돈을 아낄 수 있다는 계산이 섰다.

다음 날 아침부터 식권 한 장을 가지고 아침밥을 타서 아무도 없는 곳에 가서, 밥 반 그릇만 콩나물국에 말아서 먹고, 남은 반 그릇은 잘 숨겨 두었다가 점심 때 식당에서 콩나물국만 받아서 숨겨 놓았던 밥을 말아 먹었다. 배는 그리 부르지 않았지만 그래도 17원을 번다고 생각하니 마음이 뿌듯했다. 어쩌다가 야간잔업을 할 수 있는 날에는 배가 정말 많이 부를 정도로 밥을 먹었다. 한 달이 또 지나서 받은 월급은 640원이라는 큰돈이었다. 절약한 밥값과 야간수당을 모두 합쳐서 받은 금액이었다. 이제는 이런 식으로만 한다면 머지않아 목돈을 만질 수 있을 것 같은 자심감이 생겼다.

이번 달에는 할머니 드릴 고무신을 한 켤레 사서 댁으로 찾아갔다. 할머니는 고무신을 보시고 반가워하셨지만, 다음부터는 이런 것 사오지 말고 저금을 하라고 당부하셨다. 공장에서 일을 하면서도 쉬는 날에는 아침 일찍 할머니 집에 가서 물지게로 물도 길어다 드리고 시장의 아주머니께도 물을 길어다 드렸다. 할머니도 할머니셨지만 아주머니가 무척 좋아하셨다.

그러나 오히려 내가 더 기뻤다. 공장에 있으면 밥을 사 먹어야 하는데 할머니 집에서는 밥을 얻어먹어서 51원을 벌 수 있으니 어찌 기쁘지 않을 수 있겠는가? 기쁜 마음에 희망을 가질 수 있었고 자신감도 더 생겼다.

"형님, 형님 덕분에 대구에 무사히 도착해서 할머니 집에 있다가 취직을 한 지 두 달이 되었습니다. 공장에 취직을 하고 보니 월급이 많지는 않지만 그래도 잠도 자고 밥도 먹고 지냅니다. 아무 걱정 마시고 몸 건강히 농사일 잘 하십시오. 그리고 저는 돈을 벌기 위해 하루에 아침밥 한 그릇을 가지고 점심까지 먹고 있습니다. 그래도 배고프지 않으니 걱정하지 마십시오. 꼭 돈을 벌어서 시골에 땅도 사고 여기에서 야간 중학교라도 꼭 가서 공부하겠습니다. 형님, 누님, 동생 재천이와 몸 건강하십시오."

대구에서의 첫 편지를 고향으로 보냈다. 공장에서의 생활은 변함없이 계속되었다. 그런데 며칠 후 큰형이 공장으로 나를 찾아왔다. 나는 반갑기도 했지만 왜 찾아왔는지 궁금하기도 했다.

"형! 잘 지냈나? 지금쯤 디게 바쁠 낀데 우예 왔노?"

"내는 아직도 그 집에서 머슴 산다. 그긴 그렇고 니 편지 때문에 온 기다. 편지를 받아보고 누야하고 내하고 얼마나 울었느강 니 아나? 누야는 편지 보고 밤에 잠또 몬 잤다 카드라. 그래가 누야하고 이야기한 끝에 내가 여 온 기다."

"울었따꼬? 와? 내는 잘 있다고 그래 썼구마는."

"한 끼씩 굶어 가민 일을 한다 카는 기 잘 있는 기가? 세 끼니를 다 묵어도 배가 고플 나이에 굶어 가민서 돈을 버느니 지금 내하고 집으로 내리 가자."

"굶는 기 아이고 밥을 반으로 나눠가 두 끼로 먹는다는 기다, 내말은. 콩나물국에다가 밥 반 그릇 말아 묵으마 견딜 만하고, 또 공장에 일이 많아지고 하믄 이래하지 않아도 되니까네 걱정하지 마라. 내는 여서 더 있어야 하니까네, 형아 혼자 가서 누야한테 얘기 쫌 잘해도."

"재길아, 그래도 절대로 굶으마 안 된다 알았나? 그라마, 내는 갈 테니까네 몸 건강해야 된데이 알았제, 재길아?"

"내는 절대로 쓰러지지 않을 자신 있다. 그라니 걱정하지 말고 집에 잘 내리가라."

큰형은 내 손을 잡고 있던 손으로 눈물을 훔치고는 발걸음을 돌렸다. 큰형이 돌아가고 나는 편지에다 밥값을 아끼려고 밥을 반 그릇씩만 먹는다는 말을 쓴 것을 몹시 후회했다.

# 갈취

그럭저럭 공장에 들어온 지도 6개월이 지났다. 어느 날, 시골의 큰형님 친구가 공장에 들어왔다. 고모할머니 아들의 6촌 동생이어서 아저씨가 또 취직을 시켜주셨단다. 나는 그 형이 마치 큰형님같이 여겨졌다. 먼 객지에 나와서 어린 나이에 기대고 싶기도 했고 친형처럼 의지하고도 싶었다. 그 형은 사람은 참 좋았으나 씀씀이가 큰 편이었다. 가끔은 시골에 손을 벌리기도 하는 모양이었다.

어느덧 추석이 다가왔다. 공장 기숙사에 같이 있는 친구들은 모두 고향에 내려간다고들 야단이었다. 나는 고향에 내려가 봤자 부모님도 안 계시고 집에는 누나와 큰형, 동생만 있다는 것을 아무에게도 말하지 않았다. 엄마가 돌아가시고 없다는 그 사실이 나를 참 슬프게 했다. '나도 저 아이들처럼 집에 엄마가 살아계신다면 얼마나 좋을까.' 가슴 시린 생각을 하기도 했지만 나는 곧 엄마는 돌아가시고 없다는 현실을 받아들여야만 했다.

추석 전날, 아무래도 모두들 고향으로 가는데 나도 고향에 가지 않을 수 없어서 고향으로 향하는 버스에 올랐다. 8개월 만에 오는 고향인데 고향은 변함이 없이 그대로 있었다. 그대로인 고향은 내 마음을 포근하게 해주었다. 오기를 잘 한 것 같다. 누나와 큰형, 재천이는 무척이나 반갑게 나를 맞아주었다.

"재길아! 그새 키가 훤칠하이 커뿟네. 도시에 살아가 그란지 얼굴도 뽀얀 기 여서 살 때보다 좋아졌데이."

집에 있으면서 나는 들에 나가 농사일을 거들어주었다. 3일의 추석 휴가가 고향에서 지내서 그런지 쏜살같이 지나가는 것 같았다.

"올 가을걷이 끄나머 누야가 시집을 간데이. 그때 가 편지할 테니까네 꼭 온나."

큰형이 대구로 다시 떠나는 나를 향해 말했다.

"너무 돈, 돈 하지 말고 몸 잘 챙기야 한다. 누야 말 명심해야 한데이."

시집가기 전 나에게 마지막으로 해준 누나의 말을 뒤로 하고, 나는 또다시 공장으로 향했다.

다시 공장에서의 생활이 시작되었다. 이제는 공장생활도 어느 정도 익숙해졌다. 그러던 어느 날이었다. 공장의 큰형 친구가 나에게 돈 좀 가진 게 있느냐고 물어왔다.

"내가 무신 돈이 있겠능교. 와 그라는데예?"

"시골에 계신 어무이가 마이 아파가 병원에 모시고 가야 할 낀데, 큰일 났데이……."

나는 돈이 없다고 했지만 도저히 마음이 편치가 않았다.

"돈이 얼매나 필요한데예?"

저녁에 그 형에게 물었다.

"한 만 원쯤."

"내가 가진 기 만 원이 안 되는데예."

"괘안타 있는 대로 빌리도. 빌리주마 빨리 갚아 주께."

이튿날, 나는 공장 총무님께 얘기하고 대구 우체국에 가서 그때까지 저금한 돈을 몽땅 찾아왔다. 내가 대구에 와서 한 끼를 두 끼로 나눠서 먹고, 늦은 밤까지 잔업을 해서 모은, 피 같은 내 돈 8,700원.

그 돈을 빌려주는 내 손은 긴장감에 덜덜 떨리고 있었다. 태어나서 이렇게 큰돈은 만져본 적도 없는데, 게다가 이런 돈을 남에게 빌려주기까지 하다니 생각해본 적도 없는 일이었다.

그 형은 돈을 받자 고맙다는 말 한마디를 남기고 시골로 내려간다며 공장을 떠났다.

그러나 시골로 내려간 그 형은 일주일이 지나고 이주일이 지나도 돌아올 줄을 몰랐다. 걱정 끝에 할머니 집에 가서 아저씨께 말씀을 드렸다.

"야야, 돈을 빌리줄라머 우리한테다 물어보고 주야지. 달란다고 그냥 줘뿌마 우야노? 그 노마는 어딜 가든지 말썽을 피워가 원래 애 멕이는 놈이었데이. 이제는 공장에도 오지 않을 낀데, 우짜노?"

깊은 물속으로 가라앉는 것만 같았다. 온몸이 힘없이 흐느적거려서 공장까지 어떻게 걸어왔는지도 모르겠다. 이튿날 결석은 하면 안 되니까 억지로 일어나서 공장 안으로 들어갔다. 눈물이 쏟아졌다. '내가 어떻게 모은 돈인데…… 어떻게 모은 돈인데…….'

모든 희망이 물거품처럼 사라져 버렸다. 그런 내게 아이들이 어디 아픈 거냐고 물어왔다. 나는 아무런 대답도 할 수 없었다. 그저 아무도 없는 곳에서 엉엉 울고만 싶었다. 친구들의 걱정도 일도 다 귀찮고, 오로지 빼앗긴 돈 생각밖에 나지 않았다.

그러고 나서 얼마 후, 큰형에게서 편지가 왔다. 누나가 시집을 간단다. 엄마가 돌아가시고 엄마 노릇을 마다 않던, 시집가지 않고 우리와 살겠다며 살뜰히 보살피던, 그런 누나가 시집을 간단다. 그러나 나는 누나의 결혼식에 가지 못하였다. 달려가서 축하해주고 싶은 맘 간절했지만 갈 수가 없었다.

내게 있던 모든 것을 큰형님 친구에게 빌려주고 난 후, 나에게는 결혼선물 하나 살 돈은커녕 시골로 내려갈 차비조차 남아 있지 않았기 때문이었다. 혼자 아무도 없는 공장 앞산에 가서 얼마나 울었는지 모른다. 울고 또 울어도 서러움이 잊히지 않고 더욱더 생생해질 뿐이었다. 그 형이 너무나 원망스러웠다. 열여섯 살 아이의 돈을 거짓말로 속여서 빌려간 것은, 아니 그것은 빌려간 것이 아니라 도둑질보다 더 나쁜 짓일 뿐이었다.

나는 하나밖에 없는 누나의 결혼식에 가지도 못하고 편지도 쓰지 못했다. 그저 모든 것을 잊으려 노력할 뿐이었다. 그러다 공장에 일거리가 점점 줄더니 급기야 다른 곳으로 팔린다는 소문이 돌기 시작했다. 여기를 나가면 또 어디에 취직을 할 수 있을까? 막막했다. 그러나 소문은 곧 현실로 다가왔다.

설 20일 전쯤 공장 문을 닫으니, 그때까지 모두 공장을 떠나라고 했다.

회사가 망한 것이다. 나는 입던 옷가지와 이불을 싸들고 시골집으로 향했다. 도착을 하니 큰형님과 재천이가 나를 반겨주었다. 누나가 없었다. 시집을 간 누나…… 누나가 없는 집은 썰렁하기 그지없었다.

그러나 그런 생각도 잠시, 내가 앞으로 어떻게 해야 할지, 뭘 해야 할지 머릿속이 복잡했다.

그렇게 며칠이 지나고 나는 큰형에게 형의 친구에게 돈을 빌려준 이야기며 왜 누나의 결혼식에 오지 못했는지 모두 이야기했다. 이야기를 한참 듣고 있던 큰형은 벌떡 일어나더니 내게서 돈을 빌려간 그 형이 사는 집으로 나를 데리고 갔다.

10리 길을 걸어서 찾아간 그 형의 집에는 노인 두 사람만이 있었다. 큰형이 인사를 하고 자초지종을 설명하였다.

"그노무 자슥이 또 나쁜 짓을 한 기가? 그놈은 집에 들어 오도 안 한 지 오래됐다. 하도 말썽만 부리가 이제 그놈아는 자식으로 생각도 안 하고 산데이. 그라니까 돈 같은 기는 앞으로 절대로 빌리주마 안 된다 카이."

형님과 다시 10리 길을 걸어오면서 나는 너무나 속이 상했다.

"그 돈은 내가 우짜든 꼭 받아줄 테니까네, 너무 걱정하고 속상해 하지 말그라."

큰형은 내 마음을 잘 아는 듯했다. 그러나 나의 머릿속에는 그 형이 나를 속였다는 것을 안 그날 이후로 계속, 빼앗긴 돈 생각만 가득했다.

"설 지나면 오라 카는 데는 없지만도 다시 대구로 올라가 볼란다."

"그래, 그라믄 누나네 집에 함 들리봐라. 누나 얼굴이라도 함 보고 대구를 가도 가야 하지 않겠나?"

갑자기 누나가 너무나 보고 싶었다. 누나네 집으로 가려는 나에게 형님은 100원을 주면서, 누나네 집에 들어가기 전에 술 한 병과 돼지고기 한 근을 사들고 가라고 했다.

누나가 시집간 동네는 우리 동네에서 30리나 떨어진 곳이었다. 물어물어 겨우 찾아가니 마당에서 빨래를 널고 있는 누나가 보였다. 뜻밖의 내 모습에 누나는 환하게 웃으며 달려 나와 맞아주었다.

잠시 후 누나의 시부모님과 매형에게 인사를 드렸다. 누나가 맏며느리로 시집을 간 그 집은 아홉 식구의 대가족이 살고 있었다. 어린 내가 보기에도 식구들끼리 무척 화목해 보였다.

"이제는 내 걱정은 고마하고 어데를 가도 몸 건강하고 착하게 열심히 살아야 한데이."

누나의 당부를 들으며 나는 누나네 집에서 하룻밤을 자고 나서, 인사를 드리고는 집을 나섰다.

"하룻밤 더 자고 가마 좋을 낀데……."

"고마 들어가이소."

한참을 따라 나오면서 아쉬워하는 누나에게 말했다. 누나는 그런 나의 손에 300원을 쥐어주었다.

"어데를 가드라도 밥 굶지 말고, 이 누나가 보고 싶으마 언제라도 온네이."

집에 도착해서 큰형에게 말했다.

"집에 있어 봐야 뾰족한 무신 방법도 음꼬, 그라니 일단 대구로 가가 일자리를 다시 찾아볼 끼다."

"니가 그래 생각하머 그래 해야제."

# 악덕 업주

　다시 대구에 도착해보니 현실은 생각했던 것보다 훨씬 냉혹했다.
이제는 더 이상 갈 곳도 없었다. 고모할머니의 집에 가면 밥 몇 끼는
얻어먹을 수 있었지만 공장이 문을 닫는 바람에 아저씨도 직장을 잃
은 상태라 생활이 많이 어려울 텐데, 그런 집에 간다는 것은 너무 염
치없는 짓이라 생각했다. 주머니에는 버스 값 빼고 몇백 원의 돈이
남아 있었지만 이 돈이 떨어지면 죽는다는 생각을 하고 이곳저곳 일
자리를 찾아 헤매고 다녔다.

　열일곱 살의 나에게 1968년의 대구는 그리 쉽사리 일할 곳을 내어
주지 않았다. 끝나지 않을 것처럼 길게 느껴지던 그해 겨울은, 왜 그
리도 춥고 배가 고팠던지 까만 고무신만을 신고 온종일 일할 곳을 찾
아 헤매던 그때는 밥을 먹는 날보다 굶는 날이 더 많았다.

　허기진 배를 움켜쥐고서도 취직만 되면 돈도 벌고 공부도 하고 모
든 것이 해결될 것이라는 생각을 하면서 결코 실망하지 않으려 애를
썼다.

어느 날 저녁이었다. 갈 곳이 없어 헤매고 있는데 마침 장사가 끝난 포장마차가 보였다. 그 속에는 연탄불을 피웠던 난로가 있어서 온기가 남아 있었다. 그것을 안고 있다 보니 어느새 잠이 들고 말았다. 갑자기 뜨뜻한 물이 쏟아져 내려 깜짝 놀라 뛰쳐나왔다. 나와서 보니 밖에 웬 사람이 서 있었는데 그 사람도 적잖이 놀란 모습이었다. 자세히 살펴보니 지나가던 취객이 소변을 본 것이었다.

그 사람은 왜 이곳에서 나오는 거냐고 물었다. 나는 이유를 대강 설명해주었다. 그러자 그 취객아저씨가 자기 집에 함께 가자고 해서 그날 밤은 그 아저씨의 집에서 잘 수 있었다.

이튿날 그 아저씨는 나를 미제 구제품을 파는 시장인 교통시장으로 데려갔다. 그 아저씨는 한 옷가게에 점원으로라도 일단 있으라고 했는데, 나는 너무 배도 고프고 딱히 갈 곳도 없어서 거기서 점원으로 일하기로 하였다.

그 집에서 하는 장사는 주인아저씨가 부산국제시장에서 중고 미제 청바지를 사 가지고 오면 그 중고품을 파는 것이었다. 그 주변의 상점들이 주로 그런 미제 중고 옷이나 양담배 등의 물건을 취급했는데, 그래서인지 그 시장의 원래 이름은 '교통시장'인데 보통 '양키시장'이라고들 불렀다.

그러나 미제 청바지는 중고물건들만 볼 수 있었지 새 옷은 구하기도 어려울뿐더러 팔 수도 없는 물건이었다. 미군부대에서 암거래를 하거나 아니면, 수입이 안 되다 보니 밀수로 몰래 들여와 거래하였다. 그 가격은 놀랄 정도로 상당히 비쌌다. 미제 청바지 새 옷은 국산 청바지의 12~15배일 정도였다.

그래서 국산 청바지를 미제 청바지로, 잘 모르는 어리바리한 사람에게 바가지를 씌워 팔곤 했다. 장사를 하는 주인으로서는 엄청난 수입이었지만 그렇게 속여서 팔아야 하는 나는 점점 거짓말쟁이에 사기꾼이 되어가는 것 같았다.

하루는 또 국산청바지를 미제라고 속여서 팔았다. 무려 국산청바지의 15배의 돈을 받았다. 주인아저씨는 장사 잘한다며 칭찬까지 해주었다. 그러나 문제는 그 다음 날에 벌어졌다. 전날 나에게 15배의 돈을 더 주고 청바지를 사간 사람이 화가 잔뜩 나서 가게 안으로 들어서자마자 옷을 바닥에 던지고는, 다짜고짜 내 멱살을 잡더니 뺨을 때리는 것이었다. 아마도 수십 번은 맞았나보다. 그럼에도 그 사람은 나이 어린 나에게 속은 것이 분했던지 때리는 것을 멈출 줄 몰랐다.

한참을 맞고 있는데 주인아저씨가 왔다. 주인아저씨는 짐짓 모르는 척하며 무슨 일이냐고 물었다. 그러자 그 사람은 옷을 팔려고 사기를 친 사기꾼은 파출소로 데려가야 한다며 흥분하여 언성을 높여 말했다. 그러자 주인아저씨는 그 사람에게 옷이 잘못됐으면 옷을 교환하고, 아니면 돈으로 무르면 되는 것을 점원을 이렇게 때렸느냐고 도리어 화를 내며 얼굴이 맞아서 벌겋게 부은 나를 일으켜 세워서는 파출소로 가자고 하는 것이었다.

그러고 나니 때린 그 사람이 당황하기 시작했다. 주인아저씨는 옷을 산 사람에게 돈을 돌려주고는 파출소로 가자고 계속 설레발을 치는 것이었다.

결국 옷을 사갔던 사람은 교환도 하지 못하고 나를 때린 탓에 도리어 미안하다고 인사를 하면서 서둘러 도망가듯 가게를 나갔다.

주인아저씨는 항상 가게 주변에 있으면서 나의 일거수일투족을 살피고 있었다. 그는 매일 저녁 가게 문을 닫고는 그날 판 옷과 남은 옷의 수를 파악했다. 혹여라도 판 옷과 남은 옷의 숫자와 돈이 다르면 내 뺨을 때리며 돈을 숨겼다고 다그쳤다.

나는 억울해서 울면서 죽는 한이 있어도 그런 일은 없었다며 셈을 다시 해서 결백을 증명하곤 했다. 그러나 주인아저씨의 착오로 계산이 틀리면 자신의 잘못을 인정하기가 싫어서 누명을 씌워 나를 때렸다. 주인아주머니는 나중에 와서 아저씨가 성격이 급하니 이해하라며 달래주었다.

주인은 장사하는 요령을 가르쳐 주었다. 그런데 그 요령이라고 하는 것이, 남에게 거짓말을 해서라도 옷만 많이 팔고 돈만 많이 벌면 된다는 식이었다. 나중에 알고 보니 이 아저씨가 하도 종업원을 의심하고 때려서 이 집에서는 아무도 견디지 못했다고 한다.

나는 주인아저씨가 시키는 대로 했다. 그 덕인지 시장 전체에서 가장 수완 좋은 점원으로 소문이 나기까지 했다. 그럼에도 불구하고 월급은 한 푼도 받을 수 없었다. 그나마 내가 얻은 것이 있었다면 잠만큼은 따뜻한 가게에서 잘 수 있었던 것 정도일 것이다.

날씨가 풀리면서 지난 겨울 추운 날씨에 다녔던 것이 화근이었는지 동상에 걸렸던 발이 터져서 진물이 흘러나왔다. 마늘줄기 삶은 물에 발을 담가가며 매일 저녁 틈틈이 공부도 하고 열심히 장사도 했다.

매일같이 반복되는 일상이 1년이나 이어졌다. 공부하면서 돈을 벌겠다던 포부를 갖고 있던 나의 모습이, 점점 거짓말만 하는 장사꾼의 모습으로 변해가고 있다고 생각하자 너무나 서글펐다. 생각 끝에 주인에게 이야기하고 가게를 그만두고 싶다고 했다. 주인은 이제 월급도 주고 공부도 시켜주겠다고 했지만 나는 더 이상 장사를 하고 싶지가 않아 그만두고 싶다고 재차 이야기했다.

그러자 주인은 태도가 돌변하더니 따귀를 때리며 자기가 사준 바지와 신발을 벗어놓고 당장 나가라고 하는 것이었다. 나는 속옷만 입은 채 맨발로 한밤중에 쫓겨났다. 한참이 지난 후에 주인아주머니가 옷과 신발을 가져다주었다.

열일곱 살, 짐승처럼 쫓겨난 어느 서러운 밤에, 나는 한 많았던 대구를 떠나는 열차에 몸을 실었다.

# 서울살이

서울로 향하는 야간열차에 몸을 실은 그날, 나는 열차를 타면서 생각했다. '어디를 가든 대구보다는 낫겠지. 넓은 곳으로 가서 열심히 살아 보자!'

무슨 일이든 열심히 하리라는 각오로 다시금 공장에 취직했다. 내가 서울에 올라와서 처음으로 취직한 회사는 '대원전선'이라는 곳이었다. 일가 친척분이 이 회사에 서무계장으로 계시는데, 한 달 동안이나 그 집에서 먹고 자면서 많은 신세를 졌다. 아저씨네도 단칸방에 여섯 식구가 살고 있었는데 나까지 입을 보탰던 것이다.

그런데도 싫은 기색 한 번 보이지 않고 나에게 따뜻하게 대해 주셨다. 게다가 공장에 취직까지 시켜주셨으니 고마우신 아저씨를 생각해서라도 몸을 아끼지 않고 열심히 일을 하였다.

회사에서도 열심히 일하는 나를 인정해주었다. 정말 기분 좋은 나날이었다. 기숙사의 잠자리도 편했고 무엇보다도 아침, 점심, 저녁 먹는 밥은 웬만한 부잣집들보다 식단이 좋았다. 정말 좋은 직장이었다.

나는 비로소 내가 정착을 해도 될 회사를 찾은 듯했다.

한 달이 지나고 월급이 나왔다. 나와 비슷한 또래의 첫 월급은 3,600원 정도였는데 나는 5,400원을 받았다. 또래의 다른 아이들이 생산과장님을 찾아갔다.

"우리는 재길이보다 먼저 들어왔는데 3,600원이고, 나중에 들어온 재길이는 어떻게 5,400원을 주신 거죠?"

"너희들이 일한 건 생각 안 하니? 너희는 재길이의 반밖에 일을 안 했잖아? 그래놓고 돈을 적게 줬다고 항의를 하면 안 되지."

나는 서울이라는 곳에 정말 잘 왔다고 생각이 들었다. 이제는 춥고 배고픈 시절은 다 지나간 것만 같았다. 일도 더욱 열심히 했다. 그러나 PVC를 녹여서 피복을 입히는 일을 하는 것이 우리 부서의 일이라 뜨거운 것을 다뤄야 하는 일이 상당히 많았다. 그래서 이 회사에서는 장갑을 매일 한 켤레씩 지급해주었다. 나는 새로 받은 장갑은 기술자에게 주고 기술자들이 버린 장갑을 주워서 끼고 일을 했다. 그러고는 열심히 기술을 배웠다.

이 회사는 일주일은 주간작업을 하고 다음 일주일은 야간작업을 했다. 주간작업을 할 때는 여러 사람들이 같이 있어서 못하지만 야간작업을 할 때에는 기술자들이 기술을 가르쳐 주었다.

기숙사에서도 기술자들의 속옷까지 세탁해주었다. 일요일 아침에는 외출하는 사람의 구두 닦는 것도 마다하지 않고 닦아주자 기술자 형들은 나에게 정말 잘 대해주었다. 그렇게 하루하루 행복한 나날들이 지속되면서 나의 전선 만드는 기술 역시 나날이 늘어가고 있었다.

전선회사에 입사한 지 8개월이 흘렀다. 항상 일거리가 많던 이 회사도 일거리가 줄어들기 시작했다. 이른바 '오일쇼크'라고 하는 것이 우리 회사에도 타격을 입힌 것이었다. 회사에서는 곧 인원을 감원시킬 것이라는 소문이 돌았다. 얼마 후 소문은 이번에도 역시 현실이 되었다. 입사 개월 수가 24개월이 안 된 사람은 무기한 휴가대상이 되었다. 월급은 주지 않고 일거리가 많아지면 다시 연락한다는 것이 회사의 방침이라니 어쩔 수가 없었다.

참으로 암담했다. 작은형이 서울에 있긴 했지만 형은 트럭 조수라서, 말이 서울에 사는 것이지 전국 각지를 다니지 않는 곳이 없었다. 그러니 내가 있을 곳을 해결해줄 수도 없는 입장이었다.

'왜 나는 다니는 직장마다 이 모양일까?' 나는 또다시 내 한 몸 누일 곳을 걱정해야만 했다.

이튿날, 생산과장님이 나에게 왔다.

"재길 씨, 정말 미안해. 이재길 씨는 일도 잘하고 정말 부지런했는데……. 회사가 정상화되는 대로 제일 먼저 재길 씨한테 연락할게."

서울에 온 지 채 1년도 되지 않아 다시 갈 곳이 없어졌다. 나는 또다시 옷 보따리를 들고 하는 수 없이 시골로 갔다. 시골에 내려온 지 일주일 만에 서울에 있는 대원전선 기술자 형한테서 편지가 왔다. 대구에 가면 경북대학교 정문 앞에 고려전선이 있는데 거기로 가면 취직이 될지 모르니 한번 찾아가 보라는 내용이었다. 나는 정말 기쁘고 고마웠다.

큰형님께 말을 하고 이튿날 바로 대구로 향했다.

# 다시 시작된 대구에서의 고난

정말 경북대학교 정문 앞에 '고려전선'이 있었다. 회사 사무실을 들어가서 사실대로 취직 때문에 왔다고 말하고 서울에서 일을 - 조금 했다고 하면 거절당할까봐 - 2년 정도 했다고 거짓말을 했다. 그러자 회사 사무실에 있던 사람들이 이곳에서 일을 하라면서 현장을 둘러보자고 하였다.

현장에 들어가 보니 전선 만드는 기계는 서울의 기계보다 많이 뒤처져 있었다. 이 회사 전무님이 하시는 말씀이 지금 이 회사가 동대구역 지하에 고압전선을 납품하는데, 지금 있는 기술자들의 기술 가지고는 딱히 만족할 만한 제품이 만들어지지 않으니, 서울의 기술로 만들기만 하면 월급도 원하는 수준으로 맞추어 주겠노라는 것이었다.

그러나 나는 확실한 자신이 없었다. 서울에서 기술자 형들에게 조금 배우기는 했지만 직접 전선을 뽑아본 적은 없었다. 나는 서울에 가지고 올 짐이 있다며 며칠간 시간을 달라고 하고 서울로 왔다. 대원전선 안으로 다행히 밤에는 들어갈 수 있었다. 대구에서의 일을 기술자 형에게 이야기하고 기술을 더 배웠다.

대구로 돌아와 침착하게 내 손으로 처음으로 전선을 뽑아 보았다. 정말 잘 되었다. 회사에서도 아주 흡족해하며 내가 서울에서 받던 월급의 배를 주었다.

그렇게 대구로 다시 온 지 두 달이 지났을 때 대원전선의 생산과장님께 편지가 왔다. 회사로 다시 돌아와도 좋다는 내용이었다. 그러나 나는 답장에 여기에서 받는 월급이 서울에서보다 곱절이고 더욱이 지금은 여기에서의 일이 내가 없으면 안 된다고 썼다.

그러자 얼마 후 답장이 왔다. 거기에는 월급을 대구처럼 맞추어줄 수는 없어서 대원전선에서 일할 때처럼 열심히 일하여 그 회사에서도 인정받는 직원이 되라고, 나의 앞날에 하나님의 축복이 있기를 기도하겠다고 적혀 있었다. 그분의 편지를 받고 나의 마음은 편치 않았다. 생각 같아서는 서울로 가고 싶었지만 일할 곳, 갈 곳 없는 나에게 일할 수 있는 여건을 만들어준 곳이 지금의 고려전선이었기 때문에, 이런 내가 얼마 있지도 않고 다시 서울로 간다는 건 사람의 도리가 아닌 것만 같아 대구에 계속 머무르기로 한 것이다.

대구에서도 열심히 일을 했다. 다른 사람들은 점심시간에 기계를 끄고 한 시간 동안 휴식을 취했지만 나는 기계를 멈추지 않고 돌렸다. 회사에서도 쉬어가면서 일하라고 했지만, 서울에서도 이렇게 일했다고 하면서 열심히 일했다. 월급도 서울에서보다 많이 받고 또 기술자로 대접을 받다 보니 어깨가 으쓱했다.

2년 전 처음 대구라는 곳에 왔을 때 겨우겨우 먹고 자기도 힘들었는데, 지금은 비록 밥은 직접 해먹어야 하는 기숙사 생활이었지만 그때보다 경제적인 상황은 훨씬 여유로웠다.

또다시 대구로 돌아온 지 몇 달이 지났다. 그날은 교통시장에서 점원으로 있던 옷가게에 괜스레 가보고 싶었다. 이제는 지난날의 내가 아닌 어엿한 전선기술자라는 것을 자랑하고 싶어서였으리라.

시장은 그때나 지금이나 달라진 게 없었다. 뜻밖의 손님에 주인아주머니가 나를 무척 반겨주었다. 잠시 있으려니 아저씨가 왔다. 의외로 그는 나를 보더니 씨익 웃어 보였다.

"재길이! 니 우예 왔노. 그래 잘 있었나?"

나는 그에게 인사를 하고 근황을 이야기했다.

"여서 쫓기난 날 밤에 그 길로 서울로 가 기술 배워가 지금은 경북대학교 앞에 있는 고려전선에 있습니더."

"그래? 잘 됐네. 여보, 야 집에 데리가가 밥 좀 멕이그라."

"됐심다. 괜안심더."

나는 그 집에 가기 싫었는데 아주머니가 끌듯이 이끄는 바람에 어쩔 수 없이 따라갔다.

그러나 내가 따라간 곳은 예전의 그 집이 아니었다. 그때는 단칸방에 세를 살고 있었는데 지금은 근사해 보이는 집을 사서 잘살고 있었다. 아주머니는 집 자랑을 하면서 한상 가득 밥을 차려 주었다. 그러면서 왠지 내 눈치를 살피고 있었다.

나는 그런 아주머니를 보니, 내가 장사를 해서 모은 돈으로 돈을 많이 모아서 그 집을 산 것일 거라는 생각이 들었다.

식사를 마치고 일어서자 아주머니는 내게 공장 일을 하다가 힘들면 언제든 찾아오라고 당부했다. 아저씨도 나를 못 잊더라는 이야기도 덧붙였다. 그러나 나는 교통시장이라는 곳 주변에 다시는 가지 않았다. 두 번 다시 가고 싶지 않은 곳이었다.

대구에서의 생활이 이어져갔다. 이대로만 가면 나의 계획대로 살게 될 수 있을 것 같았다. 공장에서는 기술자로 대접받고, 돈도 비록 많은 액수는 아니지만 조금씩 모을 수 있었다.

그러나 행운의 여신은 언제나 내 편이 아니었다. 공장에 일이 많아지다 보니 경북 공업고등학교에서 여섯 명의 실습생이 공장에 실습을 왔다. 실습생들은 월급은 얼마 받지 못했지만 전선기술을 배워 학교에 가야 학점을 인정받을 수 있다고 했다. 그들은 모두 나와 같은 또래였다.

그러나 이들 실습생은 내가 생각하는 학생들의 모습이 아니었다. 술, 담배는 물론이고 사회 전반에 관해서도 내가 모르는 것까지 많이 알고 있었다. 어쩔 때는 학생이 해서는 안 될 일들을 일부러 하는 것처럼 보이기도 하였다. 나이는 비슷하지만 그래도 나는 기술자로서 실습생들에게 착하고 열심히 돈을 모아서 보모님께 효도하라고 했지만, 너무나도 다른 가정환경에서 자란 그들에게는 내 말이 전혀 들리지 않는 듯했다. 오히려 주말에 집에 가서 용돈을 받아와서 쓰기까지 하는 것이었다.

그런 그들을 바라보는 나는 어이가 없었지만 한편으로는 내심 부럽기도 했다. '나도 부모님을 잘 만나서 사랑을 듬뿍 받으며 어리광도, 투정도 부리면서 살았으면……. 단 한 번만이라도…….'

나는 그때까지 아버지에게 '아버지'라고 제대로 불러본 적이 없었다. 엄마마저 일찍 세상을 뜨시고 없다는 것이 더욱더 내 자신을 비참하게 만들었다. 나는 속으로 이런 생각들을 하고 있었지만 겉으로 드러내지는 않았다. 그런 나를 그들은 모두 부러워했다. 내가 바로 그들이 되려고 하는 전선기술자이기 때문이었다.

일요일은 쉬는 날이라 토요일에는 24시간의 철야작업을 해야 했다. 아침 8시 30분에 시작되는 작업은 그 다음 날 아침 8시 30분까지 이어졌다. 무척 힘든 시간이었다. 물론 철야작업을 한 덕분에 월급은 시간 외 수당이 더해져 더 많이 받을 수 있었다.

그러나 실습생들을 데리고 24시간 동안 작업을 하기란 결코 쉽지 않은 일이었다. 작업을 하는 내 등 뒤에는 동선을 걸어놓는 받침걸이가 있었다. 그 기계에 가끔씩 전기가 누전이 되어 깜짝 놀랄 정도로 감전이 될 때도 있었는데, 그날도 준비를 하고 마지막 점검을 하던 중, 고정이 되었나 싶어 양손으로 잡는 순간, 전기에 감전이 되어 그대로 달라붙고 말았다. 소리도 낼 수 없었다. 기계 돌아가는 소리며 사람들 소리며 다 들을 수 있었는데 어느 누구 하나 받침걸이에 붙어 있는 나를 떼어내 주는 이는 없었다.

'이런 게 죽는 것이구나.' 생각이 스치는가 싶더니 곧 정신을 잃었다. 얼마나 시간이 흐른 걸까? 내가 눈을 뜬 곳은 병원의 침대 위였다.

그곳에는 회사의 경비아저씨가 서 있었다. 아저씨는 큰일 날 뻔했다며 걱정을 많이 하고 계셨다. 전기에 감전된 나를 마침 옆을 지나가시던 공장장님이 보시고는 이상하다 싶어 막대기로 툭하고 쳤더니 내가 붕 뜨더란다. 바닥에 떨어진 나를 급히 병원으로 옮겨 응급처치를 하고 한참이 지나서야 내가 눈을 뜬 것이었다.

정신을 차리고 앉아 있다가 왼손을 내려다보니 5cm쯤 터져서 까만 피가 흐르고 있었다. 그리고 떨어지면서 생긴 충격으로 뒤통수에 제법 큰 혹이 솟아 있었다. 눈물이 났다. 그것은 손과 머리가 아파서가 아니었다. 삶과 죽음 사이, 그곳에 오늘 내가 서 있었다는 사실을 알았기 때문이리라.

다음날이 되어 공장 안으로 들어서자, 모두 진심 어린 눈빛으로 걱정을 하고 있었다. 나는 조심스럽게 다시 일을 시작했다. 그렇게 며칠이 지나자 사고는 차츰 잊혀 갔고 실습생들과의 작업도 계속되었다. 하지만 그들은 고생이라는 것을 모르고 살던 사람들이어서, 어떤 때는 사고가 일어날 뻔한 적도 많았다. 또한 기계시설이 낙후되어 항상 위험이 도처에 도사리고 있었다.

그럼에도 이 회사는 내가 일했던 곳들 중에서 가장 일거리가 많았다. 많은 돈은 아닐지언정 그렇게 일을 해서 큰형님에게 돈을 부쳐드릴 때는 정말 즐거웠다. 그 돈으로 중학교에 다니는 동생 재천이의 학비로 쓰시겠지 하는 생각을 하면 그 어떤 고난도 이겨낼 자신이 있었다.

큰형님은 남의 집 머슴살이 생활에서 벗어나셨다. 짐을 실을 수 있는 자전거 한 대를 사서 이 장, 저 장을 다니며 마른고추 장사를 한다고 했다. 그렇게 돈도 조금 모아서 송아지 한 마리도 샀다고 했다.

그러나 동생 재천이의 고생은 말이 아니었다. 큰형님은 장을 보기 위해 20~30리 길을 가야 했는데 그러기 위해 이른 새벽에 집을 나서야 했다. 열세 살 된 동생은 새벽부터 소먹이를 주고 가마솥에 밥을 해서 먹고 도시락을 싸가지고 한참을 걸어서 학교에 가야 했다.

열세 살이면 부모님의 보살핌 속에서 지낼 나이였는데 재천이는 그렇지도 못하고, 어린 아이에게는 시련이 너무나 컸다. 나는 용기 잃지 말고 굳게 마음먹고 살아야 한다는 내용의 편지를 자주 써서 보냈다. 동생은 자기도 돈을 벌고 싶으니 공장생활을 같이 하는 게 어떻겠냐는 편지를 내게 보내오곤 했다. 그러나 나의 편지내용은 늘 한결같았다.

"우리 형제들 중에 공부를 제대로 한 사람이 너밖에 없다. 그러니 너라도 공부를 해야 한다. 그래야 다음에 좋은 회사에 취직을 해서 더 많은 돈을 벌 수 있고, 그래야 잘살 수 있을 것이다."

하지만 열세 살 소년이 송아지를 키우며 땔감을 하고 밥을 해서 먹고 도시락을 싸가지고 학교에 다닌다는 것은 매우 힘든 일임에 틀림없었다.

어느 날, 그예 일이 터지고 말았다. 큰형님에게서 전화가 왔다. 수화기를 들어 귀에 대는 순간 들려온 큰형님의 떨리는 목소리에서 나는 뭔가 심상치 않은 일이 일어났음을 느낄 수 있었다. 아니나 다를까 동생 재천이가 가출을 했다는 것이었다.

형님의 목소리에서 보지 않아도 형이 피눈물을 흘리고 있음을 금세 알 수 있었다.

나는 정신이 멍해졌다. 형님은 혹시라도 재천이가 대구에 가거든 꼭 집으로 데려오라고 했지만 나는 내가 뭐라고 대답을 했는지 기억나지 않는다.

학교에 다니면서 집안일도 도우려니 많이 힘들 거라고는 생각했었지만 일이 이렇게 되고 나니 한동네에 살고 있는 큰집이 원망스러워지기 시작했다. 여태까지 나는 단 한 번도 큰집을 원망해본 적이 없었다. 어릴 때부터 소꼴 베어다주는 일이며 들일이며 안 해준 일이 없을 정도로 큰집 일을 많이 해주었다. 그런데 큰집에는 큰어머니와 형님, 형수까지 있으면서 우리 형제들을 데려다 일만 시켰지, 그 어려웠던 보릿고개 때에도 보리쌀 한 되 주지 않았고, 재천이에게 밥 한 그릇 먹인 적도 없었다. 우리 재천이가 이 지경이 되도록 수수방관만 하다니 남보다도 못하다는 생각이 들었다.

큰형님은 동생을 찾으려고 장사도 접고 전국을 전부 다니다시피 돌아다녔지만 결국 찾지 못하였다. 나중에 안 사실이지만 큰형님은 역술인에게 가서 재천이가 살았는지 죽었는지 점도 몇 번을 보았다고 한다. 물어보지는 않았지만 아마도 형님이 나보다, 내가 생각하는 그 이상으로 마음이 아팠으리라 생각되었다.

# 다시 백수가 되다

공장에서 실습생들과 작업을 하던 중 결국 사고가 났다. 철야작업을 하던 도중이었다. 밖에 먼동이 터오면서 밝아지기 시작할 무렵이니, 대략 아침 6시경이었나 보다. 그때까지 야간작업을 한 터라 졸음이 마구 쏟아질 시간이었다. 한 실습생이 전선 감는 작업을 하다가 꾸벅꾸벅 졸고 있었다. 나는 몇 번이나 졸지 말라고 당부를 했는데 쏟아지는 졸음을 이길 수 없었는지 기계에서 만들어져 나오는 전선을 내가 일하던 중간에 감아주기도 했지만, 감기지 못하고 쌓여만 갔다.

그때였다. 전선이 흩어지면서 모터 부레에 감기려고 하는 것이었다. 실습생이 엉겁결에 거기에 팔을 집어넣었다. 손목이 잘릴 순간이었다. 나는 소리를 지르며 실습생의 손을 잡고 몸을 밀었다. 실습생은 저만치 튕겨져 나갔지만, 장갑을 낀 내 손이 모터 부레 볼트에 걸리며 그 벨트에 감겨 돌아가 버리고 말았다. 눈 깜짝할 새에 벌어진 사고였다.

손에 낀 장갑이 뻘겋게 피로 물들고 있었다. 나는 차에 실려 병원으로 옮겨졌다.

가위로 장갑을 자르고 마취주사를 놓고 난 의사가 그나마 다행히 손가락 끝만 물려 돌아가서 뼈에는 이상 없지만 손톱 두 개는 뽑아야 한다고 말했다. 그래도 계속 치료하면 살아가는 데 큰 불편은 없을 것이라는 말도 덧붙였다.

병원에서 생손톱 두 개를 뽑고 공장 기숙사로 돌아와 방에 누웠다. 마취가 풀리면서 손이 무척 아파왔다. 병원에 치료를 위해 다녔지만 며칠이 지나도록 손은 계속 아팠다.

상태가 그러니 나는 일을 할 수가 없었다. 앞으로 어떻게 해야 될지도 몰랐다.

며칠 후, 그 실습생이 나를 찾아왔다. 내가 아니었다면 자기 손이 절단되었을지도 모르는데 대신 다치게 된 내가 고맙고 미안했던 모양이었다. 그에게 괜찮으니 앞으로 일을 할 때는 정신을 바짝 차리고 일해야 한다는 말을 하고는 다친 내 손을 내려다보았다. 괜찮다고는 했지만 사실 마음은 더없이 복잡했다. 잘못하다가는 손이 잘리지 말라는 법도 없지 않은가? 그런 생각을 할 때면 섬뜩한 기분마저 들었다.

한 달 동안을 치료를 위해 병원을 다녀야 했다. 일도 하지 않으니 회사 눈치도 보였다. 그러나 나는 손이 거의 나았음에도 일을 하고 싶지가 않았다. 지금까지 일을 하는 것에 대한 좋고 싫음이 없었는데, 정말이지 공장에서 일을 한다는 것이 그렇게 싫을 수가 없었다. 손이 다 나았을 때 전무님에게 이야기했다.

"전무님, 지가 아무리 생각을 해봐도 회사를 다니기가 어러불 꺼 같심니다. 죄송합니더."

"내가 말리 볼라 케도 마음을 바꿀 것 같아 비지는 않은데, 맞제?

그라마, 어데를 가든지 간에 잘 살으레이."

　너무나 열악한 노동환경이었던 터라 사고에 대한 보상도 한 푼 받지 못하고 이튿날, 옷 보따리를 싸가지고는 아무런 대책도 없이 나는 다시 서울로 향했다.

# 매서운 서울살이

서울에서의 나는 그야말로 낙동강 오리알 신세였다. 그 어디에도 갈 곳이 없었다. 나는 할 수 없이 영등포역 뒤에 있는 맥주공장 근처, 작은아버지 집으로 찾아갔다. 작은아버지는 서독의 탄광에 광부로 갔다가 고등학교 졸업한 것을 인정받아 사무직으로 근무하며 돈을 벌어 서울에서 꽤 잘살고 있었다.

작은어머니가 적잖이 당황한 기색이 역력한 표정으로 내게 어떻게 왔느냐고 물었다. 나는 자초지종을 이야기했다. 그러자 작은어머니는 그렇다고 우리 집으로 오면 어떻게 하느냐며 무척이나 언짢아했다.

나는 차려주는 밥 한 그릇을 겨우 얻어먹고 보따리를 다시 챙겨 그 집을 나섰다. 그런 나에게 작은아버지는 아무런 말도 하지 않았다. 작은 집 대문을 나서면서 눈물이 앞을 가려왔다. 이런 내 신세가 너무도 가엾고 처량했다. 마음속에서 그래도 작은아버진데, 하나밖에 없는 작은아버진데 어떻게 이럴 수가 있을까 하는 원망 섞인 푸념이 눈물샘을 더 자극하고 있었다.

영등포 역전까지 가서 나는 한참을 망설이고 있었다. 어디서 오라는 데도 없고 갈 데도 없는 내 처지에 어찌하면 좋을지 몰라 그저 서성이고 있을 뿐이었다.

그러다 역 대합실로 들어갔다. 들어가는 문 옆에 구두닦이 한 사람이 있었다. 나는 망설임 끝에 용기를 내어 그에게로 가서 조용히 물었다.

"저기……. 제가 열심히 일할 테니까네, 저도 여서 같이 구두 닦는 일 좀 하마 안 되겠심니까?"

"안 돼요! 우리도 여기 여러 사람이 같이 있어서 사람 더 쓸 수 없어요. 딴 데 가서 알아봐요."

그는 고개를 내저으며 딱 잘라 거절했다. 구두 닦는 일조차도 마음대로 할 수 없다는 생각에 명치끝이 쑤셔왔다.

영등포 역전을 뒤로하고 목적지 없이 걷고 있는데, 그때 '우유배달원 모집'이라는 벽보를 보게 되었다. 너무나 반갑고 고마운 마음에 단숨에 사무실로 뛰어올라가 배달원을 하겠다고 말했다. 그들은 나에게 한참을 물었다. 그러면서 우유배달을 하려면 우윳값에 대한 보증금이 있어야 한다고 했다. 없다고 했더니 그러면 신원보증인을 서줄 사람의 인감증명과 인감도장을 찍어 오라며 서류를 건네주었다.

나는 누군가 보증만 서주면 금방이라도 취직이 될 것 같아, 그 서류를 들고 한달음에 달려가, 조금 전 나왔던 작은집 대문을 두드렸다.

작은아버지께 서류를 보이며 보증을 부탁드리자 이것은 만약 내가 우윳값을 갚지 않을 경우 보증인인 작은아버지가 책임을 져야 한다는 계약서라며 증명서니 도장이니, 아무것도 해줄 수 없다는 것이었다. 간절한 마음에 몇 번을 통사정해 보았지만 결국 거절당했다. 나는 또다시 서러운 마음만 안은 채 작은집을 나와야만 했다. 주머니에는 돈도 얼마 남아 있지 않았다.

갈 곳 없이 이리저리 헤매다 작년에 다니던 대원전선으로 가보았다. 공장은 여전히 역촌동, 그 자리에 있었다. 내가 그 회사에 있을 당시 기술자로 일하던 형을 찾아갔다. 그런데 그 형은 며칠 뒤 회사를 그만둔다고 했다. 나는 의아한 생각이 들었다.

"여는 월급도 잘 나오고 밥도 잘 나오는데 와 그만둘라 캅니꺼?"

"공장생활이라는 게 겨우겨우 밥이나 먹고 사는 거지 앞으로 발전성이 없어. 그래서 어디 마땅한 곳 찾아서, 하다못해 고물장사라도 해야겠어. 근데 너는 왜 다시 서울로 온 거야? 대구 회사는 어쩌고?"

나는 다시 상경한 이유에 대해 빠지고 새로 난 손톱을 보여 주며 설명했다.

"그라니 내도 뭐 쫌 할 게 이씨머 같이 쫌 할 수 있게 해주이소. 이제는 어데 갈 데도 엄꼬 주머니에 돈도 떨어졌다, 아임니까?"

그 형은 일단, 저녁에 잠은 이곳에서 자고 생산과장님께 부탁드려서 다시 취직할 수 있는지 알아봐준다고 했다.

"그란데 그전에 고려전선에 취직을 했을 때, 생산과장님이 다시 대원전선으로 오라 캤는데 그때 내가 고려에 취직을 한 지 쪼끔밖에 안되가 대원으로 몬 간다 칸 적이 있어가, 대원에는 갈 수가 없을 것 같심니더." 그날부터 한동안 잠은 그 형의 자취방에서 자면서 지냈다.

그 형의 고향은 강원도 정선의 사북이라는 곳이었고 이름은 '신동수'였다. 마음이 선하고 다른 사람들과도 원만히 지내는 참으로 좋은 성격을 가진 사람이었다. 학교도 고등학교를 졸업하여 아는 것도 참 많았다. 아침밥은 그럭저럭 형의 자취방에서 얻어먹었지만, 하루 종일 일자리를 찾아다녀야 했다. 그러다가 나는 동교동 사거리에서 LPG 프로판가스 배달 일을 하게 되었다.

연탄을 주로 사용하던 시절이었지만 생활수준이 높은 집들은 가스를 많이 사용했다. 자전거에 충전한 가스통을 싣고 서울 시내의 여러 곳을 배달해야 했다. 동교동 사거리에서 멀게는 목동이나 광화문까지 자전거로 배달을 해야 했다.

잠은 사무실 옆에 종이박스 등을 깔아 마루를 만들어서 나와 같은 배달꾼 세 명과 함께 지냈다. 힘은 몹시 들었지만 남에게 신세는 지지 않고 지낼 수 있어 맘이 편했다.

여기서도 역시, 나는 열심히 일했다. 다른 사람들이 두 번 갔다 올 동안에 나는 세 번을 갔다 올 정도였다.

그러던 어느 날, 길 건너편 화영식초 대리점에 시골에서 같이 자란 친구 하나가 회사 유니폼을 입고 서 있는 것을 보게 되었다. 그 친구는 나와 동갑이었지만 나보다 2년을 먼저 입학해서, 고등학교를 마치고는 화영식초에 취직했던 모양이었다.

시골에서 국민학교를 다닐 때는 그래도 내가 공부를 더 잘했다고 생각했는데, 국민학교도 겨우 졸업하고 허름한 옷차림으로 자전거를 타고 가스를 배달하는 나의 모습과 고등학교를 졸업하고 깔끔한 회사 유니폼을 입고 대리점에서 사무직으로 일하는 그 친구의 모습이 비교가 되면서 나는 어찌할 바를 몰랐다.

그런 사실을 나는 아무에게도 말하지 못하고 그저 모자를 구해 푹 눌러 쓰고 배달을 다닐 뿐이었다. 버스가 다니는 대로를 사이에 두고, 두 고향 친구가 각자 직업을 갖고 있긴 했지만, 사뭇 다른 직업환경에 나는 자격지심이 생길 수밖에 없었다.

그 친구는 나를 알아보지 못했다. 그런 그 친구를 몰래 쳐다보면서 혼자 가슴 졸이는 나의 모습에 마음이 무거웠다. '나는 왜 하는 일마다 이럴까? 불과 몇 년 사이에 공장 직원으로, 옷가게 점원으로, 또 공장 직원으로, 이제는 가스배달원으로…… . 먹고 자는 것조차도 해결하기가 이리도 어려울 줄이야…… .'

혹시라도 그 친구가 나를 알아보고, 고향 사람들에게 재길이는 서울에서 가스 배달 한다더라고 이야기라도 하면, 창피해서 어떻게 얼굴을 들고 고향에 가야 할지 막막하기까지 했다. 생각다 못해 동수형을 찾아갔다.

"가스배달이 뭐 어때서? 열심히 일해서 돈 버는 일이 뭐가 창피하다고 그래? 그렇게 숨어 있지 말고 떳떳하게 지내."

동수형의 이런 조언에도 내 마음은 늘 조마조마했다.

가스배달 자전거를 어느 날 새로 구입하게 되었다. 새 자전거라서 그런지 역시나 힘이 덜 들었다. 그러다 연희동에 있는 공화당 원내총무인 모 의원의 집에 가스통을 연결해주고 나와서 보니 자전거가 사라지고 없었다. 누군가 훔쳐 가버린 것이었다.

자전거를 찾겠다고 여기저기, 이쪽저쪽을 뛰어다니며 찾아보았지만 누군가 작정을 하고 훔쳐간 자전거는 도저히 찾을 수가 없었다.

힘없이 걸어오는 나를 본 다른 배달원들의 얼굴을 마주하기도 민망했다. 무엇보다도 나의 이야기를 들은 후 새 자전거를 어디다가 팔지 않았느냐고 묻는 사장님의 의심 섞인 물음이 죽고 싶을 만큼 억울했다.

그날의 일은 내가 그달 월급을 받지 않겠다고 각서를 쓰는 것으로 일단락 지어졌지만 나는 여전히 억울하고 분하기 그지없었다. 그 뒤로 길을 지나다가 새 자전거라도 볼라치면 그 잃어버린 자전거가 아닌지 살펴보는 버릇 아닌 버릇이 생길 지경이었다.

동수 형은 다니던 대원전선을 그만두고 다른 일을 찾아보고 있었다. 그래서 형이 무슨 일이라도 하게 되면 나도 같이 할 수 있게 해달라고 부탁을 했다. 그러다 가스배달마저도 그만두어야 할 처지가 되고 말았다.

사장님이 가스 배달한 돈으로 매일같이 도박을 일삼아 자꾸만 자금사정이 쪼들린다고 사무실 경리가 말했다. 큰 저장탱크로 가스를 공급받다가 자금이 쪼들리자 빈 가스통을 조금씩 차에 싣고 수유리나 대림동까지 직접 가서 가스통으로 사오다 보니 결국 남는 이문도 적고 그나마도 제때 공급을 못할 때도 많았다. 내가 가스배달을 한지 8개월 정도 되었을 때, 가스충전소는 끝내 문을 닫고 말았다. 그동안 받지 못한 임금도 넉 달치나 되었다.

나는 또다시 직장을 잃었다.

# 장안평

옷 보따리를 들고 동수 형에게 간 나는 형과 함께 답십리로 나가 보았다. 무슨 장사를 하든지 사람이 많은 곳에서 해야 한다며 답십리 일대를 둘러보자는 것이었다. 나로서는 선택의 여지가 없었다.

이곳저곳을 다니다가 동수 형의 고향친구를 만나보았다. 그 사람은 강원도 정선에서 가족 모두가 서울 장안평 - 지금의 장안동 - 으로 이사를 와서 채소농사를 지어 밭에서 직접 장사꾼들에게 팔기도 하고 다발로 묶어서 청량리시장에 싣고 나가 도매로 팔기도 한다고 했다. 그 사람은 이제 경제적으로 안정이 되었다고 했다.

그러면서 장안평 자기 밭 구경을 제안했다. 나는 동수 형과 함께 장안평에 가보았다. 그곳에는 넓디넓은 들판이 펼쳐져 있었다. 이래서 '長安坪'이라고 하는구나 싶었다.

밭에서는 아주머니들이 얼갈이를 묶고 있었다. 동수 형의 친구 말에 의하면, 장마 때 비도 많이 왔지만 현대건설에서 공사하고 있는 장안동 하수처리장의 덮개공사가 마무리되지 않아 이번 장맛비에 하수처리장에 있는 물이 넘쳐 답십리, 장안평의 일부가 오물로 뒤덮여 한동안 그 일대가 난리를 겪은 터라, 채소 값도 비싸고 새로 심어서 수확한 채소도 값이 비싸다고 했다. 이러니 채소장사도 잘만 하면 돈을 벌 수 있다고 하는 것이었다.

이튿날에도 동수 형과 나는 그 사람을 찾아갔다. 그는, 오늘은 청량리 도매시장을 가보자고 했다. 시장을 들어서는데 그 순간 배추와 무 등 각종 채소들이 각 점포마다 산더미처럼 쌓여 있는 것이 보였다. 사람들 또한 무척 많았다. 여기저기에서 소리를 지르며 물건을 세어 파는 사람들로 시장 안은 시끌벅적하였다.

어디에서 이렇게 많은 물건들이 서울로 오는 건지 궁금하기도 했다. 질퍽한 시장 안을 한참을 돌아다니다가 동수 형이 말했다.

"답십리로 이사를 와야 할 것 같다."

얼마 후 동수 형은 정말 역촌동에서 답십리로 이사를 했다. 이사 후 처음에는 동수 형과 함께 지냈는데, 동수 형의 동생이 온다고 하여 더 이상 같이 있을 수가 없었다.

여기저기 알아본 끝에 장안평 한가운데에서 방을 얻었다. 그 집은 벽돌로 지은 집이었는데 슬레이트로 지붕을 얹은 무허가 건물이었다. 집세는 보증금 없이 한 달에 3,000원씩을 내기로 했다.

집주인은 강원도 강릉 사람이었는데 식구가 상당히 많았다. 아들, 며느리, 손주들까지 모두 열세 명이나 되는 대가족이었다. 그 집은 강릉에서 꽤 부유하게 살다가, 큰아들이 대학교를 졸업하고 광화문에서 출판사를 운영하다가 부도를 내는 바람에 그 많던 재산을 다 잃고 그나마 남은 돈으로 지금 살고 있는 집을 장만할 수 있었다고 했다.

집주인 할아버지는 장안평에 있는 논을 빌려서 벼농사를 짓고 있었고, 할머니는 텃밭이나 이곳저곳의 밭에서 조금씩 채소를 사서 골목시장 안 노점에서 담배개비와 함께 팔고 있었다. 출판사 사장을 했다던 큰아들은, 나보다 나이가 열두 살이 더 많았는데 성이 '윤'씨였다. 그에게는 부인과 세 명의 자식이 있었다. 그는 장안평의 이곳저곳의 밭을 다니며 시금치나 얼갈이, 솎음배추 등을 사서 리어카에 싣고 온 동네를 돌아다니며 채소행상을 했다.

둘째아들과, 결혼한 딸도 채소행상과 찐빵장사를 한다고 했다. 셋째아들은 고등공민학교를 다녔고 넷째, 다섯째는 중학교, 국민학교에 다녔다. 주인집 식구들은 넉넉지는 않지만 열심히들 살아가고 있었다.

나는 사글세로 방을 얻어놓긴 했지만 어떻게 먹고살아야 할지 뾰족한 답을 찾을 수가 없었다. 집주인의 큰아들은 강릉 관동대학교를 졸업한 후 사업에 실패해, 지금은 비록 채소행상을 하고 있지만 언젠가는 꼭 재기하겠다는 포부를 갖고 있다면서, 나에게도 집에 있지 말고 같이 밭이며 시장을 다니고 채소 장사하는 방법을 배우라고 권했다.

그리하여 나는 다음 날부터 윤 씨 아저씨를 따라 밭으로 갔다. 아저씨가 밭에서 채소를 구입하는 모습, 값을 흥정하는 모습, 리어카에 싣고 동네 골목마다 다니며 소리를 높여가며 여기저기 팔고 다니는 모습을 보며, 나는 아저씨의 뒤를 졸졸 따라다녔다.

오르막길이 나오면 뒤에서 밀어주고, 밀다가 내 또래의 여자들이 저만치에서 오는 것이 보이면 얼른 딴청을 부렸다. 왠지 창피하고 부끄러운 생각이 들어서였다. 그런 나의 행동을 윤 씨 아저씨는 보지 않고도 다 알고 있는 듯했다.

나는 하루 종일 행상 뒤를 따라다니며 장사를 도와주었는데, 말이 도와준 것이지 아무것도 모르는 나는 솔직히 리어카 뒤만 조금 밀어

주었을 뿐이었다.

여기저기를 다니며 장사를 하다 보면 지치게 마련이라, 그럴 때면 아저씨는 포장마차에 들러 대포 한잔을 마시곤 했다. 처음엔 내게도 막걸리를 따라주며 권하였지만 나는 제대로 술을 배운 적이 없는 터라 사양했다. 아저씨는 장사를 하려면 술도 마실 줄 알아야 한다며 자주 술을 사 주셨다. 거의 매일 마시다보니 어떤 때는 술에 취해서, 뒤를 밀어주다가 나도 모르게 "열무 사려! 배추 사려!" 하는 소리를 내지른 적도 있었다.

술을 마시기 전에는 창피해서 나오지 않던 소리가 술김에 나오는 것이었다.

사람들이 채소를 사러 나오면 윤 씨 아저씨가 하던 것처럼 채소를 팔았다. 둘이서 밀고 끌고 하니 힘도 덜 들고 이동이 빨라서 채소를 빨리 팔 수 있었는데, 그렇게 빨리 파는 날에는 오전에 한 번, 오후에 한 번, 이렇게 하루에 두 번을 장안평에서 물건을 사다가 팔 수 있었다. 이것이 장사꾼들 말로는 '두 탕'을 하는 것이었다. 그런 날에는 당연히 수입도 곱절이 되었다. 윤 씨 아저씨는 내가 도와줘서 그렇다며 수입이 많은 날이면 조금씩 돈을 나누어주었다. 그리고 따라다니면서 장사를 도와준 날에는 저녁까지 얻어먹었다.

내가 어쩌다가 서울의 장안평까지 와서 살게 되었는지, 이것은 아무리 생각해봐도 피할 수 없는 운명인 것만 같았다.

# 야채행상

비가 제법 많이 오는 날이었다. 비가 오는 날은 야채행상을 할 수 없으니 쉰다고 했다. 나는 아저씨께 오늘 어차피 쉬는 날이니 청량리 시장에 한번 같이 가보자고 했다. 왜 그러냐고 묻지도 않고 아저씨는 그러자고 하셨다. 우리는 비가 와서 질척한 농로를 걸어갔다.

"이제는 많이 배웠으니까, 혼자서 장사 한번 해봐."

"글쎄예……. 저는 아직까지는 장사를 잘할 줄 모리고, 그라고 아직은 장사할 맘이 없심니다."

그렇게 비오는 농로를 걸어간 다음 버스를 타고 청량리시장에 도착했다. 답십리 버스종점에서 버스를 타면 청량리시장까지는 10~15분이면 도착했다. 시장에 도착해보니 시장 안은 비가 와도 사람들로 북적였다. 그렇지 않아도 질퍽한 시장 안은 비 맞은 채소 잎사귀와 뒤엉켜 더욱 질퍽였다. 이곳저곳을 돌아다니며 물건 값도 물어 보고, 배추며 무를 사고팔 때 어떻게 해야 하는지도 물어 보았다. 그러면 아주 자세히는 아니더라도 대충은 알 수 있었다.

어떤 이는 물건을 사고팔 때 암호로 한다는 것도 대충 알려 주었다. 그러면서 채소장사도 열심히만 하면 살기 괜찮다고 하면서 자기는 삼선교시장에서 점포를 갖고 장사를 하고 있는데 제법 잘된다는 것이었다.

그 사람의 이야기를 듣는 순간 나의 머릿속을 무언가 스치고 지나갔다. 배운 것 없고 밑천도 없는 나 같은 사람에게는 적격인 직업이 아닐까? 어쩐지 내 인생을 채소장사에 걸어 보고 싶었다.

시장 안을 훑어보고 나서 나는 윤 씨 아저씨께 막걸리나 한잔하자고 하였다. 평소에는 잘 마시지도 않던 내가 마시자고 하니, 그는 의아한 눈빛으로 나를 바라보았다. 시장 안 허름한 식당에 자리를 잡고서 나는 윤 씨 아저씨에게 나의 지난날에 대해 차분히 이야기했다.

"그라니 앞으로 매칠 더 아저씨 따라 장사 배우고 그란 다음에는 내 혼자서 함 해볼랍니다."

"아유, 잘 생각했어. 내일부터는 더 일찍 일어나서 나 따라 밭에도 가보고 그렇게 한번 해보자고."

새벽에는 한 번도 밭에 따라가 본 적 없던 나는 다음 날 새벽 4시쯤에 어두운 밭길을 따라 얼갈이 배추작업을 하는 밭을 찾아갔다. 농사짓는 사람들과 장사하는 사람들은 하루 이틀 전에, 작업하는 곳을 서로 입에서 입으로 전달하여 오늘은 어느 밭인지 내일은 어느 밭인지 서로서로 알고 있었다. 어두운 농로였지만 들판에 익숙한 채소 행상꾼들에게는 그리 어렵지 않게 다닐 수 있는 길이었다. 한참을 가다 보니 불빛들이 보이면서 사람들의 모습이 어른거렸다. 깜깜한 데서 남포등을 켜놓고 얼갈이를 뽑아 묶고 있었다.

그렇게 일찍 갔는데도 우리보다 먼저 온 사람들이 세 명이나 있었다. 그렇게 되면 온 순서대로 물건을 받아야 했다. 네 번째로 윤 씨 아저씨의 리어카에 물건을 가득 싣고 나니 햇볕이 내리쬐기 시작했다. 아침 9시 정도 되는 시각이었다.

아저씨는 앞에서 끌고 나는 뒤에서 밀면서 농로를 따라가다가 아저씨가 갑자기 멈춰 섰다.

그는 배가 아파 화장실을 다녀오겠다며 허리에 차고 있던 돈주머니를 풀어 가득 실은 얼갈이 위에 얹어놓고는 어느 밭 으슥한 곳에서 볼일을 보는 것이었다. 나는 웃으며 잠시 기다렸다. 그러다 혼자서 조금이라도 리어카를 앞에서 끌어보고 싶다는 생각에, 앞으로 가 리어카를 끌기 시작했다.

불과 50m쯤 갔을까. 들 한복판에서 주변 일꾼들에게 밥도 팔고 막걸리도 파는 비닐하우스가 보였다. 그런데 그곳에서 쓰는 설거지물이 내려갈 수 있도록 농로를 가로질러 파놓은 골이 있었다. 거기를 지나가려면 힘껏 밀어 탄력을 받아서 넘어가야 했는데, 나는 요령이 없어 그 골에 그만 리어카의 바퀴가 걸리고 말았다. 그곳의 아주머니가 이런 나를 보고는, 이런 데도 지나지 못하면서 이 많은 짐을 싣고 어찌 장사를 할 수 있겠느냐며 뒤에서 리어카를 밀어주었다. 나는 고맙다는 인사를 하고 또다시 20m쯤 가고 있는데 윤 씨 아저씨가 뒤에서 뛰어오며 소리를 지르는 것이었다. 왜 그러지 싶어 멈춰 섰을 때, 헐레벌떡 뛰어온 아저씨가 얼갈이 위에 얹어놓았던 돈주머니를 찾기 시작했다. 그제야 나도 리어카를 쳐다보았다. 눈이 휘둥그레졌다. 조금 전까지만 해도 있던 돈주머니가 감쪽같이 사라지고 보이지 않았다. 이 길이 비록 농로지만 폭이 4m는 족히 되는 길이었고 그때는 아무도 옆을 지나가지 않았다. 돈주머니의 모양도 꽤 컸다. 내가 끌고 온 70m 정도의 길을 계속 왔다 갔다 하면서 찾아보았지만 돈주머니는 끝내 보이지 않았다.

비닐하우스 아주머니에게 물어보았더니 갑자기 화를 내며, 집 안을 뒤져 보라고 큰소리를 치는 것이었다.

그 돈주머니 안에는 5,000원이나 되는 돈이 들어 있었다고 한다. 나는 눈앞이 캄캄했다. 하루에 많이 벌어 봤자 1,300원 아니면 1,400원 정도였으니, 며칠 번 돈을 고스란히 날린 셈이었다.

윤 씨 아저씨를 도와줄 요량으로 혼자 리어카를 끌고 간 건데, 그것도 몇백 미터를 간 것도 아니고 고작해야 6, 70m 정도 가는 사이에 이런 일이 벌어지다니, 후회를 했지만 어쩔 수가 없었다. 시간이 한참 지나가도록 윤 씨 아저씨는 돈을 찾아야 한다며 장사할 생각을 하지 않았다. 날씨가 점점 더워지며 시간이 흘러가자 나는 아저씨를 말리고 나섰다.

"아저씨, 그 돈은 내가 갚아 드리겠심니다. 그라니 어서 장사하러 가입시다."

"그 돈을 왜 자네가 준다는 거야?! 자네가 무슨 잘못을 했다고! 틀림없이 저 여편네가 숨긴 것 같은데……."

내 생각에도 그 아주머니 짓인 것 같았다. 하지만 증거가 없으니 어떻게 해볼 방법이 없었다. 나는 그 아주머니에게로 가서, 혹시라도 돈주머니를 찾으면 연락해 달라고 하고는 윤 씨 아저씨를 설득해 우시장으로, 둑길로 다니면서 채소를 팔았다.

일이 끝나고 우리는 술 한잔하러 갔다.

"정말로 미안합니더. 내가 아저씨한테 할 말이 없심니더."

"자네가 훔쳐간 것도 아닌데 왜 자네가 미안해해? 이까짓 일로 울고

그러지마. 그리고 전대는 그 비닐하우스 아줌마 짓이 분명하지만 어찌
겠어, 잊어야지. 그러니 자네도 너무 신경 쓰지 말고 잊어, 잊자고"

아저씨는 이번 일을 잊어버리자고 했지만, 나는 영원히 잊히지 않
을 것 같았다.

# 도부꾼

다음 날 새벽에 나는 아저씨보다 먼저 일어나 아저씨가 일어나시기를 기다렸다. 깜깜한 들판을 둘이 걸어가며 어제 일은 잊어버리기로 했다. 밭에서 수확한 채소를 싣고 동네를 돌아다니며 팔기 시작했다. 사람들은 이런 장사를 하는 이들을 '도부꾼'이라 불렀다. '도부(到付)꾼'이라는 말은 이리저리 떠돌아다니며 장사를 하는 사람을 낮잡아 부르는 말이었다.

돈주머니일로 나는 한 달 동안을 윤 씨 아저씨의 장사를 도와주었다. 덕분에 장안평에서 농사짓는 사람들과 안면도 익히게 되고 돌아다니는 코스도 알게 되었다.

"저도 인자 혼자서 장사 시작해 볼랍니다."

한 달을 다 채우고 나서 아저씨께 말을 꺼냈다.

"그래, 아마 재길이 자네는 남들보다 훨씬 장사를 잘할 거야. 앞으로 잘해 봐. 그러려면 리어카가 있어야 하는데…… 청량리 시장에 가 보면, 보증인만 있으면 하루 사용료만 받고 리어카 빌려주는 데가 있으니까, 글로 한번 가보자고."

"근데 나 같은 사람한테 보증서 줄 사람이 어데 있겠습니까?"

"처음부터 새 거를 사서 다니면 잃어버릴지도 모르니까, 보증은 내가 서줄 테니까 걱정 말고 가보자."

이튿날 장사가 끝나고 청량리의 리어카 보관소에 가보았다. 그 보관소에서는 리어카를 팔기도 하고 남의 리어카를 보관도 해주고 빌려주기도 하였다. 나는 윤 씨 아저씨가 신분증을 보여 주고 이야기를 한 끝에 중고 리어카 한 대를 빌릴 수 있었다.

다음날 새벽, 우리는 각자 한 대씩의 리어카를 끌고 작업하는 밭으로 갔다. 윤 씨 아저씨는 첫날이고 하니 비싼 얼갈이나 열무다발보다는 덜 비싼 얼갈이 솎음을 사서 파는 것이 좋겠다고 솎음 밭으로 갔다.

얼갈이 솎음은 다 키워서 묶어 놓은 다발과 달리 어린 것을 솎아낸 것이어서, 한 아름에 50원이나 60원만 주면 마음껏 안고 나와서 안고 나온 수만큼 돈 계산을 해주면 되었다.

아저씨는 요령이 있어서 많이 안고 나올 수 있었는데, 그에 비해 나는 요령이 없어서 마음만 많이 안고 나오려 했지 생각처럼 잘 되지 않았다. 둘이서 1,200원어치의 물건을 실었다.

농로를 지나 장안평 둑길까지 왔다.

"자, 여기서 헤어져서 각자 다른 길로 다니며 팔아야 해. 그러니 그 전에 대포나 한잔하자고."

식전 빈속에 막걸리 한 잔을 하고 나니 머리가 핑 돌았다. 그날은 그동안 아저씨를 따라다니며 익혀두었던 길을 향해 가며, 난생처음으로 내 장사를 시작한 첫날이었다. 막걸리도 한 잔 했겠다, 있는 힘껏 "배추 사려! 솎음배추 사려!" 하며 소리를 내질렀다.

누군가 "배추 주세요" 하는 소리가 들렸다. 반가운 마음으로 리어카를 세우고 물었다.

"얼마나 드릴까예?"

한 아주머니가 옆에 섰다.

"20원어치만 주세요."

얼른 20원어치와 덤을 짚으로 묶었다.

"조금 더 드릴 테니까는 앞으로 많이 좀 팔아 주이소."

개시를 하였다. 처음으로 하는 내 장사의 처음을 이 아주머니가 열어 주신 게다.

나는 부지런히 돌아다녔다. 답십리 일대의 둑길 주변 동네는 그날 거의 돌아다녔나 보다. 둑길 동네는 다른 동네보다 인구가 많고, 대부분의 집이 무허가 판잣집이기도 했거니와 집의 크기도 작아서 서민 중에서도 빈곤층이 대부분이었다. 그러다 보니 채소나 과일도 질보다는 싸고 양이 많아야 잘 팔리는 동네였다.

열심히 돌아다닌 덕분에 점심때가 지나자 갖고 온 물건을 다 팔 수 있었다. 나는 답십리 골목에서 싼 담배개비와 조금의 채소를 팔며 노점상을 하시는 주인할머니께 가보았다. 할머니는 나를 반기시며 아범은 아직 오지 않았다고 하셨다. 한참 있으려니 물건을 다 팔고 오는 아저씨의 얼마 벌었느냐는 물음이 담긴 눈빛을 볼 수 있었다.

허름한 우동집에 앉아서 각자가 번 돈을 모두 꺼내어 세어보았다. 내가 번 돈이 1,200원, 물건을 더 많이 안고 나온 아저씨는 1,600원을 벌었다. 우리는 마주보며 씩 웃었다.

우동 한 그릇을 게 눈 감추듯 먹고 집으로 향하면서 내일은 어떤 밭에서 작업을 하는지 알아보았다. 나의 도부꾼 행상은 그렇게 시작되었다. 장안평에서 물건을 싣고 멀리까지 가기도 했다. 왕십리 중앙시장, 심지어 동대문시장까지 갔다.

새벽에 물건을 일찍 받아 실은 날에는 청량리시장 뒷골목에서 도매로 팔기도 했다. 이것이 소위 '중도매'라 일컫는 것이었다. 이렇듯 장사하는 방법과 요령들은 하나하나 내 것이 되어갔다. 하지만 행상 일은 비가 오는 날에는 할 수가 없었다. 비를 맞으며 다닐 수도 없을 뿐더러, 비가 오면 사람들이 밖으로 잘 나오지 않기 때문이었다. 밭에서도 아주 특별한 날이 아니고서는 작업을 하지 않았다.

내가 장안평에 온 지도 반년이 흘렀다. 장안평 밭에서는 추위가 심해 아무런 물건도 나오지 않았다. 그래서 청량리시장에서 물건을 구해와, 직접 팔기도 하고 혹은 골목시장에 자리를 잡고 물건을 팔기도 했다.

그러나 장사라는 게 참으로 묘한 것이, 노점상들끼리의 경쟁이 심해, 어떤 때는 이쪽에서 사려고 서 있던 사람들을 부르기 위해 저쪽에서 더 싸게 값을 부르고, 또다시 이쪽에서 사람들을 부르기 위해 그보다도 더 싼 가격을 부르고, 그러다 결국 상인들끼리 소리를 지르며 싸우는 것으로 끝을 맺는 경우도 종종 있었다. 이렇게 되면 가뜩이나 어렵게 사는 사람들끼리 서로 도와가며 살아도 살기가 빠듯한데, 이들 손에는 남는 돈은커녕 결국 손해만 보고, 정작 사는 사람들만 운 좋은 것일 뿐이었다.

늦가을 김장철의 날씨는 예측을 할 수가 없었다. 그즈음 물건을 잔뜩 사서 골목시장 가장자리에 물건을 내려놓으면, 저녁 파장 시간쯤에는 사람들이 몰려나와 장사가 잘 되었다. 리어카는 뒤에 세워 놓았다가 물건을 사는 사람이 있으면 배달을 해주었다.

그러던 어느 날, 평소에 알고 지내던 사람이 내게 리어카를 잠깐만 빌려 달라며 부탁을 해왔다. 그 사람도 결혼까지 한 채소 장사꾼이었는데, 도박에 빠져 리어카까지 날린 모양이었다. 두 시간만 쓰겠다고 해서, 거절도 못하고 바빠질 시간 전에 꼭 가져오라는 당부를 하며 빌려 주었다. 그러나 빌려 간 지 대여섯 시간이 지나도록 그는 보이지 않았다.

날씨는 변덕을 부리며 눈을 뿌리기 시작했다. 눈이 내리자 노점을 하는 상인들은 마음이 급해졌다. 내 옆에서 장사를 하던 사람이 오늘은 틀렸다며 떨이를 해서 팔기 시작했다. 눈은 이제 제법 많이 내리고 있고, 주변 상인들은 싸게 물건을 팔며 배달을 해주니 금세 다 팔아 갔지만, 나는 리어카가 없다 보니 물건을 하나도 팔 수가 없었다. 배달을 해주어야 무든 배추든 사갈 텐데 팔리지 않으니, 내 배추와 무 더미에는 하얗게 눈만 쌓여 갔다.

어쩔 줄을 몰라 당황이 되었다. 물건을 다 판 사람들은 자리 정리를 하고는 하나 둘 떠나가는데, 나만 우두커니 눈을 흠뻑 맞고 서서 눈 쌓인 채소 더미와 함께 이러지도 저러지도 못하고 있을 뿐이었다. 물건을 도로 싣고 집으로 가려 해도 갈 수가 없으니, '진퇴양난'이란 말은 바로 이런 경우에 쓰는 말일게다.

하늘은 화라도 난 듯 눈을 퍼부어댔다. 사람들은 지나가면서 눈으로 덮인 채소 더미와 나를 번갈아 가며 쳐다보았다. 얼굴은 내리는 눈과 쏟아지는 눈물이 뒤엉켜 얼얼해졌다. 그것은 그냥 눈물이 아니라 아마도 서러움의 피눈물이 아니었을까?

저녁 8시가 넘어서야 내 리어카가 돌아왔다. 내 앞에 선 그 사람은 눈 덮인 나와 채소들을 보며 잠시 그 자리에 서 있었다. 나를 본 순간

할 말을 잃어서였으리라.

나는 그 사람과 리어카를 보고는 긴장이 풀리면서 그 자리에 주저 앉고 말았다. 다리에 힘이 풀려 도저히 그대로 서 있을 수가 없었다. 그 사람은 그런 나를 일으켜 세우며 용서를 빌었다.

"내가 그간 노름에 미쳐서, 갖고 있던 리어카도 팔아치워서 장사도 못하고, 그러니까 집에 먹을 것도 다 떨어져서 애한테 뭐 멕일 것도 없고……. 리어카가 있어야 장사를 하는디, 마침 여기 와서 보니까, 자 네가 물건을 다 내려놓고 장사를 하니께 리어카 쓸 일 별로 없겠다싶 어 빌려 달라고 한 거여. 자네한테 오기 전에 나하고 친한 김 씨한테 부탁을 해봤는디 그 사람은 안 빌려 주더구만. 이 리어카 가지고 외 상으로 물건 떼다가 일루절루 댕기면서 다 팔고 부랴부랴 지금 온 거 여. 증말 미안혀."

"그라믄 처음부터 그래 얘기를 했어야지, 나는 이기 뭡니꺼? 내 물 건들 좀 보이소. 아침부터 지금까지 무쪼가리 하나도 팔도 몬 했는데, 딴 사람들은 버얼써 다 팔고 집에 가뿟심니더."

나는 눈물을 삼키며 그를 쳐다보았다. 그 사람은 벌떡 일어나 눈에 덮인 무를 리어카에 잔뜩 싣고 시장골목에 서서 소리를 질렀다.

"무 사세여! 싱싱한 무 사세여!"

그 순간조차 눈은 무섭게 쏟아지고 있었다. 그렇게 많은 눈이 사람 들의 마음을 불안하게 만들었는지, 다른 때 같았으면 그 시간에 별로 없었을 텐데, 눈이 많이 오자 값이 올라갈 것을 염려한 사람들로 시 장 안은 북적였다.

"내일 되면 눈이 와서 무 값, 배추 값이 두 배로 올라갑니다, 오르 기 전에 들여 가세여!"

사람들이 앞 다투어 몰려들었다. 그 사람은 내가 팔려던 가격보다 더 비싼 값을 불렀다. 신기한 일이었다. 시장 골목 안에서 저녁때가 다 되도록 무 한 개도 팔지 못했는데, 날은 어두워져가고 게다가 눈까지 퍼붓는 이런 상황에 이렇게 많은 사람들이 몰려들다니……

그럼에도 나는 긴장이 풀린 탓에 장사를 할 수가 없었다. 새옹지마라 했던가? 불과 30분 만에 리어카 가득 있던 무가 모두 팔려 나갔다. 그것도 내가 팔려고 했던 가격보다 훨씬 비싸게……. 장사를 마치고 그 사람은 내게 멋쩍은 듯, 번 돈을 건네주며 막걸리나 한잔하자고 했다.

대포집 안은 그날 장사를 마친 상인들로 북새통이었다. 우리는 한쪽에 자리를 잡아 앉았다. 그때까지도 나는 정신이 멍했다.

"오늘, 리어카 일은 정말 미안했어. 그리고 이제 다시는 노름을 안할 거여, 참말이여. 그나저나, 오늘 리어카 빌려서 장사한 덕에 자그마치 3,000원이나 벌었지 뭐여?"

나는 조금 전에 건네받은 돈을 모두 꺼내서 찬찬히 세어 보았다. 물건 살 때 들인 원금을 제하고도 많이 남았다. 불과 한 시간 전만 해도 이 난관을 어떻게 해결해야 할지 몰라 암담하기 그지없었는데, 그것이 전화위복이 되어 돌아올 줄 누가 알았겠는가? 사람의 일이란 정말 한 치 앞도 알 수 없는 것인가 보다.

나는 오늘의 장사 밑천만을 주머니에 넣고, 나머지 돈은 얼마인지 세어 보지도 않고 뭉뚱그려 모두 그 사람에게 내밀었다. 그의 눈이 휘둥그레졌다. 나는 막걸리를 한 잔 들이켰다.

"앞으로는 절대로 노름 같은 거는 하지 마이소. 그리고 거짓말도 하지 마이소. 오늘 눈은 왔지만 날씨가 포근해가 얼지 않아서 다 팔았지만은 추웠으며는 우짤 뻔했심니까?"

나는 받지 않으려는 그의 주머니에 그 돈을 몽땅 쑤셔 넣어주었다.

나보다 여덟 살이나 많은 그가 눈물을 흘리며 고맙다고 머리를 숙였다. 이런 우리의 모습을 지켜보던 한 사람이 우리 쪽으로 다가왔다. 그 사람은 가끔 옆에서 같이 장사를 하던 사람이었는데, 내가 리어카가 없어 쩔쩔매며 잠시만 리어카를 빌려 달라고 했을 때 일언지하에 거절했던 사람이기도 했다. 그가 우리가 앉은 옆에 와서 앉았다.

"아까는 내가 미안했데이. 이자부터 함 잘 지내보제이."

그는 경상도 안동 사람으로 사투리를 섞어가며 이렇게 말하고는 내게 손을 내밀었다. 사실 나는 별로 내키지는 않았지만 그가 내민 손을 마주잡았다. 그는 나이가 나보다 열세 살이나 더 많고 부인과 자식까지 여섯 식구라고 했다.

"앞으로 동생같이 생각할 테니까는 니도 나를 형이라꼬 생각하레이."

한 잔, 두 잔 술을 마시다 보니 나도 취기가 돌았다.

"지 고향은 예천입니더. 부모님은 다 돌아가셨고 누님만 하나 있심니더. 그래가 고향에는 집도 엄꼬 친척들만 좀 있심니더."

나는 그 사람에게 거짓말을 하고 있었다. 후에 아무리 생각을 해봐도 내가 왜, 어째서, 무슨 심리로 그런 거짓말을 했는지 알 수가 없었다. 아마도 우리 집안 내력을 아무에게도 알리기 싫었기 때문이 아니었을까?

막걸리를 마시고 나오니 눈이 멎어 있었다. 오늘 번 돈은 전부 남에게 주었지만 마음만은 부자가 된 듯했다. 나는 가벼운 발걸음으로 눈길을 따라 빈 리어카를 끌고 집으로 갔다. 윤 씨 아저씨가 눈길에 늦도록 돌아오지 않는 나를 걱정하며 기다리고 있었다. 술 냄새가 풍기는 내게 그는 웃으며 말했다.

"왜 이렇게 늦었어? 늦게까지 장사한 거야? 그나저나 재길이도 이제 장사꾼 다 됐네? 안 먹던 술을 다 마시고."

살갑게 나를 챙기는 그에게 오늘 있었던 일들을 모두 이야기했다. 내 얘기를 다 들은 아저씨의 미간이 찌푸려졌다.

"재길이가 누구를 돕는 것도 좋아, 좋은 일이긴 해. 그런데 지금 누구를 돕고 있을 처지가 아니잖아, 재길이가. 빨리 돈 벌어서 형제들과도 만나고 공부도 해야 할 것 아니야."

아저씨의 이런 걱정에도, 나는 오늘 내가 한 행동에 대해 후회하지 않았다.

이튿날 청량리시장으로 리어카를 끌고 가서 물건을 사려고 이리저리 살피던 중 어제 같이 술을 마신 안동아저씨가 보였다. 그는 나를 보자 "동생!" 하며 반겨주었다. 나 역시 반가운 마음에 "형님!" 하며 그의 손을 잡았다. 우리는 둘이 시장을 이리저리 다니며 물건을 같이 샀다. 리어카에 물건을 싣고 가다가 오르막길이라도 갈라치면, 내가 앞서 끌고 가면 그가 밀어주고, 그가 끌고 가면 내가 밀어주고 하면서, 의좋은 형제마냥 서로 도우며 지나갔다.

그렇게 시장으로 가니 정말 좋았다. 시장에서도 나란히 물건을 진열해놓고 장사를 했다.

이런 팍팍한 서울에서 친한 사람을 알고 지낸다는 것이, 그렇게 맘 편하고 좋을 수가 없었다. 어떤 이들은 우리가 서로 형님, 동생하며 부르니 정말 형제인 줄 착각을 한 사람까지 있었다. 그래서였는지 우리는 앞으로 진정 의형제로 지내기로 하였다.

김장철이 그렇게 끝나고 나니 장사가 잘 되지 않았다. 김장김치가 겨울철 반양식이라는 사고방식을 갖고 있던 1970년대 초는, 웬만한 가정집 밥상에 올라온 반찬이라고는 김치가 전부이던 시절이었다. 그러니 겨울철에는 현실적으로 채소가 잘 팔릴 수가 없었다.

# 부러우면 지는 거다

그해 겨울, 서울에서의 추위는 실로 대단했다. 내 몸이 추운 것도 추운 것이지만, 추운 날씨에 얼어 버리는 채소가 문제였다. 얼어버리는 채소를 가지고 장사를 할 수는 없어서 쉬는 날이 일하는 날보다 많았다. 장사를 한답시고 시골의 형님에게도 오랫동안 연락을 하지 못했다. 형님은 내가 이렇게 장사를 하고 있을 줄은 꿈에도 모르고 있을 것이다. 그런 형님에게 리어카를 끌고 채소행상을 한다고 말을 할 엄두가 나지 않았다. 알려 드리고 싶어도 알려 드릴 수 없다는 사실이 내 마음을 무겁게 했다.

아무래도 봄까지는 마땅히 할 수 있는 일이 없을 것 같았다. 한참을 망설인 끝에, 날씨도 춥고 장사도 할 수 없고 하니, 그 참에 그동안 못 가본 시골형님을 오랜만에 찾아뵙기로 했다. 시장에서 장사를 하는 큰형님을 만나기 위해 간 날은, 마침 장날이어서 장터에서 쉽게 형님을 찾을 수 있었다. 형님은 뜻밖에 찾아간 나의 손을 꼭 잡고 말했다.

"아이고, 야야. 그동안에 우예 지냈드노? 어데서 뭐하면서 우째 지냈길래 연락도 한 번을 몬 했드노? 어데, 몸 아픈 데는 엄꼬?"

형님은 나를 이리저리 훑어보며 살피고 있었다.

"아픈 데 업심더. 지는 서울서 잘 지내니까네 걱정하지 마이소."

나는 웃으며 큰형님을 안심시켰다. 형님이 하는 마른고추 장사는 계절에 구애받지 않고 장사를 할 수 있었다. 농사꾼들이 고추를 팔러 오면 득달같이 달려가 거의 빼앗다시피 받아서는 품질을 보고 값을 결정하였다. 그러나 이 장사도 서로 사려는 장사꾼들이 많다 보니 서로 물건을 구매하려는 경쟁이 치열했다. 그래도 내가 하는 채소장사보다는 다행히 쉬는 날이 많지 않은 것 같아 보였다.

형님은 나를, 정육점을 하면서 식당도 같이하는 국밥집으로 데려갔다. 그러고는 돼지국밥 한 그릇을 주문했다. 아주머니가 국밥을 가져오자 형님은 국밥 그릇을 내 앞으로 밀었다.

"식기 전에 어서 무라."

"한 그릇 더 시키가 같이 묵지 그랍니까?"

"아이다, 내는 좀 전에 밥 뭇다. 그라니 니나 마이 무라."

국밥 한 술을 떠서 입에 넣자 정말 맛있었다. 그러나 나는 국밥을 몇 술 먹다가 숟가락을 내려놓았다.

"내는 오다가 뭘 뭇드니 지금 배가 불러가 더는 몬 묵겠심더. 내, 밴소 쫌 갔다 올랍니다."

아무래도 형님이 밥을 먹지 않은 것 같아 그렇게 얘기하고 밖으로 나왔다. 돈을 한 푼이라도 아끼려고 먼 길을 온 동생에게 국밥을 사 먹이고는 본인은 배가 고파도 참고 한 그릇만 시킨 것이 틀림없었다. 밖의 창문 너머로 보이는 형님의 모습에, 나는 터져 나오는 울음을 애써 참아야만 했다. 형님은 내가 나오자, 내가 먹다가 남긴 국밥을 허겁지겁 먹고 있었던 것이다. 배가 얼마나 고팠는지 국밥 그릇의 바닥이 보일 정도였다. 그런 형님의 모습을 보며 입을 손으로 틀어막고 서서 한참을 울었다. 그렇게 한참 울고 난 후, 나는 아무렇지도 않은 듯 식당 안으로 다시 들어갔다. 형님은 오늘 장사는 끝났으니 집으로 가자고 했다.

형님 혼자 살고 있는 집은 너무나도 쓸쓸했다. 그날 나는 작은형이 군대에 간 사실을 처음 알게 되었다. 동생 재천이는 집을 나간 지 수 년이 지났지만 아직도 소식이 없다고 했다. 그러면서 형님은 걱정이 히니 기득 담긴 눈빛으로 잠시 있다가는 나를 돌아보았다.

"그란데 니는 지금 우찌 지내고 있노?"

나는 그간의 지나온 이야기를 형님께 들려주었다.

"대구에서 댕기든 회사 그만두고 서울서도 회사에 댕겼는데, 그 회사가 사정이 어려버가 나왔다가, 다시 대구에 있는 회사에 취직을 해가 잘 댕겼습니더. 그라다가 문제가 쪼매 있어가 그만두뿟심니더. 서울로 다시 올라가가 지금은 우찌우찌 하다 보이끼네, 이기 괘안컸다 싶어가 장안평이라 카는 데서 야채 장사하고 있심니더. 그래도 내가 지금은 리어카 야채장시를 하고는 있지만도 밑천도 엄꼬 배운 것도 엄는 내한테는 직장 댕기는 것보담도 돈을 더 빨리 모을 수 있을 거 같습니더."

"니, 그래 힘들게 살고 있었드나? 야채장시가 힘이 마이 들낀데……. 느그 또래 애들은 전부 고등학교 댕기믄서 이번 설 쇠고 나마 졸업한다 카든데……. 내가 니한테 미안타."

"아임니다. 내가 이래 사는 기 형님이 잘몬해가 그란 기 아인데, 와 그란 말을 하능교? 내한테 미안스러버 하지 마이소."

며칠을 집에서 쉬면서 나는 동네 여기저기를 다녀보았다. 다른 집들은 이야기도 하고 집에서 웃음소리가 흘러나오기도 했는데 우리 집만 그렇지 못하다는 것이 내 마음을 아프게 했다. 형님은 이렇게 추운 날씨에 서울로 가봤자 일을 못하니 설 쇠고 날씨가 풀리면 올라가라고 했다. 나 역시 서울에 가봐야 마땅히 할 일도 없고 해서 그러마고 했다.

설이 다가오면서 고등학교에 다니던 동네 친구들이 하나 둘 고향으로 돌아오고 있었다. 친구들의 검정 교복, 금색 단추, 노란 배지, 모자…… 너무나 멋있었다. 솔직히 정말 부러웠다. 어렸을 때부터, 내가 학교를 갈 수가 없어서 그런지, 이 교복이란 것만 보면 그렇게 부러울 수가 없었다.

'나도 저 교복을 한 번만이라도 입어 보았으면, 노란 배지를 가슴에 달아봤으면, 모자를 써봤으면…… 그리고 그런 나의 모습을 내 눈으로 한 번만 봤으면……'이란 상상을 해보았지만 이루어질 수 없는 그저 허망한 꿈일 뿐이었다.

나는 어느 날, 아침을 먹고 나서 일찍부터 지게를 지고 산으로 가서 땔감을 하러 다녔다. 내가 다시 서울로 올라가면 형님 혼자서 힘들 텐데, 땔감이라도 많이 해놓고 가고 싶었다. 그러나 사실 좀 더 솔직해지자면, 교복 입은 친구들의 당당한 모습과 마주치기가 싫기도 했기 때문이었다.

설이 되었다. 다른 집들은 설날이라고 떡을 하고 음식을 만들고, 객지에 갔던 가족들이 찾아와 시끌벅적한데, 설날마저도 조용한 우리집은 정말이지 적막하기 그지없었다. 동네 사람들은 모여서 윷놀이도 하고 이것저것 하면서 재미있게 어울렸지만 나는 그들과 어울리지도 못할 만큼 마음이 쓸쓸했다.

　그럴 때일수록 시집간 누님과 군대 간 작은형, 가출한 동생이 너무나 그리웠다. 돌아가시고 없는 엄마도 마찬가지로 더없이 그리웠다. 그런 이유로 지금쯤 어디에서 다른 여자와 살고 있을 아버지가 한없이 미워졌다. 지금까지 살면서 부모님 생각을 한 적이 별로 없었는데, 부모님 생각이 들다가도 그 생각하는 것 자체가 하기 싫어지기도 했다. 세상의 모든 어렵고 힘든 삶이 오로지 우리 오 남매의 것인 것만 같았다.

# 채소장수에 꿈을 품다


　설을 쉰 지 열흘이 지났다. 그동안 마당에는 내가 산에서 해온 땔감이 가리로 한 가리가 쌓여 있었다. 나는 형님에게 이제 서울로 올라간다고 했다. 형님은 날이 풀리면 가라고 했지만 나는 왠지 어서 올라가고 싶었다. 형님은 내 손을 잡고 주머니에서 십만 원의 돈을 꺼내어 내게 주었다.

　"서울 가마 몸조심하고 절대 굶지 말고 지내레이. 그라고 서울 올라가는 길에 누나 집에 꼭 들렀다 가야 한데이."

　큰형님과 헤어지고 30리나 되는 길을 걸어서 누나네 집이 갔다. 누나는 몇 년 전에 보고는 처음 보는 것이었다. 누나가 나를 보더니 너무나 반가워했다. 그동안 누나는 귀엽고 예쁜 딸을 둘이나 낳아서 기르고 있었다. 식구들은 여전히 많았고, 그 화목하고 가족적인 분위기는 그때나 지금이나 여전해 보였다. 누나는 그 집의 맏며느리에 종갓집 종부로서 시집에 대한 책임감이 강했다. 매형은 나에게 정말 친절히 대해주었고 자주 놀러 오라면서 그간 누나가 걱정을 무척 많이 했다고 덧붙여 말했다.

그런 누나와 매형에게 나는 큰형에게조차 말하지 못했던 속 깊은 이야기까지 했다. 대구에서의 공장생활, 옷가게 점원, 서울에서의 공장생활, 전기에 감전됐던 일, 기계에 손가락이 절단될 뻔했던 일, 가스배달, 지금의 도부꾼 행상 일까지…….

내가 이야기를 하는 동안 누나의 두 눈에는 눈물이 멈추지 않을 것처럼 흘러내렸고 아무 말도 하지 못했다. 나는 누나와 매형에게 내가 왜 채소장사를 하는지 그 이유를 설명했다.

"누나, 이제 울지 마이소. 내가 배우지 몬해가 좋은 직장에서 당연히 내를 오라 카지도 않을 낍니다. 그동인에 징인평에서 채소장사를 하믄서, 리어카 끌고 웬만한 데는 다 돌아댕기믄서 장사를 했는데, 그렇게 장사를 하고 다녀 보이까네 채소장사라는 기, 내가 평생을 해도 괘안켔다는 생각이 들게 합디다. 이래 채소장사를 해가 돈을 벌마 빨리 일어설 수 있을 것 같다, 그 말임니더. 그라고 내는 딴 사람들처럼 그날 벌어가 그날 먹고 살라 카는 것이 아이고, 이 일을 발판 삼아서 제대로 함 일어서보겠다는 꿈을 꾸고 있는 깁니더. 이 채소라는기 내한테 자꾸만 그런 생각을 하게 해줍디다. 내는 다시 태어나가 서울로 올라가더라도 아마 채소장사를 하지 않겠나 싶습니다. 그라이까네, 누나는 이제 내 걱정은 고마하이소."

"니가 하는 생각도 좋기는 하다마는, 니 나이가 이제 겨우 스무 살이데, 야채장사를 하마 이담에 결혼도 해야 할 낀데, 야채 파는 사람한테 누가 시집올라 카겠노?"

"누나, 내는 어릴 때부터 욕심도 많고 공부도 남한테 안 빠지게 잘했다 아임니까? 객지에서 살믄서 그동안에 공장생활도 했지만은 돈 벌면서 공부한다카는 기, 이기 그리 쉽지가 않드라, 그 말입니다. 그라고 다시 공장에 드간다 케도 손모가지 짤라질 걱정해가면서 장갑 끼고 일해봐야 승진도 제대로 몬 하고, 한다 케도 반장 정도밖에는 몬 할 낍니다. 젊을 때야 좋을지 모리겠지만도, 나이가 들어서 오십이 넘으마 내 앞날이 우찌 되겠는교? 결혼해가 자식들 나아노마 내 인생은 겨우 자식들이나 키우면서 먹고만 살겠지예. 내는 절대로 그리는 살고 싶지가 않습니더. 지금은 비록 남들이 손가락질하는 리어카 야채장수지만은, 내는 그동안에 밭농사짓는 기며, 야채 종류며, 날씨변화며, 야채 생산지며, 어느 철에는 뭐이 잘 팔리고, 뭐이 안 팔리는지며 그런 모든 걸, 딴 사람들하고는 다리게, 생각하고 관찰하고 그라고 있다 말이라예."

나는 내 말을 들으면 계속 눈물을 훔치고 있던 누나의 손을 잡았다.

"앞으로 얼매나 많은 시간이 지나도록 내가 고생을 할란지는 알 수가 없지만은, 이렇게 열심히 돈을 벌지 않으마 내는 항상 몬 배우고 가난하게 살 수밖에 없을 낍니더. 내가 어릴 때, 방문 열고 보이는 땅, 내가 다 사뿌겠다고 했던 거, 기억납니까? 내는 꼭 그렇게 할 낍니다. 누나, 야채장사는 창피한 직업이 아임니다. 지금 내가 창피한 거를 생각하마, 나는 내 꿈을 이룰 수가 없을 낍니다."

내 이야기를 다 들은 매형이 나를 쳐다보며 말했다.

"처남, 진짜로 굳은 결심을 한 모양이네. 그래, 처남은 정말 잘 될 끼다. 열심히 잘 함 해보그라. 몸 꼭 챙겨 가믄서 일하고, 알았제?"

나는 점심을 먹고 누나네 집을 나섰다. 멀리까지 나를 배웅해주며 하룻밤이라도 자고 가라는 누나를 나는 돌려보냈다. 멀리까지 가다가 뒤를 돌아보니 누나는 계속 그 자리에 서서 멀어져가는 내 뒷모습을 바라보고 있었다. 나는 누나에게 손을 흔들었다. 누나에게 내 속에 있던 말들을 모두 다하고 나니 속이 후련했다. '누나도 보았으니 이제 서울로 가서 열심히 살아보리라.'

버스 정류장에 서서 그런 생각을 하니 마음이 급해져 나는 서울로 가는 버스가 빨리 오기만을 바라고 있었다.

# 좋은 사람

　서울의 내가 살던 방은 그간 연탄불을 피우지 않아 냉골이 되어 있었다. 한 달 이상을 불을 피우지 않았던 방의 바닥은 그야말로 얼음바닥 같았다. 나는 나뭇가지를 주워 마당에 불을 피웠다. 한참이 지나 나무가 숯이 되었을 때 아궁이로 옮기고 그 위에 연탄을 올려놓고 불을 붙였다. 방에 들어가 이불을 뒤집어쓰고 누워 앞으로 어떻게 지내야 할지를 생각해보았다.

　그 길고 춥던 겨울도 지나가고 봄이 찾아왔다. 윤 씨 아저씨와 함께 작년에 한 것처럼 장사를 하였지만 도부꾼 행상은 쉬는 날이 많았다. 여름 무렵에 장마라도 올라치면, 점포를 갖고 있는 사람이라면 장사를 할 수 있었겠지만 도부꾼은 장사는 전혀 할 수가 없었다. 그렇게 쉬는 날이 많으니 돈이 모아지질 않았다.

　쉬는 날에는 청량리시장이며 경동시장 등을 다니면서, 비가 오는 날에는 도매시장 같은 곳은 어떻게 장사를 하는지 알아보러 다녔다. 이런 일을 반복하면서, 그동안 내가 몰랐던 것들을 새로이 알게 된

부분도 상당히 많았다. 예컨대, 비가 오고 흐린 날에는 기온이 내려가고 선선해져서 채소가 신선함을 오래 갖고 있을 수 있다 보니 채소가 잘 팔린다는 것이다. 따라서 생선도 더불어 잘 팔렸다. 그러나 과일만큼은 달랐는데 비가 오는 날의 과일시장은 한산했다. 과일은 날씨가 덥고 맑은 날이 많아야 햇볕을 많이 쬐어 당도가 높아질 수 있었는데 그래서 덥고 맑은 날 많이 팔렸다. 또한 갈증이 나면 아무래도 더 먹게 되니 잘 팔릴 수밖에 없다는 것이다.

장사를 해서 돈을 벌려면 도부꾼이나 노점상을 해서는 쉬는 날이 많아 돈을 모을 수 없다는 것도 깨달았다. 그러나 지금 당장 점포를 얻어서 장사를 한다는 것은 꿈도 꾸지 못할 일이었다. 점포를 얻을 돈을 나로서는 마련할 길이 없었기 때문이었다. 열심히 하다 보면 나도 언젠가는 번듯한 가게를 열 수 있겠지 하는 희망만을 가져 볼 수밖에……

여름이 지나고 가을철로 들어서자 소풍이니 운동회가 각 학교마다 시작되면서 다른 채소보다 유독 시금치가 잘 팔렸다. 그래서 밭에서 나오는 시금치를 확보하려고 새벽에 일찍 일어나서 가 보아도 나보다 더 일찍 나와 있는 사람이 항상 있었다. 그래서 어느 날은 일찍 물건을 사기 위해 전날 저녁에 가서 리어카에 이불을 덮고 아예 거기에서 잠을 자기도 하였다.

이렇게 일찍 물건을 받는 날에는 점심때면 장사가 끝나는 날도 있었다. 그럴 때면 윤 씨 아저씨와 동업으로 리어카 한 대만 가지고 가서 시금치를 가득 싣고, 오후에 둘이서 왕십리 중앙시장까지 가서 팔고 다녔다. 장안평에서 왕십리까지 가까운 거리가 아니었는데, 왕십리시장에는 오후에 사람들이 많이 몰려들어 수입이 쏠쏠하였다. 어떤 때는 경비들이 달려와 쫓아내기도 했지만 떠나는 척하면서 돌아섰다

가는 다시 돌아가 장사를 하곤 했다.

어느 날이었다. 그날도 윤 씨 아저씨와 오후에 장사를 하고서 웃으며 걸어가는데 갑자기 아저씨가 걸음을 멈추더니 당황해하는 것이었다. 나는 왜 그러냐며 주변을 살폈다. 우리 주변에는 어느 노신사 한 분이 우리들의 앞에서 걸어오며 옆을 지나가고 있을 뿐이었다. 윤 씨 아저씨는 결심한 듯, 모자를 벗고 목에 둘렀던 수건으로 옷을 툭툭 털고는, 그 노신사를 향해 소리를 쳤다.

"총장님!"

그러자 그 노신사가 걸음을 멈추고 고개를 돌려 우리를 바라보았다.

"총장님!"

윤 씨 아저씨는 다시 한번 그분을 부르더니, 그의 앞에 엎드려 큰 절을 하는 것이었다.

"아니, 자네는 윤 군 아닌가! 이게 도대체 얼마만인가, 그래" 하면서 아저씨를 일으켜 세워주었다. 윤 씨 아저씨가 눈물을 흘리는 모습을 나는 그날 처음 보았다. 아저씨는 항상 밝고 유쾌한 사람이 아니었던가? 노신사는 그제야 아저씨의 몰골을 보고, 옆에 선 내 손에 잡힌 리어카를 보고는 아저씨의 지금 상황을 짐작해보는 듯했다.

두 사람은 서로가 서로의 두 손을 꼭 잡고 반가워하면서 동시에 울고 있었다. 그렇게 한참을 있던 노신사는 주머니에서 명함을 한 장 꺼내어 아저씨에게 주며 내일 전화하고 찾아오라고 하고는 아저씨와 헤어졌다.

돌아오는 길에 아저씨는 자신에 대한 이야기를 들려 주었다. 조금 전 그분은 아저씨가 관동대학교 학생일 때 총장님이셨던 분이라고 했다. 자기가 졸업하고 광화문에서 출판사업을 하다가 실패한 탓에 모든 가족이 어려움을 겪고 살고 있다고…… 예전엔 심지어 죽을 생각도 여러 번 했었다고 한다.

"아까 총장님은 나를 알아보지 못하셨지만 나는 멀리서도 단 번에 알 수 있었지. 모른 척할까 했는데……. 우리들에게 항상 희망을 품으라고 북돋아주셨던 분이셨어."

아저씨는 계속 이야기를 이어갔지만 나는 그의 말을 거의 듣지 않고 있었다. 왕십리에서 답십리 골목시장까지 오는 동안 나는 아무런 말도 하지 않았다. 아니 뭐라 할 말이 없었다는 게 맞지 않을까? 아저씨는 골목시장에 도착하자 한잔하자며 대폿집으로 들어갔다. 그와 술상을 마주하고 앉아 있던 나는 마음이 착잡했다. 아저씨는 총장님을 만난 것이 상당히 좋았던지 한껏 고무되어 있었다. 그런 그에 비해 내 마음속은, 대학을 나온 그와 국민학교밖에 나오지 못하고 채소장사를 하고 있는 나를 비교하며 시샘하고 있을 뿐이었다.

이튿날, 아저씨는 어제의 노신사와 약속을 하고 말쑥하게 차려입고는 집을 나섰다. 나는 혼자서 밭으로 가서 시금치를 받아다가 돌아다니며 팔았다. 저녁때가 되기 전에 물건을 다 팔고 주인할머니의 노점상에 들러 보았다. 그곳에 아저씨가 있었다. 만면에 웃음을 머금은 그의 얼굴은 행복해 보이기까지 했다. 아저씨는 내 손을 잡고 요기나 하자며 식당으로 나를 이끌었다. 그는 막걸리부터 한 잔을 들이켜고 내게 할 말을 꺼냈다.

"그동안 재길이 자네하고 이런 일, 저런 일 겪으면서 정도 참 많이 들었는데……. 나한테는 다른 형제들도 많지만, 재길이도 내 동생처럼 생각했던 거, 알지? 내가 내일 강릉에 다녀와야 하는데 일이 잘만 되면, 다른 가족들은 여기 계속 살지만, 우리 식구들은 강릉으로 이사를 가야 할 것 같아."

'잘 되셨어요'라고 말을 해주었어야 했는데, 그동안 적잖이 의지하고 살았던 아저씨가 떠난다고 하니 머리가 멍해지면서 아무 말도 나오지 않았다. 아저씨는 강릉에 갔다가 3일 후에야 돌아왔다. 결국 아저씨는 강릉으로 이사를 간다고 했다.

그 후 며칠 동안 아저씨는 정말 바쁘게 지냈다. 떠나기 전날 오후에는 시장 동료들과도 조촐하게 막걸리 한 잔씩을 하였다. 만나는 사람 모두가 취직을 해서 떠나는 그를 축하해주었다.

그날 밤, 자려고 누워 있는 내 방에 아저씨가 들어왔다.

"내가 가고 없더라도 열심히, 반듯하게 잘 살아야 해."

그렇게 이야기해주는 아저씨가 나는 너무 고마웠다. 나는 일어나 그동안 내가 모았던 돈 전부를 아저씨의 손에 쥐어주었다. 아저씨는 이게 뭐냐며 손을 움츠렸다.

"얼마 되도 않습니다. 제가 이래라도 하지 않으마 마음이 편치가 않을 것 같아서예. 그동안 내한테 준 은혜는 오래도록 간직하고 살아갈께예. 감사했심니더. 거기 가서도 건강하이소."

"이 돈을 내가 받아도 되는지 모르겠어. 아무튼 고맙고 나는 내일 아침 일찍 기차를 타고 가야 하니까 내일 아침에 보자고."

그러나 나는 다음날 새벽, 다른 날보다 더 일찍 밭으로 갔다. 아저씨가 떠나가는 모습을 도저히 볼 수가 없었기 때문이었다. 그렇게 아저씨는 나의 작별인사도 받지 못한 채 떠나갔다. 하루 종일 마음 한편이 허전했다.

나는 좋은 직장에 취직한 아저씨는 이제 고생이 끝나고 앞으로 잘살수 있을 거라고 생각하고 꼭 그렇게 되기를 마음속으로 빌어주었다.

나와 윤 씨 아저씨와의 인연은 이렇게 끝을 맺었다.

# 도약을 위한 준비

같이 장사를 하며 다닐 때는 못 느꼈던 아저씨의 빈자리는, 그가 떠나자 쉽게 메워지지 않을 만큼 크게 느껴졌다. 며칠 동안 일도 하기 싫고, 우울하기도 해서 오랜만에 동수 형을 찾아 갔다. 동수 형은 그동안 어떻게 지냈냐며 무척 반겨주었다.

나는 그간의 이야기를 하면서 이제 장사는 그만두고 싶다고 했다. 정말 장사 열심히 해서 돈을 많이 벌고, 그래서 내가 하고 싶은 것을 꼭 해보고 싶었는데, 도무지 마음이 안정되질 않아서였다.

"그러면 이참에 고향에나 한번 다녀와. 그러면 마음잡고 살 수 있지 않겠어?"

나는 동수 형의 진심 어린 걱정에 그러마고 얘기했다.

나는 더벅머리에 염색한 군인야전잠바를 걸쳐 입은 차림으로 고향의 큰형님을 찾아갔다. 큰형님은 나를 보면서 어떻게 왔느냐고 물었다.

"니, 우예 왔노?"

"형님 보고 잡아 왔다, 아임니까?"

"잘 왔데이. 온 김에 푹 쉬었다 올라가그라."

이튿날, 형님은 일찍 일어나서 장을 보러 집을 나섰다. 나는 혼자 집에 남아서 '내가 집에 왜 왔을까' 후회를 하고 있을 뿐이었다. 괜히 큰형님의 마음만 아프게 한 것만 같아서였다.

다음날 나는 서울로 올라가기 위해 집을 나섰다. 형님은 버스정류장까지 따라오며 내게 말했다.

"서울에서 사는 기 그래 힘이 들드나? 그래 힘들마 고마 내리 와뿌라."

"어데예, 내는 돈 마이 벌기 전에는 안 내리올 낍니더. 돈 엄쓰면 고향으로 내리와가 살 생각이 전혀 업심니더."

큰형님은 잠시 그대로 있다가 입을 열었다.

"느그 친구들은 대학교도 가고, 고등학교 졸업 맡아가 취직도 해서 고향에 내리올 때 반듯하니 하고 댕기는데, 니는 이기 뭐꼬? 내는 돈 마이 벌어 오는 기는 바라지도 않는데이. 그냥 내리올 때만은, 좋은 양복은 아이더라도 양복을 입고 오마 남 보기도 좋고, 니도 고향 사람들한테 더 떳떳할 거 아이가? 다음부터 내리올 때는 내가 이바구한 대로 하고 온나."

그러면서 또 내 손에 10만 원을 쥐어주었다.

서울로 올라오고 나서 큰형님에게서 가끔 편지가 왔지만 나는 답장도 제대로 해주지 못했다. 그러다 형님에게서 편지가 또 왔다. 그 편지의 내용인즉슨 작은형이 군대에서 돈을 벌기 위해 월남전에 지원을 해서 갔다는 것이었다. 나는 깜짝 놀라지 않을 수가 없었다.

작은형이 월남으로 가기 전에 누나와 큰형이 얼마나 걱정을 많이 할까를 생각이나 해봤는지 알고 싶었다. 더군다나 그곳은 목숨을 걸어야 하는 전쟁터가 아니던가?

월남전에서 많은 사람들이 목숨을 잃었다는 소식이 연일 뉴스나 라디오에서 나오고 있었다. 작은형의 월남전 파병으로 인해 우리 형제들의 걱정은 계속되었다.

여름이 지날 무렵 나에게도 신검통지서가 날아왔다. 신검을 받기 위해 고향을 다시 찾아갔더니 이곳저곳에 살던 친구들이 많이 모여 있었다. 오랜만에 만난 우리는 같이 신검을 받았다. 육군 대위는 우리들을 모아놓고 시험 보는 방법을 가르쳐 주었다.

첫날은 아이큐검사와 면접시험을 보았다. 시험지의 기재란에는 최종학력 학교명을 적어야 했다. 나는 사실대로 '지보국민학교'라고 적었다. 신체검사를 받는 데서 학력을 써야 하는지는 생각지도 못했다.

시험을 다 보고 대폿집에 모여 앉아 막걸리를 마셨다. 대학을 다니는 친구, 고등학교 졸업 후 취직을 한 친구들이 대부분이었고 나처럼 국민학교만 나온 친구는 없었다. 우리는 술을 마시며 그동안 어떻게 살았는지를 이야기하느라 시간 가는 줄을 몰랐다. 그러나 나는 입도 떼지 못하고 앉아 있었다. 리어카 채소장사를 한다는 말을 그들 앞에서는 도저히 할 수가 없었기 때문이었다. 그렇게 앉아만 있던 나는 슬쩍 빠져나와 숙소인 여관으로 가서 누웠다.

이튿날부터 본격적으로 신체검사가 시작되었다. 속옷 한 장만 입은 채 시력검사와 청력검사를 받았다. 그러나 나는 얼마 전부터 사랑니가 나려는지 잇몸이 부어올라 있었다. 그래도 다른 친구들보다 건강한 체격이어서 1등급인 갑종을 받을 수 있을 거라 생각했다.

검사를 모두 마치고 마지막으로 군의관이 입을 벌려 보라고 하였다. 나는 입을 크게 벌렸다. 입 안을 불빛에 비춰본 군의관은 입을 다물어도 좋다고 했다.

그러나 나의 신체검사 등급은 갑종이 아니라 3을종인 4급이었다. 4급은 현역병이 아니고 방위도 아닌 보충역이었다. 4급 보충역은 현역 대상자이지만 병력이 있어 입대가 되지 않는 사람만이 받을 수 있는 등급이었다.

우리 마을에서 나만 현역 입대를 못하게 되었다. 나는 정말이지 현역으로 군대에 가고 싶었다. 그래서 갑종을 받지 못한 이유를 군의관에게 물었다. 군의관은 나에게 이유를 설명해주었다.

"지금은 현역 군인이 많아서 현역입대 조건이 까다로워졌다. 현역으로 가려면 첫째, 신장165cm 이상, 둘째, 체중 65kg 이상, 셋째, 학력 중졸 이상 단, 중졸자 중에서 신체적 결격사유가 없는 자라야 현역 입대가 된다."

"저는 아무 이상이 없심니더."

그 군의관은 내게 신검기록 카드를 보여 주었다. 잇몸에 결격사유가 있다고 씌어 있었다. 나는 어이가 없었다.

"사랑니가 날라 카는 긴데 그것도 결격사유가 됩니까?"

"이의 제기를 하려면 나한테 하지 말고 국방부나 병무청으로 가서 해라."

나의 이의는 그렇게 무시당하였다.

신체검사를 마치고 이튿날 친구들과도 헤어졌다. 나는 큰형에게 앞으로 내가 어떻게 살아야 우리 형제들에게 잘하는 것인지, 서울에 가서 생각해보고 편지로 알려 주겠다고 말하고는 서울로 올라왔다. 서울에 도착한 나는 앞으로 어떻게 살아야 할지 다시 한번 곰곰이 생각해보았다. 신검 때 만났던 친구들을 보면서 왠지 이대로 살아서는 아무것도 할 수 없을 것 같았다.

성공한 사람들의 이야기가 화제가 되어 텔레비전을 통해 자주 방송으로 나오는 것을 보았다. 그중에서는, 농촌에서 살면서 부농의 꿈을 이룬 사람들의 이야기도 소개가 되었다.

'나도 저들처럼 언젠가는 성공을 해서 내 꿈을 이룰 수 있겠지?' 그들을 볼 때면 나는 항상 이런 생각을 하곤 했다.

청량리시장을 나가 보았다. 경동시장도 둘러보았다. 그렇게 경동시장을 돌아다니던 중 우연히 동네 집안아저씨를 만났다. 우연히 서울 한복판에서 만난 지라 서로 무척 반가워하며 인사를 했다. 아저씨는 경동시장에 친구가 마른고추 장사를 하고 있다며 장사나 해볼까 싶이 왔다고 했다. 우리는 아저씨의 친구 분을 함께 찾아갔다. 두 사람은 반갑게 악수를 하고 그 친구 분과 나도 악수를 하였다.

아저씨는 친구 분에게 시장의 장사상황에 대해 묻기 시작했다. 그러고 나서 이곳에 찾아온 이유를 설명했다. 한참 동안 아저씨의 이야기를 듣고 있던 친구 분이 말했다.

"당분간 시장에 나와가 시장 흐름을 한번 파악해보고, 자신이 생기면 그때 가서 결정을 해보는 기 좋겠다 싶네."

이렇게 두 사람의 이야기가 끝나자 그분은 나를 쳐다보았다.

"어린 나이에 객지생활 하는 기 힘들지 않나?"

"이제는 적응이 됐심니더. 지금은 그래가 장안평에서 야채 행상하고 있심니더."

"모든 장사가 그렇겠지만도 야채장사는 완전히 투기장사나 매한가지다. 거의 도박이나 한가지라는 말이다. 여기 시장에서도 장사해가 돈마이 번 사람들도 있지만, 반대로 밑천 다 날리 묵고 힘들게 사는 사람들도 마이 있다. 그라니 이왕에 장사를 시작했으니 계속할라믄 서울역 뒤에 있는 염천교시장 같은 큰 시장을 둘러보는 것도 좋을 끼다."

나는 일어서서 고맙다며 꾸벅 인사를 하였다.

"나중에라도 경동시장에 올 일 생기면 함 찾아 오그라."

그분의 이야기를 듣고 나는 다시금 장사에 대해 생각해보았다.

이튿날 나는 염천교시장을 찾아갔다. 청량리시장의 채소와 과일들이, 모든 서울사람을 먹게 할 수 있는 양인 줄로만 알았는데, 염천교시장 안에 있는 채소며 과일은 청량리시장의 그것보다 몇 배는 더 많이 있었다. 물건의 양도 어마어마했지만, 물건을 파는 사람들과 사려는 사람들이 뒤엉켜 그야말로 북새통을 이루고 있었다.

그날 나는 하루 종일 시장을 돌아다니다가 왔다. 답십리 골목시장을 들어서자 평소 알고 지내던 사람들이 요즘 장사를 왜 하지 않는지 물어왔다. 나는 그간 신검을 받느라 고향에 다녀왔다고 하면서 내일부터 시장에 나올 것이라고 했다.

골목시장 안 사람들은 비록 가난하고 어렵게 살고들 있었지만 그래도 언제나 인심만은 따뜻함을 잃지 않고 살고 있었다. 시장에서 막걸리 몇 잔을 마시고 나서 서로가 술값을 내겠다며 옥신각신 즐거운 몸싸움까지 할 정도였으니 그런 모습을 보고 있는 나도 고맙고 즐거웠다.

기분이 좋아진 나는 동수 형에게로 발길을 옮겼다. 동수 형의 집에는 형과 함께 아가씨 한 명이 같이 있었다. 그분을 본 순간 '형과 결혼을 할 아가씨구나' 하는 생각이 들었다.

동수 형은 내 손을 잡고 방 안으로 이끌면서 반겨주었다. 잠시 후 커피를 타서 가져온 그 아가씨의 모습은 참 착하고 예뻐 보였다. 동수 형은 나에게 그 아가씨를 소개해주었다. 그러는 동수 형의 얼굴은 정말 행복해 보였다.

"재길이도 몇 년 후에 장가가려면 지금부터 계획 잘 세워서 부지런히 돈 벌며 살아야 해."

동수 형과 헤어지고 장안평 둑길을 걸어 집으로 걸어가는 나의 발걸음은 실로 오랜만에 가벼워진 느낌이었다. 술기운이 오른 김에 한창 유행하는 노래도 불렀다.

"저 푸른 초원 위에, 그림 같은 집을 짓고, 사랑하는 우리 님과 한 백년 살고 싶네. 봄이면 씨앗 뿌려, 여름이면 꽃이 피네, 가을이면 풍년 되어, 겨울이면 행복하네. 멋쟁이 높은 빌딩 으시대지만 유행따라 사는것도 제멋이지만 만딧불 초가집도 님과 함께면 나는 좋아, 나는 좋아, 님과 함께면. 님과 함께 같이 산다면." 마치 내가 가수라도 된 양 연신 노랫가락을 흥얼거렸다.

장사를 하면서 혼자서 몇 번을 생각했는지 모른다. 행상이나 노점상은 날이 갠 날, 포근한 날, 맑은 날을 제외하고는 노는 날이 너무 많았다. 나는 나이도 어리고 돈도 없어서 하고 싶어도 할 수가 없지만, 시장의 다른 도부꾼들 중에서는 겨울철에 놀면서 화투노름에 빠져, 시골의 땅뙈기를 팔아 모두 날리고는 부부싸움을 하루가 멀다고 하는 집도 있었고, 또 어떤 사람은 노름으로 갖고 있던 밑천을 모두 날리고서도 헤어 나오지를 못해 집에 들어가지도 않는 이들도 있었다.

이런저런 이유로 생각이 많아서 나는 경동시장에서 고추장사를 하시던 친척아저씨의 친구 분을 찾아가 보았다.

"요즘도 장사 잘 되십니꺼?"

"여는 사람들이 원채 많이 댕기는 시장이라 그런대로 밥은 묵고 산다."

"지는 마이 배우지를 몬해가 해봐야 공장직원이라서 장사를 시작한 긴데, 그것도 할 수 있는 기는 도부꾼밖에는 할 수도 음꼬, 그나마도 날씨가 좋지 않으마 돈을 벌 수가 엄심니다. 아저씨처럼 가게를 얻어가 장사를 하고 싶어도 가게 얻을 돈을 모을 방법이 엄스니 마음만 답답한 기 그렇습니다."

내 이야기를 가만히 듣고 있던 그는 내게 말했다.

"니 이야기처럼 노점상이나 리어카 행상 해가지고는 절대로 돈 벌수 엄따. 우찌 해서든지 장사로 성공을 하고 싶으마 가게는 꼭 얻어가지고 해야 한다. 하지만은 니는 아직 나이도 어리고 하니까는 얼마든지 기회는 있을 끼다. 꼭 서울서 산다고 해서 돈 벌고 잘살 수 있는 거는 아이다. 내도 시골에서 돈 벌어가 여서 장사하고 있는 기다. 그치만도 여도 겨울철에는 그다지 잘 된다고 보기는 어렵다. 아무래도 도매시장이다 보이까 오고 가는 돈이 많고 하니까 그나마 먹고사는 기지. 여도 겨울철에 어떤 사람들은 노름해가지고 돈도 다 떨어 묵고 고향 내리가 사는 사람들도 숱하게 봤다."

그의 진심 어린 충고와 조언을 나는 귀 기울여 듣고 있었다.

# 동갑내기 조력자

　설도 다가오고 해서 설 며칠 전에 고향으로 내려갔다. 큰형님은 언제나 그렇듯 나를 반겨주었다. 큰형님은 그동안 소식이 끊겼던 아버지 이야기를 했다. 예천읍에서 다른 여자와 살림을 차려서 식당을 운영하고 있다면서, 여러 차례 가보았다는 것이었다. 그러면서 큰형님은 나보고 가보고 싶으면 언제든 가보라고 하였다.

　"지금까지 소식도 모르고 살았는데 내보고 가보라꼬예? 우리를 언제 자식으로 생각이나 하등교? 우리가 지금까지 우찌 살았능가도 모리면서. 우리 형제 모두를 공부도 제대로 몬 시키가 까막눈 만든 기누군데……. 형은 분하지도 않습니꺼?"

　나는 예전 대구 고려전선에서 감전사고로 생긴 흉터를 형님께 보였다. 또 실습생을 구하려다 모터 부레에 손이 들어가 절단당할 뻔할 정도로 내 손이 대신 들어가 생손톱을 그대로 뽑아야 했던 손가락도 보여 주었다.

　"내 손 쫌 보이소. 내가 와 공장생활 때리치고 야채행상이나 하는

지 암니꺼?"

"야야, 이때까지 와 그런 이야기는 한 번도 하지 않았었노? 내는 니가 고생은 하는 줄은 알고 있었지만, 그렇게까지 힘든 일을 했는지는 몰랐데이. 그치만도 우짜겠노? 그래도 아버진데 부모를 바꿀 수는 없지 않겠나? 애들도 셋이나 있드라. 잘못이 있으믄 그건 아버지가 잘몬한 기지, 애들은 뭔 죄가 있겠노? 가보고 말고는 니 맘이니까네 알아서 하는 긴데, 사람을 그래 미워하고 원망하고 그라면서 살지는 말그라. 어차피 인생이라는 기 그런 기다. 우리 오 남매도 이래 힘들게 사는 기, 내는 운명인가 싶다. 그기는 각자 알아서 해결하믄서 살아야제 누구한테 기대고 의지하고 행운을 바라고 해서는 안 되는 기라."

나는 더 이상 아버지에 대한 이야기를 하기 싫어서 화제를 바꿨다.

"그나저나, 우리 밭 500평을 내가 일 년만 농사를 짓게 해주이소. 논도 논이지만은 밭에서 나오는 작물을, 일 년 후에 내가 서울로 가져가서 팔아가, 그 돈을 가게를 얻을 수 있는 종자돈으로 만들어 보고 싶슴니더."

"그동안에 도회지 생활하면서 농사일 안 한 지 한참 됐는데, 지금 와가 농사 질 수 있겠나?"

"내는 서울에서 장사는 이제 누구 못지않게 할 수 있게 됐심니다. 그란데 가게 엄씨 장사해가 돈을 모은다 카는 기는 말또 몬하게 어렵심니더."

"그래……. 함 생각해보자."

형님은 가타부타 말도 하지 않은 채 밖으로 나갔다. 그날부터 지게를 지고 산에 가서 땔감을 해오면서 아무도 모르게 농사지을 때 필요한 연장이며 정보를 알기 위해 노력했다.

그 무렵 강 건너에 사는 '김종신'이라는 친구를 알게 되었다. 종신이네 집은 강 건너 의성군에 있었다. 그의 집은 그 지역에서도 손에 꼽히는 부잣집이었다. 우리 동네에서는 누에치기를 할 때 누에를 많이 치는 집의 경우, 누에씨를 받는 종이인 누엣장이 1장 정도였는데, 종신이네 집의 경우는 30장을 두고 있을 정도로 누에 치는 잠실이 몇 동이나 있었다.

우리 동네 사람들은 모두가 종신이네 집을 부러워할 정도로 잘사는 집이었다.

그런 종신이와 친구가 되면서 종신이는 저녁만 되면 나에게 자주 놀러왔다. 나도 종신이네 동네로 자주 놀러가곤 했다. 내가 가면 종신이는 나를 동네 점방에 데려가서 어묵꼬치와 거기에 어울리지도 않는 맥주를 대접으로 따라주며 마시라고 권했다.

종신이는 둘째아들이었는데 그의 형은 도회지로 나가 공부를 하여 학교선생님이 되었고, 종신이는 아버지의 농사를 잇게 하기 위해 중학교까지만 공부를 시키고는 집에서 농사를 짓게 하고 있었다.

종신이는 성격이 온순하고 느긋하여 대부분의 사람들이 모두 좋아했다. 종신이는 중학교를 졸업하자마자 부모님 밑에서 농사일을 배워서 그런지 농사짓는 데 필요한 기술과 지식이 상당히 풍부했다. 나에게 여러 가지 경험담도 들려주었다.

언젠가, 낮에 강 건너 종신이네 집에 가보았는데 그는 나를 데리고 가서 비닐하우스를 보여주었다. 비닐하우스에 대한 지식이 전무하던 나로서는 비닐하우스 안에 들어설 때마다 별천지를 보는 듯했다. 웬만한 바람과 추위에도 비닐하우스 안은 따뜻했다. 산과 들이 모두 꽃샘추위 속에서 봄을 기다리던 중이었지만, 비닐하우스 안, 작은 봉지

안에는 종신이가 씨앗을 심어놓은 대로 싹이 솟아나고 있었다.

나는 종신이에게 언제부터 이 많은 일을 시작했느냐고 물었다. 가을걷이가 끝나고 비닐하우스 일을 시작했고, 이제 겨우내 하우스 안에서 퇴비와 흙을 섞어 봉지작업을 하면, 봄이 되어 하우스 안에 있던 모종을 밖에 심어야 한다고 말하는 그의 모습이 나는 정말이지 근사해보였다.

"여 안에 있는 모종이, 종류가 모두 맻 가지나 되노?"

싹이 튼 지는 모두 얼마 되어 보이지 않았지만 모두가 모양이 제각각 달라 보였다.

"품목이 한 20개 정도 된다."

"이 많은 것을 전부 옮겨 심을라머 일이 상당히 많을 낀데, 도대체 이 많은 일을 우찌 다하겠노? 느그 집은 이 지역에서 누에도 젤로 마이 멕이지 않나? 맞제? 누에만 봄, 가을, 일 년에 두 번을 멕여도 돈 마이 벌 낀데, 하우스 일까정 같이 할 수 있겠나?"

내 물음에 종신이는 내가 생각하는 것과 전혀 다른 대답을 했다.

"누에 마이 멕이는 기는 우리 아부지 일이다. 뭐, 누에 칠 때는 일하는 사람들이 한 20일 동안을 우리 집에서 먹고 자면서 일을 하는데 그런 사람이 한 열다섯 명 정도 될 끼구마. 누에를 치는 동안에는 거의 매일같이 뽕밭에서 살다시피 하지만도 누에 치는 기 끝나마 그냥 보통 하는 농사만 지야 한다. 내는 아부지가 원하는 농사꾼이 되긴 했지만도 옛날부터 내려오는 단순한 농사 말고, 새로운 방법을 자꾸 생각해보고, 계획을 세우고 하다보이, 할 일 없는 겨울철에도 일을 하는 날이 많아졌다. 나는 누에는 아부지 일일 뿐이고, 지금 내가 하고 있는 하우스 일이 내 일이라꼬 생각한다."

종신이의 이야기를 듣고 보니 우리 동네에는 비닐하우스를 하는 사람이 아무도 없었다. 종신이의 생각이 우리 동네 농사꾼들보다 훨씬 앞서가고 있던 것이다. 앞으로 내가 농사를 지으려면 종신이에게 배울 것이 무척 많을 것이라는 생각이 들었다.

그 후, 종신이는 농사를 짓는 방법에 대한 이야기를 많이 들려주었다. 나는 그 친구와 막걸리 한잔을 하며 이야기를 꺼냈다.

"내가 몇 년 동안을 하지 않았던 농사를 다시 시작해 볼라 칸다. 그라다 보니 솔직히 동네 사람들 보기도 창피하고 또 우찌 했으마 좋을지 잘 모르겠다. 그동안 객지에서 살믄서 돈이라도 벌어 왔시며 괘안겠지만은 오, 육 년 동안 한 푼도 몬 벌어 모았다는 기, 지금 생긱해 보이까네 완전히 잘못 살아온 기다. 내도 니처럼 부모님 계시는 좋은 집에서 태어났다믄 내가 이래 살지는 않았을 낀데……."

"재길아, 니는 여태까지 객지에서 고생도 마이 했지만은, 온갖 사람들이 우찌 사는지도 마이 봤다, 아이가. 시골에서 겨우 보리농사니 벼농사만 짓는 사람들은 평생 가야 그저 농사짓는 일밖에는 할 수가 없다. 아마도 학교에서 배운 우물 안 개구리라 카는 말을 이때 쓰는 게 아인가 싶다. 니는 서울에서 야채장사까지 했다 켔제? 그런 마음가짐만 있다며, 우짜믄 니가 내보다 돈 마이 벌어가 더 잘살 수도 있을지 누가 알겠노? 그라이까네 실망하지 말고 우리 서로 어려볼 때 도와가민서 열심히 함 살아보자."

종신이는 나보다 나이가 훨씬 많은 어른처럼 나를 독려하고 있었다.

# 비전이 보이다

종신이의 말을 듣고 나니 나의 마음에서는 확고하게 결정이 내려졌다. 큰형님에게 금년 일 년 동안 농사를 지어 보겠다며 나의 계획에 대해서도 다시 한번 말했다.

"니가 그런 생각을 하고 있는데 내가 반대를 할 수는 없겠제. 하기는 내도 인자 고추장사가 어느 정도 자리를 잡아가, 장사에 더 신경을 써야 하니까네 농사는 니가 알아서 니 마음껏 함 지어 보그라."

큰형님의 허락이 떨어지자 나는 농사지을 준비에 전념했다.

그러던 어느 날이었다. 종신이가 아침 일찍 자전거를 타고 왔다. 할 얘기가 있다면서 종신이는 자리에 앉자마자 이야기를 시작했다.

"비닐하우스 작물 때문에 우리 아부지하고 의견이 맞지 않아가 이래 온기다. 아부지는 비닐하우스 작업을 시작할 때부터 반대를 하셨는데, 내가 계획을 세워가 반대를 무릅쓰고 시작한 기다. 그래가 이번에 다른 채소들은 밭으로 모종하는 거를 찬성을 하시는데, 수박하고 차미 모종은 안 된다 칸다. 누에 칠 때 되마 누에치기도 바쁜데 우예 농사를 짓겠냐는 기지. 수박하고 차미는 심가 노마 원두막도 지어가 밤에 지키고 그케야 하는데 우째 하겠냐꼬 그카신다. 완저이 안 된다 꼬 난리시다, 고마.”

나는 고개를 끄덕였다.

“우찌해야 하나 한참을 생각하다 보이까네, 재길이, 니 생각이 딱 나뿌는 기다. 그래가 지금 이래 급히 온기다.”

“니가 해결할 수 없는 문제를 내가 우찌 해결을 할 수 있겠노? 다시 한번 느그 아부지를 설득해보는 기는 어떻겠노?”

“내가 니보고 지금 해결해 달라꼬 부탁을 하러 온 기 아이다. 하우스 안에 수박하고 차미 모종은 장에 내다가 팔믄 그뿐이지만도 지래 힘들게 키워논 기를 그래 팔아뿌고 싶지가 않아서 그라는 기다. 내가 니한테 하고 싶은 말은, 내가 이 수박하고 차미 모종을 니한테 그냥 줄 테니까네 느그 밭에 심어가 농사를 지어 보마 우떻겠냐는 말이다.”

“그란데 내는 아직 그런 농사를 지을 기술도 엄꼬 경험도 없는데 우야노?”

“그런 거는 걱정하지 마라. 시간이 되는 대로 내가 알고 있는 거 몽땅 니한테 갈차줄 테니까네.”

“우째야 하노……”

“됐다, 고마. 그라마 20일 후에 모종하기로 결정한 기다, 알았제?”

망설이고 있는 나를 보고는, 종신이는 알아서 결론을 내려주었다. 그 친구는 모종을 하기 전에 밭에 구덩이를 파는 방법과 구덩이에 퇴비를 채워 흙으로 덮는 방법, 모종을 옮긴 후에 뿌려야 할 농약의 이름 등을 자세히 일러주었다.

종신이가 돌아가고 난 뒤, 곰곰이 생각해보니 그의 말대로 수박과 참외 농사를 지어 보는 것도 괜찮겠다는 생각이 들었다.

이튿날부터 삽을 들고 밭으로 가서 종신이가 시킨 대로 간격을 맞춰 구덩이를 팠다. 며칠을 구덩이를 파고 집에 있는 퇴비를 지게로 져서 날랐다. 종신이가 모종을 주기로 한 날까지 종신이가 말한 모든 준비를 마쳤다. 종신이는 리어카에 조심스레 모종들을 실어서 가지고 왔다. 그러고는 밭까지 함께 가서 모종 심는 방법을 자세히 설명해주었다. 천천히 그리고 꼼꼼히 모종을 하면서 물을 주는 방법까지 가르쳐 주었다.

며칠을 종신이가 가르쳐준 대로 모종을 한 것이, 밭으로 하나 가득히 되었다. 모종을 해놓은 밭을 바라보며, 이 작은 풀잎사귀들에 커다란 수박과 주먹만 한 참외가 달릴까 하는 걱정 반 기대 반의 생각을 했다.

'열심히 키워봐야지.'

다음 날부터 모든 정성을 쏟아 부었다. 그래서인지 모종들은 나의 기대에 부응이라도 하는 듯 잘 자라 주었다. 밭이 이내 하얀 털이 난 수박덩굴과 연두색의 참외덩굴로 뒤덮여가자 그것을 바라보는 나는 매우 흡족했다. 그동안 내가 열심히 노력한 결과물들이 커가는 것이었다.

종신이는 이따금씩 들러서 참외 순 따는 것과 수박 덩굴 곁가지 치는 방법들도 자세히 알려주었다. 밭에서 하얗고 노란 꽃들이 피기 시작했다. 어디서 왔는지 벌들이 날아와 이 꽃에서 저 꽃으로 쉴 새 없이 움직였다.

그렇게 얼마가 지나자 열매가 맺히기 시작하더니 하루가 다르게 굵어지며 커갔다. 그런 밭을 나는 신기한 듯 바라보곤 했다.

나는 참외 밭 가장자리를 파서 얼갈이 씨앗을 사다가 뿌렸다. 조금이라도 빈 땅을 놀리기도 싫고 또 다른 채소 재배도 해보고 싶어서였다. 수박과 참외가 하루가 다르게 커지더니 참외는 어느덧 노란 빛을 띠기 시작했다. 얼갈이도 제법 잘 자랐다. 얼갈이가 다 자라자, 나는 서울에서 얼갈이 장사를 하던 경험을 생각하며 짚으로 다발을 만들어 묶고 리어카에 싣고는 장에 내다 팔았다.

여름철이 시작된 지 얼마 되지 않아서인지 채소가 귀해져, 시장에 도착하자마자 사람들이 몰려들더니 이내 값을 물어오기 시작했다. 나는 생각했던 가격보다 더 좋은 가격을 받고 얼갈이를 다 팔았다. 집으로 돌아오는 길이 즐거웠다.

다음날, 밭에 남아 있던 얼갈이도 전날 약속했던 장터식당에 갖다 주며 팔았다. 이렇게 얼갈이를 판 돈을 나는 모두 큰형에게 주었다. 큰형은 그 돈이 얼갈이를 판 돈이라는 것이 믿기지 않은 모양이었다. 나는 짐짓 대수롭지 않은 듯, 조금만 있으면 참외와 수박도 출하가 시작되고 그러면 제법 돈이 들어올 거라고 했다.

수박과 참외가 다 익었을 때, 지보장터의 과일가게에 가서 수박이야기를 하자, 그 집 주인은 믿기지 않는 듯 아직 수박 철이 아니라는 말만 되풀이해서 말하고 있었다.

나는 하우스 모종으로 키운 것이라는 얘기를 했더니 그는 그제야 수박 밭을 한번 가보자고 하여 그는 우리 동네까지 나와 같이 왔다. 수박 밭에 도착한 그는 눈을 휘둥그레 뜨며 수박들을 이리저리 살펴보았다. 한참을 신기해하며 수박 밭을 보던 그는 수박이 너무 좋다며, 내일 리어카 가득 수박을 싣고 오라고 하였다. 수박 값도 후하게 주겠다는 약속을 했다.

나는 과일 가게뿐만 아니라 장이 서는 날마다 이 장, 저 장을 다니며 수박과 참외를 팔러 다녔다. 그러고는 저녁이 되면 원두막에서 잠을 잤다.

이 동네, 저 동네에서 젊은 사람들이 여러 명 같이 와, 원두막에서 수박과 참외를 사서 먹고 놀다가 가기도 하였다. 이대로만 가면, 올 한 해 농사만으로도 내가 계획한 만큼의 돈을 벌 수 있을 것 같았다. 동네 어르신들이 도시에서 살다온 사람이 계속 농사짓던 사람보다 농사를 더 잘 짓는다며 칭찬을 아끼지 않았다.

'땅은 거짓말을 하지 않는다.' 여러 번 들은 말이었지만 진정 맞는 말임에 틀림이 없었다.

종신이가 원두막을 찾아왔다. 나는 잘 익은 수박과 참외를 내놓았다. 미리 시원한 물에 넣어두길 잘 했다.

"아이구야, 참말로 달구마. 이번 농사로 돈 쪼매 만지보겠구마."

종신이는 기분 좋은 농을 하며 사람 좋은 웃음을 짓고 있었다.

"종신아, 억수로 고맙데이. 이 담에 내가 잘살게 되마, 그기는 다 니가 내를 도와줘가 된 기라꼬 그리 생각할 끼구마. 네 도움을 생각해서라도 열심히 농사일 하고, 그래가 내가 계획했던 대로 꼭 이루고 말 끼다."

나는 종신이에게 약속을 했다. 그 약속은 종신이에게뿐만이 아닌, 나 자신에게 한 약속이기도 했다.

# 이모작

여름철이 어느 정도 지나자 수박과 참외의 덩굴을 모두 뽑았다. 나는 남겨두었던 잘 익은 수박과 참외를 들고 그동안 찾아가보지 못한 누나네 집을 찾아갔다. 역시나 누나와 매형은 나는 몹시 반겨주었다.

"아이고 야야, 수박이 참말로 맛나데이. 니 농사짓니라고 욕봤데이. 그래, 밥은 우째 해묵고 사노?"

누나는 내가 가져온 수박을 갈라 한 입 베어 물고는, 어린아이에게 하듯 이것저것을 물었다. 나는 누나와 매형에게 그간의 일들을 이야기하고는 나의 계획에 대해서도 이야기했다. 누나는 내 이야기를 다 듣고 나서, 내 손을 따뜻하게 잡아주었다.

"암껏두 해주지도 몬해가, 내가 니한테 억수로 미안타. 그케도 너무 급하게 마음묵지 말고 천천히 계획 잘 세워가 해레이."

나는 누에치기에 눈코 뜰 새 없이 바쁜 누나를 그냥 두고 올 수 없어서 며칠 도와주기로 하였다. 마침, 수확할 수박과 참외도 없으니 부담이 없었다. 나는 매형과 함께 뽕밭으로 가서 뽕잎을 따기 시작했다.

일주일 동안 뽕잎을 따주고 마지막 날 누에를 섶에 올려주고는 집으로 돌아왔다.

집으로 온 나는 수박을 심었던 밭에 무엇을 심을지 고민하기 시작했다. 며칠을 고민하다가 나는 밭에 수박 모종을 심기 위해 퇴비를 많이 넣었던 기억이 떠올랐다. 나는 쪽파를 심기로 했다. 나는 큰형님께 내 생각을 이야기하고 좋은 쪽파 종자를 사다 달라고 부탁했다. 큰형님은 흔쾌히 받아들이고는 며칠 후 쪽파 종자를 한 자루나 자전거에 싣고 왔다.

"우리 동네에서는 아직까지 쪽파를 농사지은 사람이 전혀 없었다. 우짜면 이번에도 수박 농사 때처럼 니 생각대로 될지도 모르겠구마. 좋은 놈으로 가왔으니까네 정성 들여 심어가 잘 함 키아보레이."

나는 다음날부터 밭으로 가서 쪽파를 심을 준비를 하였다. 흙을 파서 엎고 괭이로 이랑을 만들어 골을 파서 쪽파를 심었다. 여러 날을 정성껏 심었다. 그러고는 장에 가서 시금치 씨앗과 총각무 씨앗을 사왔다. 그 지역은 도시에서 멀리 떨어진 농촌이다 보니 사람들이 시금치나 총각무가 무엇인지도 모르고 있었다.

나는 쪽파를 심고 남은 땅에 시금치와 총각무를 심었다. 며칠이 지나자 쪽파의 싹이 트기 시작했다. 한 포기도 죽지 않고 전부 싹이 텄다. 처음 심어본 쪽파 농사가 잘 될 것 같은 생각이 들었다. 시금치와 총각무도 싹이 나오기 시작했다. 봄에 모내기를 해놓은 논에서는 벼가 피어서 고개를 숙이고 있었다. 그런 논과 밭을 보고 있자니, 농부들의 마음이 십분 이해가 갔다. 어릴 때부터 농사일을 많이 거들며 컸지만 내가 내 손으로 씨를 뿌리고 모내기를 하여 수확을 하기는 지금이 처음이었던 것이다.

월남전에 파병되었던 작은형이 돌아왔다. 전쟁이 종전되었다는 소식이 연일 라디오에서 흘러나오던 중이었다. 라디오에서 우리나라 군인들이 모두 철수한다고 했었는데 드디어 작은형이 돌아온 것이다. 작은형은 귀국은 했지만 아직 군복무 기간이 남아 있어, 3개월 정도는 더 군에 있어야 한다며 집에 온 지 일주일 만에 다시 부대로 갔다. 큰형님은 나에게 금년 농사가 모두 끝나 서울로 올라가면 작은형과 함께 있으라고 했다.

나는 매일같이 쪽파와 시금치 밭으로 가서 풀을 뽑아주며 정성을 쏟았다. 쪽파는 내년 봄에 뽑아서 파는 작물이었지만 시금치와 총각무는 가을에 뽑아서 팔 수 있었기 때문에 징성을 들이지 않을 수가 없었다.

수박과 참외를 리어카에 싣고 팔러 다니던 여름철보다는 가을철이 덜 바빴다. 원래 농사가 많은 집들은 가을철이 수확 철이라 가장 바빴는데, 우리는 농사가 얼마 되지 않아 그렇게 바쁘지 않았다. 내가 하는 농사일은 그리 바쁘지 않았는데, 큰형님은 이 장, 저 장으로 하루도 빠지지 않고 열심히 고추장사를 하러 다녔다. 어느 때는 집에도 들어오지 못하는 날도 있었다. 고추를 사기 위해 멀리 안동 장이나 영양 장까지 가는 날이 바로 그런 날이었다. 이제는 큰형의 고추장사가 어느 정도 자리가 잡힌 듯했다.

# 고향 친구들

나는 졸업한 국민학교를 찾아가 보았다. 고향에 온 지가 거의 일년이 되어가는데 차일피일 계속 미루다 보니 이제야 학교를 찾은 것이다. 교무실에 들어가서 6학년 때 담임선생님이셨던 '정우호' 선생님을 찾아왔다고 했다. 교무실 입구에서 학교 소사가 나에게 말하길, 정우호 선생님께서는 몇 년 전에 대구로 전근을 가셨다고 한다.

소사의 말을 듣고 그동안 무심했던 나 자신이 한없이 못나 보였다. 착잡한 심정으로 교무실을 나온 나는 터덜터덜 집으로 향했다. 장터까지 오다가 뒷마을에 살고 있는 학교동창을 우연히 만나게 되었다.

그 친구는 유쾌한 성격에 집안 형편도 나쁘지 않았는데 부모님이 연세가 많으신 데다 외동아들이라 중학교를 졸업하고는 고등학교 진학마저 포기하고 부모님과 농사를 지으며 살고 있었다.

그날이 마침 장 서는 날이라 장을 보러 나왔다가 나와 마주친 것이다. 그 친구는 내 손을 잡고 식당으로 이끌었다. 오늘, 같이 학교를 다니던 친구들을 만나기로 했단다. 둘이 앉아서 막걸리 한잔을 들이켜는데 친구들이 떠들썩하게 소리를 내며 식당을 들어섰다.

우리는 반갑게 악수를 하고 자리에 앉아서 그동안의 안부를 물었다. 친구들은 하나같이 내가 서울에서 잘살고 있는 줄 알고 있었고 고향에 내려와 있는 줄은 전혀 몰랐다고 했다. 우리는 앞으로 자주 만나자는 약속을 했다. 나는 금년 농사를 마무리 지으면 서울로 다시 올라갈 것이라고 이야기했다.

"내는 농사를 짓고 싶어도 농사지을 땅이 엄꼬, 공부를 하고 잡아도 학교에 갈 형편이 몬 되가 고향에서 살 수가 엄썼다. 내는 앞으로도 고향에서 살지를 몬하고 객지에서 살아야 하기 때문에 느그들한테 이 이바구를 꼭 해주고 싶다. 느그들은 이 고향을 꼭 지기믄시 실 았으마 좋겠데이. 꼭 지키믄서 행복하게 살아야 한다꼬, 알았나?"

나는 이렇게 이야기를 하고는 대접 가득 담긴 막걸리를 숨도 쉬지 않고 벌컥벌컥 들이켰다. 다 마신 대접을 내려놓고 다시 말을 이었다.

"내는 아직 끝난 기 아이다. 다시 서울 가마 돈도 벌고 공부도 하고 꼭 성공해가 내려올 끼구마. 그라고 느그들 전부 이 예천 땅에서 젤로 맛난 집에 데리가 느그들 원하는 만큼 내가 한턱 크게 낼 끼다, 알았제?"

나는 친구들과 일일이 손가락을 걸며 약속을 하며 큰소리를 쳤다. 오랜만에 만난 친구들과 한 잔 두 잔 마신 술에 취해서였나 보다.

영업이 끝났다는 식당 주인의 말에 우리는 모두 밖으로 나왔다. 우리는 헤어지면서 다음 번 만날 때까지 몸 건강하라는 말을 빠뜨리지 않고 나누며 아쉬운 마음으로 헤어졌다.

아침에 나올 때는 학교에 가서 선생님을 찾아뵈려고 온 건데 몇 년 전에 대구로 전근을 가신 것도 그동안 모르고 살았다는 생각을 하니,

친구들과 술을 한잔하고 걸어가는 나의 마음 한구석이 왠지 허전했다. 괜스레 노랫가락이 흥얼거려졌다.

"코스모스 피어 있는 정든 고향 역, 이뿐이 곱분이 모두 나와 반겨주는데, 달려라 고향열차 설레는 가슴 안고, 눈 감아도 떠오르는 그리운 고향 역."

노래의 가사처럼 나도 나중에 고향을 찾을 때 나를 반겨주는 사람, 가다리는 사람이 고향에 있을까? 그런 고향을 내가 그리워하며 찾아올 수 있을까?

나는 곧바로 집으로 가지 않고 나이는 나보다 한 살이 많지만 친구로 지내던 병호를 찾아갔다. 가난하기로는 병호네도 우리 집과 거의 비슷한 수준이었다. 또 그 친구 역시 나처럼 중학교 진학을 하지 못하고 농사일만 하는 친구였다. 나는 도회지로 나가 수년을 살다가 왔지만 그 친구는 단 한 번도 고향을 떠나본 적이 없었다. 그래서 농사일 외에는 다른 일은 하지 않고 꿋꿋이 고향을 지키고 있었다. 형은 서울로 가고 병호는 어머니와 둘이 살고 있었다.

내가 마당에 들어서 기침으로 인기척을 내자 방문을 열어 보던 병호는 깜짝 놀라며 방으로 나를 데리고 들어갔다.

"니 술 마싯드나? 어데서 이래 마이 마싯노? 그란데 너무 마이 마시마 몸에 헤롭데이. 그라니 마시도 쪼매만 마시그라."

나는 오늘 학교에 들렀던 이야기를 했다. 정우호 선생님은 몇 년 전 대구로 전근 가시고 안 계시더라는 이야기도 덧붙였다. 장에서 우연히 만난 친구들과 한잔했더니 갑자기 네 생각이 나서 왔다고 했다. 병호는 나를 부러운 듯한 눈빛으로 보았다.

"우리는 와 이리도 가난한 기고? 언제까징 이래야 하는 긴지 모리겠다. 내도 고마, 농사 다 때리차 뿌고 도회지로 가가, 공장 댕기믄서 기술도 배우고 해가, 기술자 되마 돈을 마이 벌 수도 있을 낀데 어매를 저리 혼자 나뚜고 갈 수도 음꼬…… 재길이 니는 그런 부담은 엄쓰이 도회지로 가고 시프머 갈 수 있으니까네 나는 니가 젤로 부러분 기라.”

“사실, 내는 서울 가가 벨로 잘 지내지 몬했다. 이리저리 공장도 댕기봤다가, 여 내리오기 전까지 야채장시를 하고 있었다. 그란데 여 내리온기는, 금년 농사를 지어가 서울로 다시 갈라꼬 그라는 기다. 이번에 종신이가 도와줘가 수박하고 차미 농사를 지었는데, 이번 가을까지 농사지어가 잘 되마 다시 서울로 가서 기게 얻이가 징사를 함 해볼라 칸다.”

나는 병호를 보고 말을 이었다.

“니는 내를 보고 부럽다 카지만은, 내는 오히려 니가 더 부럽다. 그래도 니는 엄마가 살아계시지 않나. 이래 고향을 지키고 있시마 마음은 편하지 않드노. 시골에서는 도회지, 도회지 카는데 막상 도회지로 가보마 살기 억수로 어렵다, 아이가. 내는 야채 장시하다 왔지만은 그 장시도 밑천이 업시마 그나마도 할 수가 없데이. 나는 서울로 다시 가가 장사를 하겠지만은 내는 꼭 다시 한번 야채장시를 멋지게 해보고 잡다.”

“알았데이. 내는 여서 열심히 농사지가 잘 살고 있을 테니까네, 니도 서울 올라가마 무신 일을 하든지 간에 열심히 해가 이 담에 꼭 성공해가 돌아온나, 약속했데이.”

나는 병호와도 약속을 했다.

‘우리 꼭 성공해서 남부럽지 않게 살아 보자. 꼭 그렇게 살자!’

# 서울 안, 따뜻한 사람들

나는 올해 농사의 결실을 눈앞에 두고 더욱 열심히 일을 했다. 시간이 나면 지게를 지고 가서 땔감도 많이 해왔다. 여름 수박, 참외 농사는 잘 되었다. 가을 농사도 벼가 누렇게 익어 가는 논을 보니 풍년이 될 것 같았다.

월남에서 돌아와서 군에서 복무를 마친 작은형이 제대를 했다. 작은형은 며칠 쉬다가 서울로 올라간다고 했다.

"재길이도 갈걷이 끝나마 서울로 올라갈 끼다. 그라믄 느그들끼리 서울에서 떨어지지 말고 같이 지내면 좋지 않겠나? 재식이 네가 먼저 올라가 있다가, 재길이 올라가믄 같이 살 수 있는 곳을 알아봐가지고 연락해레이."

작은형은 이야기에 수긍하고는 며칠을 쉬다가 서울로 올라갔다.

쪽파 옆에 심어놓았던 시금치와 총각무는 내가 생각했던 것 그 이상으로 잘 자랐다. 마을 사람들이 밭에 와서 보고는 시금치와 총각무를 궁금해하며 처음 보는 채소에 대해 나에게 물어왔다. 나는 묶는 방법이나, 조리 방법, 총각무김치 담는 방법 등을 자세히 알려 주었다. 특히나 여자들이 무척 신기해했다.

"하이고마, 세상천지에 이런 나물도 있었드나?"

쪽파는 봄이 되면 뽑는 작물이라 별로 손이 가지 않지만 시금치와 총각무는 바로 묶어서 장날 가져가서 팔았다. 그 지역에서는 처음 보는 채소라 생소해하기에 열심히 설명을 해가면서 팔아야 했다. 그런 대로 생각했던 것보다는 쉽게 팔 수 있었다.

벼를 베던 날은 봄부터 일을 한 결과물을 얻는다는 생각에 힘든 줄도 몰랐다. 낫으로 벤 볏단을 모아서 가지런히 줄을 지어 세워놓았다. 벼를 말려야 하기 때문이다. 추수가 다 끝나자 나는 벼가 마를 동안 서울에 다녀오겠다고 했다.

"서울 가마 재식이 꼭 만나서 느그들 살 곳을 꼭 알아봐야 한데이."

일 년 만에 서울에 도착한 나의 발걸음은 어느새 답십리 골목시장으로 향하고 있었다. 그곳은 일 년 전과 달라진 것이 없어 보였다. 그때 장사하는 상인들도 거의 그대로 장사를 하고 있었다. 시장 사람들이 지금까지 어디서 무엇을 하고 살았냐며 무척이나 반갑게 맞아주었다. 나는 그들에게 그동안 고향에서 농사를 지었다고 이야기했다. 시장에서 다시 만난 상인들과 반갑게 이야기를 나눈 후 나는 시장을 나왔다.

그다음에 내가 간 곳은 동수 형의 집이었다. 그러나 그동안 형은 이사를 가고 없었다. 집주인 아주머니가 동수 형이 어디로 갔는지 알려 주었다. 동수 형은 전농동의 전농국민학교 앞에서 문구점을 하고 있다고 했다. 나는 그곳을 찾아갔다. 내가 도착했을 때, 학교에서 아이들이 수업이 끝나고 우르르 나오더니 학교 앞의 다양한 노점들로 몰려들었다. 어묵꼬치며, 달고나, 떡볶이 등 북적거리는 아이들로 시끌벅적하였다.

동수 형을 찾기 위해 두리번거리던 나는 드디어 형을 찾았다. 동수 형은 아이들이 몰려들자 바삐 움직이고 있었다. 잠시 후, 일 년 전 보았던 동수 형의 여자친구도 보였다. 내가 고향에서 농사를 짓던 사이, 결혼을 한 모양이다.

아이들이 하나 둘 떠나고 조용해졌을 때 나는 정리를 하고 있는 동수 형 앞에 슬그머니 다가섰다. 동수 형은 나를 보고는 깜짝 놀라며 만면에 웃음을 가득 담고는 말했다.

"야, 너 언제 온 거야? 그동안 소식도 없이 어디서 뭐 한 거야? 근데 웬일이야? 무슨 일 있는 건 아니지? 여보!"

동수 형은 나를 이리저리 훑으며 살펴보고는 가게 안에 있던 형의 부인을 불렀다. 작년에 잠깐 본 적이 있던 터라 나는 웃으며 인사를 했다.

동수 형의 부인이 자리를 뜨자 나는 그동안 시골에서 농사를 지은 이야기를 했다. 그러면서 이제는 도부꾼이나 노점상이 아닌, 가게를 얻어서 장사를 시작할 것이라고 했다. 동수 형은 내 얘기를 듣고 고개를 끄덕이며 공감해주었다.

"그동안 재길이가 장사하는 것도 봤지만 재길이 말대로 행상이나 노점장사를 해서는 돈 버는 게 쉽지 않을 것 같아. 가게를 해야겠다는 생각은 잘 한 거야. 나도 비록 조그만 문방구를 하고 있기는 하지만 여기는 쉬는 날이 없기 때문에 그런대로 괜찮아."

"형 결혼식에 가지도 못했심니더. 면목이 없네예."

"아유, 그런 거 신경 쓰지마. 재길이가 일부러 그런 것도 아닌데, 뭘."

나는 동수 형과 조금 더 이야기를 나누다가 다음을 기약하고는 헤어졌다.

내가 살던 장안평 윤 씨 아저씨네 집, 나는 그 집에 가보기로 했다. 집주인 할아버지와 할머니가 나를 보시고는 손을 잡으시며 반겨주셨다. 강릉으로 내려가서 취직을 한 맏아들 윤 씨 아저씨는 그곳에서 안정된 직장에 다니면서 얼굴도 많이 좋아졌다고 했다. 다행히도 내가 서울에서 알고 지내던 모든 이들이 잘들 산다고 하니 기분이 좋아지면서 나도 어서 빨리 장사가 잘 될 만한 가게를 얻어야겠다는 생각에 마음이 조급해졌다.

아는 사람들을 찾아다니며 안부를 전하고시 나는, 내가 처음 서울에 왔을 때 나를 한 달이나 거두어주셨던 아저씨에게도 갔다. 그때나 지금이나 웃으며 반겨주시는 모습에 고마우면서도 죄송한 마음이 없지 않았다.

'나중에 꼭 이 고마운 마음을 열 배, 스무 배로 갚아 드려야지.'

# 통 큰 배추장수

아저씨 댁에서 하룻밤을 보내고 다음 날 아침밥까지 얻어먹고는 작은형을 찾아갔다. 작은형은 원효로에 있는 전국화물 운수회사에서 8톤 트럭 운전을 하고 있었다. 화물을 싣고 전국에 안 다니는 곳 없이 다녀야 했다. 그러다 보니 서울에서 화물을 싣고 출발하면 보통, 삼일은 되어서야 다시 서울로 돌아올 수 있었다.

마침, 내가 찾아갔을 때는 다행히 작은형이 사무실에 앉아 있었다. 형은 내가 설명하지 않아도 내가 왜 그곳까지 갔는지 다 알고 있었다.

"이왕 이래 올라왔으니 장사가 쫌 될 만한 데로 댕기 봐라. 너무 급하게 서두르지는 말고, 그리고 가게 구할 때 방이 2개가 딸린 데로 알아보레이. 내는 한번 차고지에 들어오마 쉬는 시간이라고는 이래 차 정비받는 동안밖에는 엄따. 그라니 니가 가게를 알아보다가 마땅한기 없으마 시골로 다시 내리가서 벼 타작 다하고 올라와가 알아봐도 늦지 않는다."

작은형과 헤어진 나는 시골로 내려가기 전에 골목시장을 다시 찾아갔다. 시장에서 배추장사를 오랫동안 해온 사람에게 가서, 금년 김장배추 시세가 어떻게 될지 물어보았다. 그 사람은 얼마 있으면 시작될 김장철에 시골에 가서 배추를 잘만 사오면 괜찮을 것 같다고 했다.

나는 우리 고향에 가면 낙동강 가에 배추밭이 많아서 배추 구하기는 쉽다고 했다. 그랬더니 밭에서 큰 포기로 골라 포기당 20원 밑으로만 살 수 있다면 절대로 밑지는 장사는 아니라고 하는 것이다.

나는 시골에 가서 연락을 하겠다고 하고는 완행열차를 타고 시골로 가서, 강변의 배추 밭으로 가보았다. 서울에서 얘기한 20원 밑으로는 살 수가 없었다. 그래서 우리 동네에서 많이 떨어진 용궁면 황석이라는 곳까지 가보았다  그곳은 우리 마을보다 배추 값이 조금 쌌다. 나는 여러 곳을 알아보고 다닌 끝에 8톤 트럭 가득 실을 수 있는 배추 3,000포기를 살 수 있었다. 배추의 출하는 답십리 시장 김장시장의 개장에 맞춰서 하기로 하였다. 그리고 우체국에 가서 답십리 시장에서 장사를 하던 사람에게 전화를 걸어 배추를 서울로 싣고 갈 날을 잡았다. 또 작은형에게 전화를 해서는 형이 운전하는 차로 배추를 운송해 달라고 부탁했다. 그렇게 작은형과도 약속을 했다. 내 나이 스물한 살에 8톤 트럭 한 대 분량의 배추를 김장시장에 팔기 위해 사놓은 것이다.

집으로 돌아와 십여 일 정도 있다가 서울로 가기 전에 벼 타작을 했으면 했는데 벼이삭이 채 다 마르지 않고 있었다.

벼 타작을 다음으로 미뤄놓고 나는 배추 출하작업을 하는 날, 일찍부터 밭으로 가서 밭주인과 밭이랑을 다니면서 크고 좋은 포기의 배추를 샀다. 배추를 세면서 때론 주인과 작은 실랑이도 있었지만 작은형의 차가 도착하기 전에, 골라서 뽑아 놓은 배추를 일꾼들이 차에 실기 편하도록 모두 지게로 밭의 가장자리까지 옮겨놓을 수 있었다.

오후가 되어 작은형이 운전하는 큰 트럭이 도착했다. 트럭의 크기도 컸지만 그 큰 차를 운전해서 몰고 온 작은형이 더 근사해 보였다. 작은형은 차를 세우고 화물적재함으로 올라가서 인부들이 하나하나 던져주는 배추를 받았는데, 차곡차곡 쌓는 기술이 참으로 좋았다.

몇 시간 동안 배추를 다 실었다. 배추를 실은 트럭의 높이는 집채보다도 더 높았다. 참 많이도 실었다. 화물포장 덮개를 덮고 고무바를 당겨 배추가 쏟아지지 않게 꽁꽁 묶은 다음에야 배추 싣는 작업이 모두 끝났다.

하루 종일 배추작업 해준 배추밭 주인과 인부들에게 고맙다는 인사를 하고 작은형이 운전하는 트럭에 올랐다. 태어나서 처음으로 이렇게 큰 화물차에 타보는 터라 어린아이처럼 마냥 신기해했다.

트럭은 시골의 구불구불한 비포장도로를 10리 정도 간 후에야 아스팔트가 깔린 신작로로 들어설 수 있었다. 그러자 차는 미끄러지듯 앞으로 달려 나갔다.

상주에서 김천으로 가는 도중 커다란 고갯길을 만났다. 그곳은 도로확장 공사 중이었는지 지금까지의 아스팔트길이 아닌 비포장도로였다.

작은형은 고갯길을 오르면서, 배추를 너무 많이 실어 고개를 넘을 수 있을지 걱정을 하였다. 고갯길을 중간쯤 지날 무렵에는 차는 속력을 거의 내지 못했다. 그건 사람이 걷는 속도 정도의 속력으로, 차는 그만큼 힘들게 올라가고 있는 것이었다. 정작 운전을 하는 작은형보다 옆에서 타고 앉아 있는 내가 더 긴장되고 입이 바짝바짝 말랐다.

자동차 불빛으로 해발표시가 적힌 푯말을 보았을 때 비로소 정상에 올라왔음을 알 수 있었다. 고갯길의 정상까지 올라오는 데 상당한 시간이 흘렀다. 나는 잠시 쉬어가자고 했더니 작은형은 산속에서 쉬면 위험하니까 김천역 앞에서 저녁을 먹으며 쉬자고 했다.

내려오는 길도 구불구불했던 그 고갯길을 지나가기란, 처음 이렇게 좌석이 높이 있는 트럭을 타고 앉아 있는 나로서는 무섭지 않을 수가 없었다. 높은 곳에서 곤두박질치는 놀이기구를 처음 타는 기분이었달까? 한편으로 작은형이 하는 운전 일도 힘이 많이 드는 직업이구나 싶었다.

작은형이 운전하는 트럭은 김천 시내로 접어들고 있었다. 환한 불빛들도 많았지만 도로도 넓고 깨끗했다. 김천역 앞 광장에 차를 세우고 우리는 근처 식당에 들어가 저녁을 먹었다.

"여서부터는 고속도로로 가니까네 힘들지 않을 끼다. 그라니 좌석 뒤에서 누버 잘 수 있으니까네 서울까지 가는 동안에 니는 쫌 자라."

저녁을 먹고 나니 하루 종일 배추 작업을 한 탓에 나도 사실 잠이 왔지만 형 혼자서 먼 길을 운전을 하면서 가야 하는데 나만 편하게 잠을 자면 그것은 동생으로서 할 도리가 아닌 듯싶었다.

"어데? 내는 지금 잠 안 온다. 쪼매 있다가 잠이 오마 잘 테니까네 지금은 차 타고 가민서 경치구경이나 할란다."

김천톨게이트를 지나면서 트럭은 고속도로로 들어섰다. 국도와 달리 고속도로는 오고가는 교통량이 상당히 많았다. 야경이긴 했지만, 말로만 듣던 '추풍령'의 경치는 정말 인상적이었다. 또 추풍령휴게소도 나를 놀라게 했다. 넓은 주차장에 꽉 들어찬 수많은 차들을 보니 이제 우리나라 경제도 많이 발전했나 보다 생각이 들었다. 운전을 하는 작은형과 조수석에 앉은 나는 차가 달리는 동안 밤새도록 이런저런 이야기를 나누며 갔다.

답십리 골목시장에서 임시 김장시장을 개장한 곳에 도착했다. 김장시장이 개장한 이래 가장 큰 트럭이 배추를 싣고 도착을 한 탓인지 아침 일찍인데도 사람들이 모여들었다.

잠시 후 김장시장의 하차반이 차의 밧줄을 풀고 차의 포장덮개를 걷었다. 밭에서 크고 좋은 배추만을 골라 와서 그런지 밭에서 봤을 때보다 더 좋아 보였다. 하차반이 손에서 손으로 차에 싣고 온 배추를 모두 내려 차곡차곡 쌓자, 배추가 너무 좋다는 주위 사람들의 말들을 들을 수 있었다.

나는 형에게 운임비로 오만 원을 주었다. 내가 주는 돈을 받은 것이 멋쩍었던지 형은 그 돈을 망설이다가 주머니에 넣었다. 그러면서 장사 열심히 하라는 말을 하고는 돌아갔다.

오전 시간이 지나자 김장배추를 사려고 나온 사람들이 모이기 시작했다. 그들은 김장시장의 물건들을 훑어보고 가격을 알아보고는 마음에 드는 배추를 사들여 갔다. 내가 파는 배추를 여러 사람이 살펴보고는 50포기를 사가기도 하였고, 한 접씩 사가는 이들도 있었다.

배달은 리어카로 배달만 해주는 사람들이 여러 명 있어서, 나는 배달은 하지 않아도 되기 때문에 장사만 열심히 하면 되었다. 밭에서 포기당 17원에 사온 배추는 시장에서 50원씩에 팔려 나갔다. 다른 사람들이 파는 배추보다 크기도 컸고 물건이 좋아서 내가 파는 배추더미 앞에는 내 배추를 사려고 하는 사람들이 모여들고 있었다. 나는 힘든 줄도 모르고 손님들이 요구하는 대로 세어 주고는 돈을 받았다. 잠시도 쉬지 않고 장사를 열심히 한 결과 해가 지가도 전에 3,000포기의 배추를 모두 팔 수 있었다.

많은 양의 배추라 이렇게 쉽게 팔 수 있을 줄은 몰랐다. 기분이 정말 좋았다. 시장 안의 몇몇 사람들이 배추장사를 같이 해보자고 동업을 제시하기도 했다. 그러나 나는 그럴 수는 없어서 배추를 어디서 구할 수 있는지만 알려 주었다. 이제는 시골집에 널어둔 벼를 타작해야 했기 때문이었다. 지금쯤이면 벼가 모두 말랐을 텐데 그전에 비라도 맞아 버리면 곤란하기 때문에 배추장사가 조금 아쉽기는 해도 장사는 여기서 그만해야 했다.

# 형제애

집에 도착한 나는 큰형에게 서울에서 배추 한 차를 판 돈을 모두 내놓았다.

"그기 참말이가? 3,000포기를 다 팔았다꼬? 야야, 욕봤데이. 빨리 잘또 판다, 니는. 근데, 장사를 하다 보마 이래 이문이 남기도 하지만은 손해를 볼 때도 있는 기라. 그라니 손해 보는 장사 안 할라믄 지금처럼 계획을 잘 세워가 해야 칸데이. 더군다나 야채장시는 굴곡이 심해가 조급하게 마음 묵으마 절대로 안 된데이, 알았제?"

우리 집은 농사가 많지 않아서 다른 집들처럼 가을걷이가 바쁘지 않았다. 밭에는 내년 봄이나 되어야 뽑을 수 있는 쪽파가 심어져 있어 걱정이 없었다.

논에 세워두었던 볏단을 지게로 져서 집 마당으로 가져왔다. 탈곡을 하는 날에는 형도 장사를 나가지 않고 탈곡기를 발로 밟으며 일을 했다. 올해는 내가 지은 농사가, 어느 정도 풍년이라고 할 수 있을 만큼 잘 되었다.

탈곡한 낟알은 뒤주에 모두 넣어두었다. 낟알을 뒤주에 넣어두면 수분이 남아 있던 낟알도 통풍이 되는 뒤주 안에서 상하지 않으면서 건조가 되었다. 그것은 옛 조상들의 지혜로움이 엿보이는 한 예일 것이다.

이튿날 어제 탈곡한 볏단을 정리하고는, 미처 탈곡이 되지 않고 형클어진 벼들을 모아놓고 도리깨질을 하였다. 하루 종일 도리깨질을 하여 떨어진 낟알들은 풍구로 까불었다. 지푸라기들이 풍구에 날아가고 깨끗하게 남은 낟알들을 뒤주에 모두 담고 나니 추수가 끝이 났다.

이제 다시 논으로 가서 보리갈이를 시작했다. 보리농사는 보리씨를 심기 전에 괭이로 이랑을 만들어놓는 보리갈이를 먼저 해주어야 한다. 그러나 벼를 베어낸 논이라 벤 벼 포기를 캐가면서 이랑을 만들어가는 일은 그리 만만한 일이 아니었다. 일주일이 지나서야 논에 보리를 심을 이랑을 만드는 보리갈이를 마칠 수 있었다.

집에 있는 거름을 지게로 지어다가 이랑마다 고루 뿌렸다. 보리씨는 마지막에 정성들여 뿌려야 했는데, 보리씨를 너무 적게 뿌리면 많이 뿌려진 곳의 보리 포기를 뽑아서 적게 뿌려진 곳에 이식모종을 해야 하기 때문에 정성을 들이지 않을 수가 없었다.

우리 집은 보리씨 뿌리기까지 모두 끝이 났는데, 미처 가을걷이를 하지 못한 집이 있었다. 집안의 할아버지 되시는 분의 집이었는데 자식들은 모두 도회지로 나가고 없고 집에는 두 노인 내외만 계셔 추수를 못하고 계신 것이었다. 그분들의 아들이 바로 내가 서울로 처음 갔을 때 거두어주셔서 한 달을 머물게 해주신 아저씨였다.

그 아저씨께 열 배, 스무 배 은혜 갚겠다는 마음을 항상 갖고 있던 터라 기꺼운 마음으로 어르신들을 도와드렸다. 산에 가서 땔감을 잔뜩 해다가 드렸고, 벼 탈곡을 마치고는 미처 뽑지 못한 고추와 콩 등을 다 뽑아서 집까지 옮겨 드렸다. 그러고는 겨우내 먹일 쇠죽을 끓이시기 편하도록 짚단을 썰어 드렸다. 어르신들께서는 너무나 고마워하셨지만 내가 서울에서 아저씨에게 진 신세를 생각하면 이런 일쯤은 아무것도 아니었다.

집안 어르신들의 가을걷이와 월동 준비가 마무리되어 갈 즈음, 어느 날인가 큰형이 장사를 하는 장에 나가 보았다. 사람들이 팔러온 고추를 저울로 달고 있었다. 자루를 저울에 매달고 저울대 끈을 다른 사람이 어깨에 메면 저울의 추를 조금씩 움직여가며 수평을 맞추어 눈금을 보고 무게를 확인하는 것이었다.

고추주인과 형님은 서로 눈금을 확인하고서 돈을 계산하는데, 어떤 이들은 저울의 수평을 무시하고 막무가내로 추를 뒤로 밀면서 뒤쪽 눈금이 맞으니 돈을 더 달라고 우기기도 했다. 그럴 때면 큰형은 주변의 다른 고추장사에게 부탁을 하여 여러 명이 보는 데서 다시 무게를 재어 보이는 웃지 못할 일도 종종 벌어지곤 했다. 항상 큰형이 옳았지만 그 모습을 뒤에서 지켜보던 나는 고추장사도 그리 쉬운 장사가 아님을 알게 되었다.

점심때가 되자 시골 장은 파장이 되어 갔다. 큰형은 하루 동안 사모은 고추를 땅에 쏟아 붓고 등급별로 구별을 해놓았다. 그러고는 큰자루에 같은 등급의 고추를 담기 시작했다. 내가 도와주어서 그런지 주변의 다른 고추장사들보다 자루에 담는 일의 속도가 빨랐다. 제법 많은 고추를 샀다. 큰형은 일이 끝나지 않은 주변의 다른 고추장사의 일을 도와주었고 나는 그런 형의 모습을 바라보았다.

장사꾼들이 모두 고추선별 작업을 마칠 즈음, 트럭 한 대가 도착하자, 자신들의 자루에 표시를 하고는 다 같이 힘을 합쳐 모든 자루를 트럭에 실었다. 자루들을 밧줄로 단단히 묶고 나서 트럭은 출발했다. 일이 모두 끝나자 큰형은 근처 식당으로 나를 데려갔다. 한쪽에 자리를 잡은 후, 내가 먼저 입을 열었다.

"이제는 추수도 다 끝났고 집에 있어 봐야 더 할 일도 엄꼬 하이끼네, 서울 올라가가 내 살 곳이나 함 알아볼랍니다. 그라고 이번에 올라가마 떠돌아 댕기지 않고 한군데 딱 정착을 해가 열심히 살아볼 낍니다."

"니가 일 년 동안 농사짓는 모습을 옆에서 지켜보면서, 이제는 니가 어데를 가서 살드라도 내는 걱정 안 한다. 그란데 너무 돈, 돈 거리지는 말았으마 싶다. 사람이 사는 데 돈이라 카는 기는 당연히 필요하지만도 그거보담도 더 중요한 기는 첫째는 건강이고, 둘째는 형제간의 우애라꼬 생각한다. 우리는 엄마도 일찍 돌아가시뿌고 아부지는 나아놓기만 하고 전혀 돌봐주지를 않으니, 우리 형제들은 어데를 가가 살드라도 우애를 잊아뿌고 살마 절대 안 되는기라."

말을 하는 형님의 눈에서 눈물이 떨어져 내렸다.

"서울 가마 우리 막내이 재천이를…… 재천이를 꼭 함 찾아봐도."

더 이상 형님은 말을 잇지 못했다. 나는 울고 있었지만, 그것은 단지 동생을 잃어버린 것에 대한 눈물뿐만이 아니라, 내가 그동안 내 동생 재천이를 때때로 잊고 살았다는 것에 대한 미안함의 눈물이었을 게다. 내가 그렇게 사는 것이 힘들다는 이유로 동생을 잊어가는 사이, 큰형님은 단 한 번도 재천이를 잊지 않고 있었던 것이다.

"하머예, 형님 말대로 서울 가마 꼭 찾아보겠심더. 그라고 이번에 서울 올라가마 가게 얻어가 작은형하고 같이 살 생각입니더. 가게를 얻어서 장사를 해야 형님 말대로 안정을 하고 살지 않겠심니까?"

"그래, 잘 생각했데이. 니가 일 년 동안 농사지가 벌어놔논 돈은 내한테 잘 있으니까네 올라가마 좋은 데 찾으마 연락해레이."

국밥집 주인이 김이 모락모락 나며 얼큰한 냄새를 풍기는 돼지국밥 한 그릇을 가져왔다.

이번에도 큰형님은 국밥을 내 앞으로 밀었다.

"내는 생각 없으니까네, 식기 전에 얼른 무라."

이번에는 나도 지지 않았다. 나는 국밥을 다시 형님의 앞으로 밀었다.

"형님도 장에 댕기믄서 건강 잘 챙기이소. 굶지 말고 하루 세 끼 꼬박고박 챙기 묵고예. 우리 형제들한테는 형님이 똑 아부지 같은 사람인데 형님이 몸이라도 아프마 우얄낍니꺼?"

큰형은 옅은 미소를 지으며 숟가락을 들고는 내 손에 쥐어주었다.

"그라마 니캉 내캉 같이 묵자. 그라마 됐제?"

국밥을 먹는 모습을 보니, 나는 가슴이 시려왔다. 어릴 적부터 동생들 건사하느라 배우지도 못하고, 돈도 없는, 시골 고추장사일 뿐인 가엾은 우리 형. 이 세상 그 무엇, 그 어떤 것보다도 든든한 나의 버팀목. 그런 큰형이 국밥을 맛있게 먹고 있는 모습을, 나는 평생 잊을 수 없을 것 같았다.

# 국수를 뽑다


서울로 올라와 부지런히 발품을 팔며 마음에 드는 가게를 찾아다녔다. 그러다 드디어 마음에 드는 가게를 발견할 수 있었다. 크기도 제법 컸지만 무엇보다도 방이 두 개가 딸려 있었다. 작은형에게 제일 먼저 의견을 물었다.

"내는 괘안은 것 같구마. 그라니 형님한테 물어보고 결정을 하는 기 좋지 않겠나 싶다."

큰형과 상의를 하기 위해 나는 고향으로 내려갔다.

"가게가 큰 기도 좋지만은 그 안에 방도 두 개가 딸려 있는 기 젤로 맘에 듭니더. 나중에 작은형이 장개가마 한 집에 모이가 살 수 있지 싶어서예."

"니가 그래 생각하마 괘안켔제. 알았다. 그라마 내일 장에 나온나. 우체국에 가가 가게 얻을 돈 찾아주꾸마."

이튿날, 큰형님은 결코 적지 않은 돈 60만 원을 내게 주었다.

"재식이하고 잘 상의해가 결정하고, 장사 잘 하야 칸데이."

돈을 가지고 서울로 올라온 나는 작은형과 함께 며칠 전 보아두었던 점포를 계약했다. 전세금 45만 원에, 계약을 하면서 비어 있는 점포에 바로 들어가는 조건이라, 계약금과 잔금까지 한꺼번에 지불하고 바로 들어갔다. 그렇게 해서 내가 가게를 얻은 곳은 서대문구 신사동이었다.

작은형은 월남에서 군 생활을 할 때, 펜팔을 하면서 알게 된 아가씨와 결혼을 약속했다고 했다. 계약을 한 가게에 방이 두 개니까 결혼을 하고서 같이 살자고 하였다. 나는 작은형이 하자는 대로 흔쾌히 받아들였다.

가게를 얻어 놓긴 했지만 무슨 장사를 해야 할지 뾰족이 생각나는 것이 없었다. 그렇다고 내가 할 줄 아는 장사라고는 채소장사밖에 없는데, 이제 곧 겨울이 되고 날씨가 추워지기 시작할 텐데 채소장사를 시작하기는 어려움이 많을 듯했다.

며칠을 생각한 끝에 오래전부터 문래동에서 쌀과 연탄, 국수를 팔던 팔촌형님을 찾아가 보기로 하였다. 그러나 문래동 지역이 정부에서 철거지역으로 지정이 되면서, 성남으로 이주를 하여 성남시 수진동이라는 곳에서 다시 장사를 하고 있었다.

종로 5가에서 성남으로 가는 버스를 타고 수진리 고개에서 내려 지나는 사람들에게 물어물어 산중턱에 있는 팔촌형님의 집을 어렵게 찾아갔다. 아무 연락도 없이 찾아간 나를 그 형님은 반겨 맞아주었다. 나는 그동안에 내가 했던 일들을 간략히 이야기하고 올 한 해 동안에 농사를 지은 것으로 점포를 얻어 장사를 해보려 한다는 것을 그 형님께 설명했다.

"어떤 장사를 해야 계절에 상관없이 할 수 있을란지, 장사에 대한 경험이 형님은 많으시니까네 조언 쫌 해돌라고 찾아왔심니데이.”

“우리 집에서 지금 팔고 있는 물품은 쌀하고, 연탄하고, 국시에다가 생활용품까지 해가 팔고 있다. 근데, 우리같이 해가 팔라믄 밑천도 마이 들고 거기다가, 외상이 마이 깔리니까는 우리같이 하지 말고, 딱 한 가지만 하는 기 힘도 덜 들고 더 일하기 편할 끼다. 내 생각에는 국시를 만들어가 함 팔아보는 기 우짤까 싶다. 이기는 하루에 밀가루 두 포만 만들어가 팔면 묵고 살 만할 끼다. 함 해 볼라마, 서울에서 철거되가 쫓기 오면서 장사하던 사람들이 한꺼번에 이쪽으로 마이 왔는데, 너무 많아서 장사 안 하는 사람들이 있으니까 그 사람들한테 중고로 사면 싸게 살 수 있을 끼구마.”

나는 고개를 천천히 끄덕였다.

“한다꼬만 하믄 국수 만드는 기술은 내가 갈차주꾸마. 언제든지 찾아와가 배아라.”

이야기는 듣고 보니, 그 형님 말대로 밑천을 많이 들이지 않고 할 수 있는 장사가 바로 국수장사라는 생각이 들었다. 나는 국수장사를 해보고 싶은 마음이 들었다.

그 형님이 수소문을 해보니 그 동네 몇 집에서 기계를 판다기에 우리는 서둘러 찾아다녀 보았다. 나는 국수기계에 대한 전문적인 지식이 전혀 없었지만 형님은 그렇지 않았기 때문에 여기저기 다니며 기계들을 살펴본 결과를 자세히 설명해주었다.

성남의 팔촌형님께 다녀온 이후, 많은 생각을 해본 끝에, 지금 당장은 국수장사를 할 수 없었기 때문에 우선은 급한 대로 채소를 놓고 팔아보기로 하였다.

김장철이 거의 끝난 시기였지만 나는 용산시장에 한번 가보았다.

도매시장이라서 그런지 물건이 상당히 많았다. 이곳저곳을 다니다가 다발무 200단을 샀다. 세발 용달에 싣고 와서 가게 앞에 쌓아놓고 팔기 시작했다. 한 단에 100원에 사온 무를 150원에 팔았다. 물건이 좋았던 건지, 값이 쌌던 건지 알 수 없지만 잘 팔려나갔다.

가끔 배달을 해달라는 사람들이 있었는데 나에게는 자전거도 없고 가게를 비울 수도 없고 해서 해줄 수가 없었다. 그러자 옆 가게 석유 집에서 잠깐 잠깐씩 하는 배달은 해도 된다고 자전거를 빌려 주었다. 옆집인 석유 집 아저씨는 장사와 함께 동네 통장도 하시는 분이었다. 그 아저씨는 한문공부를 많이 하신 분이라고 들었는데, 정말 사리분별이 정확하시고 자식들에 대한 교육도 매우 엄하게 하셨다. 그분이 하시는 장사는 석유와 연탄을 취급하는 것이라서 그런지 장사가 매우 잘 되었다. 아주머니는 나이도 젊은 내가 채소가게를 하는 것이 안쓰러우셨는지 처음 봤을 때부터 나를 가족같이 대해주셨다.

일주일 정도 지나니 김장철도 완전히 끝났다. 다행히 가게에 있는 무는 모두 팔았지만 앞으로는 더 이상 팔리지 않을 것 같았다.

나는 다시 성남에 살고 있는 팔촌형님을 찾아 갔다. 국수를 만드는 기술을 배우기 위해서였다. 그 형님은 소금을 물에 녹이는 것을 시작으로 가르쳐주었고 그 다음은 염도를 맞추는 방법을 알려주었다. 소면의 염도는 칼국수의 그것과 다르기 때문에 나는 각각의 수치를 꼼꼼히 종이에 받아 적었다. 그리고 햇볕이 뜨거운 날과 흐린 날, 바람이 부는 날, 추운 날 등 봄, 여름, 가을, 겨울의 기온에 따라서도 수치가 조금씩 다르다고 하였다.

우선, 소면은 칼국수보다 염도가 높아야 하고, 햇볕이 쬐는 날은 흐린 날보다 염도가 높아야 하고, 흐린 날은 바람 부는 날보다 염도가 높아야 하고, 겨울보다는 봄이 염도가 높아야 하고, 여름보다는 가을이 염도가 높아야 한다는 것을 빠뜨리지 않고 받아 적었다.

소금을 물에 녹이는 방법은 맑은 물을 독에 채우고 소금을 물에 넣은 후 긴 막대를 이용해 한참을 저으면 소금이 녹는다고 하였다. 녹은 소금물을 하루 동안 놔두면 찌꺼기는 바닥에 가라앉으니, 위의 맑은 물을 사용하여 밀가루의 양과 소금물의 양을 조절하여 혼합하면 배합이 잘 될 거라고 가르쳐주었다.

나는 며칠 동안을 서울에서 성남을 오가며 국수 만드는 기술을 배웠다. 오랜 경험을 가진 솜씨여서 그런지 형님과 형수는 손쉽게 국수를 뽑았다. 국수를 뽑을 때 형님이 없으면 형수 혼자서도 국수를 뽑았다. 국수 뽑는 모습을 옆에서 지켜보는 나는 그저 놀라울 따름이었다. 입김을 불면 하얗게 날리던 밀가루가 불과 30분 만에 가느다랗고 긴 국수가닥이 되어 나오는 것이 마냥 신기했다. 뽑은 국수는 대나무 막대기에 걸쳐서 길이를 일정하게 자른 후, 통풍이 잘되는 그늘진 곳에 걸어 말려야 했다. 처음부터 햇볕이 드는 곳에서 말리면 윗부분이 먼저 말라 버리고 또 그 상태에서 바람이 불면 다 끊어져서 떨어져 버리기 때문이었다. 그렇기 때문에 처음에는 통풍이 잘 되는 그늘에서 말리다가, 어느 정도 달라붙지 않을 정도로 마르면 가게 안으로 옮겨 말리고, 또다시 그 다음날 밖에서 말려야만 맛있고 쫄깃한 국수가 만들어진다는 것이었다.

형님은 아무리 빨리 국수를 말리고 싶다고 해도 하루에 다 말리면 결코 맛있는 국수가 만들어질 수 없으니 반드시 이틀 이상을 말려야 한다며, 힘을 주어 말하였다. 또 반죽을 할 때의 밀가루와 소금물의 비율에 대해 가르쳐주면서, 이 비율은 최고라고 할 수는 없으니 경험을 통해 스스로 찾아 자신만의 비법 비율을 터득해 보라고 했다.

내가 국수 뽑는 기술을 어느 정도 배웠을 때, 형님과 나는 지난번 봐 두었던 중고 국수기계의 주인을 찾아갔다. 어차피 중고기계라서 그런지 그 주인도 터무니없는 가격을 부르지는 않았다. 형님은 그 정도면 괜찮은 가격이라며 온 김에 사가지고 가라고 했다. 세발 용달차를 불러, 국수 뽑는 기계를 비롯한 온갖 기구들을 차에 실었다.

"국시 뽑아 보다가 잘 안 되거나 잘 모리는 기 생기마 언제든지 찾아온나. 차분히만 하마 잘 할 끼구마, 재길이는. 차 타고 언능 가보그라."

"고맙심니다. 억수로 고맙심니다. 형님이 갈차준 대로 잘 함 해볼랍니다. 고맙심니다."

그렇게 몇 번을 고맙다는 인사를 한 후에야 나는 차에 오를 수 있었다.

국수 기계를 가게에 들여놓고 열심히 생각을 해가며 분해되어 있는 기계를 조립했다. 꼬박 이틀 동안 조립을 한 후에 설치를 마쳤다. 국수를 만들려면 소금물부터 만들어야 했는데 그러려면 항아리가 필요했다. 마침 옆 가게인 석유 집에 커다란 항아리가 있었는데 그 집에서는 필요 없으니 가져가서 쓰라고 하는 것이었다. 꼭 필요한 항아리가 거저 생긴 것이다. 항아리에 소금을 녹이기 위해 걸쳐둘 플라스틱 바구니를 하나 장만해서 걸쳐 보니 딱 맞았다. 그렇게 항아리에 물을 가득 채우고 바구니를 걸치니 항아리 입구에 바구니의 테두리만 걸쳐지고 오목한 부분은 물속에 잠겨 있었다. 물에 잠긴 바구니에 소금을 퍼서 담았다. 이렇게 해두니 막대로 젓는 것보다 힘들이지 않고 잘 녹일 수 있었다.

염도계를 소금물에 담가 염도를 맞추고 나서, 나는 수색까지 가서

밀가루 10포를 샀다. 밀가루가 배달되어 오자마자 한 포를 뜯어 반죽을 하기 시작했다. 밀가루에 소금물을 적당히 넣어가며 반죽기를 돌렸다. 잠시 후 반죽기에서 나온 밀가루 덩이를 만져 보니 제법 잘 된 것 같았다. 반죽을 마치고 드디어 반죽을 누르는 롤러작업을 시작했다. 이상하게 팔촌형님과 형수가 할 때는 잘 되던 롤러작업이 내가 직접 해보니 잘 되지가 않았다. 이렇게도 해보고 저렇게도 해보았지만 생각했던 것만큼 쉽지가 않았다. 한참을 밀가루와 씨름을 한 끝에 얻어진 완성품은 한 포를 뜯어 시작했는데 겨우 밀가루 반 포 정도의 양만을 얻을 수 있었다.

그래도 그것은 내가 내 손으로 처음 뽑아 만든 국수였다. 서둘지만 정성스레 대나무에 널고, 그것을 그늘에 걸어서 바람을 쐬어주었다. 반죽은 했지만 국수로 뽑을 수 없었던 밀가루덩이는 팔촌형님이 가르쳐준 대로, 대야에 담고 깨끗한 물을 부어놓았다.

다음날, 어제 만들어 그늘에 말리던 국수를, 그 양은 비록 얼마 되지 않았지만, 햇볕에 걸어 말렸다. 저녁때가 되어 만져보니 딱딱하게 잘 말라 있었다. 건조된 국수를 걷어 가게로 가져와서 조리할 수 있는 알맞은 길이로 잘랐다. 그러나 내가 봐도, 오랫동안의 기술로 만들어낸 다른 국수집의 국수모양과는 확연히 차이가 났다. 게다가 일정 길이로 자르는 기술이 어설프니 더욱 그래 보였다.

내가 연 가게에서 200m쯤 가면 아주 오래된 국수집이 있었다. 그 집 국수는 내가 만든 국수와는 비교가 되지 않을 정도로 가지런하니 보기 좋았다. 그런데, 가게의 입지조건은 내 가게가 더 좋아서인지, 이 어설픈 솜씨로 만든 국수가 팔리기 시작했다.

다음 날부터 나는 매일같이 밀가루와의 전쟁 아닌 전쟁을 치러야 했다. 하루, 이틀, 수없는 실패를 거듭하기를 수십 일, 그제야 비로소 제법 모양을 갖춘 국수가 만들어지는 것이었다. 나무를 사다가, 국수를 널어 말릴 수 있는 건조장도 많이 만들었다. 일이 익숙해지기 시작하자 힘도 덜 들었다. 참 다행인 것은, 내가 만든 국수가 다른 국수가게의 국수보다 외관상으로 보이는 모양은 틀림없이 볼품없어 보임에도 불구하고 팔려 나간다는 사실이었다.

# 새로 생긴 가족

작은형은 어떤 때는 5일에 한 번 올 때도 있었지만, 보통 일주일에 한 번꼴로 집에 들어왔다. 어느 날, 웬일로 형이 일찍 집에 들어왔다.

"형, 우짠 일로 이래 일찍 왔드노?"

"지방에서 갖고 온 물건을 퍼뜩 내리주가 일찍 와뿟다. 재길아, 내가 니한테 할 말이 있는데, 내가 군대 있을 때, 펜팔을 해가 그동안에 쫌 알고 지낸 아가씨 하나가 있는데 결혼까지 약속을 했다. 이 가게에 방이 두 개니까네, 방 한 칸은 낼로 쓰고 다른 한 칸은 닐로 쓰는 기 좋다 싶은데 괘안켔나?"

형의 얼굴에는 쑥스러워하는 표정과 기대에 찬 표정이 함께 묻어 있었다.

"하모! 뭐 그런 당연한 걸 뭇고 그라노? 형이 그래 생각하마 내는 무조건 다 좋다. 큰형도 이야기 들으마 좋다 칼 끼다."

작은형의 얼굴에 미소가 번지더니 이내 얼굴 한가득 행복감이 차올랐다. 며칠이 지나서 작은형은 어떤 아가씨와 함께 가게에 들어섰다. 그 아가씨는 큰 키에 얼굴도 예뻤다. 펜팔로 어떻게 저런 예쁜 아가씨를 사귈 수 있었는지 방법을 물어보고 싶을 정도였다. 나는 예쁜 아가씨와 함께 나란히 서 있는 작은형을 보고 있자니, 그 둘의 모습이 그렇게 좋아 보일 수가 없었다. 인사를 하긴 했지만 나는 쑥스러운 마음에 제대로 쳐다보며 인사를 나누지는 못했다. 그렇게 인사를 하고 아가씨는 조만간 다시 오겠다며 돌아갔다.

이제, 나의 국수 뽑는 기술은 많이 늘어 있었다. 그동안 수없는 실패 끝에 얻어낸 성과일 게다. 주변의 다른 국수집과 비교해보아도 아직 기술적으로 부족한 면이 없지 않아 있지만, 얼추 비슷할 정도까지는 따라간 것 같았다.

국수장사를 시작한 지 한 달이 다 되었을 무렵, 작은형과 일전에 왔던 작은형의 여자친구가 여러 짐들을 차에 싣고 같이 왔다. 나는 차에 실린 짐들을 방으로 옮겨 주었다. 짐을 모두 옮기고는 시장에 가서 부엌에서 쓸 가재도구 몇 가지를 사왔다. 짐을 싣고 온 날부터 그 아가씨는 우리 집의 가족이 되었다. 그래서 나는 그 아가씨를 '형수님'이라고 불렀다.

형수는 형보다는 두 살이 어리고 나보다는 한 살이 많았다. 형수의 살림솜씨는 정말 알뜰했다. 음식을 할 때도 그랬고, 설거지를 할 때도 그랬고, 내가 국수장사를 해서 돈을 벌고 있었음에도 그녀의 검소하고 절약하는 모습은 이미 습관이 된 것처럼 언제나 변함이 없었다.

작은형의 직업이 운전수라 며칠씩 집을 비우는데도, 형이 있든 없든 항상 변함이 없었다.

나는 어려운 우리 형에게 시집와서 앞으로 고생을 많이 해야 할 텐데, 가난한 살림살이를 아무런 불평 없이 견뎌낼 수 있을지 괜한 걱정을 하기도 했다.

작은형은 전보다 더 시간이 생기는 대로 집으로 왔다가 가곤 했다. 형수는 형에게도 잘 했지만 나에게도 무척 잘 대해 주었다. 나는 실로 오랜만에 집에서 해주는 따뜻한 밥이라는 것을 먹을 수 있었다. 그리고 빨래도 더 이상 내가 하지 않아도 되었다. 형수 덕분에 나는 아주 오랜만에 누군가로부터 보살핌을 받는다는 행복감을 느낄 수 있었다.

# 이웃들

봄이 되자 나는 뽑는 국수의 양을 늘렸다. 그리고 매일 만들지 않고 격일로 만들었다. 그렇게 격일로 국수를 뽑다 보니 시간에 여유가 생기기 시작했다. 그럴 때면 용산시장에 가서 봄동이나 무 같은 채소를 가져와서 팔았다. 국수와 채소를 같이 팔다 보니 단골들도 여럿 생겨나고, 장사에 재미가 쏠쏠했다.

옆 가게, 석유 집에 나보다 한 살이 아래인 병규는 인천에 있는 인하대학교에 다니면서 시간이 날 때마다 부모님을 도와 석유배달이며 연탄배달을 하는 착실한 학생이었다. 그는 나보다 단지 한 살 어리면서도 나를 '아저씨!' 하고 불렀다. 그런 병규에게 그의 아버지는 '형'이라고 부르라고 항상 얘기했지만 소용없는 일이었다. 여전히 병규는 날 '아저씨!' 하고 불러댔다. 병규는 천성이 선하고 착한 사람이었다.

국수를 팔며 채소를 같이 팔기 시작한 지 며칠이 지났을 때였다. 예전에 내가 처음 서울에 올라와 취직을 했던 '대원전선'의 실험실 반장으로 근무하던 김 반장님을 만났다. 부인과 둘이 우리 가게에 온 것이다. 자세히 보니 그 부인은 우리 가게에서 많은 양의 국수를 자주 사가시던 아주머니셨다. 김 반장님은 내가 여기서 장사를 하는 줄도 모르고 왔다가 나와 눈이 마주치고 나를 알아보고는 적잖이 놀라는 눈치였다. 그는 내가 나이도 적으니, 어디서 공장생활이나 하는 줄 알았을 텐데 버젓이 장사를 하고 있고, 게다가 한 동네에서 살고 있다는 사실이 꽤나 의외였던가 보다. 김 반장님은 나와 같은 부서에 있지는 않았지만, 워낙 사람이 좋고 또 내가 공장에서 오가다 만나면 싹싹하게 인사를 잘한 터라, 몇 년이 지나서 만난 것임에도 알아볼 수 있었던 것같다. 그에게 나는 어디에서 일하며 살았는지를 대충 이야기해 주었다. 김 반장님 역시 본인의 이야기를 들려주었다. 몇 년 전 회사를 그만두고 우리 가게에서 200m쯤 떨어진 곳에서 구리에 에나멜을 씌워 가공하는 코일공장을 운영하고 있다고 했다. 직원도 열 명이나 된다고 했다. 나는 그 부인이 왜 그렇게 많은 국수를 그것도 자주 사갔었는지 그제야 이해가 되었다. 그날 이후 가게 문을 닫고 시간이 나면 이따금씩 그가 운영한다는 공장에 들러 구경도 하고 놀다가 오기도 하였다.

김 반장님 내외는 독실한 기독교 신자였다. 어느 날엔가 그들은 내게 교회에 같이 나가자고 조심스럽게 권해왔다. 그러나 나는 그때까지 한 번도 교회라는 곳에 가본 적이 없던 터라 뭐라고 선뜻 대답을 하지 못했다. 그런 나를 보고는 오늘 한번 같이 가보자며 내 팔을 잡고 일으켜 세웠다. 그렇게 어쩔 수 없이 들어선 교회는, 교회의 입구에 여러 명의 교인들이 서서, 처음 나온 나에게 악수를 청하는 등 친절히 대해주었다.

예배가 시작되었다. 목사님의 기도, 찬송가, 성가대의 찬양 등이 끝나자 목사님은 설교를 시작하였다. 설교 중간 중간 '아멘!' 하는 소리가 여기저기서 들려왔다. 목사님의 설교 말씀은 한마디 한마디가 다 옳은 얘기뿐이었다. 마지막으로 목사님의 축도가 끝나자 예배도 끝이 났다. 밖으로 나오니 목사님은 어느새 밖으로 나와 계시다가 나오는 교인들마다 악수를 청하며 인사를 나누고 계셨다. 교회라는 곳에 처음 온 나에게는 그들의 여유로운 모습이 꽤 인상적이었다. 내가 교회에 가 있는 동안 형수가 대신 장사를 해주어 나는 매주 일요일마다 교회에 갔다. 이제는 누가 가자고 이끌어서 가는 것이 아니라, 내 스스로 가는 것이었다.

교회에는 청장년부가 있었는데 주일 낮 예배를 드리기 전에 청장년예배를 먼저 드렸다. 청장년부는 말 그대로 청년들과 장년들이 있었는데 나와 나이가 비슷한 남자, 여자들이 대부분이었고 그 회장직을 김 반장님이 하고 있었다. 김 반장님처럼 결혼을 한 사람은 세 명 정도뿐이었다. 청장년부는 아무래도 젊은 사람들이 모여 있는 곳이다 보니, 어떤 때는 송추유원지나 민속촌 등으로 놀러 가기도 하였다. 그렇게 교회를 다니다 보니 여러 사람들과도 얘기를 하며 지내게 되었다. 최 목사님은 어찌나 자상한 분이신지 내가 하는 가게에도 자주 들러주셨고, 거의 매주 목요일이면 여러 교우 분들과 함께 내가 살고 있는 누추하기 짝이 없는 방까지 구역신방예배를 오시기도 하였다.

장사를 하는 동안 짬이 나는 대로 나는 내가 서울에 처음 올라와서 갈 곳이 없을 때 나를 거두어주셨던 아저씨 댁에도 자주 갔다. 시골에서 올라와 취직을 부탁하는 고향 아이들을 아저씨는 많이 취직을 시켜주시곤 하였다. 나도 아저씨 덕에 대원전선에 취직을 했었지만, 그 이후에도 갈 곳이 없을 때나, 잠잘 곳이 없을 때에도 아저씨는 언제나 반갑게 맞아주셨다. 아저씨 집은 내 가게에서 1km 정도밖에 떨어져 있지 않아, 어떤 때는 가게 문을 닫은 저녁에 갈 때도 있었다. 아저씨네도 예전에는 단칸방에 모두 모여 살았었는데 요즘은 좀 형편이 나아져, 지대가 비록 높은 곳이긴 해도 방이 세 개나 있는 단독주택에 살고 있었다.

특히 일요일 오후가 되면 아저씨가 취직을 시켜준 아이들이 모두 찾아와서 집 안은 사람들로 북적이기 일쑤였다. 그들은 이렇게 찾아왔다간 모두 저녁까지 얻어먹고 돌아가곤 했다. 그러나 나는 식사만큼은 형수님이 차려주시는 밥을 먹고 갔었는데 조금이나마 아저씨께 진 신세를 갚아 보려는 요량이었다. 나보다 나이 어린 아이들을 아저씨네 집에서 마주칠 때면 나는 내 동생 재천이 생각이 불쑥불쑥 나곤 했다. 하지만 어디서 어떻게 찾아야 할지 암담할 뿐이었다. 내가 아무리 생각을 해봐도 서울에서 살고 있을 것 같지는 않았다. 아저씨네 집에 오는 그 또래의 아이들에게 물어보아도 그들은 하나같이 모른다고 하였다.

나는 이따금 고향에 있는 큰형님에게도 편지를 했다. 결혼한 누님에게도 안부편지를 했다. 큰형님과 누님은 내가 보낸 편지를 읽어 보고는 재천이 생각이 더 많이 난다고 했다. 나는 이제 형수가 해주는 뜨신 밥에 깨끗한 옷을 입고 살고 있어 걱정이 없는데, 아직까지 집을 나가서 소식이 없는 우리 막내 재천이에 대한 걱정을 어찌하지 않을 수 있겠는가?

우리 남매의 답답한 심정이란 이루 말을 할 수가 없었다. 작은형이 집에 들어올 때면 나는 작은형과도 재천이에 대한 이야기를 얼마나 많이 했는지 모른다. 그러나 내 동생 재천이가 어디에서 사는지, 어떻게 사는지, 뭘 하면서 사는지를 아는 사람은 그 어디에도 없었다.

# 두 번은 안 속는다

내가 국수가게를 연 지도 벌써 일 년이 지나가고 있었다. 나의 국수 만드는 기술도 이제 어디 가도 빠지지 않을 정도는 되었다. 내 가게 주변에 '숭실고등학교'가 있었는데 하루는 그곳에서 구내식당을 하는 아주머니가 우리 가게에 와서는 학교 구내식당에 칼국수를 납품하라고 하는 것이었다. 처음에는 들어가는 양이 그리 많지 않았지만 학교에서 행사라도 있을라치면 주문하는 물량이 갑자기 많아지곤 했다. 그럴 때 칼국수의 양이 모자라면 주변 신흥시장에 있는 국수집까지 자전거를 타고 가서 사서라도 물량을 맞추어 학교에 갖다주었다. 그러다 보니 신흥시장 국수가게와 가깝게 지내는 사이가 되었다. 그 국수가게 주인은 시장 안에 있는 가게도 본인 소유의 것이었고, 그리고 그 큰 가게 안에는 항상 수백 포의 밀가루가 쌓여 있었다. 그 것은 마치 그곳이 국수가게가 아니라 밀가루 대리점인 것만 같았다.

나와는 친하게 지내는 사이였지만, 나에게 있어서 그는 항상 부러움의 대상이었다. 그도 그럴 것이 그는 나보다 엄청나게 돈이 많았는데 내가 어찌 그를 부러워하지 않을 수 있었겠는가?

그러던 어느 날이었다. 웬 중년의 한 남자가 우리 가게에 들어섰다. 그리고는 이 가게의 주인이 누구냐며 나에게 다가와 나직이 말을 하는 것이었다.

"와 그라시는데예?"

그는 이내 주변을 살피고는 몇 번을 말하려다 말고 또 말하려다 말고 하면서 궁금증을 갖게 만들었다. 그리고는 다시 나직이 말을 했다.

"저는 서대문 성당에 있는 사람입니다. 이번에 미국에서 성당으로 밀가루 원조가 들어왔는데, 성당에서 급하게 돈이 필요하게 돼서, 받은 밀가루 중에서 절반을 처분을 해야 하게 됐어요. 그런데 저희가 시중가격의 반값에 드릴 테니까, 사 보시는 게 어떨까 해서 제가 왔습니다."

"밀가루를 반값에 준다고예?"

"네, 네. 그런 거죠. 저희가 제 값을 다 받겠다고 하면 잘 팔리지가 않을 테니까요. 성당에서 지금 쓸 돈이 조금 급해서, 아무도 모르게 처분하려는 거니까, 이런 기회 있을 때 싸게 사세요."

그는 갑자기 생각난 듯 한마디 더 했다.

"참, 이번 일은 절대로 소문이 나면 안 되니까 아무한테도 말 하시면 안 돼요. 이게 성당일이라서 말이죠. 아셨죠? 절대로 다른 사람한테는 말씀하시면 안 됩니다."

나는 밀가루를 싸게 살 수 있다는 말이 꽤 솔깃했다. 그러나 곧 혹시나 하는 의심이 들기 시작했다. 그 사람은 마치 의심이 생긴 내 속마음을 알고 있기라도 하듯 말했다.

"아, 혹시라도 제가 하는 말이 믿기 어려우시면, 지금 저하고 같이 밀가루 있는 곳으로 가서 확인을 해보시고 그러고 나서 돈을 주시면 되지 않겠습니까?"

"그라믄 잠깐 나가서 기다리주실랍니까?"

나는 돈 20만 원을 반으로 나누어 십만 원씩 양말을 신은 양쪽 발바닥에 넣고는 운동화를 신었다. 내가 가게 밖으로 나오자 그 사람은 지나던 택시를 불러 세웠다. 택시기사는 차를 몰아 그 사람이 가자는 대로 녹번동을 지나 무악재를 넘어 독립문을 지나서 국제대학 앞에 있는 서대문 성당 앞에 세웠다. 그 사람은 나를 성당으로 데려갔다. 성당 마당에 들어서자 그는 내게 말했다.

"성당 안에 신부님 계신지 알아보고 올게요. 잠깐 여기서 기다리시면 됩니다."

잠시 후에 그가 다시 나왔다.

"아, 신부님이 지금 사람들이랑 말씀 중이셔서 제가 밀가루 얘기를 꺼내기가 조금 곤란하네요. 그러면 저기 앞에 보시면 2층에 다방, 보이시죠? 저기에 가서 계시면 제가 신부님한테 얘기해서 30분 안에 그리로 갈게요."

"그라입시다."

나는 다방에 앉아서 곰곰이 생각을 해보았다.

'여기서 우리 가게까지는 가까운 거리도 아닌데 그 먼 거리까지 와서 밀가루를 팔아야만 하는 사정이 과연 무엇일까? 도무지 이해가 되질 않는다. 더군다나 택시비도 거금 650원이나 나왔는데 그런 돈을 서슴없이 내다니, 성당에 다니는 사람들은 원래 그렇게 다 돈이 많은 사람들만 있나?' 정말 30분쯤 있으려니 그 사람이 왔다. 손에는 밀가루가 서너 되쯤 들어 있는 흰 광목 자루를 들고 있었다. 자루에는 별

그림과 악수하는 손 그림 - 내가 농경지 정리사업을 다닐 때 받았던 것과 같은 그림 - 이 그려져 있었다. 나는 그 사람이 내려놓은 자루 안의 밀가루를 만져 보며 품질을 확인했다. 그것은 내가 쓰던 밀가루와 비슷한 품질이었다. 밀가루는 괜찮았다.

"밀가리는 좋네예."

"지금 바로 신부님이 이쪽으로 오실 거예요. 오시면 수량이나 가격을 정확하게 흥정을 하시면 됩니다."

잠시 후, 양복을 빼입은 중년의 신사가 왔다. 나를 데려온 그 사람은 중년의 남자를 보자 자리에서 벌떡 일어서며 의자를 빼서 권하는 등 성당 신부님에게 하는 행동치고는 그 모습이 너무 과해 보였다. 그것은 마치 하인이 주인을 대하는 듯한 모습이었다.

"이분이 서대문 성당 신부님이십니다."

중년의 남자는 사정상 이곳으로 장소를 정했다며 입을 뗐다.

"밀가루의 양은 얼마든지 있으니까 물량 걱정은 안 하셔도 될 것 같고, 값은 밀가루 한 포 값이 2,000원에서 2,200원 정도 하니까 1,000원 정도로 생각하시면 될 겁니다. 그런데 지금 돈을 얼마나 갖고 오셨는지 모르지만 그 돈을 제게 주시면 이 사람하고 같이 창고로 가서서 물건을 가져가시면 됩니다. 얼마나 갖고 오셨죠?"

순간, 나의 머릿속에는 '이 사람들, 사기꾼이다!'라는 생각이 퍼뜩 들었다. 그 이유는 첫째, 성당을 놔두고 다방에 와서 흥정을 한다는 것이 떳떳하지 못한 일이고, 둘째, 신부라는 사람의 옷차림이라고 하기엔 머리모양이며 구두가 눈에 띄게 멋을 부린 모습이었고, 셋째, 나를 데려온 사람이 이 신부라는 남자에게 상전을 모시는 하인처럼 쩔쩔 매고 있었기 때문이었다. 신부라는 남자의 이야기를 듣고 나는 그의 얼굴을 똑바로 쳐다보며 말했다.

"조금 전에 가게에서 나올 때 너무 급하게 나오다 보니까네 제가 은행을 들러서 돈을 찾아오지를 못 했심니다. 먼저 밀가루를 주시믄 가게에 갖다놓고 그다음에 은행에 가서 돈 찾아가 드리겠심더. 그라믄 되지 않겠심니까?"

그 순간 중년 남자가 나를 데려간 사람을 날카로운 눈빛으로 쏘아보면서 나지막이 말하는 것이었다.

"무슨 일을 이따위로 하는 거야? 너, 일 처음 해봐? 에잇!"

그러자 나를 데려온 사람은 잔뜩 겁먹은 표정으로 중년 남자에게 절이라도 하는 양 연신 굽실거렸다.

"잘못했습니다! 다음부터 잘하겠습니다! 잘못했습니다!"

중년 남자가 잔뜩 화가 난 얼굴로 자리를 박차고 다방을 나가자 그 사람도 고개를 푹 숙이고는 잰걸음으로 뒤따라 나갔다.

잠깐 사이에 이런 광경을 본 나는 어안이 벙벙하여 잠시 동안 멍하니 앉아 있었다. 정신을 수습하고서는 발바닥에 있는 돈을 만져 보았다. 양말 안에서 두툼한 뭉치가 느껴졌다. 일어나서 나가려는데 그들이 두고 간 밀가루 자루가 눈에 들어왔다.

나는 밀가루 자루를 손에 들고 다방을 나왔다. 그러고는 성당 마당 안으로 들어갔다. 그렇게 들어가는 동안 아무도 내게 관심을 보이는 이가 없었다. 조금 전의 두 사람은 어디에도 없었다.

나는 성당을 나와 버스를 타고 가게로 돌아왔다. 정말 어처구니없는 경우를 겪을 뻔했던 하루였다. 만일 일을 당했으면 어땠을까를 생각하니 머리카락이 다 쭈뼛 서는 기분이었다.

그날 오후, 숭실고등학교에 칼국수를 납품하면서 신흥시장의 국수가게에 들러보았다. 그런데 항상 밝고 긍정적이던 가게주인의 모습이 잔뜩 흐린 채 저기압이었다. 나보다 나이도 많고 장사경험도 많은 그를, 나는 평소에 '형님'이라고 불렀다.

"요새 장사도 잘 되시믄서 우째 사람을 보고도 반기주지도 않는 깁니까? 내가 뭐, 술이라도 사돌라고 할까 봐서 그라는 깁니까?"

가게 안으로 들어서며 나는 그 형님에게 농을 던지며 너스레를 떨었다. 그러나 그는 나의 농을 받아줄 기분이 아니었다.

"그래, 술 한잔하러 가세."

한숨을 쉬면 일어나는 그를 보고 나는 '혹시 내가 무슨 실수라도 했나?' 싶었다. 그는 시장 안의 막걸릿집에 들어가서 앉아, 막걸리가 상에 놓이기가 무섭게 한 잔을 따라 숨도 쉬지 않고 벌컥벌컥 들이켰다. 빈 잔을 내려놓으며 그는 깊은 한숨을 내쉬었다.

"와 그랍니까? 무신 일이 있는교?"

"후……. 재길이는 절대로 욕심을 부리면서 살지 마. 아휴, 얼마 전에 우리 가게에 웬 남자가 찾아와서는 자기네 성당에 미국서 받은 밀가루가 있는데 자기네가 지금 급하게 돈이 필요해서 그 밀가루……"

그 형님은, 내가 여기 오기 전에 겪은 황당한 일들을 보기라도 한 것처럼 똑같은 이야기를 하고 있었다. 다만, 그의 이야기에서 나와 다른 점이 있다면, 나는 돈이 없다고 둘러대서 돈을 갈취당하지 않았고, 그 형님은 결국 그들에게 속아 싼값에 밀가루를 사보겠다는 요량으로 100만 원이라는 거금을 갈취당했다는 점이었다. 그 형님이 밀가루 값 100만 원을 주고, 밀가루를 받으러 밖으로 나오자, 길가에서 화물차를 잡아오면 바로 실어주겠다고 하여, 화물차를 잡아오는 사이 그들이 감쪽같이 사라졌다는 것이었다. 그래서 여기저기를 찾아봐도 없어서 결국 성당으로 가서 사무실에 물어봤더니 그곳에는 그런 사람들도 없고, 그런 밀가루를 받은 적도 없다고 하더란다. 그리고 만일 밀가루를 파는 일이 있다면 영수증을 끊어 주고 일처리를 하지, 그렇게 다방에서 은밀하게 거래를 하는 일은 있을 수 없는 일이라고 했다는 것이다. 사기를 당했다는 사실을 알아차리고 뒤늦게 찾아보았지만, 당연한 일이겠지만, 어디에도 보이지 않더란다.

"이렇게 뻔한 거짓말에 속아 넘어간 걸 어디다가 말도 못하겠고, 반값에 밀가루를 100만 원어치를 사면 그냥 앉아서 100만 원 벌겠구나 하고 생각했다가 그대로 그 100만 원을 사기당했으니……."

그는 다시 한 잔의 막걸리를 비웠다.

"저도 오늘 그 사람이 우리 가게에 왔길래 그 사람 따라갔었습니더."

"그럼, 너도 당했구나? 아이구……. 내가 빨리 너한테 알려줬어야 하는 건데……."

나는 그들과의 일들을 그 형님한테 이야기했다. 그 사람을 따라나설 때 돈을 발바닥에 넣고 간 이야기며 성당이 아니라 다방으로 갔던 것 등을 말하고는, 내가 이상하다고 여겼던 점들을 이야기했다.

"성당에서 흥정을 안 하는 기도 이상스러분데, 그 신부라 카는 남자는 잔뜩 멋을 부렸드라고예. 내가 생각하는 신부님의 모습하고는 너무 다르드라꼬예. 그라고 날 데리간 남자는 그신부라 카는 남자한테 우째 그리 굽신거리는지, 무신 종놈인 줄 알았다 아임니까? 그래가 돈을 돌라 카길래 내는 급하게 오느라 돈을 안 가왔다꼬 하이끼네, 신부라 카는 사람 본색이 나옵디다. 낼 데리간 남자한테 막 머라카드라꼬예. 그래가 그 사람들이 놓고가 뿟는 밀가루를 가져왔는데, 가슴이 아직도 벌렁벌렁해가 형님하고 술이나 한잔할라꼬 왔디마는, 우째 내보다도 경험도 많은 양반이 그래 속아 넘어갈 수가 있심니까?"

그 형님은 고개를 떨구며 또 한숨을 내쉬었다.

"내가, 힘 안 들이고 쉽게 돈 한번 벌어 보려고 생각했던 것을 이제 와서 후회해봐야 어차피 소용없는 일이고, 돈은 열심히 일해야만 벌 수 있다는 것을 이제는 알게 됐어. 재길이는 나처럼 너무 욕심 부리면서 살지 마. 내가 욕심 부리다가 이 꼴 당한 거잖아."

"그까짓 돈이야 또 벌마 되지 않겠심니까? 너무 마음 쓰지 마이소. 그래도 돈 사기당한 형님은 다리 뻗고 잠잘 수 있지만, 사기 친 사람들은 평생 죄인이 된 긴데, 그래 생각하믄 형님이 더 행복한 사람 이니겠는교?"

그 일이 있은 후 우리는 더욱 자주 만나게 되었다. 그가 국수 만드는 기술이 더 좋았기 때문에 내가 한 수 배우기도 하면서, 그렇게 우리는 친분을 쌓아갔다.

# 김장 배추 사업

여름이 지나고 가을이 시작되었다. 돈을 많이 벌지는 못했지만 그래도 국수 만드는 기술은 거의 다 익혔고, 가게도 어느 정도 모양이 갖춰지고 있었다. 얼마 있으며 김장철이 시작되는데, 나는 이번에도 배추 장사를 해보고 싶었다. 그래서 며칠 동안 계속해서 국수를 만들어 비축을 해두었다. 그러고는 작은형에게 김장철에 장사를 해보고 싶다고 말했다. 김장 배추 장사를 하려면 배추밭을 골라서 배추를 사야 하는데, 그러려면 배추작황도 알아보고 시세도 알아봐야 해서, 직접 가보는 것이 좋겠다고 했다. 그래서 며칠 시골에 다녀올 동안, 작은형수가 가게를 봐주고, 작은형도 매일 집에 들어올 수 있느냐고 물었다. 작은형은 화물주차장에서 가까운 곳의 짐을 싣는다면 매일 올 수 있다고 했다.

이틀 후, 열차를 타고 예천에 도착했다. 나는 큰형이 고추장사를 하고 있는 장으로 찾아갔다.

"아이고 야야, 니는 가게 장시 안 하고 우예 내리왔노?"

나는 형에게 내가 계획한 것에 대해 이야기를 들려주었다.

"그래 할라믄 힘이 마이 들 낀데……. 참, 쪼매 있다가 예천읍에 내하고 같이 가제이."

장이 파장을 하자 큰형과 버스를 타도 예천읍으로 갔다. 형이 나를 데리고 간 곳은 읍에서 단 한 곳밖에 없는 공설시장이었다. 형은 시장 한편에서 장사를 하고 있는 어느 아주머니에게 다가가서는 이야기를 하는 것이었다. 30여 분이 지나자 어릴 적, 우리 동네에서 살다가 예천으로 이사를 간 인석이 형이 나타났다. 인석이 형의 어머니가 우리 집안의 사람이라 인석이 형이 성이 다르기는 해도 우리는 분명 먼 친척지간이었다.

그는 우리 마을에서 태어나서 살다가 국민학교 4학년 즈음에 예천읍으로 이사를 가게 되었는데, 그때 이후로 오늘 처음 만나는 것이다. 그동안 한 번도 보지 못했지만 십여 년이 지났음에도 얼굴 모습은 금세 알아볼 수 있었다. 그는 나보다 세 살이 많고 큰형보다는 두 살 적었다. 인석이 형도 나를 보고는 금방 알아보았다. 그는 나를 보고 반가워하며 큰형에게 물었다.

"우찌 재길이하고 같이 왔나?"

인석이 형은 큰형과 가끔 만나는 것 같아 보였다.

그는 조금 전 큰형과 이야기를 나눈 아주머니와 동업으로 채소장사를 하고 있다고 했다. 아주머니 두 명과 인석이 형, 이렇게 세 사람이 같이 일을 하는데 시장에서 물건을 파는 일은 아주머니들이 하고, 밭에서 물건을 구매해서 가져오는 일은 인석이 형이 하고 있었다. 나는 그제야 큰형이 나를 이곳에 데리고 온 이유를 알 것 같았다.

"재길이 이바구 들어보고 니가 야한테 잘 쫌 갈차주레이. 그라고 재길이 니는, 인석이한테 모리는 기 있으마 물어보고, 그카레이. 인석이한테 물어보는 기 젤로 정확하고 괜히 욕볼 일도 엄쓸 끼구마. 둘이서 이바구 잘 쫌 해보그라. 내는 여 온 김에 볼일 쪼매 보고 올라니까는."

큰형이 자리를 뜨자, 자기 집에 가서 이야기하자고 하고는 앞장을 섰다. 인석이 형의 집에 도착을 하자 나는 인석이 형이 결혼을 했다는 것을 알게 되었다. 그 형은 부모님과 함께 살지 않고 부인과 함께 따로 살고 있었다. 형은 나를 형의 부인에게 인사시켰다. 그 형의 살림살이를 보니 생활이 그리 어렵지는 않아 보였다. 저녁을 먹으며 나는 이번 김장 배추 장사에 대한 계획을 자세히 이야기했다.

"야채장시라 카는 기 힘 마이들 낀데……. 그동안 내도 국민학교 졸업하고 천지 안 해본 기 없다. 지금하고 있는 야채장시는 시작한 지 5년 정도 됐는데 이제는 마, 예천군에 어디 가믄 어느 밭에 어떤 물건이 있는강 다 알고, 딱 보마 물건 값도 대번에 알 수 있다."

나는 인석이 형을 만나게 된 것을 정말 잘된 일이라 생각했다. 그래서 나는 인석이 형에게 솔직하게 부탁했다.

"내도 이번에 장사를 해야 하니까네 내일, 형이 알고 있는 배추 밭 구경 쫌 시키주마 안 되겠는겨?"

"그라네도, 여기저기서 농사진 사람들이 배추 쫌 팔아 돌라꼬 하긴 하는데 내는 앞으로 시세가 우예 될랑가 몰라서 망설이고 있던 중인 기라. 잘 됐다, 고마. 내일 함 같이 가보제이."

다음날, 예천에서 멀지 않은 곳은 자전거를 타고 다녀보았고, 좀 멀리 떨어진 곳은 버스를 타고 다녀보았다. 인석인 형 덕분에 여러 군데를 돌아볼 수 있었다. 하루 종일 여기저기 돌아다닌 탓에 몹시 피곤했지만, 인석이 형에게 김장시장이 서면 정확한 시세를 알아서 내려오겠다고 하고 밤기차를 타고 서울로 올라왔다.

청량리역에 내려 청량리시장으로 가보았다. 나는 이곳저곳을 다니며 시세를 알아봤다. 시골에서 인석이 형이 말하던 밭에서의 가격과 차이가 많이 났다. 이번에는 청량리시장에서 버스를 타고 용산시장으로 가보았다. 몇 개나 되는 용산시장을 한나절이 지나도록 전부 돌아다니면서 배추의 값과 품질을 비교해 보았다. 이대로만 시세를 유지해준다면 김장철에 돈을 제법 벌 수 있을 것 같았다.

집에 도착한 나는 김장철 배추장사를 대비해 국수를 많이 만들어 비축해 두기로 하고 다음 날부터 매일같이 국수를 뽑았다.

어느덧, 김장준비가 시작된다는 동치미 담그는 철이 되었다. 가게에 국수를 많이 만들어 놓고 나서, 다시 용산시장을 며칠 동안 새벽마다 가서 돌아다니면서 배추시세를 알아보고 장사하는 사람들에게 앞으로의 시세가 어떻게 될지 묻기도 했다. 또 밭에 가서 얼마 정도의 값을 주고 사와야 이문이 남을지 등의 시장조사를 하였다. 그렇게 여러 날을 다녀 보니 어느 정도 자신감이 붙기 시작했다.

때마침, 가게 동네에도 동네의 넓은 공터에 김장시장이 들어선다고 했다. 시장이 멀어서 배추를 사오기가 어렵기 때문에 동네 몇몇 사람이 임시 김장시장의 개장을 알리는 현수막을 여러 군데 걸어놓았다. 어쩌면 김장장사가 생각보다 어렵지 않을 것도 같았다. 김장시장이 들어서면 제일 골칫거리인 배달 일을 물건 파는 사람이 직접 하지 않아도 되기 때문이었다. 김장시장의 규칙상 배달을 하고 운임을 받는 사람들이 따로 있어서였다.

나는 얼마 되지 않는 돈이지만 집에 있는 돈의 전부를 들고 인석이 형을 찾아갔다. 서울은 김장철이 이미 시작되었는데 예천은 아직 시작되지 않고 있었다. 인석이 형의 말에 의하면 요즘 배추 값이 떨어졌고 매매도 잘 되지 않고 있다면서 몇 군데 사놓은 배추가 시장에서도 잘 팔리지 않아서 걱정이라고 했다.

나는 인석이 형에게 우선 8톤 트럭으로 한 차만 사겠다고 했다. 인석이 형은 다음날 나를 데리고 가장 작황이 좋은 밭으로 가서 보여주며, 오늘 일꾼들을 모아 내일 작업을 해서 저녁에 싣고 가라고 했다. 인석이 형이 제시하는 가격도 괜찮았고 물건도 이 정도면 상품에 속하는 것 같아서, 내일 작업을 하기로 결정하였다. 작업에 필요한 모든 일들과 인부들을 인석이 형이 수소문해서 작업하는 데에 차질이 없도록 준비해주었다.

이튿날, 아침 일찍부터 배추작업이 시작되었다. 배추를 싣고 갈 트럭을 밭 옆길에 세워두고 밭에서 배추를 뽑아 차에 실었다. 여러 사람이 같이 작업을 하였는데도 오후가 되어서야 작업을 끝낼 수 있었다.

인석이 형은 서울 가서 얼른 팔고 다시 내려오라며 나를 재촉하였다. 나는 인부들에게 수고하셨다는 인사를 하고 트럭에 올랐다. 차가 출발을 하고 넓은 신작로에 들어서자 운전사 아저씨는 나에게 걱정말고 뒷자리에 가서 잠을 좀 자라고 했다. 물론 나도 하루 종일 작업을 한 탓에 몹시 피곤하였지만, 혼자서 운전을 하며 갈 운전사 아저씨를 생각하니 미안한 마음에 그대로 잘 수가 없었다. 아저씨는 내 생각을 읽기라도 하듯 차가 도착을 하려면 내일 새벽녘이나 되어야 한다면서 괜찮으니 자고 일어나라고 하는 것이었다. 나는 신발을 벗고 누웠다. 뒷좌석은 한 사람이 누워서 잘 수 있도록 이부자리가 깔려 있었다. 엔진이 가열되어서인지 따뜻하고 편안했다. 피곤한 탓에 반복되는

엔진소음을 듣고 있자니 어느새 잠 속으로 빠져들고 있었다.

얼마 후, 나는 아저씨가 흔들어 깨우는 바람에 겨우 눈을 뜰 수 있었다. 일어나서 의자에 앉으니 아저씨는 당황해하며 내게 여기가 지금 여의도라고 말을 해주었다. 어떻게 오다 보니 여의도광장으로 들어왔는데, 여의도에서 강북 쪽으로 가는 길이 보이지 않는다며, 여의도 지하차도에서 국회의사당까지 갔다가, 또다시 여의도 지하차도에서 국회의사당을 오고 가기를 몇 번째라고 하였다. 그는 어디로 가야 마포대교가 나오는지 몰라 자는 나를 깨웠다고 했다. 그러나 나 역시, 버스를 타고 몇 번 근처를 지나가본 것이 전부이고 게다가 여의도광장에 온 것은 처음이라서 어디로 가야 히는지 알 수가 없었다. 다시 한번 지하차도에서 국회의사당으로가 유턴을 하려는데, 경찰 두 명이 호루라기를 불며 차를 세우는 것이었다. 운전사에게 면허증을 요구하면서, 오전 6시 이후에는 대형화물차의 통행이 금지되는데 잠시 후면 6시가 될 텐데 계속 왔던 길을 반복하고 있는 것이 수상해서 차를 세웠다며 우리에게 그 이유를 물었다.

운전기사 아저씨는, 시골에서 서울로 차를 몰고 서대문구 신사동으로 가려다가 길을 잘못 들어서 이렇게 되었다고 설명을 하고는, 길을 좀 가르쳐 달라고 하였다. 경찰들은 친절하게 길을 가르쳐 주면서, 시골로 다시 내려갈 때는 다시 여의도에 와서 헤매지 말라는 말을 하며 웃어 보였다.

날이 훤히 밝아올 무렵, 차가 임시 김장시장에 도착했다. 작은형이 김장시장에 나와 나를 기다리고 있었다. 사람들은 장작불을 피워 쬐다가 내가 타고 있는 트럭을 보더니 모여들었다. 운전기사 아저씨가 포장덮개를 걷자 김장배추 하차반이 와서는 손에서 손으로 배추를 하차하기 시작했다. 배추를 하차하는 동안 도매시장인 용산시장에서 한 차를 사서 오는 상인들도 있었다. 여기저기의 차에서 배추와 무를 내리는 모습이 제법 김장시장의 모양이 갖춰지는 것 같았다.

햇볕에 눈이 부셔지기 시작할 무렵, 나는 김장시장에 있는 다른 상인들의 물건을 둘러보고 어떻게 팔 계획인지도 물어 보았다. 힘들고 고생은 했지만 내가 시골 배추 밭에서 가져온 배추가 도매시장에서 사온 것보다 배추의 질도 훨씬 더 좋고 가격도 훨씬 싸게 구입한 것이었다. 다른 사람들보다 물건을 훨씬 쉽게 팔 수 있는 여건이 되자 사람들이 내가 팔고 있는 배추 더미 앞으로 모여들기 시작했다. 한참을 열심히 팔고 있는데 옆에서 장사를 하던 상인이 나에게 다가오더니, 내가 갖고 있는 물건을 전부 구입할 테니 자기에게 팔라는 이야기를 하였다. 이유인즉, 내가 좋은 물건을 싸게 팔고 있으니 자기네 배추가 팔리지 않기 때문이라는 것이었다. 나는 그 사람의 이야기를 듣고 보니 이대로 가다가는 불필요한 가격경쟁이 붙을 것 같아 내가 팔고 있던 값을 받고 그 사람에게 배추를 모두 넘겨주었다.

나는 작은형에게 이런 이야기를 하고는, 역으로 가 기차를 타고 다시 예천으로 출발하였다. 인석이 형을 찾아간 나는 지난번처럼 또다시 배추작업을 시작하였다. 시골과 서울의 배추가격은 제법 차이가 났다. 그러나 인석이 형은 나에게 묻지 않았고, 나 역시 서울에서의 배추 값을 일절 말하지 않았다. 인석이 형은 앞으로 다섯 차만 서울로 실고 가라고 했다. 그러면 인석이 형이 사놓은 배추를 거의 처분할 수 있을 것 같다면서 여기서는 서울에서처럼 한꺼번에 많은 양을 팔 수가 없다고 했다. 나는 인석이 형이 사놓은 배추밭을 돌아보면서 인석이 형이 제시한 금액을 주기로 합의를 하고 대신, 작업을 하는 인부는 인석이 형이 책임지고 동원을 해야 한다는 단서를 달았다. 그렇게 우리는 계약서를 쓰고 나는 얼마의 계약금도 주었다. 이튿날부터 시작한 배추작업은, 이른 시각부터 시작해서인지 해가 지기 전에 작업을 끝낼 수가 있었다.

다시 서울에 도착한 나는 임시 김장시장에 배추차를 세워두고 작은형과 의논을 하였다.

"아직까지 시골에는 배추가 마이 있습니더. 그라고 인석이 형이 사놓은 배추도 있고예. 그라니 당분간은 인석이 형이 사놓은 배추를 작업해 가와서, 그저께 내한테 배추를 전부 사갔던 그 사람한테 팔믄, 가격이 차이가 나니 우리한테 이문이 남을 기라 말임니더. 그렇게 내가 시골에 가서 한 열흘 있으면서, 이틀에 한 차씩 작업해가, 내는 오지 않고 차만 도착시키 주마 형이 여기서 저 사람들하고 이야기해가 돈을 받으면 되지 않겠심니까?"

"그라마, 일단 그 사람들을 함 만나보자."

다행히 이틀 전에 나에게 배추를 산 사람은 나에게 사서 되팔아서 돈이 좀 남았는지, 어느새 내 배추를 흡족한 표정으로 이리저리 살피고 있었다. 바닥에 배추를 내려놓으면서 나는, 이번에도 지난번처럼 내게 배추를 살 생각이 있는지 그 사람에게 물어보았다. 그러고는 사람들이 없는 한쪽으로 가서 물량이 앞으로도 몇 차가 더 있으니 이틀에 한 차씩 작업해서 보내줄 수도 있다고 했다. 그러자 그 사람은 물건의 질이 이번처럼만 좋다면 그렇게 하겠다는 것이었다. 나는 배추 품질은 걱정할 필요 없으니 열심히 많이 팔라고 하였다.

그날, 배추를 모두 하차하고 배추 값을 받은 나는 집으로 와서 며칠간 시골에서 지내며 갈아입을 옷가지를 가방에 넣었다. 다행히 가게에는 국수가 아직 많이 남아 있었다. 시골에 도착한 나는 오로지 김장 배추 작업 외에는 다른 생각을 할 겨를이 없었다. 작업을 한 배추차가 출발을 하면, 나는 우체국으로 가서 석유 집에 전화를 걸어, 작은형과 통화를 하여 그 다음 날의 배추작업 일정을 잡곤 했다. 그렇게 계속된 작업일정 끝에, 인석이 형이 사놓았던 배추밭은 거의 작업이 완료되었다. 그렇게 해서 마지막으로 실은 배추와 함께 나도 서울로 올라왔다.

김장시장도 이제 거의 마무리 단계에 이르렀다. 내가 보내준 배추를 사서 팔던 사람은 그동안 보지 못해서 그랬는지, 한껏 반가운 얼굴로 내 손을 덥석 잡았다.

"아이고, 고생하셨네요. 이제 배추는 다 올라온 거죠? 그런데 이 씨, 내가 이 씨한테 부탁을 좀 할 게 있는데, 오늘 갖고 온 배추는 지난번처럼 배추 값 다 받지 말고, 밭에서 사온 원가에다 차량운임만 쪼금 더 붙여서 받으면 안 되겠어요? 내가 그동안 계속 다 팔아줬잖아."

"그래도 서로가 장사하는 입장은 매한가진데 그라마 되겠심니까? 좀 어렵겠네예."

"내가 말은 안 했는데, 이틀에 한 번 큰 차로 한 차씩 올라오는 배추 팔기가 좀 힘든 게 아니었다니까요? 그러다 보니까 어쩔 때는 그냥 헐값에 팔아치우기도 하고, 또 그렇게 하니까 두 사람 일하는데 하루 품값도 안 남을 때도 있더라고요. 이번이 마지막 장산데 밑지고 장사하면 안 되잖아요? 집에 들어갈 때 쌀이랑 연탄이라도 살 수 있게 좀 싸게 주세요, 이 씨."

나는 작은형과 상의도 하지 않고 그 사람의 요구대로 그렇게 해주기로 약속했다. 배추를 모두 하차하고 그 사람들이 돈을 계산해서 주었다. 주머니에 돈을 넣으며 나는 그 사람을 쳐다보았다.

"너무 싸게 팔지 마시소. 알뜰하게 잘 팔아가 집에 들어갈 때, 쌀이
랑 연탄 살 돈, 꼭 벌어 가이소."

# 내 동생, 재천이를 찾다

마지막 배추 차를 팔고 집에 돌아오니, 작은형은 화물주차장에 가봐야 한다면서 채비를 하고는 피곤할 테니 푹 쉬라는 말을 하고 집을 나섰다. 방에 들어서니 방바닥이 따끈했다. 형수가 오늘 내가 올 줄 알고 어제 저녁부터 연탄불을 미리 피워두었던 모양이었다.

내가 눈을 떴을 때는 점심때가 한참이 지나서였다. 나는 그동안 돌보지 못했던 가게를 정리하였다. 형수가 차려주는 늦은 점심을 먹고 임시 김장시장에 잠깐 들러 보았다. 내가 판 배추를 파는 곳은 여러 사람들이 둘러서 배추를 만져 보면서 흥정을 하고 있었다. 배추더미가 훨씬 작아진 것이 제법 많이 팔린 것 같았다.

김장시장을 둘러본 나는 응암동에 있는 시계방을 찾아갔다. 그동안 애써 모른 척하고 지냈지만 형수의 팔목에는 시계가 없었다. 내가 시골에 가서 배추작업을 했던 그동안, 혼자서 국수가게를 지키며 장사도 해주었고, 지방을 오가며 장사를 하는 나를 살뜰히 챙겨 주시는 모습에 말은 못했지만 늘 고맙게 생각하고 있던 터였다.

시계방에 들어선 나는, 여성용 시계와 남성용 시계 한 개씩을 골랐다. 두 개가 다 오리엔트시계였다. 그렇게 비싼 시계는 아니었지만 시계 두 개를 사서 주머니에 넣고 오는 나의 마음은 그 어느 때보다도 뿌듯했다. 저녁을 먹고 나서 나는 두 개의 시계를 형수 앞에 내밀었다.

"형수님 꺼하고 형 꺼하고 같이 샀심니더."

"그동안 그렇게 고생해서 번 돈을 이런 데다가 쓰시면 어떡해요? 시계 없어도 아무렇지도 않구만."

나는 쑥스럽고 멋쩍은 마음에 머리를 긁적이며 얼른 일어서서 그 자리를 나왔다.

올해 김장시장은 이제 다 끝난 것 같았다. 김징징사도 마무리 지었고 하니, 나는 오랜만에 밀가루도 들여놓고 국수도 뽑았다. 그렇게 며칠을 일을 하고는 한동안 가보지 못했던 아저씨 댁에 저녁을 먹고 난후, 찾아가 보았다.

아저씨네 집은 언제나 그랬듯이, 주말이면 낮부터, 평일이면 저녁부터 고향에서 올라온 시골 아이들로 항상 들끓었다. 내가 아저씨네 집에 도착하자 나를 본 아이들이 일어나 나에게 인사를 하였다. 나는 그런 일을 한두 번 봐온 것이 아니라서 "응, 그래. 앉아라, 앉아" 하며 대충 대답을 하고는 아주머니 옆에 앉았다.

나는 그동안 배추장사를 하느라 오지 못했다는 말을 꺼내려는 순간, 아주머니께서 다소 격앙된 표정으로 내 얼굴을 바라보셨다.

"사람이 우째 그럴 수가 있노? 와 이래 인정머리가 엄노, 말이다. 몇 년 만에 동생을 보고 그래 할 말이 업드나? 내는 그동안에, 조카 그래 안 봤는데, 정말 너무한다."

"야들 본 지 그래 오래 안됐는데……."

그렇게 말을 하면서 내 앞에 앉아 있는 아이들을 다시 한번 바라보던 그 순간, 나는 심장이 멎어 버리는 것 같았다. 나를 바라보던 그 아이는, 두 눈에 하나 가득 고인 눈물을 떨구며, 원망 가득한 눈빛을 내게 보내고 있었다. 그를 보고 있던 내 눈에서, 영원히 멎을 것 같지 않은 눈물이 쏟아지기 시작했다.

내 동생, 재천이. 우리 오 남매의 막내, 재천이. 가슴 시리도록 그립던 내 동생, 재천이. 그 재천이가 눈물을 흘리며 내 앞에 앉아 있는 것이 아닌가! 우리는 누가 먼저랄 것도 없이 서로가 서로를 부둥켜안았다.

"니…… 재천이 아이가……. 이기 얼매 만이고……, 이기 얼매 만이고……. 니가 우찌 여까지 와 있드노? 재천아……."

나는 재천이의 얼굴을 들여다보며 이리저리 훑어보고는 또다시 부둥켜안았다.

"이제야 느그 동생이 보잇는가배. 아께 낮에 회사로 아제를 찾아왔길래 아재가 집에다 데리다 놓고 가셨데이. 오늘 조카가 안 오마 내가 내일 조카네 집으로 데리고 갈라 켔다."

"고맙심니다. 고맙심니다……."

나는 몇 번이나 고마움의 인사를 하고는, 동생 재천이의 손을 다시는 놓지 않을 것처럼 꼭 잡고 국수가게 우리 집으로 데리고 갔다.

형수는 형제의 상봉을 더없이 기뻐해주면서, 조금 있다가 형이 오면 형도 너무 기뻐할 거라고 했다. 내 방으로 들어온 재천이는 내가 국수장사와 배추장사를 한다는 것을 조금 전에 아저씨 집에서 들었다고 했다. 어린 것이 잠깐이라도 형들의 모습을 보겠다고 여기저기를 다녀보아도 못 찾다가, 대원전선에 다니는 아저씨가 생각나서 의정부에서 대원전선까지 물어물어 왔다고 한다.

재천이는 열세 살에 집을 나가서, 중앙선 완행열차를 타고 퇴계원을 거쳐 지금은 의정부에 있는 젖소 목장에서 일을 한다고 했다. 다행히 주인 집 할머니와 아저씨 내외가 좋은 분들이어서 재천이를 귀여워해주시고 잘 보살펴준다고 했다. 재천이의 이야기를 들으면서 참 다행이라고 생각했지만, 한편으로는 어린 동생이 겪었을 고생에 가슴이 아팠다.

"이제는 무신 일이 있어도 절대로 헤어지지 말고 같이 살제이."

이야기를 나누던 중, 작은형이 왔다. 두 눈에 금방이라도 쏟아질 것같이 그렁그렁 눈물 고여 있는 채로 재천이를 한동안 바라보고 서 있는 작은형을 보니 나의 두 눈도 다시금 뜨거워졌다.

"이노무 시키야, 이 독한 노무 시키야……. 어데서 뭐하고 살았길래 이제야 나타나노. 이자슥아……. 그케도 연락 한 번이라도 쫌 해주지. 우짜믄 이래 독할 수가 있드노……. 그동안에 니 걱정하는 형들하고 누야는 생각도 안 나드나? 누야는 지금도 니 생각하느라 만날 걱정하는데 니는 우째 인자 오나 말이다, 이노무 시키야……."

작은형은 비로소 안도한 후에야 나올 수 있는 꾸지람을 하고 있었다. 우리 형제는 너 나 할 것 없이 서로의 손을 움켜잡으며, 흐르는 눈물을 그냥 흐르도록 내버려두고 있었다.

그렇게 있은 한참 후에야 작은형은 다시 입을 열 수 있었다.

"이제는 헤어지지 말고 형들하고 같이 살아야 한데이."

"지금 내가 살고 있는 집에서, 내는 주인 할매하고 같이 지내는데, 갑자기 그만둔다 카마 할매가 섭섭다 칼 낍니더. 시간을 좀 가지보고 차근차근 이해를 시키고 나마, 그때 같이 사는 방법을 생각해봐야 할 거 같십니다. 오늘은 그 집에 미리 전화를 해나서 괜안치만은 내일 아침에는 가봐야 캅니다."

작은형과 나는 재천이의 말을 듣고 나서, 재천이와 집주인과의 관계도 있고 하니, 당분간 재천이의 말대로 하기로 하고, 내일은 재천이가 있는 곳을 확인하기 위해 같이 가보기로 결정하였다. 재천이는 같이 가지 않아도 된다고 했지만, 작은형과 나는, 혹시나 재천이가 다시 숨어 버릴까 봐 마음을 놓을 수가 없었다. 예천 큰형님에게 작은형이 트럭터미널에 가서 전화로 연락을 하기로 하고, 이튿날 재천이를 따라 의정부로 향했다.

재천이가 머물고 있는 그 집은, 의정부 시내를 벗어나 의정부와 양주의 경계지점인 곳에 낮은 산에 둘러싸여 있었다. 버스에서 내려 제법 넓은 개울을 건너자 이곳저곳, 젖소를 키우는 집들이 여러 군데 보였다. 한참을 걸어서 드디어 도착한 곳에, 재천이가 앞장을 서서 들어갔다.

그곳은 그리 크지 않은 목장이었다. 재천이가 말한 대로 주인 할머니와 아저씨 내외가 우리를 반갑게 맞아주었다. 집 안에 들어서자 주인아저씨는, 그동안 재천이가 집에 대한 이야기는 한 번도 꺼내지 않아 이렇게 형들이 여러 명 있는 줄은 전혀 몰랐다고 하며, 그간 연락을 못해 미안하다는 말도 덧붙였다. 그러면서 자기네는 식구가 세 명밖에 되지 않아 재천이를 가족처럼 생각하고 있었다고 했다.

나는 그동안 어린 재천이를 이렇게 잘 돌봐주어서 고맙다는 인사의 말을 몇 번이나 했다. 나는 재천이가 할머니와 쓰고 있다는 방에 가보았다. 방 안에는 '강의록' 책 한 권이 보였다. 그동안 목장 일을 하면서 틈틈이 독학으로 공부를 하고 있었다고 했다. 나는 책장을 넘겨 보았다. 책장에는 공부를 했던 흔적들이 가득했다. 가슴이 뭉클하게 아파왔다. 그럼에도 공부를 해야 한다는 생각을 하면서 살아온 재천이가 고맙고 기특했다. 나는 쉬는 날에는 서울로 자주 찾아오라는 말을 남기고 목장을 나왔다. 재천이는 멀리까지 따라나오며 나와의 헤어짐을 못내 아쉬워하고 있었다. 나는 그만 들어가라고 재천이를 돌려세우고는 잰걸음으로 버스정류장으로 갔다. 한참을 걸어가다가 뒤를 돌아보니 아까 그 자리에 재천이가 서서 나의 가는 뒷모습을 보고 있었다. 나는 눈물이 또 터져나오려는 것을 억지로 참으며 손을 흔들어 보였다. 아마도 재천이 역시 그 자리에서서 나처럼 눈물을 참으며 서 있었으리라.

6년 동안 어디에서 살고 있는지도 몰랐던 내 동생. 이제는 키도 제법 큰 청년의 모습이 된 동생과 헤어져 돌아오는 길에, 재천이가 살고 있는 모습과 앞으로 어떻게 살아야겠다는 이야기를 했던 것을 생각했다. 나는 이제야 비로소 큰 짐 하나를 내려놓은 기분이었다.

그날 이후, 재천이는 주말마다 우리 집에 와서 자고 가곤 했다. 작은형과 나는 재천이가 돌아가는 모습을 볼 때마다 안타까웠지만, 재천이의 말대로 주인집과의 마음정리가 될 때까지 기다릴 수밖에 없었다. 토요일 저녁마다 오던 동생이 오지 않을 때는 걱정이 되어서 내가 의정부를 다녀오기도 하였다.

어느덧, 온 가족이 함께 맞이하는 설날이 되었다. 작은형과 형수 그리고 재천이는 고향에 다녀오기로 하고 나는 대목 장사를 하기 위해 남아 있기로 하였다. 설 하루 전, 세 사람이 고향을 내려간 후, 나는 혼자서 장사를 하느라 바빴지만, 재천이를 보고 큰형과 누나가 얼마나 기뻐할까를 생각하니 가슴 한쪽이 저릿했다. 돌아가신 엄마가 떠올랐기 때문이었다. 이럴 때 엄마가 살아계셨더라면 더 좋았을 텐데 명절이 되어도 엄마가 없는 빈자리는 해마다 허전하고, 해마다 쓸쓸했다.

설날 아침에 정종 한 병을 들고서 아저씨 집으로 차례를 지내러 갔다. 설날이라서 그런지 늘 북적이던 고향 아이들은 아무도 없었다.

잠시 후, 차례를 지내고 나서 아저씨와 아주머니께 세배를 드렸다. 아저씨와 아주머니는 재천이에 대해 무척 궁금하셨던지 내가 자리에 앉기가 무섭게 물어오셨다. 나는 그동안의 동생과의 일들을 이야기해 드렸다. 내 이야기를 다 들으신 아저씨는 고개를 천천히 끄덕이시며 말씀하셨다.

"느그들도 어려서 엄마 일찍 돌아가시가 고생 참 마이 하면서 살고 있지만은, 재천이는 느그보다도 더 어리고 하니까네, 잘 돌봐주고, 형제지간에 우애 있게 지내야 한데이. 근데 소문에 들었는 긴데, 니 가을에 배추 밭떼기 장시해가 돈 억수로 벌었다 카데, 맞나?"

아저씨가 웃으며 내게 농을 하셨다. 나는 인석이 형과의 일을 이야기하고, 돈을 벌려고 하는 것이라기보다 계속 경험을 쌓아서 장사하는 요령을 알게 되면, 나중에 제대로 된 장사를 할 수 있을 것 같아서 김장장사를 한 것이라고 이야기했다.

"너무 욕심 부리지 말고 작은 장시부터 부지런하니 알뜰하게 해레이."

떡국을 먹고 나서 오랜만에 윷놀이를 하였다. 어릴 적에 던지며 놀던 윷, 이 윷을 도대체 얼마 만에 만져 보는 건지 알 수가 없었다.

시골에 내려갔던 세 사람은 설이 지나고 이틀 후에 돌아왔다. 동생, 재천이는 큰형과 누나를 만나 품에 안겨 쓰다듬을 받기도 하고, 원망 섞인 꾸지람을 듣기도 했단다. 그런 재천이의 얼굴에서는 행복한 안

도감이 느껴졌다.

다음 날, 재천이가 의정부로 돌아가기 전 작은형이 재천이를 불러 세웠다.

"내는 니 혼자 떨어지가 살고 있는 기 마음이 놓이지가 않는다. 이 제는 우리하고 같이 살 수 있도록 해봐야 안 되겠노? 주인집에도 얘 기해가 아무리 늦어도 여름부터는 같이 살 수 있도록 해보제이."

"알았심더. 형들하고 빨리 같이 살 수 있도록 해볼게예."

이렇게 얘기하고는 재천이는 다시 의정부로 갔다. 돌아서서 걸어 가는 재천이의 뒷모습을 볼 때면 항상 가슴이 아파왔는데, 이제는 이 렇게 가슴 아픔을 느끼는 것도 짜증이 날 지경이었나. 이 짜증나도록 시린 가슴이 낫는 방법은, 하루라도 빨리 우리 형제가 함께 모여 사 는 것, 그 방법밖에는 없으리라.

# 큰형님이 꾸린 가정

또다시 봄이 찾아왔다. 겨우내 움츠렸던 사람들의 모습은 한결 활발해 보였다.

어느 날, 영등포에 살고 계신 숙모님이 전화를 하셨다. 요컨대, 시골 큰형님의 색싯감 때문이란다. 시골 큰형님에게 연락을 했더니 바쁜 일이 겹쳐서 올 수가 없다고 했다. 그러니 나라도 형수 될 사람을 만나 보라는 것이었다.

이튿날, 나는 늦지 않게 약속장소에 갔다. 숙모님과 아가씨, 다른 아주머니, 이렇게 세 명이 벌써 와서 나를 기다리고 있었다. 나는 자리에 앉기 전에 서서 인사를 했다. 숙모님이 큰형과 선을 볼 아가씨라고 내게 소개를 하자, 고개를 숙이고 있던 아가씨가 고개를 들면서 "안녕하세요" 하는 것이었다. 숙모님은 오늘 오지 못한 당사자가 나와 얼굴이 많이 닮았다며 나를 가리켰다. 앞에 앉은 아주머니는 아가씨의 고모인데 숙모님과는 이웃지간이라고 했다. 두 분이 이야기를 하던 중, 큰형에 대한 중매이야기까지 나왔다고 한다. 서로가 잘 알고 지내는 사이라서 두 사람을 짝지어 주면 누구보다 잘살 수 있을 것 같다면서 큰형이 오지 못하게 되자 나한테 연락을 한 것이라고 했다. 아가씨의 고모는 나를 빤히 쳐다보고 있었다.

"당사자가 총각처럼만 생겼으면 무조건 승낙하고 싶은걸?"

"그럼, 아가씨가 내일 얘하고 같이 예천으로 가서 보는 건 어떨까?"

"그러지 말고 네가 이 총각하고 같이 예천에 갔다 와."

얼떨결에 아가씨와 나는 놀라지도 않고, 내일 서대문 사거리에서 만나서 예천에 같이 내려가기로 약속을 했다. 나는 오늘 있었던 일을 큰형에게 전화를 걸어 얘기해주었다.

다음날, 나는 조금 일찍 약속장소로 출발했다. 버스에서 내려 약속 장소로 걸어가고 있는데 앞쪽에 어제 보았던 그 아가씨가 나보다 먼저 와서 기다리고 있었다.

"안녕하십니까?"

나는 인사만 하고 앞장을 서서 갔다. 한참 만에 도착한 시외버스 터미널에서 나는 예천으로 가는 완행버스표 두 장을 샀다. 시간이 되어서 버스에 탔다. 다행히 버스 안은 혼잡하지 않아서 나란히 앉아서 갈 수 있었다.

잠시 후, 버스는 서울을 벗어나 비포장도로를 달리기 시작했다. 아스팔트로 포장된 도로에서는 조용했지만, 비포장도로는 온몸이 덜덜거리며 마구 흔들고 있었다. 버스는 손을 들어 세워 타려는 사람이 있는 곳이라면 어디서든 섰다.

충주 시내 버스정류소에서 10분 동안 쉰다기에 나는 캔사이다 2개를 사와서 하나는 아가씨에게 건네주고 또 하나는 내가 마셨다. 덜컹거리는 버스를 몇 시간이나 타고 와서인지 내 입 안으로 들어간 사이

다의 톡 쏘는 맛은, 온몸이 찌릿찌릿할 정도의 즐거움을 주었다.

버스가 드디어 예천 버스정류소에 도착했다. 서울을 출발한 지 6시간 만이었다. 버스에서 내리자 큰형님이 기다리고 있었다. 나는 두 사람을 소개시켜 주었다. 그러면서 나는 두 사람의 표정을 놓치지 않고 살펴보았다. 그런데 참 이상하게도 두 사람의 모습은 처음 만나는 사람들 같지 않게, 인사하는 모습이며 말투까지 상당히 자연스러워 보였다. 큰형을 따라 중국집으로 들어간 우리는 짜장면 한 그릇씩을 다 비웠다. 잠시 후, 나는 큰형님에게 서울로 올라가야 한다고 말했다.

그러자 형님은 아가씨의 표정을 살피며, 뭐라고 제대로 말을 하지 못하고, "내일 갔으믄 좋을 낀데……" 하며 말끝을 흐렸다. 그래서 내가 얼른 나서주었다.

"바쁘지 않으시면 형님하고 구경도 쫌 하시고 내일 오시면 어떨까예?"

그러자 거절할 줄 알았던 아가씨가 "좋아요" 하는 것이었다. 그 말을 들은 나는 좀 놀랐는데, 옆에 있는 큰형님의 놀라움과 기쁨에 찬 표정을 보고는 번지려는 미소를 참기가 힘이 들었다.

다시 서울로 오는 버스를 탄 나는 저녁 늦게야 마장동에 도착할 수 있었다. 집에 도착하니 작은형과 형수가 궁금함을 참지 못하고 여러 가지를 물어왔다. 나는 어쩌면 큰형이 짝을 만난 것 같다고 하면서, 두 사람의 표정이 꼭 그리될 것처럼 보였다고 이야기해주었다. 작은형도 꼭 그렇게 되었으면 좋겠다고 하면서 희미하게 미소를 지어 보였다.

내 방으로 와 자리에 누워서 큰형님이 아가씨와 결혼을 해서 행복하게 사는 모습을 그려 보다가 언제인지 모르게 잠 속으로 빠져들었다. 눈을 뜨자 잠을 푹 잔 탓이지 몸이 개운했다. 그사이 작은형은 벌써 출근을 하고 없었다. 내가 늦잠을 잔 것이다!

아침을 서둘러 먹고 나서 가게 정리를 하고는 며칠 만에 밀가루 반죽을 하고 국수기계를 돌렸다. 몸도 개운했고 무엇보다 기분이 정말 좋았다. 기분이 좋은 나머지, 국수를 뽑으면서 나훈아의 <고향역>과 <대동강 편지> 같은 유행가를, 시끄러운 기계소리가 요란한 가게 안에서, 몇 번이고 반복해서 불러 젖혔다.

옆 가게 석유 집의 병규네 엄마가 찾아왔다.

"오늘 무슨 좋은 일이 있노? 아침부터 노래를 부르는 기 디기 기분 좋은 일이 있는 갑지? 무슨 일인데 그라노? 나한테 알려줘봐라" 하면서 내 어깨는 툭 치시는 것이었다.

나는 어제 시골에 다녀온 이야기를 하면서 큰형과 그 아가씨가 인연이 되어 결혼하여 같이 살았으면 좋겠다고 이야기했다. 병규 엄마도 우리 형제들의 사정을 잘 아는 터였다.

"큰형도 장가가고, 총각도 얼른 장가 가뿌리라."

병규 엄마는 얼굴에 한가득 웃음 지어 보이며 갔다.

그 후로 열흘이 지났다. 연락도 없이 큰형님이 서울에 왔다. 갑자기 찾아온 큰형님이 무슨 일 때문에 왔는지 무척 궁금했다. 잠시 후, 큰형님이 내 궁금증을 풀어 주었다. 며칠 전 만났던 그 아가씨와 약혼을 하기로 약속을 해서, 간소하게 양쪽 가족들끼리만 만나서 얼굴이나 보는 걸로 하기로 했다는 것이다. 나와 작은형은 깜짝 놀랐다.

큰형은 누나가 시골에서 올라오지 못하니 재천이에게 연락을 해서 내일 아침 일찍 오라고 전하라고 했다. 나는 형에게 정말 잘된 일이라며 축하를 해주고 재천이에게 연락을 했다. 우리들의 축하를 받는 큰형은 쑥스러워하는 표정을 지어 보였지만 내 눈에 비친 형의 모습은 그 어느 때보다도 행복해 보였다.

이튿날, 우리네 형제는 마포 공덕동의 어느 자그마한 가정집으로 찾아갔다. 우리가 들어선 집 안은 꼭 잔칫집 분위기였다. 아래채 방으로 안내를 받은 우리는 난생처음 겪어 보는 일이라 서로 얼굴만 쳐다보며 앉아 있었다. 나는 나지막이 큰형님에게 숙모님은 오지 않느냐고 물어 보았다. 큰형은 숙모님은 선약이 있어서 오늘 못 오신다고 하였다.

조금 있으려니까 방문이 열리면서 아가씨와 아가씨의 부모님, 언니, 나와 같은 또래의 남동생이 들어왔다. 그분들과 우리 형제는 인사를 하며 소개를 하고 소개를 받았다.

부모님들은 용인에서 농사를 지으신다고 했다. 그리 잘사는 사람들 같아 보이지는 않았지만 모두 좋은 사람들인 것 같았다. 양쪽 집안의 상견례가 끝나고 식사를 하고 나서, 예물교환 같은 것도 없이 끝이 났다. 이것이 큰형님의 약혼식이었다.

짧고 간단한, 상견례 겸 약혼식이 끝나고 우리는 큰형을 남겨두고 집으로 돌아왔다. 집으로 돌아오면서, 이제 큰형님이 결혼을 하면 우리 형제들도 마음이 놓이고 든든해져서 안정을 찾을 수 있지 않을까 생각했다.

# 작은형의 미니슈퍼

저녁 늦게야 큰형님이 돌아왔다. 내일 시골로 내려가야 한다면서 오늘 있었던 일들을 이야기했다. 약혼식은 돈을 들이지 않고 하기로 두 사람이 미리 약속을 했었단다. 또 결혼식은 나중에 돈을 벌어서 하기로 했다면서 형편에 맞추어서 살기로 마음을 모았다고 했다.

다음날 아침 일찍, 동네를 둘러보고 온 큰형님은 동네 골목시장 안에 슈퍼가 전세로 나왔다면서 우리가 그 사실을 알고 있는지 물었다.

"얼마 전에 들어 알고 있었는데, 일단 임대료가 비싸고 장사 밑천도 마이 들고 해가 욕심은 나지만도 엄두를 몬 내고 있심더."

"그라지 말고 그 가게에 대해서 자세히 쫌 알아가꼬 온나."

나는 형님의 말을 듣고 그 가게를 운영하고 있는 사람을 찾아갔다. 내가 찾아온 이유를 이야기하자 그는 자세한 설명을 해주었다. 가게 임대료가 보증금 80만 원에 월 10만 원이며, 가게에 물건을 채워 넣으려면 물건 값만 300만 원에서 500만 원 정도가 든다고 했다.

실로 엄청난 금액이었다. 나는 큰형님에게 가서 조금 전에 알아본 가게에 대해서 이야기를 해주었다. 큰형님은 한동안 아무 말도 하지 않고 앉아 있다가 입을 열었다.

"오늘 내가 내리가가 보증금 80만 원을 가지고 올 테니까네 장사 밑천은 재길이가 하고 있는 국수가게 밑천을 갈라가 시작해봐라."

작은형이 걱정 섞인 목소리로 말했다.

"지금은 우리가 뱉로 돈도 엄꼬 하니까네 너무 무리하지 마이소."

나도 국수가게 밑천과 내가 갖고 있는 돈이 겨우 40만 원밖에는 되지 않았다.

"저도 내나놓을 수 있는 기 20만 원밖에는 엄심니더."

"그라마 됐다."

큰형님은 그렇게 얘기를 하면서 20만 원을 밑천으로 인수를 하라고 하고는 이틀 후에 오겠다며 내려갔다. 이틀 후에 큰형님이 다시 돌아왔다. 형님은 방에 들어서자 윗옷을 벗고서 셔츠를 올렸다. 셔츠 안에는 무슨 보자기 같은 것이 허리께에 감겨 있었다. 나는 저게 대체 무엇인가 보았더니, 그것은 돈 보자기였다. 형님이 우체국에서 돈을 찾아다가 헝겊에 둘둘 말아서 허리에 차고, 셔츠를 입고, 윗옷을 입고는 그것도 불안했는지 윗옷 주머니에 손을 넣은 상태로 돈 보자기를 꽉 쥐고서 온 것이었다. 정말 야무지게도 싸가지고 왔다. 그것이 바로 큰형님이 이 무서운 서울까지 돈을 가져오는 방법인 것이다. 큰형은 돈을 꺼내놓으면서 말했다.

"이 가게는 앞으로 재식이 니가 재수씨하고 같이 해보고, 재길이는 국수가게를 계속하면, 얼마 있다가 재천이가 돌아와가 다 함께 같이 살마 되지 싶다. 내가 돈이 더 있으믄 더 보태주마 좋겠는데 지금은 돈이 이기 다라서 밑천이 마이 모자란다 케도 이해해라. 그리고 알뜰히 아끼면서 잘 살아보레이."

큰형님은 가게를 계약한 계약서를 확인한 후에 그날 저녁 기차로 다시 내려갔다. 큰형님이 내려가고 나서 작은형은 운전하던 회사에 들러 며칠 동안 있으면서 가게운영에 필요한 준비를 시작했다. 며칠 사이에 작은형의 삶에 큰 변화가 시작된 것이다.

작은형이 시작할 가게는 국수가게에서 30~40m 정도 떨어져 있었는데 사람들도 많이 다니고 지금 하고 있는 사람들이 오랫동안 장사를 하던 곳이라 상권으로는 몫이 아주 좋았다. 그러니 작은형은 장사 밑천 때문에 걱정을 많이 했다. 가게를 인수받던 날, 그 사람들은 물건을 거의 다 팔고 아무것도 없었다. 그들은 작은형에 상사하는 요령과 물건을 사는 거래처 등을 가르쳐주었다. 그러고서 가게에 남은 커피 몇 병과 조미료, 설탕 몇 봉지를 거의 원가로 싸게 줄 테니 살 마음이 있으면 사라고 했다. 작은형은 고맙기도 하고 얼마 되지 않는 물건이라서 그것을 사기로 했다. 그 물건들의 수를 확인하고 금액을 계산한 계산서를 받아보고, 나는 너무나 깜짝 놀랐다. 상자에 담아 두 손으로 들 수 있을 만큼의 물건이었는데 그 가격이 16만 3천원이었던 것이다.

큰형은 내가 내놓을 수 있는 돈이 20만 원이라고 했을 때, 우선 그 돈을 밑천 삼아 장사를 시작해보라고 해서 시작한 것이었는데, 방금 인수한 물건을 계산하고 나니 돈 20만 원 가지고는 가게 한쪽 구석 채울 정도의 금액조차도 되지 않는다는 것을 알았다. 그런 생각을 하니 머리가 순간 핑하니 현기증이 났다. 앞으로 장사를 하려면 모든 물건을 구색을 갖춰서 구비를 해놓아야 할 텐데, 그렇게 하려면 엄청난 돈이 필요하다는 생각에, 가게를 인수하는 기쁨 따위는 생기지도 않았다. 작은형 역시 걱정을 많이 하는 눈치였다.

나는 다음 날, 얼마 떨어져 있지 않은 곳에서 공장을 운영하는 김 반장님을 찾아갔다. 그동안 이웃지간이라면 이웃지간이었는데 바쁘다는 핑계로 한동네에 살면서도 가보지도 못해서, 오랜만에 시간이 나는 참에 찾아갔다. 그는 나를 보더니 무척 반가워했다. 김장철에는 시골을 왕래하다 보니 교회에도 가지 못해서 더욱 얼굴 보기가 힘들었다.

따뜻한 커피 한 잔을 마시며 나는 그동안 있었던 이런저런 이야기들을 했다. 그러면서 작은형이 자그마한 슈퍼를 하려고 하는데 자금이 많이 모자란다고도 이야기했다. 나는 웃으며 농을 했다.

"놀고 있는 돈 있으마 돈 좀 빌려주이소. 이자 쳐서 갚을 테니까네."

그것은 꼭 돈을 빌려 달라고 하는 말은 아니었다. 그런데 김 반장님은 내 말을 농담으로만 여기지 않았나 보다.

"지금은 내가 돈이 없고 어음이 한 장 있는데 어음이라도 쓸 테면 가져가."

나는 어음이라는 것이 어떻게 생긴 것인지, 또 어디서 어떻게 써야 하는 건지도 몰랐다. 김 반장님은 어음이라는 것에 대해 설명을 해주었지만 나는 이해가 되지 않았다. 그래도 어떻게라도 쓸 수 있지 않을까 해서 그거라도 빌려 달라고 하고는 가져왔다.

80만 원짜리 어음이었지만 어떻게 써야 할지를 몰라서 음료수 냉장고를 만드는 공장에 전화를 했다. 얼마 후, 음료수 냉장고 만드는 공장의 사장이 왔다. 냉장고를 맞추는 데 13만 원이 든다는 견적서를 보여 주었다. 작은형과 나는 어음을 보여 주면서, 13만 원을 제하고 67만 원을 거슬러 주면 냉장고를 맞추겠다고 했다. 그러자 그 사장은 알아보고 오겠다며 돌아갔다가 그 다음날 다시 와서 67만 원을 우리에게 주고 80만 원짜리 어음을 가지고 갔다.

일주일 후에 냉장고를 가져오기로 계약을 하고, 작은형과 나는 물건을 조금만 사서 가게에 진열을 했다. 지난번 가게주인이 장사를 오랫동안 잘했던 덕분에 장사는 잘 되었다.

세탁비누 한 박스가 도매가로 3,500원인데 한 박스를 사지 못하고 반 박스씩 사놓고 장사를 했다. 물건이 떨어지면 응암동 대림시장의 도매상회에 가서 자전거로 조금씩 자주 사다 놓고 장사를 했다. 작은형과 형수가 물건을 팔면 나는 자전거를 타고 도매시장으로 가서 물건을 사다가 날랐다. 국수도 만들어서 팔면서 새벽 4시에 일어나서 통행금지가 시작되는 밤 12시까지, 형과 함께 장사를 했다. 장사를 하는 동안 우리 식구들은 껌 한 통, 아이스크림 하나도 먹지 않았다. 그러면서 4개월의 시간이 흘러갔다.

어느 날 문득, 밖에서 가게 안을 들여다보니 가게 안에는 물건들이 가득 차 있었다. 그동안 장사를 하면서 한 푼도 쓰지 않고 물건을 사다가 채워 넣었던 것이다. 물건들로 가득 차 있는 가게를 바라보니 이제는 물건 사올 걱정을 더 이상 하지 않아도 될 것 같았다.

김 반장님에게서 빌려온 어음을 이제는 갚아야 할 것 같아서 작은형에게 이야기했더니, 김 반장님 공장에서 외상으로 가져간 라면이나 비누 등이 제법 많다고 했다. 작은형이 장부를 보며 계산을 해보니 가져간 물건의 값을 모두 제하고 나니, 20여 만 원만 주면 된다고 했다. 나는 작은형에게 우리에게는 너무나 고마운 분이시니 돈을 갚을 때 설탕 한 봉지라도 가져다 드리자고 했다. 작은형도 당연하다며 그렇게 하기로 했다. 나는 김반장님께 이달 안에 돈을 갚을 테니 조금만 기다려 달라고 하면서 그 고마운 마음을 절대로 잊지 않겠다고 했다.

"지금까지 우리 집사람이 가져온 라면이랑 비누랑 이것저것 가져온 것도 많고 공장에서 필요한 것도 많이 가져다 썼어. 내 생각에는 앞으로 한 달만 더 가져오면 얼추 어음금액만큼 되지 않겠어? 돈 갚는 거에 그렇게 신경 쓰지 않아도 돼."

그렇게 말해주는 그에게 너무 고마워서 나는 몇 번을 허리를 숙여 고맙다고 인사를 했다. 집에 돌아와서 작은형에게 김 반장님의 어음에 대해 이야기를 했다. 작은형도 김 반장님의 배려에 고마운 분이라며 연신 입을 다물지 못하며 칭찬을 했다.

# 재천이의 공부

작은형의 가게는 기반이 단단히 잡혀 가고 있었다. 형은 이제 걱정할 것이 없으니 더욱 열심히만 하자고 했다. 그러면서 목이 말라도 그 흔한 음료수 한 병 마시지 않고 수돗물 한 사발을 들이킬 뿐이었다. 이렇게 성실하게 일을 하는 작은형 때문이었을까, 가게는 날이 갈수록 번창해갔다.

그러던 중, 시골 큰형님한테서 연락이 왔다. 일전에 약혼을 한 형수 될 분과 결혼식은 올리지 않고 예천에서 같이 살기로 했다는 내용이었다. 나와 작은형은 기쁘기 그지없었지만 작은형도 그렇고 큰형까지, 결혼식을 올리지 않고 살고 있다는 생각에 마음 한쪽이 돌로 누르는 느낌이 들었다. 하지만 나는 기뻤다. 나에게 언제나 든든한 의지와 기둥이 되어주었던, 그런 큰형님에게도 의지하고 기댈 수 있는 누군가가 옆에 있게 되었다는 사실이, 나는 정말 기뻤다.

재천이가 집으로 들어온단다. 의정부 목장 사람들과 이야기가 모두 잘 되어 일주일 후면 짐을 챙겨서 아예 들어올 수 있을 거라고 했다. 그러나 주인 할머니와의 이별이 무척 힘들다고 했다. 아마도, 재천이가 너무 어린 나이에 엄마가 돌아가셔서, 어렸을 때부터 엄마의 보살핌을 받지 못한 탓에 정을 주신 할머니와의 이별이 어려운 것일 게다.

일주일 후, 재천이는 보따리 두 개를 들고 왔다. 나는 이제 드디어 우리 형제가 모여 살 수 있구나 하는 생각에 가슴이 벅차올랐다.

작은형과 나는 재천이를 앉혀 놓고 이야기했다.

"앞으로 니 하고 싶은 거를 천천히 잘 함 생각해보고, 생기마 언제든지 망설이지 말고 형들한테 얘기해가 상의를 해야 칸데이."

"하머. 그리고 작은형 가게가 바쁘고 하이까네, 가게일도 쫌 도와주고 그케야 한데이."

오랜 시간을 형제들과 떨어져서 남의 집에 살며, 오히려 다른 가족들에게 의지하면서 살아야 했던 재천이는, 우리와 생활하기 시작하고 얼마 시간이 지나지 않아 점차 안정을 찾아갔다. 재천이는 넉살이 좋은 나와는 달리 차분한 성격이어서 말수가 그리 많은 편이 아니었다. 그런데 어느 날 저녁을 먹으면서 재천이가 이야기를 꺼냈다.

"가게일은 내가 엄써도 충분히 꾸려갈 수 있으니까, 내는 공장에 취직을 해가 돈 벌어 볼랍니다."

"안 된다! 내는 반대다."

작은형은 아무 말도 하지 않았지만 나는 동의할 수 없었다. 이 공장, 저 공장 다니며 공장생활을 한다는 것이 쉽지도 않은 일일 뿐만 아니라, 돈을 버는 것도 어려운 일이라는 것을 알고 있는 나로서는, 반대를 하지 않을 수가 없었다. 그러나 나의 반대에도 불구하고 재천이의 생각에는 변화가 없는 것 같았다. 작은형은 어린 재천이를 공장에 다니게 한다는 것이 안타까웠던지 한동안 말이 없었다.

"그래 해라. 니 생각이 그라믄 그래 해봐라. 공장에 댕기다가 견디기 힘들고 어려부면 그때 가서 다시 생각해보자."

작은형은 재천이의 뜻을 받아들였다. 재천이는 다음 날, 수색에 있는 어떤 공장에 다녀와서 취직이 되었으니 내일부터 출근을 한다며 즐거워했다. 그 공장은 다행히 집에서 버스를 타고 네 정류장만 가면 되는 거리에 있어서 출퇴근하기가 그리 어렵지는 않았다.

공장에 다니면서 재천이의 생활에는 엄청난 변화가 찾아왔다. 어떻게 알았는지 국민학교 동창들과도 연락을 하기 시작했고, 친구들과도 자주 만나면서 무척 즐겁게 지내고 있었다. 이찌면 나보나 친구들과의 관계가 더 좋았는지도 모르겠다.

재천이는 집에서도 모든 일을 차분하게 잘했다. 나와 같은 방을 쓰면서 이불정리는 물론, 방청소도 하고, 심지어 내가 벗어놓은 옷 빨래까지 모두 재천이가 했다. 아마도 웬만한 여자보다도 더 깨끗하게 정리를 잘하는 것 같았다. 공장 일을 마치고 일찍 오는 날이면 작은형 가게 일을 도와 배달 일을 하면서도 힘들다는 말 한마디 하지 않았다. 정말 내 동생이지만 부지런하기는 나보다 훨씬 더한 것 같았다.

재천이가 공장에 다니기 시작한 지 6개월이 되었을 때였다. 항상 즐겁게 지내던 재천이가 날이 갈수록 말수가 적어지고 얼굴에서 웃음마저도 사라져가고 있었다. 어떤 때에는 생전 그렇지 않던 아이가 아무것도 아닌 일에 짜증을 다 내기도 하였다. 그렇다고 다 큰 녀석을 나무라지도 못하고 애써 모르는 척하며 지냈다.

그러기를 몇 주일, 공장에서 일찍 돌아온 재천이는 작은형과 나에게 할 얘기가 있다며 먼저 말을 꺼냈다.

"형들하고 같이 살면서 공장에 다니다가 어릴 적 친구들하고 많이 만나고 했는데 그중에는 대학교에 다니는 친구들도 있고, 고등학교 졸업하고 취직해가 직장 생활하는 친구도 있습니더. 그런 친구들을 자주 만나다 보니, 공장이나 댕기는 내가 너무 초라해지는 기라예. 이제 내는 공장 그만두고 공부를 해보고 싶습니더. 돈 마이 들이가 학원 같은 데 댕기겠다는 기 아이고, 저녁마다 가정형편이 어려버서 공부를 몬 한 사람들한테 공부 갈차주는 데도 있다카니까네 거가서 배울낍니더."

작은형과 나는 생각도 하지 않고 말했다.

"하머! 잘 생각했데이. 진작에 그럴걸. 열심히 해레이."

나는 한마디 덧붙였다.

"우리 형제들이 아무도 제대로 배우지를 몬 했으니까네, 망내이 니라도 열심히 공부해가 대학교까정 졸업해야 한데이."

그날의 이야기를 재천이가 공부를 하는 것으로 결론을 내자, 나는 우리 형제들 중에서도 드디어 대학생이 나오는구나 하는 기대를 품어 보기도 했다.

다음날, 재천이는 회사에 나가 사표를 내고 공부를 하기 위한 준비를 위해 분주히 돌아다녔다. 작은형과 나는 시골의 큰형님에게도 이 소식을 전했다. 큰형님은 그 누구보다도 기뻐하였다. 큰형님은 형들 세 명이 동생 공부는 충분히 시킬 수 있으니, 훌륭히 키워 보자며 옆에서 잘 돌보라는 말도 잊지 않았다.

재천이는 국민학교에 다니는 몇 명의 아이들에게 과외를 해주고, 저녁이 되면 서대문에 있는 정동교회에 가서 밤늦게까지 공부를 하고 왔다. 가정형편이 어려운 아이들에게 정동교회에서 무료로 공부를 가르쳐주어, 열심히 배우러 다녔다. 집으로 돌아와, 내가 잠자는 동안에도, 밤이 깊도록 책상 앞을 떠나지 않고 열심히 공부했다. 어떤 때는 코피를 쏟기도 했지만 결코 힘들어 하지 않았다. 내 동생 재천이의 공부에 대한 집념은 정말 대단한 것이었다.

나는 재천이가 공부하는 책을 펼쳐 보았다. 국민학교를 졸업하고 처음으로 책을 펼쳐든 순간, 손끝이 저릿하게 떨려왔다. 가슴 한편이 아려왔다. 그러나 내가 하지 못한 공부를 재천이가 대신한다는 것만으로 만족하고, 넉넉하게 해줄 수는 없지만, 동생의 뒷바라지를 열심히 잘 해야겠다고 마음먹었다.

# 삼촌이 되다

나는 어느새 스물네 살이 되어 있었다. 어떤 이들은, 나를 만나면 때때로 장가갈 때 된 것 같으니 중매를 서겠다는 농을 하곤 했다. 그러나 나는 그런 소리에도 별 신경을 쓰지 않았다.

그러던 어느 일요일이었다. 작은형과 형수는 결혼식에 가야 한다며 내게 작은형의 슈퍼를 부탁했다. 아침 일찍 교회에 다녀와서 혼자서 바쁘게 물건을 팔고 있었다. 그렇게 한참 물건을 팔고 있는데 이웃에 사시는 김 반장님과 그 부인 그리고 어떤 남자 한 사람이 가게에 들어섰다. 나는 반갑게 인사를 했지만, 손님들이 많아서 이야기를 나눌 수 있을 때까지는 한참을 기다리게 해야 했다. 얼마간의 시간이 지나서 잠시 한가한 틈을 타, 김 반장님의 부인이 나에게, 옆에 서 있는 남자를 소개했다. 그 사람은 김 반장님 누님의 남편, 즉 매형 되시는 분이었다. 그는 김천에서 과일도매업을 하고 있다고 했다. 그 사람은 주머니에서 명함을 꺼내어 내게 주었다. 명함에는 '김천 시외버스 터미널 앞 제주밀감 도매상'이라는 글씨가 적혀 있었다. 그 사람을 나에게 데리고 온 이유는, 주위에 좋은 총각이 있으면 소개를 해 달라고 해서 모시고 왔다는 것이다. 나는 손사래를 치며 나는 그런 사람이 아니니 다른 사람을 소개시켜 드리라고 말했다. 사실, 교회에 다니는 사람들 중에도 나와 나이가 비슷한 총각들이 여럿 있었다. 직업이 괜찮은 사람도 있었고, 여자들에게 인기가 많을 정도로 잘생긴 사람도 있었다. 그러나 내가 하는 말에는 아랑곳하지 않고, 김 반장님의 매형은 다음에 김천에 올 일이 있으면 꼭 한번 찾아오라는 말을 남기고 갔다. 세 사람이 가고 난 후, 내 손에는 방금 전에 받은 명함 한장이 들려 있었다. 주머니에 명함을 쑤셔 넣듯 넣고서, 가게에 들어서는 손님에게 인사를 하며 열심히 장사를 했다.

오후 장 시간이 시작될 즈음, 작은형과 형수가 돌아왔다. 두 사람의 밝은 얼굴을 보니 오늘 잔칫집에 갔던 일이 꽤나 즐거웠던 모양이었다. 얼마 있으면 임신을 해서 제법 배가 부른 작은형수가 아기를 낳는다는 생각에, 나는 기대가 되었다. 아기가 태어나면, 나는 삼촌이 되는 것이다!

한 해가 가고 정월 초하루가 되었다. 4형제 중, 큰형님을 제외하고 세 명이 서울에 살고 있으니, 큰형이 서울로 올라왔다. 작은형의 집에서 엄마의 차례상을 차리고 차례를 지냈다. 이 얼마 만에 우리 형제들이 한데 모여 차례를 지내고 밥을 먹는 것인가? 큰형은 작은형의 가게와 나의 국수가게, 재천이의 공부이야기를 꺼내면서 가장 중요한 점을 당부했다.

"돈도 좋고 공부도 좋지마는 몸 건강한 기 젤로 중요한 기라. 그라고 꼭 잊지 말아야 하는 기는 형제간의 우애다. 내 말 꼭 명심하고 살아야 한데이."

아침식사가 끝나자 큰형은 일찍 나서야 버스표가 있다며 일어섰다.

"재수씨, 몸도 무거분데 차례상 차리느라 욕봤심니데이. 잘 먹고 갑니다."

따뜻한 봄 날씨에 두꺼운 겨울옷은 벗고 가벼운 봄옷으로 갈아입을 무렵, 작은형수가 아기를 낳았다. 작은형은 물론이고 나와 재천이도, 새로이 우리 가족이 된 작은 생명의 탄생을 기뻐하였다. 아기는 예쁜 여자아기였다. '첫딸은 살림 밑천'이라던데 작은형에게 예쁜 살림 밑천이 생긴 것이다. 20여 일이 지나서 작은형수는 병원과 조리원을 거쳐 집으로 돌아왔다. 눈망울이 알사탕처럼 동그란 아기는 보기에도 너무나 예쁘고 사랑스럽기 짝이 없었다. 날이 갈수록 사람을 알아보고, 어르고 안아주면 까르르 소리 내어 웃음 짓는 이 작고 예쁜 아기가, 어찌 사랑스럽지 않을 수 있겠는가?

작은형은 아기가 태어난 이후, 더욱 가게 일에 열중해야 했다. 작은형수가 전처럼 가게 일을 도울 수가 없었기 때문이었다. 작은형과 형수가 아기의 이름을 지었다. '이세나.' 부르기도 좋고, 예쁜 얼굴처럼 이름도 예쁘다는 생각이 들었다. 어떤 날은 세나의 아빠와 엄마가 바빠서, 거의 하루 종일 나와 함께 있던 적도 있었다. 그래도 울지도 않고 나를 잘 따랐다. 시간이 지나 세나가 뒤뚱뒤뚱 걸음을 떼었다. 나는 아기의 손을 잡고 여기저기를 걸어 다녔다. 첫 조카라서 그런지 그렇게 예쁘고 귀여울 수가 없었다.

# 제3부 절망의 정상에서
# 희망을 보다

# 첫 번째 맞선

올해로 내 나이 스물여섯 살. 돌이켜보면 부지런히 열심히 살아왔음에 틀림이 없는데 일한 만큼의 소득이 생기지 않았다. 작은형의 가게에는 항상 사람들로 붐볐는데, 내가 하고 있는 국수가게는 장사가 잘 되지 않았다. 적자를 보며 장사를 한 건 아니었지만, 그렇다고 저축을 하지도 못했다. 공부하는 재천이에게 들어간 돈 이외에는 그저 빚 안 지고 살고 있는 것뿐이었다. 어떤 때는 빨리 돈을 벌어야겠다는 중압감이 들기도 했지만, 그래도 형제들이 헤어지지 않고 살면서 막내 공부도 시킬 수 있다는 것에 스스로 위안을 삼기도 했다.

설이 며칠 앞으로 다가왔다. 시골 형님이 큰형수와 살림을 시작하면서 이제부터는 차례상을 시골에서 지내겠다고 우리에게 연락을 해왔다. 그러나 작은형은 가게가 바빠서 갈 수가 없고, 재천이는 공부를 해야 해서 갈 수가 없고, 하는 수 없이 나 혼자서 시골에 갔다. 서울에서 처음 시골에 있는 형님을 보러 갈 때 보고는 처음 보는 큰형수는 나를 보더니 너무나 반가워했다. 큰형님은 예천역 앞 어느 집의 아래채에 단칸방을 세 얻어 살고 있었다. 좁은 방 안에 차례상을 차려놓고 세 명이 들어서니 방이 꽉 차는 느낌이었다.

차례가 끝나고 떡국을 먹으면서 큰형님이 아버지에 대한 이야기를 꺼냈다. 몇 년 전 내가 농사를 지으러 내려왔을 때도, 형은 내게 아버지 이야기를 한 적이 있었는데, 지금 그 이야기를 또다시 꺼낸 것이다. 큰형의 이야기를 다 듣고 나는 한동안 아무 말도 하지 않았다. 그렇게 한참이 지난 후에 나는 입을 열었다.

"내한테는 아버지가 없심더. 그 사람이 어데서 뭘 하든지 내는 관심도 없다, 그 말임니더. 내가 살고 있는 동안에는 절대로 마주치기도 싫습니더. 밥도 다 묵었으니, 누야한테 들렀다가 서울 올라 갈랍니더."

그렇게 말을 한 나는 자리에서 벌떡 일어났다. 큰형수는 큰형님과 나의 그런 모습에 어쩔 줄을 몰라 하며 미안해했다.

나는 오랜만에 돼지고기 두 근과 정종 한 병을 사가지고, 누나네 집으로 향했다. 버스를 내려 오 리 길 남짓한 거리를 걸어 누나네 집에 도착했다. 사돈 어르신들께 인사를 드리고 건넌방으로 갔다. 내가 왔다는 소리에 마을 다른 곳에 가 있던 매형이 웃으며 들어왔다. 그동안에 누나는 아이를 딸 둘, 아들 둘 이렇게 넷이나 두었다. 내가 마지막에 왔을 때가 딸 둘만 있을 때였는데, 그동안에 시간이 정말 많이도 지났구나 하는 생각이 들었다. 나는 주머니에서 천 원짜리 네 장을 꺼내 조카들에게 한 장씩 나누어 주었다. 누나와 매형은 아이들에게 돈을 주지 못하게 했지만, 조카들에게 용돈을 나누어주는 나는 무척 행복했다. 누나는 그동안 어떻게 지냈는지 걱정스러운 얼굴로 물었다.

"가게는 잘 되고? 누야가 이래 살다 보이까네 함 가보지도 몬했데이. 재천이는 공부 잘하고 있노?"

내가 하는 이야기를 다 듣고 나서야 비로소 조금 안심이 되는 눈치였지만 누나의 염려 어린 표정은 쉽게 지워지지 않았다.

"이제 우리 형제들 걱정은 할 필요가 엄따. 아무 걱정 엄씨 자알 살수 있다 카이."

옆에 있던 매형이 누나를 안심시켰다.

"이제 걱정 안 해도 되겠네. 처남들이 이래 잘 커가 반듯하니 잘살고 있다 카니까네 당신도 이제 동생들 걱정하지 않아도 된다."

매형은 누나의 등을 다독여 주었다.

"그동안에 느그 누야가 느그들 두고 니힌데 시집와삤다고 얼매나 울었는지 모린다. 그때마다 내가 달래주면서도 나도 가슴이 마이 아팠다. 동생들 걱정 참 마이도 했는데 이제는 참말로 걱정 안 해도 되겠구마는."

매형은 술 한 잔을 따라 나에게 주고, 매형도 한 잔 따라 술을 마시는 모습이 기분이 좋아 보였다. 누나는 술을 마시는 매형과 나를 걱정스럽게 보기도 했지만, 오랜만에 보는 동생이 반가웠는지 나와 눈이 마주칠 때면 부드러운 미소를 지어 보였다. 한참을 이야기를 나누며 술을 마시고 있는데 어떤 아주머니가 문을 두드렸다. 누나는 얼른 일어나서 문을 열어주며 그 아주머니를 반갑게 맞이하였다. 누나는 나에게 그분이 손위 사촌동서라고 소개를 해주었다. 나는 일어서서 인사를 하였다. 그렇게 어색하게 네 명이 앉아 이야기를 하며 술 한 잔씩 나누다 보니, 마음속에 있는 말을 할 수 있을 만큼 되었고, 서먹한 분위기도 어느새 사라지고 없을 정도로 취기가 올랐다. 내가 서서히 취할 무렵, 그 동서 분은 내가 처음 누나네 집에 왔던 10년 전, 나를 보았었다는 이야기를 했다. 그때 나를 보고 이다음에 내가 결혼을 할 나이가 되면 중매를 서서 인연을 맺어 주겠노라고 약속을 했다는 것이었다. 그 생각은 지금도 변함이 없다는 말도 덧붙여 했다. 그리고 이제 결혼할 나이가 되었고, 좋은 아가씨도 알고 있으니, 내일 선을 보자고 하는 것이었다. 나는 취기가 오른 탓에 무심코 웃으며 알겠다고 말을 해버렸다.

다음날 아침, 어젯밤에 무심코 내뱉었던 장난스러운 대답이 현실이 될 줄은 꿈에도 몰랐다. 아침을 먹고 난 후, 매형과 앞으로의 서울 생활에 대해서 이야기를 나누던 중 그 동서 되시는 분이 찾아왔다. 나를 보자 대뜸, 언제 선 보러 갈 거냐고 물었다. 나는 무척이나 당황스러웠지만 매형과 누나는 약속한 것은 지켜야 한다며 따라가서 선을 보라고 하는 것이었다. 나는 난처한 표정을 하고 어쩔 수 없이 그분의 뒤를 따라나섰다.

한참을 걸어서 강가에 다다랐다. 안동에서 흘러오는 낙동강이었다. 이 강은 옛날부터 우리 동네 앞으로도 흘러간 것이다. 강가에는 사공이 없는 나룻배 한 척이 세워져 있었다. 그 동서 되시는 분은 사공이 오면 배에 타서 뱃삯 담는 통에 500원을 넣으라고 알려 주었다. 그리고 지금 선을 보러 가서 만날 아가씨는 얼굴은 예쁘지 않지만 마음씨가 착하고 살림을 알뜰히 잘하며 교회에도 열심히 잘 다니는 아가씨라고 알려 주었다.

잠시 후, 뱃사공이 기다리고 있는 우리를 멀리서 보았는지 허겁지겁 달려왔다. 나는 뱃삯 통에 500원을 넣었다. 뱃사공은 우리를 강 건너에 데려다주었다. 강을 건너고도 10여 리를 걸어간 후, 그 아가씨네 집에 도착했다. 우리가 오는 것을 어떻게 알았는지 기다리고 있던 눈치였다.

　나는 아래채에 이는 사랑방으로 안내를 받았다. 마당에 타작을 하고 난 커다란 볏짚더미가 몇 가리가 있는 것이, 상당히 잘사는 집인 것 같았다. 그 사랑방에는 옛날 한문책들로 가득 채워져 있어서 나는 위압감마저 들 지경이었다. 조금 있으려니 집주인 내외가 들어왔다. 나는 일어서서 "처음 뵙겠심더" 하고 꾸벅 인사를 하였다. 그들은 나에게 앉으라고 하고는 내 신상에 대해서 하나하나 자세히 묻기 시작하였다. 우리 집 가정사에 대해서 물어올 때는 어떻게 대답을 해야 할지 몰라 잠시 주저하다가 이내 모든 것을 사실대로 이야기하였다. 그리고 국민학교밖에 졸업하지 못했다는 것도 이야기했다. 내가 하는 대답을 모두 듣고서 두 사람은 밖으로 나갔다.

　방에 혼자 남은 나의 이마에는 식은땀이 송송 맺혀 있었다. 잠시 후 방문이 다시 열리고 조금 전에 나간 선 볼 여자의 어머니가 놋그릇 가득 담긴 떡국을 상에 차려 갖고 들어왔다. 먼 길을 걸어 와서 시장할 테니 점심식사나 하라고 하였다. 나는 고맙다는 인사를 하고는 맛있게 먹었다. 조금 있다가 내가 다 먹은 빈 그릇을 보고는 "한 그릇 더 주까?" 하며 물어보셨다. 나는 체면 불구하고 "예" 하고 대답을 했다. 다시 가져다 준 떡국 한 그릇도 게 눈 감추듯 순식간에 먹어치웠다. 두 그릇의 떡국을 먹고 나서 방에 앉아 있으니, 선 볼 아가씨가 들어와서 고개를 돌리고는 문 앞에 앉는 것이었다. 나는 여기까지 오게 된 일을 자세히 설명하였다. 그러고는 기왕 선을 보러 왔으니 제대로 보고 가야 하지 않겠느냐며 똑바로 앉아서 얼굴을 보여 달라고 하였다. 그러자 아가씨는 얼굴을 들고서 나와 마주 앉았다. 하얀 피부의 아가씨는 나에게 몇 가지 질문을 했다. 직업, 가족관계, 학력 등을 물어왔다. 조금 전에 그 아가씨의 부모에게 이야기했던 것을 나는 다시 이야기했다.

직업은 국수가게 장사와 때에 따라서는 채소장사를 할 때도 있어서, 채소장사를 할 때는 리어카를 뒤에서 밀어줄 생활력이 강한 여자를 배우자로 생각하고 있으며, 가족관계는 부모님이 계시지 않는다고 거짓말을 했다. 최종학력은 지금은 국민학교밖에 졸업하지 못했지만 기회가 되면 공부를 해보고 싶다고 했다. 그리고 종교는 지금 교회를 다니고 있지만 조금씩 믿음이 깊어지는 중이라고 대답했다. 대답을 다 한 후에는 내가 하고 싶은 말도 했다. 지금은 건강한 몸만이 전 재산이지만 열심히 노력해서 살다 보면 머지않아 다른 사람들보다 더 잘살 수 있을 것이라고 자신 있게 말했다. 말을 하면서도 아가씨의 표정을 하나하나 유심히 살펴보았다. 얼굴도 예쁜 얼굴이었지만 마음씨도 착해 보였다. 서로의 이야기가 모두 끝나자 나는 자리에서 일어났다. 그리고 오늘의 만남을 고맙게 생각한다고 말을 하고는 방문을 열고 밖으로 나왔다. 누나의 사촌동서는 나보고 먼저 가라고 했다. 나는 왔던 길을 돌아서 누나네 집으로 돌아왔다.

내가 돌아오기를 누나와 매형이 기다리고 있었다. 내 손을 잡고 방으로 들어간 누나는 그 아가씨와의 선을 궁금해하며 물었다. 뒤따라 들어온 매형도 내가 어떤 이야기를 들려줄지 기대하는 눈치였다.

"아가씨의 부모님은 다 계시고, 삼남매 중에 맏내이고, 추수한 볏짚가리가 천지인 걸로 봐가 상당히 부잣집이거 같습디다. 그라고 그 아가씨는 내보다 마이 배워가 고등학교를 졸업했다 카데예. 그라니 기대하지 않는 것이 좋을 것 같심니다. 오늘 본 선은 아마도 내가 퇴짜를 맞게 될 낍니다."

나는 그렇게 맞선 이야기의 끝을 맺었다. 내 이야기를 듣고 누나는 아무 말도 하지 못했다. 옆에 앉은 매형이 나를 위로해주었다.

"처남, 너무 실망하지 마라. 좋은 아가씨들은 마이 있다. 처남도 조만간 정말 괜안은 아가씨 만나게 될 끼다."

"내 나이가 많지 않으니까 누나도 너무 걱정하지 마이소."

나는 그렇게 누나네 집을 떠났다.

가는 길에 나는 큰형님 네 집에 잠시 들렀다. 큰형과 큰형수에게 오늘 선을 본 이야기를 했다. 그들도 조금 전의 누님처럼 아무 말도 하지 않았다. 나는 큰형에게 가서야 누나와 큰형에게서는 그 어떤 대답도 기대할 수 없다는 것을 비로소 깨달았다. 틀림없이 내 '학력'이야기가 그들의 마음을 짓눌러서 말이 나오지 않은 것이었으리라. 나는 곧바로 서울로 올라오고 말았다. 서울에 와서 작은형에게는 맞선을 보고 왔다는 말을 하지 않았다.

작은형의 가게를 도와주며 국수도 뽑고 하다 보니 몇 개월의 시간이 훌쩍 지나갔다. 그런데 시골의 큰형님에게 때 아닌 편지가 왔다. 일전에 맞선을 보고 간 뒤, 아무런 연락도 하지 않으면 어떻게 하느냐는 것이었다. 그러면서 그 아가씨 쪽에서는 내가 마음에 드니 나의 연락을 기다린다는 내용이었다. 나는 편지를 읽으면서 너무 기쁘면서도 통쾌했다. 모든 것이 불리한 내가 당연히 맞선을 보고 퇴짜를 맞을 줄 알았는데 상대 쪽에서 오히려 나의 승낙을 기다린다고 하니 우쭐한 기분이었다. 나는 큰형님에게 답장을 보냈다.

"평생의 동반자로 한식구가 될 사람을 한 번 보고는 결정을 할 수가 없습니다. 5일 후 장날에 내려갈 테니 다시 한 번 더 보고 결정하겠습니다."

그렇게 편지를 보내 놓고 5일 후, 나는 큰형네 집으로 갔다. 그런데 큰형과 형수가 나에게 난처한 얼굴로 이야기했다.

"니가 보낸 편지를 보고 저쪽에다가 그래 이야기를 했디마는, 아가 씨네 아부지가 말하기를 바로 약혼을 하는 조건이마 한 번 더 얼굴을 보고, 그라지 않고 다시 만나 보고 결혼을 할지 말지 결정한다는 거 는 안 된다 칸다. 그라이까네 잘 생각을 해봐야 안 되겠나?"

잠도 자지 않고 밤새 완행열차를 타고 왔건만, 도착하고 보니 내가 생각했던 것과는 완전히 어긋나는 일이 벌어졌다. 나는 큰형과 형수 에게 굳은 표정으로 말했다.

"그냥 서울에 올라갈랍니다."

"니는 그 아가씨가 괘안타 안 켔나? 바로 약혼을 하마 어떻노?"

그러나 나는 그 아가씨의 아버지가 제시한 조건을 받아들이기가 싫었다. 아침밥을 먹고 나서 큰형님 집을 나와 나는 다시 역으로 갔 다. 주머니에서 돈을 꺼내려는 순간, 웬 명함 한 장이 땅에 떨어졌다. 명함을 주워서 보니 명함에는 '김천 시외버스터미널 앞 제주밀감 도 매상'이라고 씌어 있었다. 작년에 김 반장님의 매형이 준 명함이었다. 나는 갑자기 그 매형이라는 분에게 서울로 가는 길에 잠시 들러 보고 싶은 생각이 들었다. 그래서 역전에서 다시 시외버스터미널로 가서 김천으로 가는 버스를 탔다.

# 어이없는 두 번째 맞선

1시간 30분 후 김천에 도착했다. 터미널 앞에 정말 '제주밀감 도매상'이라는 간판이 붙어 있었다. 그러나 문이 닫혀 있었다. 이웃 가게에 물어 보니 오늘이 일요일이라서 교회에 가야 하기 때문에 문을 닫았다며 그 교회의 위치를 가르쳐 주었다.

나는 정류장에서 그리 멀지 않은 위치에 있는 김천 제일교회를 찾아갔다. 오후 1시쯤 된 시각이었다. 나는 교회 사람들에게 명함에 적혀 있는 그분의 이름을 말했더니 나를 교회 사무실로 안내해주었다. 나는 그분을 보고 인사를 하며 멋쩍은 웃음을 지어 보였으나, 그분은 나를 기억하지 못했다. 심지어 그분은 김천에서 과일을 싣고 서울로 가서 도매시장에 파는 일을 하는 사람이라 내가 과일을 사러 온 상인인 줄 알고 어느 시장에서 왔느냐고 물어 보기까지 하였다.

나는 그분에게 작년에 김 반장님과 나를 찾아와 명함을 주고 간 이야기를 하면서 손에 들고 있는 명함을 보여 주었다. 그러자 그는 자리에서 벌떡 일어나며 내 손을 덥석 잡았다. 알아보지 못해 미안하다며 그는 나를 데리고 교회를 나섰다.

교회를 나가서 잠시 공중전화에서 전화를 걸더니 이내 택시를 불러 세웠다. 그는 나를 거의 떠밀다시피 해서 택시에 태우고는 택시기사에게 목적지를 말해주었다. 그리 멀지 않은 거리를 달려, 택시에서 내렸다. 닭똥냄새가 났다. 그것도 아주 심하게…….

나는 어디로 가는지도 모른 채 그의 뒤를 따랐다. 그곳은 온 동네가 양계장을 하는 마을이었다. 잠시 후 도착한 집도 양계장을 하는 집이었다. 집 앞에 서니 닭똥냄새가 코를 찔렀다. 그분은 대문 앞에서 잠시 기다리라는 말을 하고 안으로 들어갔다. 잠시 후 나온 후 나에게 잠깐 들어가서 이야기를 하고 가자고 했다. 얼떨결에 여기까지 오긴 했는데, 더 이상은 안 되겠기에 내가 여기 왜 온 건지, 여기가 어딘지를 그에게 물어보았다. 그러나 그는 대답 대신 잠깐이면 된다면서 집 안으로 들어오라는 것이었다.

집 안으로 들어서자 양계장이 보였다. 양계장의 열린 문 안으로 닭장의 닭들이 많이 보였다. 닭들의 소리가 시끄러운 가운데 금방 낳았을 것 같은 달걀들이 쭉 있는 것이 보였다.

내가 마당에 들어서자 집주인 부부가 방의 문을 열어놓고 마루에서 기다리고 있는 모습이 보였다. 방 안 윗목에 앉은 나는 김 반장님 매형의 소개로 집주인 부부와 인사를 했다. 그들은 나에게 몇 가지 질문을 해서 나는 대답을 하기는 했지만 그때까지도 내가 그곳에 왜 있는 것인지 알지 못했다.

잠시 후, 점심상을 들고 들어오는 집주인 아주머니의 표정이 심상치가 않았다. 나는 그것이 나와는 상관없는 일일 거라 생각을 하고 모른 체 앉아 있었다. 점심부터 먹자는 김 반장님 매형의 말에 식사를 시작했다. 한참 식사를 하는 중에 전화벨이 울렸다. 주인이 전화를 받고는 난처한 표정으로 말했다.

"오늘 교회에 가가 낮 예배 끝나고 친구들하고 직지사에 놀러 갔다 캅니다. 그래가 저녁때나 되야 온다 카네예."

저녁에 온다는 사람은 그 집 딸이었다. 나는 그제야 내가 여기에 온 이유를 알게 되었다.

"사실 선을 볼라고 김천에 온 기 아이고, 고향에 내리갔다가 서울로 올라가는 길에 들러본 깁니더. 내는 바로 서울에 가봐야 합니더."

"기왕에 여까지 온 김에 쪼매 기다맀다가 당사자를 함 만나 보고 가는 기 좋지 안 하겠느가?"

그러면서 일어서려는 나를 붙잡는 것이었다. 아침에, 지난번 맞선을 본 아가씨와의 일이 잘 끝나지도 않았는데 생각지도 못했던 맞선을 또 보게 된 것이 마음이 내키지 않았다. 그러나 나를 여기까지 데리고 온 사람의 입장을 생각하니 이러지도 저러지도 못하는 상황에 난처하기 짝이 없었다. 어쩔 수 없이 이런저런 이야기를 하며 저녁이 되기를 기다렸다. 집주인도 한참을 기다리고 있는 내게 적잖이 미안했던지 시원한 음료수며 커피를 연신 내어놓았다. 점심 먹을 때 가서 저녁까지 먹고 난 후에야 직지사에 놀러 갔던 이 집의 딸이 돌아왔다. 모두 자리를 피하고 밖으로 나간 후 이 집 딸이 방 안으로 들어왔다.

"오래 기다리시게 해가 미안합니데이."

그녀는 밖에서 들어 알고 있었던지 그렇게 말했다.

"저는 오늘 맞선을 보러온 기 아이고, 밖에 계신 저분을 찾아갔다가 우짜다 보니 여까지 오게 된 깁니다. 오늘은 너무 늦었고 하이끼네, 이만 가보겠심더."

나는 그렇게 이야기를 하고는 방문을 열고 나왔다. 내가 방문을 여는 소리에 옆방에 있던 사람들이 문을 열고 나왔다. 김 반장님 매형은 내가 조금 더 있었으면 하는 눈치였다.

"서울까지 갈라마 지금 얼른 가야 할 낍니다. 안녕히 계시이소."

그는 이렇게 서둘러서 가는 나를 도와주듯 말을 하고는, 옆에 있는 집주인에게 인사를 하고 앞장을 서서 그 집을 나왔다. 김 반장님 매형은 나에게 조금 전에 만나본 아가씨가 어떠냐며 조심스럽게 물어보았다. 나는 아무 대답도 하지 않았다. 나는 큰길까지 가서 그에게 인사를 하고는 혼자 김천역으로 가는 버스에 올랐다. 열차를 타고 서울로 올라오면서, 오늘 김천에 오게 된 것과 생각지도 못한 맞선을 본 것, 모두 너무나 어처구니가 없었다.

오늘 아침에는 지난번 선을 본 아가씨와의 만남을 생각하고 내려왔는데, 그 아가씨네 아버지의 고집과 내 자존심 덕에 일이 잘못된 것을 시작으로, 엉뚱한 또 다른 맞선으로 마무리를 지은 어이없는 하루였다. 밤 12시 가까워서야 집에 도착한 나는, 작은형의 가게에도 들르지 않고 내 방에 들어가서 누웠다. 오늘 있었던 일들이 모두 꿈이었으면 하는 생각을 하며 잠이 들었다.

이튿날, 작은형은 시골에 내려갔던 일이 궁금해서 어떻게 되었는지 물었다. 나는 김천에 갔었던 이야기를 제외하고는 모두 이야기했다.

"니가 정말로 그 아가씨가 마음에 들마 그 아가씨 아부지 말대로 하마 될 일을, 괜히 자존심 부리가 좋은 사람 놓지마 되겠나?"

"쪼매 두고 볼라꼬예. 머리가 복잡시러버가 당분간은 다 잊아뿌고 일이나 열심히 할랍니다."

그 후로 며칠이 지났지만 내 머릿속에서는 처음 만났던 아가씨와의 일이 잊히지 않고 있었다. 그러다 누님에게서 편지가 왔다.

"선 본 아가씨네 집에서 일전에 네가 내려왔다가 도로 올라갔다는 소식을 들었는지, 아가씨 쪽에서는 네가 바라는 대로 다시 한번 만날 수 있도록 할 테니 시간을 내서 한번 왔다 갔으면 하더라."

세상사 마음먹기에 달렸다고 원효대사가 말했던가? 누나의 편지를 읽고 나니 마음을 누르고 있던 커다란 돌덩어리가 치워진 느낌이었다.

얼마 있다가 시골에 내려가 봐야겠다는 생각을 하고 있던 어느 날이었다. 나에게는 또다시 생각지도 않은 황당한 일이 벌어지고 말았다. 일인즉슨, 김 반장님의 부인이 나를 찾아와서는 김천에서 맞선을 본 아가씨가 마음에 드느냐며 여러 가지를 물어보는 것이었다. 나는 딱히 이렇다, 저렇다 말을 하지 못하고 둘러대듯 말했다.

"밤에 그냥 잠깐 본 기라서 뭐, 자세히 보지도 몬 하고 그냥 와뿟심니다."

나는 김 반장님 매형의 입장도 있고 하니 마음에 든다, 들지 않는다는 말을 차마 하지 못하였다. 그냥 잘 못 보고 왔다고 하면 일이 거기에서 마무리될 줄 알고, 그렇게 말을 하고 말았다. 나의 이 말을 듣고 돌아간 김 반장님의 부인은, 이틀이 지난 후 다시 왔다. 일전에 선을 본 그 아가씨 쪽에, 내가 얼굴을 잘 못 봤다더라고 연락을 했더니 다시 한번 보자고 해서, 모레로 만날 날짜를 잡고 왔으니 그날 김천으로 내려가라는 것이었다.

"저는 내려간다꼬 하지도 않았는데 와 내려간다 켔습니까? 저는 그날 몬 내리가니까네 약속한 기는 취소해주이소."

"아무 부담 갖지 말고 한번 더 내려가서 보고 와요."

아주머니는 웃으며 내게 말했다. 그 다음 날은 김 반장님 내외가

나와 작은형을 찾아왔다. 그러고는 김천에서 선 본 아가씨 이야기를
또 하는 것이었다. 작은형은 처음 듣는 얘기라, 나를 보며 어떻게 된
일이냐며 궁금해했다. 나는 전에 김천에서 선을 봤던 이야기를 해주
었다.

"암껏두 아이니까네 신경 쓰지 마이소."

작은형에게는 이렇게 말했지만, 정작 나는 그렇지 못하다는 것이
어이없을 뿐이었다. 김 반장님이 내게 웃으며 말했다.

"그래, 바람도 쐴 겸 한 번 더 갔다 와."

"니가 약속을 하지는 않았지만은 벌써 약속이 되 있는 기를 우짜겠
노? 약속을 한 사람들 입장도 있는 기고, 한 번 더 갔다온나."

이틀 후 정말이지 내키지 않는 마음으로 혼자서 김천으로 다시 내
려갔다. 내가 내려간다는 것을 김 반장님이 전화로 알려주었는지, 내
가 김천역에서 나오자 그곳에 김 반장님 매형이 서 계셨다. 나는 김
천역 앞 다방에서 기다리겠다고 했더니, 지금 김 반장님 매형 가게에
그 아가씨가 와서 기다리고 있으니 거기로 가자는 것이었다.

시외버스터미널 앞에 가서 보니 시외버스터미널 건물에 '터미널
다방'이라는 간판이 보였다. 나는 그 다방에서 기다리고 있겠다고 하
고 다방으로 들어갔다. 다방에 자리를 잡고 앉아 다방아가씨가 주는
엽차를 한 모금 마시고 있는데 그 아가씨가 들어오는 것이 보였다.
나는 물컵을 내려놓고 일어서서 손을 들어 보였다. 아가씨가 자리에
앉자 내가 이곳에 다시 내려오게 된 이야기를 했다. 그리고 내 입장
과 형들과 공부하고 있는 동생에 대해서도 자세히 이야기를 하였다.
아가씨네 쪽은 우리 집보다 가정환경도 좋을뿐더러 경제적인 형편도
나보다 훨씬 좋은 조건이었다. 나는 대충 내가 지금 살고 있는 형편

을 이야기하고 내가 가진 재산이라고는 건강한 몸밖에는 없다고 말했다. 거의 한 시간 정도를 이야기하고, 서로 생각을 해보고 결정을 하기로 하고 헤어졌다. 그 길로 나는 서울로 올라왔다. 나는 이 이후로 이 아가씨와의 만남은 다시 없을 거라 생각했다.

작은형과 형수는 올해는 결혼을 해야 하지 않겠냐고 했다. 그렇지만 나는 그동안 벌어 놓은 돈이 없었다. 하다못해 결혼비용도 없었고, 무엇보다도 내가 살림을 차려서 살면 재천이가 거처할 방도 마련을 해야 하는데, 나에게는 그럴 만한 돈이 없었다.

시골의 큰형님도 아직 넉넉하지 않은 살림이고 작은형도 이제 겨우 가게가 안정되어 가고 있는데, 이 와중에 내가 결혼을 한다고 하면 큰형과 작은형이 부담을 져야 하고, 그렇게 되면 생활이 어려워질 테고, 또 재천이의 방 문제까지 해결해야 한다고 생각을 하니 나의 결혼은 아직은 소원한 일인 것만 같아 가슴이 답답했다.

처음 선을 본 아가씨와의 결혼도 잠시 생각을 했었지만 아무리 생각을 해본들 형편이 따라주지 않는 것은 어쩔 수가 없는 것이었다. 나는 당분간 결혼에 대해서는 생각을 하지 않기로 생각을 정리했다.

나의 이런 복잡한 심경을 아는지 모르는지 재천이의 배움에 대한 열정은 식을 줄을 몰랐다. 어떤 때는 새벽 통금 사이렌이 울리기 직전에 들어와서 새벽이 될 때까지 공부를 하기도 했다. 그런 동생의 모습을 보다가 잠이 드는 것은 참으로 행복한 일이었다. 재천이가 공부를 해서 대학을 마치면, 나도 재천이처럼 열심히 공부해서 대학교에 가야겠다는 생각을 하면서 잠이 들 때가 가장 행복했다.

# 동생 뒷바라지

　내가 맞선을 본 김천에서는 김 반장님 집으로 자주 연락을 하는지 김 반장님 부인은 내게 찾아와서 나의 의중을 떠보면서 아가씨에 대한 칭찬을 많이 하였다. 살림을 알뜰하게 한다는 점과 마음씨가 착하다는 점, 부지런하고 검소하다는 점도 빠뜨리지 않고 말했다. 내가 결혼을 하려고 하는 사람은 처음 맞선을 본 사람인데 다른 사람의 이야기를 자꾸 들으니 일이 이상하게 진행되는 것 같았다. 그래서인지 큰형과 누나에게 가서, 처음 맞선을 본 아가씨를 만나려 했던 계획마저 이뤄지질 않았다.

　그러던 중 예비군 훈련을 같이 받던 친구가 나를 찾아왔다. 자기가 다니고 있는 한국전선 피복반의 기술자들이 모자라서 어려움을 겪고 있는데, 생산부장과 이야기를 하던 중 내 이야기를 했더니 한번 만나보고 싶다면서, 나에게 시간을 내주면 생산부장과의 만남을 한번 만들어 보겠다고 했다. 하지만 나는 지금 일을 하지 않는 것이 아니라 장사를 하고 있기 때문에 별 반응을 보이지 않았다.

그러나 생각을 해보니, 재천이가 검정고시에 합격을 하고 나면 대학교에 입학을 해야 할 테고, 그렇게 하려면 지금 같은 어려운 상황에 입학금과 등록금도 마련하기가 힘들지 않을까하는 생각이 들었다. 또 때마침 내가 하고 있는 국수가게를 하고 싶어 하는 사람도 있고 해서, 나의 마음은 너무나 복잡해졌다. 일단은 시간을 내서 한국전선의 생산부장을 만나 보았다. 그는 첫인상부터 호감 가는 인상에 성격이 아주 낙천적인 사람이었다.

그날 이야기의 핵심은 월급이 얼마냐는 것이었다. 나는 내가 요구하는 월 10만 원만 보장하면 일하는 것을 생각해보겠다고 했고, 그분도 회사에 가서 상의한 후에 연락을 주겠다고 했다. 그것은 작은형과 의논도 하지 않고 나 혼자 결정한 것으로, 그 일을 저녁을 먹고 나서 작은형과 단둘이 있을 때 이야기했다. 내가 하는 이야기를 모두 듣고 작은형은 잠시 동안을 아무 말을 하지 않고 있었다.

"니 마음이 그런 줄은 몰랐데이. 그동안에 나는 니가 모든 걸 알아서 잘하는 줄로만 알았지, 이런 걱정을 하고 있는 줄은 생각도 몬 했다. 며칠 동안 생각을 해보고 결정해도 될 일이니까네 너무 조급하게 마음묵지 말고 좋은 방법을 함 찾아보제이."

작은형의 말이 옳은 것 같아 그렇게 하기로 하였다.

그런 일이 있고 난 후부터 나는 맞선봤던 일들을 잊고 가게 일에 전념을 하기로 하였다. 그런데 김 반장님의 부인이 또 나를 찾아온 것이다.

"일전에 만났던 김천의 아가씨가 서울 외삼촌네 잔칫집에 왔다가 지금 우리 집에 와 있어요. 왔는데 한번 만나봐야 되지 않겠어요?"

나는 뭐라고 딱히 할 말이 생각나지 않았다. 만나자니 그렇고, 안 만나자니 그것도 그렇고……. 나는 한 시간 후쯤 가겠다고 하고는 김 반장님 부인을 돌려보냈다. 나는 작은형과 형수에게 이야기를 하고 난 후, 옷을 갈아입고 김 반장님의 집에 찾아갔다. 커피 한 잔을 마시며 나는 어떤 말을 꺼내야 할지 몰라 그저 헛기침만 하고 있었다. 김 반장님 내외는 나에게 둘이서 밖에 나가서 이야기를 하라고 권하는 것이었다. 그렇게 김 반장님의 집을 나온 나는 지나가는 택시를 세웠다. 딱히 어디로 갈 계획도 없이 뒷문을 열어 아가씨를 먼저 태우고 나도 뒤따라 탔다. 택시기사가 어디로 갈지를 묻자 잠깐 생각을 한 끝에 서오릉에 가자고 얘기했다.

택시는 빠른 속도로 달렸다. 서오릉은 신사동에서 그리 멀지 않은 곳이어서 금방 올 수 있었다. 택시에서 내려서는 순간, 울창한 소나무 숲 사이로 조선시대 왕족의 커다란 능이 여기저기 보였다. 맑은 공기와 푸르른 산을 보며 나오길 잘 했다는 생각이 들었다. 입구의 매표소에서 입장표를 사서 들어갔다. 사람들이 다니는 길은 흙길로 되어 있고 길 이외의 모든 땅은 잔디를 깔아 잘 가꾸어 놓은 것이 보기 좋았다. 내 옆에서 걸어오는 아가씨에게 나는 조심스럽게 말을 걸기 시작했다.

어머니가 일찍 돌아가시고 아버지는 다른 여자와 살림을 차려서 세 명의 자식을 낳았다는 이야기를 했다. 나는 지금 돈도 없고 재산이라고는 튼튼한 몸뚱이뿐이라는 얘기도 했다. 또 하나밖에 없는 동생을 형님들과 함께 대학공부까지 시켜야 하기 때문에, 경제적으로 어려움이 없는 집에서 태어나고, 가정환경도 우리는 비교조차 할 수 없는 아가씨와 나는, 아무리 생각해도 어울리지가 않는다고 말했다. 그러니 이쯤에서 서로가 생각을 정리하는 것이 좋겠다고 했다. 진작했어야 하는 이야기를 이렇게 여러 번을 만난 후에야 하게 된 것이다. 서오릉을 한 바퀴 돌았을 무렵 나는 한마디 덧붙였다.

"나같이 가난하고 배우지 몬한 사람 만나지 말고, 좋은 사람 만나가 결혼해서 잘살기를 바라겠심니다."

나는 그 말을 끝으로 앞장을 서서 서오릉을 나왔다. 아가씨를 택시에 태워 보내야겠다는 생각에서였다. 택시를 기다리며 서 있는 내 옆으로 아가씨가 다가왔다.

"어데 가서 차나 한 잔 더 하실레예?"

그녀와 나는 서오릉 입구에서 조금 떨어져 있는 곳에 있는 허름한 식당에 자리를 잡고 앉았다. 시원한 사이다가 잎에 놓였을 때 그 아가씨가 입을 열었다.

"오늘 재길 씨 이야기를 듣고 마이 놀랬어예. 이렇게 어렵게 살고, 집안이 이런 줄도 모르고, 우리 부모님들도 이런 집안인 줄은 모르고 계실 낍니더."

자존심이 상했다. 그러나 나는 아무런 말도 하지 않았다. 말을 안하기는 했어도 그렇다고 거짓말을 한 적도 없다고 말하고 싶었지만, 구차한 변명 따위는 늘어놓고 싶지 않았다. 아무 말도 하지 않는 내 얼굴을 쳐다보던 아가씨가 다시 입을 열었다.

"아버지가 딴 살림 차린 기 자식이 무신 잘못이 있심니꺼? 그기 재길 씨가 잘몬한 일임니꺼? 그라고 가난하고 배우지 몬한 사람들이 천지에 한두 명이 아니지 안능교? 튼튼한 몸을 가지고 열심히 노력해가 잘 사는 사람이, 유산 상속받아가 사는 사람들보다 내는 더 훌륭하다꼬 생각함니더."

그녀는 내가 했던 말을 한마디도 잊지 않고 모두 이야기를 하는 것이었다. 그녀는 마지막으로 나에게는 영원히 잊히지 않을 말을 했다.

"제가 만약에 재길 씨하고 결혼을 한다면, 재길 씨가 연탄장사를 하면 뒤에서 연탄 리어카를 밀어줄 끼고, 재길 씨가 야채장사를 하면 뒤에서 야채 리어카를 밀어줄 낍니더. 내는 그럴 각오가 돼 있다, 그 말입니더."

나는 그녀의 그런 이야기를 들으며, 아무 말도 하지 않고 고개도 들지 못하고 그저 사이다 잔의 거품만을 보고 있을 뿐이었다. 아가씨의 이야기가 모두 끝이 나고도 한동안 서로 말없이 앉아 있던 우리는 그곳을 나와 역촌동 버스종점까지 말없이 걸어갔다. 버스종점까지 온 아가씨는 한참 만에 내게 말을 했다.

"여서 서울역 가는 버스 타고, 서울역 가가 열차 타고 김천 내리갈 게예."

"잘······ 가이소."

버스에 올라타는 그녀에게 나는 다른 말을 하지 못하고 그렇게 그녀와 헤어졌다. 나는 지금까지 마음속으로 생각하고 있었던 미래의 결혼할 여자는, 처음 맞선을 본 그 아가씨라고 생각하고 있었다. 그런데 오늘 서오릉에서 내가 한 말을 듣고 본인의 생각을 똑 부러지게 이야기하고 떠난 김천의 아가씨의 말이 자꾸만 생각이 나는 것이 정말 이상한 일이었다. 며칠 동안을 이 생각 저 생각 해보았지만 어떻게 하면 좋을지 속 시원한 해답이 떠오르질 않았다.

일전에 만난 한국전선의 생산부장에게서 만나자는 연락이 왔다. 내가 제시한 조건대로 월급을 줄 테니 한국전선에 나와서 일을 해달라는 것이었다. 나는 당장은 가게처리 문제도 있고 하니 한 달만 시간을 달라고 했다. 국수가게를 인수하려는 사람은 내가 투자한 금액에 20만 원을 더 주겠다고 했다. 재천이가 일찍 들어온 날 저녁에, 작은형과 재천이에게 앞으로 재천이가 묵을 방도 있어야 하고 재천이가 학교를 다니자면 많은 돈이 필요할 테니, 국수가게를 팔고 나는 당분간 직장생활을 하는 것이 어떻겠냐는 이야기를 했다. 작은형은 지금 가게를 정리하면 다시는 가게를 할 수 없을 것이라며 반대했다. 동생 재천이는 자신 때문이라고 생각했는지 아무 말도 없었다.

"야가 늦게 시작한 공부를 어떻게든 중단시키지 말고 계속시켜야지, 공부하던 도중에 그만 시키마 다시 공부를 시작하기가 어렵다, 아임니꺼? 이번에 쫌 고생이 되더라도 내가 직장을 다니마 어느 정도는 형편이 나아질 거 같심니데이. 돈이라 카는 기는 또 열심히 벌마 되지 않겠심니까?"

"니 생각이 그라마 잘 생각해가 결정해레이."

다음 날부터 나는 여기저기 복덕방을 다니며 방을 알아보러 다녔다. 여러 날을 다닌 끝에 방 한 칸을 전세로 얻을 수 있었다. 가게를 인계해주고 새로 얻은 방으로 이사를 했다. 방을 얻고 남은 돈은 재천이가 필요로 할 때까지 작은형에게 맡겼다. 이삿짐 정리를 모두 끝내고서 나는 도봉동에 있는 한국전선으로 출근을 하였다.

# 양계장 집 아가씨

오랫동안 해보지 않았던 전선 일이었지만 그렇게 어려운 일은 아니었다. 어려운 것은 버스를 왕복으로 여섯 번을 타야 한다는 것이었다. 아침 출근 버스는 정말이지 너무나 복잡했다. 출근 버스를 탈 때마다 차장아가씨들이 사람들을 밀어 넣고 문도 닫지 않은 채 차에 매달려서 "오라이!" 하면 버스가 출발하고 버스가 가는 도중에 문을 닫곤 했다.

공장일이 바쁠 때면 나는 집에도 가지 못하고 거의 주야로 일을 했다. 공장에는 나와 비슷한 또래의 사람들이 아주 많아서 쉽게 이야기하고 친해졌다.

공장에 다니기 시작한 지 얼마 지나지 않아서 김 반장님 부인이 나의 결혼에 대해 본격적으로 이야기하기 시작했다. 김천 쪽에서는 모든 것이 좋다고 하니 나만 결정을 하라는 것이었다. 나는 지금의 내 형편을 자세히 이야기하며 올해는 결혼할 형편이 되지 않으니 나를 생각하지 말아줬으면 좋겠다고 이야기했다. 솔직히 재천이와 같이 사는 방 한 칸을 가지고는 어떻게 할 방법이 없었다. 요컨대 결혼비용과 살림 차릴 방을 얻을 돈이 없기 때문이었다.

김 반장님의 부인이 돌아가고 며칠이 지난 후, 김천의 아가씨에게서 한 통의 편지가 왔다. 난생처음 받아보는 여자의 편지였다. 편지의 내용은 이랬다.

"지난번 서울에서 만났을 때 나의 마음을 모두 이야기해서 이해해줄 줄 알았는데, 재길 씨가 나와 결혼을 할 의사가 없다는 태도를 보인 것이 이해하기 어렵습니다."

나는 답장도 하지 않고 그냥 아무렇지도 않게 또 며칠을 보냈다. 공장일이 바쁘기도 했고, 쉬는 날에는 작은형 가게일노 도와줘야 했기 때문에 다른 일에 신경을 쓸 만큼 나는 한가하지 못했다.

김 반장님과 김천아가씨 어머니가 한편으로는 고종사촌, 한편으로는 외사촌지간이라는 것을 알게 된 것은 불과 얼마 전이었다. 김 반장님의 부인에게서 우연히 듣게 되었다. 어떻게 해서라도 나와의 결혼을 성사시키려고 노력을 많이 하는 사람들이었다. 돈도 없고 배우지도 못한 나를 위해, 오래전에 대원전선에서 같이 일했던 것이 인연이 되어, 작은형이 가게를 시작할 때 어음을 빌려줬고, 그 어음금액만큼 공장에 필요한 물건으로 팔아주신 분들이었다. 나에게 무엇 때문에 이렇게 신경을 써주는 건지 나로서는 도무지 이해가 가지 않았다. 일요일에는 교회에서 꼭 만나곤 했다. 김 반장님도 나를 보면 항상 아가씨 이야기를 꺼냈다.

"걔가 살림도 잘하고 알뜰하고 심성도 착해. 그리고 재길이 자네를 많이 좋아하는 것 같으니까 시간 내서 다시 한 번 만나봐. 그래서 이번에는 결혼에 대해서 결정을 해야 하지 않겠어?"

김 반장님의 이야기를 들으니 그렇게 하는 일이 옳은 일인 것 같았다. 나는 그 아가씨에게 편지를 받은 지 한참 만에 편지를 썼다. 그것은 지난번에 받은 편지의 답장이 아니라 일방적으로 나의 입장을 전하는 편지였다.

　　"나는 지금 한 달 10만 원을 받고 직장생활을 하고 있습니다. 동생의 뒷바라지도 해야 하기 때문에 만약 약혼을 하게 되면 폐물, 결혼을 하게 되면 예단을 서로 하지 않기로 하면, 즉 안 해주고 안 받기로 할 수 있다면 우리 두 사람의 약혼을 생각해보겠습니다."

　　며칠 후 편지의 답장이 왔다.

　　"재길 씨가 원하는 대로 다 따르겠습니다. 다만, 시계만 폐물로 해주시면 좋겠습니다."

　　나는 이 편지를 작은형과 형수에게 보여 주었다. 형수는 내 이야기를 듣고 편지를 보더니 말했다.

　　"시골의 형님하고 상의해서 해볼 테니까 이런 식으로는 결혼 준비하지 마세요, 도련님."

　　"하지만 내는 이제 어느 정도 큰형님하고 작은형님이 기반을 잡고 살아가는데, 내 결혼식 때문에 다시 힘들게 살아야 한다 카믄, 내는 그렇게는 할 수 없심니더."

　　나는 이렇게 말을 하고 집으로 돌아와 김천아가씨에게 답장을 썼다.

　　"좋습니다. 그렇게 하죠."

　　나는 간단하게 적은 편지를 보내고, 그 이후로 몇 번의 편지를 주고받았다. 그렇게 우리 두 사람의 약혼 준비가 하나하나 시작되었다.

　　시골의 큰형님과 누님에게 연락을 하고 약혼식을 하기 하루 전날 나는 김천으로 먼저 내려갔다. 그쪽 어른들이 약혼식은 여자 쪽에서 준비하는 것이라고 했기 때문이었다. 그녀를 저녁에 잠시 만난 나는 편지로 약속한 것을 내일 꼭 지켜 달라는 말을 다시 한 번 부탁했다. 그러면서 만약 내일 약속이 지켜지지 않으면 약혼식을 할 수 없다는 말을 했다. 나는 편지의 내용대로 하겠다는 그녀의 다짐을 듣고서야 안심이 되었다.

그렇게 우리는 헤어지고 나는 형제들에게 김천에서 만날 장소와 시간을 전화로 알려 주었다. 그리고 나서 버스정류장 앞에 있는 여관에서 하룻밤을 묵기로 했다. 베개를 베고 누워서 여기까지 오게 된 지난 일들을 생각해보았다. 이 낯선 김천아가씨와 약혼을 하는 일이 바로 내일로 다가왔다는 것이 실감이 나지 않았다. 나는 늦게까지 잠을 이루지 못하다가 새벽녘이 되어서야 겨우 잠을 잘 수 있었다.

그 바람에 늦잠을 자고 말았다. 허둥지둥 세수를 하고는 부리나케 김천역 앞으로 나갔다. 나는 미리 가서 개찰구 앞에서 기다리고 있었다. 서울과 예천에서 출발하는 기차시간은 달랐지만 모두가 12시 전에 도착했다.

장소는 아가씨 쪽 집에서 한다고 해서 모두 그곳으로 갔다. 그곳에는 나와 약혼을 할 사람을 축하해주기 위해 양쪽 집안 식구들은 물론, 가까운 친척들까지 집이 복잡할 정도로 사람들이 많이도 모였다. 나는 그쪽 어른들께 우리 집 식구들을 한 명 한 명 자세히 소개해 드렸다. 그쪽에서도 우리 쪽 식구들에게 한 명씩 소개를 했다. 양쪽 집안의 인사가 모두 끝나자 식사를 할 시간이 되었다.

우리 집안과는 달리 그쪽 집안은 모두가 기독교 신자들이라 상 위에는 술이 없었다. 나는 이런 날에는 아버지와 큰형이 술 한잔 생각을 하지 않을까 하여 아가씨에게 살짝 이야기했다. 그러자 밖으로 나갔다가 다시 들어오더니 얼마가 지나자 누군가 방문을 열고서 정종 한 병을 들고 들어왔다. 아가씨의 어머니는 조금 당황하시며 사과를 하셨다.

"우리가 전부 기독교인이라서 술을 생각 몬 했심니다. 그쪽 어르신 들이나 다른 분들 생각을 해가 미리 준비했으야 카는 긴데 죄송합니 데이."

그러자 큰형이 말을 받았다.

"어데예, 괘안심니다. 마음에 담아 두지 마이소."

큰형은 그쪽 어른들에 대한 예의를 깍듯하게 갖추었다.

식사를 마치자 모두가 예물을 사러 가자고 했다. 나는 어젯밤에 예 물에 대해서 아가씨에게 얘기했고 나의 의견대로 따르겠다고 했으니 그렇게 하겠지 싶어 나는 아무런 내색도 하지 않았다. 우리가 김천의 지리를 모르니 그쪽에서 가자는 대로 따라갔다. 도착한 곳은 김천에 서 가장 번화한 역주변의 역전통로였다. 금은방에 들어서서, 그쪽 어 른들과 우리 쪽 아버지와 큰형은 소파에 앉고 누나와 두 형수가 진열 장에서 여러 가지 귀금속들을 손으로 가리키자 주인은 꺼내서 보여 주었다. 얼마의 시간이 흐르자 몇 가지 물건이 결정되었다. 나의 얼굴 은 심히 일그러져 있었다. 나는 아가씨를 밖으로 불렀다.

"어제 내가 그래 이야기를 한 지가 24시간도 되지 않았는데, 어제 한 약속은 잊아뿌습니꺼? 이란 식으로 할 거 같으마 약혼은 없던 일 로 해야겠심니더. 내는 이 길로 서울로 올라갑니다."

나는 그렇게 말하고는 역을 향해 걸어갔다. 일이 갑자기 이렇게 되 어 나의 마음도 말할 수 없이 착잡했다. 김천역에 도착해서 표를 사 려고 줄을 서고 있는데 큰형수와 작은형수가 급하게 달려왔다. 나를 보자 안도하는 표정을 짓더니 달래듯 다시 금은방으로 가자고 하였다. 나는 어제 저녁에 한 약속을 이야기하였다.

"삼촌 마음을 모르는 건 아니에요. 그런데 오늘은 양쪽 집안 어른들도 다 계시고, 이런 일로 약혼을 깨면 안 되는 거예요. 가서 이야기를 해서 그쪽을 이해시켜 보는 게 좋을 것 같아요."

큰형수가 이렇게 이야기하자 작은형수가 말을 받았다.

"그리고 해줄 만큼 해주고 받을 만큼 받으면 시집을 때 그거 전부 가져오는 거기 때문에 삼촌이 이득이면 이득이지 절대 손해 보는 일은 아니에요."

"내는 아직까지 우리 형제들이 살아가는 기 여유롭지가 않은데, 내가 결혼하면서 형들에게 짐이 된다 카면 나중에 형들이 살림살이가 넉넉해지라믄, 내가 짐된 그만큼 늦어질 거 아임니까? 내는 그렇게까지 해가믄서 결혼하지는 않을 낍니다."

그러나 두 형수들은 그래도 오늘은 이러면 안 되는 거라며 반강제적으로 나를 데리고 다시 금은방으로 갔다. 금은방에 들어서자 아가씨의 부모님들은 내게 왜 이런 일이 벌어진 건지 물어오셨다. 그것은 아버지와 큰형도 마찬가지였다. 나는 그 자리에 서서 지금까지의 내가 갖고 있던 생각과 어제 저녁에 둘이서 한 약속에 대해서 이야기를 했다. 내 이야기를 다 들으신 아가씨의 아버지가 얼굴이 굳어지신 채로 내게 말씀하셨다.

"지금까지 같이 데리고 살다가, 이제 딸자슥 시집 보낸다꼬 생각하면은 그것도 섭섭한데, 돈이 없어가 예물을 몬 받으마 몰라도 예물도 하나 받지 몬하고 시집을 보내야 한다카믄, 천지에 어떤 부모가 서운하다 생각 안 하고 그래 하라꼬 하겠는가?"

"재길아, 니 마음을 이해하지 몬 하는 것은 아인데 사돈어르신 입장도 있고 하이끼네, 니가 생각을 쫌 달리 해보마 안 되겠나?"

"내는 지금 예물을 안 해주겠다는 기 아이고 지금은 시계 하나를 예물로 하고 나중에 살면서 하나하나 해주겠다는 깁니다."

아가씨의 아버지는 그렇게 말하는 내 얼굴을 보기도 싫으셨는지 옆으로 돌아앉아 버리셨다. 아가씨의 어머니가 난처한 표정으로 말을 했다.

"당사자가 그라는데 우짜겠습니까? 애들 결혼시킬라면 따라갈 수밖에 엄찌 않겠능겨?"

결혼식의 예행연습이라 할 수 있는 약혼식 날, 예물교환은 하지 않겠다는 나의 이야기에 아가씨 쪽 사람들과의 첫 만남은 어색하고 서운한 마음으로 그렇게 끝을 맺었다.

서울로 올라온 나는 앞으로 살아갈 방법을 생각해보았지만 뾰족한 해결책은 떠오르지 않았다. 큰형수와 작은형수는 올가을에는 결혼을 해야 한다면서 아가씨와 자주 만나 결혼식에 대해서 이야기를 하여 계획을 세우라고 했다. 약혼식은 했지만 예물사건 때문에 나의 마음 역시 편하지는 않았다. 그녀의 가족들에게 미안하고, 내가 잘 살지 못해 이런 일이 벌어진 것 같아 괜스레 화가 나기까지 했다.

'생각해보면 일생에 한 번뿐인 결혼식인데, 예물을 서로 교환하여 그것을 정표로 삼고 살아가고, 친지들이나 친구들에게 자랑도 하고 그러는 것이라던데, 그러나 일은 이미 벌어졌고 그러니 결혼을 하면 열심히 돈을 벌어서, 약혼식 때 해주지 못 한 것을 몇 배로 해주면 되겠지.' 내 스스로가 마음속으로 위안을 해보았다.

재천이와 나는 서로가 해야 할 일에 열중했다. 형들에게 폐 끼치기 싫은 마음에, 야간에 교회에서 하는 야학으로 공부를 하는 동생의 모습을 볼 때면, 형으로서 동생을 제대로 뒷바라지를 해주지 못하는 것 같은 죄책감마저 들었다. 그러나 그렇게 열심히 공부하는 재천이는 내게 머지않아 우리 형제들 중에서도 대학생 한 명이 탄생할 것이라는 희망을 주었다. 그렇게 생각하면 어쩐지 몸에 힘이 솟고 자랑스러운 마음이 생겨났다.

# 나의 아내

가을이 되었다. 드디어 나의 결혼식이 다가온 것이다. 그동안 그 아가씨와 편지를 몇 번 주고받았지만 만나서 결혼식 날짜를 잡고는 결혼식을 올린 것이다. 결혼식이 끝나고 신부 친구들과의 식사를 하고서 여러 명이 되는 친구들에게 차비를 주고 보니 주머니의 돈이 모두 바닥이 났다.

모두가 돌아가고 나니 이제는 나의 아내가 된 그녀와 둘이서만 남았다. 막상 결혼식을 올리긴 했지만 갈 곳이 없었다. 동생과 살고 있던 방으로 와서 첫날밤을 보내고 나니 걱정이 되기 시작했다. 나와 아내가 이곳에서 살면 동생이 갈 곳이 없어진다는 생각을 미처 하지 못한 것이다.

이튿날, 나는 회사에 가서 생산부장님을 만났다. 그는 나를 보자 며칠 동안 신혼여행이나 다녀와서 회사에 출근해도 되는데 웬일로 이렇게 왔냐며 의아해했다. 나는 사람이 없는 곳으로 그를 데려가서 지금 나의 사정을 이야기하고, 사글세방이라도 얻으려면 돈이 필요하니 회사에 말해서 가불을 좀 해 달라고 부탁하였다. 내 얘기를 들은 생산부장님은 내가 회사에서 일을 시작한 지 얼마 되지 않아서 어려울 거 같다며, 이야기는 해보겠다고 하였다.

며칠간의 결혼휴가가 끝나고 회사에 출근을 하였다. 생산부장님이 나를 찾았다. 전무님과 상무님에게 이야기를 해서 40만 원의 돈을 가불해주기로 하였단다. 생산부장님께 고맙다는 말을 몇 번이나 했는지도 모를 정도로 인사를 했다.

점심시간에 회사 근처 복덕방을 찾아다니며 싼 방을 알아보며 부탁을 하였다. 며칠 동안 발품을 팔고 다닌 결과 적당한 방을 찾을 수 있었다. 도봉산 밑에 있는 그 방은, 전세비가 70만 원이었는데 40만 원밖에 없다고 하자, 전세가 잘 나가지 않아서 그런다며 40만 원만 받는 대신, 나머지 30만 원은 6개월 안에 달라고 하였다. 회사에 얘기를 하고 가불을 받아온 40만 원을 가지고 계약을 하였다.

이튿날 아내와 나는 이사를 하였다. 이삿짐이라고 해봐야 내가 입던 옷 몇 벌과 아내가 가지고 온 작은 가방이 전부였다. 그래도 나는 회사일이 끝나고 새로 이사한 집으로, 만원버스에 시달리지 않고서 퇴근을 할 수 있었다. 방에 들어선 순간, 방 안에 살림살이라고는 아무것도 없었다. 아내는 친정에 전화를 걸어가지고 오지 못한 이불을 화물로 부쳐 달라고 연락을 했다면서, 오늘은 가방에 들어 있는 옷가지를 덮고 자야겠다고 하는 것이었다. 잠시 후에 아내가 저녁 밥상을 들고 들어오는데, 상도 없이 밥 한 그릇에 수저 한 벌만을 갖고 들어왔다. 그나마도 근처 구멍가게에서 구해 왔는지 라면박스를 접어서 엎어놓고 그 위에 한 그릇의 밥과 반찬이라고는 김치와 무국 한 그릇을 올려놓았다.

"와 밥이 한 그릇밖에 엄습니까? 당신도 같이 무읍시다."

"갑자기 이사를 오는 바람에 이 동네 지리도 모리고, 집주인 아줌마한테 물어 보이까네 시장도 버스 타고 몇 정류장을 가야 한다 케서, 오늘은 결혼할 때 가지고 온 그릇 한 벌하고 수저 한 벌뿐이라에. 지금은 뭐, 물 것도 엄지만은 그래도 드셔 보이소."

그러면서 그녀는 내게 환한 미소를 지어 보였다. 그런 그녀를 바라보는 나의 마음속에서는 형용할 수 없는 감정들이 소용돌이쳤다. 알뜰하게 절약하는 것도 좋지만, 밥상 하나, 숟가락 하나 준비도 없이 결혼을 한 내 자신이, 고개를 들지 못할 정도로 부끄럽기 그지없었다. 생각 같아서는 그 자리에서 일어나 뛰쳐나가고 싶은 심정이었다. 숟가락을 들지도 못하고 한참 동안을 라면박스 위에 놓인 밥 한 그릇과 국 한 대접을 바라보고 있던 나의 두 눈에서는 나도 모르게 눈물이 흐르고 있었다.

흘러내린 눈물로 얼굴이 젖어오자 아내는 몹시 당황한 듯 나에게 물었다.

"갑자기 와 이라는교? 내가 뭐 잘못했심니까?"

그녀는 자기가 무슨 잘못이라도 한 줄 알고 안절부절못했다.

나는 그런 내 아내의 손을 잡고 말했다.

"내가 말 안 했심니까? 내는 암것두 엄따꼬. 내는…… 가진 게 암것도 엄따꼬…… 말 안 했심니까? 앞으로 내하고 살다보마…… 말 몬 할 정도로 고생을 마이 할 낀데……."

입 안에서 얼굴을 타고 흘러들어 온 눈물의 짠맛이 느껴졌다. 아내는 고개를 들고 나를 똑바로 쳐다보면서 나지막이, 그러면서도 분명한 말투로 내게 말했다.

"결혼하기 전까지 우리가 마이 만나지도 몬 하고, 이야기도 그리 마이 하지는 몬 했지만은, 재길 씨가 꾸밈없이 솔직하게 내한테 이야기를 하는 모습을 보여 주고, 또 재길 씨가 검소하고 건강하다는 것을 내한테 보여준 기, 내가 재길 씨를 선택한 이유입니더."

그녀는 잠시 숨을 고르더니 이내 말을 이어갔다.

"부모님 잘 만나가 살던 사람은 젊을 때는 부모님 덕에 고생을 안 하겠지만은 그기 얼마나 가겠심니꺼? 우리는 지금 젊으니까네 열심히 일하고 알뜰히 살림하마 언젠가는 잘살 수 있는 날이 오지 안 하겠는교?"

이야기를 듣고 있던 내 눈에서 눈물이 또다시 흘러내리자, 그녀는 잠깐 이야기를 멈추더니 그 고운 손으로 내 얼굴 위의 눈물을 닦아주었다.

"내도 실은 맞선을 몇 번 보긴 했는데, 그중에는 마이 배운 사람도 있었고, 재산도 많은 사람도 있었지만은 중요한 거는 학벌도 아이고, 돈도 아이라 사람 됨됨이라꼬 생각합니더. 그래서 재길 씨를 마음속에 담았는지도 모르지예. 앞으로 살아갈라면 여러 가지 힘든 일들을 마이 겪을 틴데, 절대 흔들리지 말고 지금처럼만 내한테 말한 그대로만 살아 갔으마 좋겠심니더."

그녀는 말을 마치고는 좀 전에 보여 주었던 그 환한 미소를 내게 다시 지어 보였다. 그러고는 숟가락으로 밥 한술을 떠서 내 입 앞에 갖다 댔다. 내가 입을 벌리지 않자, 살짝 흘겨보더니 억지로 밥숟가락을 입 안으로 밀어 넣어주었다. 입 안에서 그녀가 넣어준 밥알들과 함께 내가 흘린 눈물의 맛이 같이 느껴졌다. 나의 아내는 곧 내 손에 숟가락을 쥐어 주었다. 우리는 서로의 입에 밥을 먹여 주며 저녁을 먹었다. 환한 얼굴로 서로를 쳐다보며 웃는 웃음에서는 서로의 행복감을 느낄 수 있었다. 나는 그녀가 떠주는 밥을 먹으며 다짐했다. 눈물 따위 다시는 흘리지 않고, 내 몸이 아무리 힘들고 고달파도 내 아내를 고생시키지 않기 위해 노력하고, 또 노력하겠다고……. 그날 먹은 한 끼의 저녁밥은, 비록 라면 상자에 놓인 초라한 밥이었지만, 세상 그 어떤 부자의 밥상과도 비교할 수 없는, 나에게는 더없이 풍성하고 화려한 진수성찬이었다.

# 도봉동 행복한 단칸방

우리 부부는 그날의 일을 가슴에 담아두고 열심히 살기 시작했다. 나는 회사일이 끝나면 곧장 집으로 갔다. 걸음걸이는 마치 뛰는 듯했다. 아내는 결혼을 할 때 가져온 돈이 조금 있었는지, 그릇도 한 벌 더 사고 싸구려 밥상이지만 조그맣고 둥그런 알루미늄 밥상도 하나 샀다. 그리고 회사에서 돌아오면 프라이팬에 김치 부침개를 부쳐놓고서 기다리고 있었다. 비록 아무것도 없는 부족한 생활이었지만 우리는 행복했다. 사람들이 이래서 결혼을 하는구나, 이해가 되었다.

일요일이면 도봉동에서 그전에 살던 증산동까지, 가까운 거리는 아니었지만 가고는 했다. 다니던 교회도 그곳에 있었고 작은형의 가게와 재천이의 방도 그 근처이다 보니, 그곳에 가면 모두를 만날 수 있었기 때문이었다. 작은형의 가게는 여전히 손님들이 많았다. 그래서 우리는 교회에 다녀와서부터 저녁이 될 때까지 가게 일을 도와주고서 버스를 세 번 갈아타고는 집으로 돌아왔다. 그래도 힘든 줄도 모르고 일요일이면 잊지 않고 갔다.

나의 한 달 월급은 10만 원이었다. 회사에서 가불받은 40만 원은 매월 2만 원씩 공제해갔다. 그리고 동생 재천이가 공부를 하니까 매월 4만 원씩을 생활비로 주었다. 그렇게 해서 수중에 남은 돈 4만 원이 우리의 한 달 생활비였다. 결혼하기 전에 재천이에 관한 이야기는 미리 했었지만, 매달 생활비를 줘야 한다는 사실이 아내에게 겉으로 내색은 하지 않았지만 속마음으로는 너무 고맙고 또 미안했다.

결혼식이 끝나고 신혼여행도 가지 못하고, 전세방을 얻을 돈이 없어서 회사에서 가불받은 돈으로 겨우 단칸방을 마련한 것도 그렇고, 동생이 매월 4만 원씩을 가져가서 살림은 쪼들리니, 어찌 이런 아내에게 미안하지 않을 수가 있었겠는가? 그럼에도 아내는 불평 한마디 하지 않았다. 월급날이 가까워오면 집에 돈이 떨어지는 일이 있어도 나에게는 돈이 떨어졌다는 말을 하지 않았다. 돈이 떨어지면 동네에서 단골로 다니는 구멍가게에서 몇 천원을 빌려서 월급을 받는 날까지 쓰고 월급 받은 돈으로 갚곤 했다. 나는 그런 사실을 몇 달이 지나서야 알게 되었다. 그렇게 쪼들리는 삶인데도, 그녀는 내가 회사에 갈 때나 퇴근을 해서 돌아올 때, 항상 밝은 얼굴로 나를 맞이해주었다.

몇 개월의 달콤한 신혼생활을 즐기던 중, 어느 날 아내는 나에게 조용히 말을 하였다.

"얼라가 생깄네예."

아무 생각도 나지 않았다. 솔직히 기쁜 마음이 들기보다는 어깨를 짓누르는 중압감이 먼저 느껴졌다. 그러나 아내에게 내색을 할 수는 없는 일이었다.

"잘 됐다. 하나만 일찍 나아가 잘 키아보제이."

나는 아내의 마음이 조금이라도 편했으면, 하는 생각으로 이렇게 이야기했다. 아내의 얼굴은 내 이야기를 듣고 한결 편안해진 것 같아 보였다. 내가 혹시 부담을 느껴 싫어하기라도 하면 어쩌나, 내심 걱정을 하고 있었던 모양이었다.

그 이후로 나는 집과 회사만을 왕복하여 다녀야 했다. 앞으로 아기가 태어나면 돈이 많이 필요하기에 야간잔업을 마다않고 일을 했다. 그러나 매월 가불받은 금액과 재천이 생활비를 제하고 남는 돈으로 하는 살림살이는 항상 어려웠다.

그러던 중 작은형이 미처 주지 못한 방 보증금 30만 원을 내게 주었다.

"진작에 해줬으마 좋았을 낀데 이제사 돈이 되뿟다. 기왕 주는 거 더 주마 좋겠는데, 미안타."

재천이와 함께 살던 방마저, 결혼을 하면서 재천이에게 주고 온 것을 작은형은 잊지 않고 있었던 모양이었다. 나는 사양도 하지 않고 받았다. 돈을 안주머니에 소중히 넣으며 형에게 몇 번이고 고맙단 말을 하였다. 나는 작은형에게 받은 돈을 집 주인아주머니에게 주며 이야기했다.

"그동안에 없는 사람한테 방을 주셔가 고맙습니데이. 기다리주시가 고맙고예, 돈이 이제야 마련이 되가 드리게 됐습니더."

"돈 마련하는데 힘들었을 텐데 우리도 집만 있다 뿐이지 살림이 넉넉하지는 못해서……."

방으로 와서, 이 방이 이제 정말 우리의 방이구나, 그렇게 생각을 하니 기분이 한결 좋아졌다. 그동안 주인집 사람들만 보면 왠지 고개가 숙여지고 마당에서든, 집 주변에서든 마주치는 것이 늘 거북했었다. 자격지심이었는지는 모르겠지만, 이사를 오고 나서 지금까지 마음이 편치 않은 것은 사실이었다.

어려운 살림이었지만 아내는 절약, 또 절약했다. 사실 절약을 할 돈도 없었지만, 앞으로 태어날 아기를 위해, 동대문시장까지 가서 기저귓감을 끊어 왔다. 동네 아주머니들이 동대문시장에 가면 포목시장이 있어서 거기에 가서 사면, 감을 싸고 많이 살 수 있다고 했단다. 회사에서 돌아온 나에게 기저귓감을 보여 주고 나서 가위로 하나하나 잘라놓았다. 우리 두 사람은 돈을 많이 벌지는 못해 가난하게는 살았지만 정말 많이 행복했다.

어렸을 때 엄마가 돌아가시고 난 후, 일찍 객지생활을 시작한 나로서는, 항상 떠돌이처럼 한 곳에서 오래 정착하지 못하고 살아와서인지, 가정을 이루고 조금이나마 안정된 삶을 살다 보니, 하루하루가 희망이 생기고 가정이라는 것이 나에게 이런 안도감을 주는구나 하는 생각에 나날이 행복했다. 어쩌면 내 아내는 나보다 더 행복해했는지도 모르겠다. 나를 대하는 얼굴이 언제, 어디서나 밝은 얼굴이었다. 잠시라도 어두운 얼굴이나 내가 싫어하는 일은 하지 않았다. 말로는 표현을 한 적이 단 한 번도 없었지만 이 여자는 왜 돈 한 푼 없고 배운 것도 없는 내가 무엇이 좋아서 자기의 모든 인생을 걸고 나에게 왔을까, 내가 달콤한 말로 나와 살자고 거짓으로 유혹한 것도 아닌데 어째서 나에게 왔을까 하는 괜한 궁금증까지 들 정도로 행복한 것은 사실이었다.

우리 집 밥상의 주 메뉴는 간장, 된장, 고추장, 김치가 전부였다. 그 중에서 김치는 여러 가지로 변신을 해서 올라왔다. 김치찌개, 김칫국, 김치찜 그리고 김치부침개. 김치부침개는 내가 회사에서 돌아오면 밥상이 차려지기 전에 배고픈 내 배를 제일 먼저 채워주기도 하였다.

내가 맛있게 먹는 모습을 본 아내는 웃으며 내게 말을 했다.

"저는 돌아가신 조상님하고 시어머님이 얼마나 고마운지 모르겠심니다."

나는 입 안 하나 가득 들은 김치부침개를 삼키고 나서 그 말의 뜻을 물었다.

"그기 무신 뜻이가?"

나의 아내는 그녀만의 환한 미소를 내게 지어 보이고는 말했다.

"비록 조상님들이 당신한테 재물하고 가르침은 주지 않았지만은, 건강하고 사람 됨됨이를 주셨다 아임니꺼. 당신이 형제지간에 우애 있게 지내고 건강하게 살고 있으니, 그기 행복이아이고 뭣이 헹복이겠는교? 그래 생각을 하마, 내는 조상님하고 시어머님한테 참말로 고맙다, 그말임니더."

아내의 입에서 그런 말이 나오는 동안, 나는 그 말들을 하나도 흘려듣지 않았다. 정말이지 이런 여자가 내 배필이 되게 해주신 하나님께 감사하지 않을 수가 없었다. 그리고 아내가 말한 것처럼 조상님께도 감사한 마음을 갖게 되었다.

나는 회사에서 정말 열심히 일을 하였다. 전선일의 마지막 일이 피복작업이라, 점심시간에 기계를 멈추고 그 시간을 보내면 기계 속의 PVC가 굳는 경우가 있었다. 그러면 기계를 분해해서 굳은 PVC를 제거해야 했다. 그러나 그렇게 제거를 하면 원료의 손실이 발생하고 또 점심시간과 분해, 제거를 하는 시간 동안 제품생산을 하지 못하니, 나는 기계를 멈추지 않고 다른 사람들이 점심시간에 식사를 하면서 쉴 때 일을 하다가, 그 시간이 끝나서 사람들이 작업을 시작하면 잠시 교대를 하였다. 그렇게 교대를 하고 나서야, 집에서 싸온 도시락을 기계 뒤에 앉아서 먹을 수 있었다. 다른 사람들의 시선이 곱지 않을 때도 있었지만, 내가 조금만 더 일을 하면 회사에 많은 이익이 되는 일이라고 생각을 하면서, 나는 내 할 일만 열심히 했다.

# 아빠가 되다!

　그 와중에 임신한 아내의 몸도 표시가 나기 시작했다. 날이 갈수록 조금씩 배는 불러 가는데, 우리 집에서는 어느 곳에서도 아기를 낳은 후 몸조리를 할 수 있는 곳이 없었다. 더구나 병원에 가서 아기를 낳는다는 것은 생각할 수도 없는 노릇이었다. 나는 하루하루 걱정이 더해만 가는데 아내는 그런 내 마음을 아는지 모르는지, 아무런 말도 하지 않았다. 출산 예정 일주일 전날, 아내는 내게 친정으로 가서 아기를 낳고 오겠다고 말을 하였다. 아내의 그런 말을 듣고서도 나는 다른 대안을 찾지 못했다. 염치불구하고 아내의 말대로 처갓집에 가서 아기를 낳고 산후조리를 하는 방법 외에는 다른 방법이 없었다. 아무런 능력이 없어 아내에게 남편으로서의 책임도 지지 못하는 것 같아, 나는 아무 말도 하지 못하고 그저 모르는 척하고 있을 뿐이었다. 그런 와중에도 아내는 나에게 정말 헌신적으로 잘했다. 자그마한 체구에 불룩한 배를 하고서도 힘든 내색 한번 하지 않고, 항상 밝은 얼굴과 좋은 말만 했다. 아기 낳을 예정일이 되었다고 하던 날, 그날은 토요일이라 회사 앞 식당에서 몇 잔의 술을 마시고 집에 온 나는 그대로 잠에 곯아떨어졌다. 새벽녘에 갈증이 나서 눈을 떴을 때, 구석에서 부른 배를 잡고서 신음하고 있는 아내를 보았다. 순간, 나는 어떻게 해야 할지를 몰랐다. 급한 대로 병원으로 가자고 했으나, 아내는 밖에 나가서 지나는 택시가 있으면 잡으라고 했다. 시계를 보니 통금이 해제되지도 않은 시간이었다. 대문 밖을 몇 번이나 나가 보았지만 택시가 지나갈 리 만무했다. 아내는 얼마간의 진통주기로 고통이 심했다, 덜했다 반복하며 괴로워했지만 결코 침착함을 잃지 않았다. 몇 시간이 지나서야 택시를 잡을 수 있었다. 나는 아내가 정성 들여 만들어 담아둔 기저귀가방을 들고서 진통을 애써 참는 아내와 택시를 타고 서울역으로 갔다.

서울역에는 사람들이 여기저기서 기차를 기다리고 있었다. 기차표를 파는 매표소는 표를 팔지 않고 불도 켜지 않은 상태였다. 첫 열차는 7시부터인데 그때는 5시도 채 되지 않았기 때문이었다. 나는 어떻게 할 방법이 없었다. 대합실 한 귀퉁이에 아내를 부축해서 앉혔지만 수시로 오는 진통에 아내는 얼굴을 찌푸리며 괴로워했다. 이마에서 얼굴로 흐르는 땀을 닦아주며, 마음속으로 빨리 시간이 가기만을 바라는 것이 내가 할 수 있는 전부였다. 괴로워하는 아내의 모습을 본 주위의 아주머니들이 이 시간에 병원으로 가야지 여기서 이러고 있으면 어떡하느냐며 곧 아기가 나올 것 같으니 얼른 병원으로 가라고 하는 것이었다. 괴로워하는 아내에게 병원으로 가자고 했지만 그녀는 내 말을 들으려 하지 않았다. 그녀는 조금 있다가 열차를 타고서 김천으로 가야 한다는 생각을 바꾸지 않았다. 그러던 중 열차 출발시간이 되었다. 표를 사고 아내를 부축해서 겨우 열차에 올라가 좌석에 앉기까지는 상당한 시간을 필요로 했다. 몇 걸음 걷다가 진통이 오면 서 있고, 또 몇 걸음 걷다가 진통이 오면 서 있기를 수없이 반복해야 했다. 좌석에 앉았는데도 나의 긴장감은 더해가서 내 몸은 땀으로 범벅이 되어 있었다. 아내는 나보다 몇 배는 더한 고통과 아픔을 겪으면서 참아내고 있었다. 열차가 출발해서 가는 동안에 아내는 내내 고통에 괴로워해야 했다.

3시간이 넘게 열차를 타고 김천역에 도착했을 때에는 아내는 물론이고 나까지 온몸에 기운이 남아 있지 않았다. 택시를 타고 처갓집에 도착하니, 장모님이 우리를 보시고는 소스라치게 놀라시면서 아내의 모습을 이리저리 살피셨다.

"이래해 가지고 우예 왔노?"

걱정스러운 표정의 장모님과 방에 들어간 아내는 새벽부터 지금까지의 모습과는 다른 사람처럼 말을 했다.

"엄마, 내 배고프다. 밥도."

나는 갑자기 멀쩡해진 아내에게 의아해하며 물었다.

"안 아프나?"

"괘안심더."

아내의 괜찮다는 말과 장모님이 차려주신 밥상을 보니 나 역시 몹시 배가 고파왔다. 아침 겸 점심을 허겁지겁 먹고 나니 갑자기 피로가 몰려왔다. 결혼 전 아내가 쓰던 방에 들어가 자리에 누웠다. 잔뜩 긴장을 했던 것이 한꺼번에 풀려서인지 나는 깊은 잠속으로 빠져들고 있었다.

장모님이 부르시는 소리에 나는 눈을 떴다.

"저녁밥 다 됐으니까네 저녁 묵고 병원에 가세."

"병원예?"

"그래, 병원. 자네가 잠잔다꼬 드가고 나서 야가 또 진통이 와가 내가 병원으로 데리갔데이. 병원에 가서도 몇 시간을 진통을 더 하다가 자연분만해가 얼라 낳았다."

장모님은 한껏 웃음 짓고 계셨다.

"아들이다."

"아……."

"내는 지금 자네 장인하고 자네한테 밥해주러 온 기다. 그라이까네 밥 묵고 같이 병원으로 가보제이."

"병원에 갈 적에 깨우지 그라셨습니까?"

"피곤해가 곤히 자는 거를 우예 깨우노? 그래가 우리 둘이서 택시 타고 간기라."

말씀을 하시는 장모님의 얼굴에는 외손자가 생기셔서 그런지 웃음이 떠나질 않았다. 장모님이 차려주신 저녁을 먹고 아내가 아기를 낳은 병원으로 갔다. 아기를 낳으면서 얼마나 고통이 심했는지 아내의 얼굴은 퉁퉁 부어 올라 있었다. 그 옆에는 얼굴이 쪼글쪼글하고 작은 아기가 강보에 쌓여 숨소리조차도 들리지 않을 작은 숨을 내쉬며 자고 있었다.

나는 아내와 아기를 보며 아무 말도 하지 못했다. 이루 말할 수 없이 경이로워서였을까? 나는 아무 말도 할 수가 없었다.

"피곤할 낀데 집에서 쉬지 머할라꼬 왔능교?"

나의 아내는 온 힘을 다해 얼굴이 퉁퉁 붓도록 아기를 낳았음에도 이 무뚝뚝한 남편을 걱정하고 있는 것이다.

"아무 걱정 말고 서울 올라가, 내일 회사 출근하이소."

이런 아내 덕에 나는 더욱 할 말이 없어진 셈이다. 이런 나의 아내에게 도대체 무어라 말을 해야 한단 말인가? 어떤 말로 표현을 해야할지를 모르는 나에게 이렇게 말을 하는 아내를, 나는 그저 바라보고만 서 있을 뿐이었다. 나는 한참을 앉지도 못하고 그렇게 서 있었다. 그러나 내일 출근을 해야 하는 상황에서, 내가 여기 있으면서 해줄 수 있는 것은 아무것도 없었다. 나는 떨어지지 않는 입으로 어쩔 수 없이 말을 꺼냈다.

"낼 아침에 출근할라마 밤차로 올라가야겠심니다."

"그래, 올라가 봐야겠제, 출근할라마. 자네는 아무 걱정하지 말고 조심해가 올라가레이."

나는 끝내 아내에게 고생했다는 말 한마디도 해주지 않고 역을 향해 걷고 있었다. 역 안 대합실 의자에 앉아서야 후회가 밀려오기 시작했다.

'따뜻한 위로의 말 한마디라도 하고 오는 건데……'

아내의 퉁퉁 부은 얼굴이 자꾸 떠올랐다. 지금쯤 내 아내는 누워서 무뚝뚝한 남편을 원망하면서 눈물을 흘리고 있지는 않을까 생각하니 견디기 힘들 만큼 마음이 무거웠다.

# 누님을 위한 아내의 희생

서울역에 도착했을 때 통금이 해제되지 않은 시각이어서 2시간 정도를 대합실 의자에 앉아 눈을 붙였다가 집으로 돌아왔다. 회사에서 일을 하면서도 '이제는 나도 아기 아빠가 되었구나' 하는 생각이 여러 번 들었다. 그러나 아직은 잘 실감이 나질 않았다. 친정에서 아기를 낳고 몸조리를 하고 있는 아내에게 자주 가서 보지도 못하는데, 어쩔 수 없이 연락까지도 잘 못 하며 지냈다.

아기를 낳고 나서 한 달 만에, 월급을 받아들고 가보았다.

"뭐할라꼬 왔심니꺼?"

나는 아내와 아기를 번갈아가며 보았다. 아무것도 해줄 수 없는 남편이 어떻게 이 무능력을 해결해야 할지를 알 수가 없어 그저 괴롭기만 했다. 말로는 위로해봐야 부질없을 것 같아 나는 입을 굳게 다물고 아내와 아기를 다시 바라보았다. 아내의 부은 얼굴은 아직도 부기가 가시지 않았지만, 아기는 태어난 날보다 얼굴도 통통해진 것 같고 몸집도 조금 커진 것 같았다. 나는 주머니에 있는 4만 원을 장모님께

드렸다. 돼지족발을 푹 고아서 먹으면 아기에게 먹일 젖이 잘 나온다기에, 월급을 받아서 재천이 생활비 4만 원을 제외하고 남은 전부를 드린 것이다. 돈을 받아들고 계신 장모님의 얼굴에 환한 미소가 가득했지만, 더 많이 드릴 수 없는 사위의 마음은 송구스럽기 짝이 없었다. 서울로 올라오기 전, 나는 아내에게 입을 열었다.

"지금 서울에 올라오마 몸조리도 제대로 몬 할 끼고, 그라니 나중을 생각해서라도 여서 충분히 몸조리하고 편하게 있다가 온나."

열차를 타고 돌아오는 나의 마음은 착잡하기가 이를 데 없었다. 이럴 때 돈이 많아서 잘살면 처갓집에서 몸조리를 하지 않아도 될 테고 그러면 아내도 부모님들에게 당당해질 수 있지 않았을까? 나는 회사 일이 그다지 바쁘지 않은데도 한동안 처갓집에 가지 않았다.

일요일, 집에서 늦게까지 늦잠을 자며 교회도 가지 않고 누워 있던 오후였다.

"여보세요, 안에 누구 없심니까?"

귀에 익은 목소리였다. 누구지? 나는 누구의 목소리인지 순간 생각이 나지 않았다. 벌떡 일어나 밖으로 통하는 쪽문을 열어 보았다. 누나였다. 시골에서 농사를 지으며 살고 있는 누나가 아이를 등에 업은 채 서 있는 것이 아닌가? 나는 놀라서 벌어져 있는 눈과 입을 다물지 못하고 누님을 쳐다보며 중얼거리듯 말했다.

"우찌 여를…… 여를 우예…… 왔는겨?"

잠시 후 방에 들어온 누님은 등에 업고 있던 아이를 내려놓았다.

"누님, 여는 우예 찾아왔심니꺼?"

"서울에 온 김에 재길이 니를 함 보고 갈라꼬, 신사동에 느그 작은형한테 가서 한 밤 자고, 여까지 물어 물어가 찾아왔데이. 그케도 내 잘 찾아왔제?"

약도가 그려진 종이를 펴 보이면서 누님은 안심한 듯 웃어 보였다.

"느그 작은형한테 들었는데, 올케가 김천에 가가 얼라 낳았다믄서? 니 일 없는 날에는 이애 있지 말고 자주 찾아가고, 니 올케한테 잘 해 줘야 칸데이."

"그란데 누님은 서울에는 우예 왔니껴?"

그제야 누님은 서울에 온 이유를 이야기하기 시작했다.

"우리 아이덜이 넷인데, 야가 우리 막내이다. 지난번에 니 선볼 때 함 봤제? 우리가 농사일 해가 묵고 살기가 힘들어져가, 작년 가을까지만 농사를 짓고는, 동네 사람들하고 같이 작년에 강원도 묵호로 이사를 가뿟다. 느그 매형은 시멘트광산에서 일하고 내는 포장마차를 쪼매 했는데, 묵고 살 쌀은 농사지 가온 쌀로 해결이 되는데 광산에서 일하는 기 비가 오면 노는 날이 너무 많은 기라. 시골에서 올 때는 계획을 잘 세운다꼬 세웠는데, 그기 그래 되지가 않는 기라. 그래가 애들 둘은 시골에 맡겨 놓고 작은애들 둘만 내가 델꼬 산다. 시골로 도로 내리가서 농사를 지어볼까 했디만은 그것도 잘 안 되뿟다. 그란데 누가 그라데? 사우디에 근로자로 가마 월급을 마이 준다 카데? 그래가 서울에 있는 건설회사에 느그 매형 이력서 낼라고 온 기다."

"매형이 외국에 나가마, 애들하고 헤어지가 살아야 카는데, 이 어린 걸 두고 우예 외국에 나가 살겠심니꺼?"

"느그 매형이 꼭 사우디에 가고 싶다 칸다."

누님은 애써 나를 안심시키고 있었다. 한참 후에 나는 누님에게 차근차근 이야기를 시작했다.

"그래도 없는 사람들은 서울이 인구도 많고 모이가 살기 쉬우니까네 강원도에서 살지 말고 서울로 이사를 오마 어떻겠는겨?"

누님은 나의 말이 일리가 있다고 느껴졌는지 매형과 상의를 해보겠다고 했다. 단칸방에서 누님과 밤새도록 어린 시절과 지금까지의 여러 가지 이야기를 한 탓에 누님은 잠도 제대로 못 자고 이튿날 강원도로 떠났다.

누님이 떠나고 며칠이 지났을 때였다. 내가 회사에서 퇴근을 하고 집으로 돌아와 보니 누님과 매형이 아이들 둘과 집에 와 있었다. 그동안 청소를 하지 않아 지저분한 집을 누님이 깨끗하게 치워놓고 기다리고 있던 것이다.

"도대체 우예 된 일이니꺼?"

"저번에 내가 왔을 때 니가 한 말이 맞는 말이다 싶어가 느그 매형하고 둘이서 이야기해봐 가지고 쇠뿔도 단김에 빼랬다꼬, 짐은 애들고모집에 갖다놓고 우리하고 아이들 둘만 당분간 느그 집에 있어야할 것 같아서 오늘 이래 온기다."

잠시 후 누님이 지은 저녁밥을 먹으며 이런저런 이야기를 했다. 나는 아내가 몸을 풀러 처갓집에서 몸조리를 하고 있지만 머지않아 아내와 아기가 돌아오면 같이 살 수가 없기 때문에 매형과 누님에게 현재 돈이 얼마나 남아 있는지를 물었다. 그러나 매형은 아무 말도 하지 않고 담배만 태우고 있었다. 답답했던지 누님이 입을 열었다.

"묵호에서 이사 오면서 15만 원 남았었는데 이삿짐 싣고 아이들 고모집에 내리놓고 운임주고 나니끼네 돈 8만 원밖에 안 남았다."

누님의 이야기를 듣고 내가 할 수 있는 건 걱정과 한숨뿐이었다. 그렇게 누님네 식구들과 같이 있으면서 하루하루 지내다 보니 한 달이 넘도록 아내가 있는 처갓집에 가보지도 못하고 있었다.

'가봐야지, 이번엔 꼭 가봐야지' 하는 생각은 여러 번 했는데 시간이 이렇게 빨리 갈 줄은 생각지도 못했다. 누님과 매형, 내가 앞으로의 일들을 걱정하고 있는 중에도 아무것도 모르는 어린 조카들은 장난을 치며 놀면서 밝게 지냈다. 매형은 매일 새벽 공사현장으로 일을 나갔다. 누님은 '이제 곧 올케가 돌아올 텐데' 하며 갈 곳이 없음을 한숨을 쉬며 걱정을 하였다.

일요일 아침 일찍, 김천으로 갔다. 아내의 얼굴은 지난번 왔을 때와는 달리 부기가 빠져 예전의 모습을 되찾고 있었다. 아기는 이제 안아주고 어르면 빙그레 웃기까지 했다. 천진난만한 내 아이의 웃는 미소를 보고 있노라면, 어느 틈에 내 마음은 아무런 걱정 근심이 사라지고 가장 순수한 마음으로 돌아가 있었다. 한참만에야 찾아온 나를, 아내는 걱정스러운 표정으로 바라보았다.

"회사일이 바쁜 모양임니더. 내가 얼른 집에 가봐야겠네예."

나는 누님이 매형과 아이 둘과 함께 우리 단칸방에 와 있다는 말을 차마 꺼낼 수가 없었다.

"내 걱정은 하지 말고 애기 백일 될 때까지 몸조리하면서 쉬다가 그래 온나."

"이 서방 생각해서는 하루라도 빨리 올라가야겠지만은, 몸조리를 해줄 사람이 없으니까네 여서 쉬고 있으마 내가 잘 챙기줄 끼다."

"장모님 말씀대로 하자."

나는 마치 아내만이 걱정이 되는 사람인 양 얘기했다. 처갓집을 나서는 순간, 앞으로 한 달은 걱정하지 않아도 되겠지만 그 한 달이 지나고 아내와 아기가 집으로 돌아오면 누님과 아이들은 어떻게 될까 하는 생각이 계속 머릿속을 맴돌았다. 그렇다고 큰형이나 작은형에게 연락을 해서 상의를 할 수 있는 문제도 아니고, 나 역시 재천이 때문에 여윳돈이라고는 단돈 만 원도 없었다.

회사일이 끝나고 같이 일하는 사람들이 술 한잔하자는 것도 마다하고 바로 집으로 돌아왔다. 누님이 부엌에서 저녁을 짓는 동안 나는 농 안에서 베개 대신 방석을 하나 꺼내어 반으로 접어 머리를 고였다. 그런데 방석 속에서 부스럭거리는 소리가 나는 것이었다. 이상하게 여긴 나는 다시 방석을 반으로 접었다가 폈다. 역시 부스럭 똑같은 소리가 들렸다. 나는 방석지퍼를 열고 안으로 손을 넣어보았다. 그것은 편지봉투였다. 겉면에는 아무런 글씨도 씌어 있지 않고 깨끗했다. 봉투를 열어 보니 그 안에서 종이 두 장이 나왔다. 그것은 25만 원과 20만 원짜리 김천의 모 은행에서 발행한 적금증서였다. 만기날짜는 10년이었는데 그 10년이 지나고 1년이 더 지난 상태였다.

나는 그것을 다시 방석 속에 넣어두고 아내의 도장을 찾아보았다. 며칠을 찾은 끝에 화장품 통 속에서 도장을 찾을 수 있었다. 다시 일요일이 되자 나는 김천으로 내려갔다. 지난주에 왔었는데 일주일 만에 다시 찾아온 나를 보고, 아내는 피곤한데 왜 왔냐고 하였지만 싫지 않은 표정이었다. 나는 아내의 얼굴을 똑바로 쳐다보지도 못하고 기분이 어떤지 눈치를 살폈다. 그러면서 곤히 자고 있는 아기의 얼굴을 가리키며 말했다.

"아가 당신을 닮아가 순하게 생깄다."

"어데예, 내보다는 즈그 아빠를 마이 닮았지예."

얼마 동안 나는 그렇게 앉아서 아내와 아기를 보며 말을 꺼낼 적당한 때를 찾았다. 나는 결국 아내의 손을 덥석 잡고 아내에게 말을 꺼냈다.

"당신, 무신 일이 있어도 내를 믿제?"

갑작스러운 나의 말에 이상하게 느꼈던지 아내는 손을 **빼며** 나를 쳐다보았다.

"무신 일 있습니꺼? 와 그런 말을 하는 긴데예?"

아내의 물음에는 대답을 하지 않고 나는 내 생각만을 말하고 있었다.

"우리, 좋은 일 함 하자."

나의 밑도 끝도 없는 엉뚱한 대답에 아내는 다시 물었다.

"와 이러는 긴데예?"

"우리, 좋은 일 함 하자!"

내 입에서 나올 수 있는 말은 그 말밖에는 없었다.

"내가 무신 힘이 있다고 이카는 긴데예. 내한테 와 이러는 긴데예? 당신이 하는 말이 무신 소린지 내는 알아듣지를 몬 하겠으니까네, 들어보고 정말 좋은 일인 같으마 따라갈게예."

"약속하는 기제? 정말 좋은 일이마 내가 하자는 대로 하는 기제?"

몇 번의 나의 물음에 대한 답을 듣고서야 나는 누님이 지금 우리 집에서 살고 있는 이유에 대해서 이야기를 꺼낼 수 있었다.

"당신하고 애기가 올라오마 누나가 갈 곳이 없어가 걱정을 하고 있는데 방석 안에서 내가 봉투를 찾은 기라."

그러자 아내가 깜짝 놀라며 내게 물었다.

"그 돈을 우옜는데예? 우옜느냐꼬예?"

"그냥 두고 왔다."

"참말임니꺼?"

"참말이다……."

나는 대답을 하고는 말없이 고개를 숙였다. 마치 잔뜩 골이 난 어린아이처럼……. 한참이 지나서 아내가 입을 열었다.

"그라니까 아까 했던 말, 다시 쫌 해보이소."

"당신하고 애기가 집에 오마, 누님하고 매형하고 애들이 우리 집에서 나가야 하는데 우째 해야 하나 생각을 하던 참에, 방석 속에 들어 있는 적금증서를 보고, 그 돈으로 누님네 방을 얻어주마 우짤까 싶어가 내가 오늘 온 기라고."

나는 말을 끝내고 아내의 얼굴을 쳐다보았다. 아내는 아무 말도 하지 않고 움직이지도 않았다. 그런 아내를 보자 누님의 방을 얻어 주자는 사정을 할 마음이 사라졌다. 한참을 앉아 있다가 나는 한마디 했다.

"내가 좋은 일 하자고 하던 기 바로 누님네 방 얻어 주자는 얘기였고, 그 생각은 지금도 변함이 없다."

그래도 아내는 미동조차 없었다.

"내 서울 간다."

나는 벌떡 일어나 방을 나가려 했다.

"그 돈 찾아서……."

나는 방을 나가다 말고 멈춰 서서 아내를 보았다.

"형님 방 얻어 주이소. 비밀번호하고 도장 있는 데 알려 드릴게예."

"그기 참말이가? 진짜로 고맙데이. 당신, 진짜로 고맙데이. 누님이 잘사는 거를 봐야 내 마음이 편해진다. 그라고 당신이 이래 해주니까네 누님이 꼭 잘살 끼구마."

나는 아내의 마음은 아랑곳하지 않았다. 그저 아내가 그 돈으로 누님의 방을 얻어주라는 그 소리만 듣고 집으로 올라가고 있을 뿐이었다. 시간이 한참 지나서야 내가 그때 왜 그랬을까 후회가 되었지만,

그 당시의 나의 마음은 마치 전쟁에서 이기고 돌아오는 개선장군처럼 의기양양했다.

이튿날부터 점심시간마다 동네 부동산을 다니며 방을 알아보았다. 어떤 집은 아이들이 많다고 전세를 주지 않았고, 또 어떤 집은 전세비가 너무 비싸서 포기하기도 했다. 천신만고 끝에 50만 원짜리 방을 구할 수가 있었다. 아내의 적금증서는 45만 원이었지만 만기가 지나 이자가 붙어 방세 50만 원을 주고도 7만 원이 남았다.

아내가 집으로 돌아오기 일주일 전, 누님은 이사를 했다. 강원도에서 올라올 때 이삿짐을 누님의 시누이집에 보관했었는데 이사하는 날 모두 가지고 왔다. 물론, 이삿짐이라고 해봐야 이불과 옷가지 몇 벌, 옷장 하나, 부엌살림 정도였다. 이사를 하는 날, 누님과 매형은 너무나 기쁜지 힘들게 이삿짐 정리를 하면서도 얼굴에서 미소가 떠날 줄을 몰랐다. 누님과 매형은 나에게 연신 고맙다고 말했지만 나는 나중에 아기엄마가 오면 아기엄마에게 하라고 했다.

일주일 후, 아내가 아기를 데리고 집으로 돌아왔다. 온다는 날보다 이틀이나 먼저 올라왔다.

내가 데리러 가려고 했는데 아내는 아기를 안고 기저귀가방을 들고서 혼자 왔다. 집은 다행히 누님이 깨끗이 치워놓아서 아내의 수고로움은 덜어줄 수 있었다. 누님은 다음 날 아이들을 데리고 집으로 찾아왔다.

"내가 올케한테 입이 열 개라도 할 말이 음따. 앞으로 열심히 벌어가 무신 일이 있어도 이 돈은 갚을 끼구마는."

아내는 누님과 조카들의 얼굴을 바라보며 말했다.

"열심히 일하고 알뜰히 살믄 우리도 언젠가는 잘살 수 있지 않겠습니꺼?"

"올케, 애기 낳아가 몸조리 하느라고 욕봤데이. 없는 집에 시집와가 힘도 마이 들겠지만은 우리 동생이 사람 하나는 착하고 부지런하이까네 고생스럽더라도 쪼매만 참고 살으레이."

두 사람의 대화를 말없이 듣고만 있던 나는, 어찌나 칭찬을 하는지 왠지 내가 대단한 사람이라도 된 것 같은 착각마저 들 지경이었다.

그날 이후, 나는 사람이 살아가면서 느낄 수 있는 행복이란 이런 것이구나 하는 것을 하루하루 깨달으며 살아갔다. 나는 그만큼 행복에 겨웠다.

넉넉하지 않은 살림이었지만, 하루 일을 끝마치고 집으로 돌아오면 아내와 아기가 나를 기다리고 있는 가정이란 곳이 있으니, 이 어찌 행복하지 않을 수 있겠는가?

# 다시 찾아온 생활고

그러던 어느 날이었다. 매형이 그예 사우디아라비아로 떠난다면서 찾아왔다.

"그래, 뜨거분 사막에 가서 일할 수 있겠는교? 내는 별로 좋은 생각이 아닌 거 같심다."

"내는 그래 생각 안 한다. 한 1년만 가가 일하면 어느 정도는 기반 닦을 돈을 벌어올 수 있지 않겠나? 여서는 내 혼자 아무리 일해 봤자 먹고살기가 너무 힘이 드는 기라. 내가 가고 나마 내 없는 동안 우리 집에도 가끔 들여다보고 그카레이."

"내가 반대한다꼬 안 가시는 기도 아이고…… 몸조심해가 잘 댕기오이소."

매형이 떠나고 누님도 내가 다니는 회사 부근에 취직을 하였다. 천성이 부지런한 사람인지라 누님이 다니는 공장에서도 일 잘한다고 소문이 자자했다. 나는 가끔 회사일이 끝나고 나면 누님네 집에 가보았다. 누님은 야간근무를 할 때가 많아 늦게 오는 날이 많았다. 누님이 없는 집에는 어린 조카 녀석들이 아침에 해놓은 찬밥을 먹고서 엄마를 기다리다가 치우지도 못한 밥상을 앞에 두고 쪼그리고 누워 맨바닥에서 잠이 든 모습을 보는 나의 마음은 너무나 아팠다. 누님의 집 밖에서 한참을 서성이고 있을 때, 공장일이 늦게 끝났는지 저만치 바쁜 걸음으로 급히 걸어오는 누님의 모습이 보였다. 누님은 나를 보고는 의아한 표정을 지어 보였다.

"집에 안 가고 여는 웬일이고?"

방문을 열고 들어가서는 아무렇지도 않은 듯, 아이들이 먹다가 그대로 놔둔 밥상을 정리하고 있었다.

"내가 이래 늦게 오는 날에는, 즈그들끼리 이래 아무케나 찾아가 묵는다."

"누님요, 공장 야간근무는 웬만하마 하지 말고, 일찍 집에 와가 애들 돌봐야 안 되겠심니까? 매형도 사우디에 가가 없는데 누님까지 늦게 오마, 애들 꼴이 우찌 되겠는교?"

나는 누님에게 이렇게 말을 하며 꼬질꼬질한 얼굴로 잠이 든 아이들을 바라보았다.

"요새 공장에 일이 바빠가 야간잔업을 안 할 수가 엄따. 뭐, 당분간만 이랄 테니까 너무 걱정하지 말그라. 그라니 니는 올케 기다릴 테니까네 얼른 집에 가 보그라."

누님은 이렇게 이야기를 하며 내 등을 떠밀다시피 나를 집으로 보내는 것이었다.

누님네 집에서 우리 집은 그리 멀지 않은 거리에 있었다. 집에 도착한 나는 방에 들어가 누워 있는 아기를 바라보았다. 아기는 하루가 다르게 무럭무럭 잘 자라주었지만 항상 배가 고파서 거의 매일 밤마다 울며 깼다. 아내는 아기가 배부르게 먹을 만큼 충분한 양의 젖이 나오지 않는다고 했다. 그러다보니 한밤중에 배가 고파 울면 입에 젖을 물려 보았지만 젖이 나오지 않아서 아기가 울며 보채는 일이 한두 번이 아니었다.

분유를 사서 먹이면 잘 먹었지만, 얼마 되지 않는 월급에 재천이의 생활비까지 주고 나면 분유를 사 먹일 만큼의 돈도 남질 않았다. 아내는 누룽지를 삶아서 주걱으로 으깨어 숟가락으로 아기 입에 떠먹여 보기도 했지만 분유와는 다르게 누룽지 국물은 먹지를 않았다. 먹지 않으려는 누룽지 국물을 억지로 떠먹이는 아내의 모습을 바라보는 나는 가슴이 찢어지는 듯 아팠지만 가난한 현실을 당장 해결할 방법이 없었다. 얼마 되지 않는 제천이의 생활비만 주지 않아도 아기가 먹을 분유 값 정도는 해결이 되겠지만 그렇다고 안 줄 수는 없고, 아내가 비상금으로 가지고 온 돈마저도 누님의 방을 얻는 데 들어가고 없었다.

이처럼 아기의 분유 값도 없어 쩔쩔매는 지금의 현실을 아내는 어떻게 생각하고 있을까? 지금까지 단 한 번도 나에게 불평을 하지 않고 살고 있는 아내가 무척 고맙기도 하지만 남편으로서 또 아기의 아빠로서 아무것도 해줄 수 없는 내 자신이 한없이 한심해 보였다.

답답한 마음에 밖으로 나온 나는 길 건너 솔밭에 앉아서 하늘을 올려다보았다. 도봉산 밑이라서 공기가 맑아서인지 소나무 가지 사이로 드문드문 반짝이는 별이 보였다. 눈에서는 이미 눈물이 흘러넘치고 있었지만, 나는 닦지도 않은 채 그저 소나무 사이로 비치는 하늘만 쳐다보았다.

월급날이 되어 아기의 분유를 몇 통 사가지고 들어갈 때가 그나마 가장 행복했다. 얼마 동안 먹을 수 있을지는 몰라도 아기에게 조금이라도 무언가 해줄 수 있다는 것이 조금이나마 아빠로서의 체면이 서는 것 같았다. 한 달에 한 번씩은 누님네 집에도 조카들을 위해 통닭을 사가지고 가기도 했다.

일요일이 되어 아기를 안고 아내와 함께 교회를 갈 때가 무척 즐겁고 행복했다. 교회에서 목사님의 설교말씀을 듣는 그 시간이 내가 힘들고, 지치고, 가난하고, 괴로운 것들 모두 잊어버릴 수 있는 유일한 시간이었다. 가난은 했지만 그럼에도 불구하고 어느덧 아기의 첫돌이 며칠 앞으로 다가올 만큼 시간은 잘도 흘러갔다. 첫돌이 며칠 남지 않자, 아내는 김치도 담고 음식도 몇 가지 만들어서 알고 지내는 몇몇 사람들과 식사라도 한 끼 할 생각으로 장 볼 계획을 세워 나에게 이야기하였다. 주머니에 한 푼의 돈도 없는 나는 한마디의 의견도 말하지 못한 채, 다 알아서 하라고 하고 출근을 하였다.

결혼을 한 지도 벌써 2년이 지났지만 생활형편은 조금도 나아지지 않았다. 아무리 생각을 해보아도 이렇게 월급만 받는 생활은 삶의 변화가 없을 것 같았다. 지금은 전선회사에서 기술자로서 인정을 받고 있지만 시간이 흘러 나이를 먹고도 돈을 벌지 못했을 때는 노후대책도 문제고, 그보다 먼저 아이의 교육문제는 어떻게 해결할 수 있을까? 그런 생각을 하니 온몸의 털이 곤두서는 것 같았다.

야간잔업까지 하고 늦게 집에 오니, 아내는 하우스에서 자란 햇배추 세 포기로 김치를 담기 위해 부엌에 사다놓은 것이 보였다. 늦게 퇴근한 나에게 불평이라도 하는 듯한 말투로 아내가 말했다.

"물가가 진짜 너무 비싸네예. 오늘 김치 담글라고 배추를 한 포기에 3,500원이나 주고 세 포기를 사왔다 아임니꺼. 지난번 김장 때는

300원에 산 배추를 열 배도 더 주고 산 기라예."

아내는 푸념인지 불평인지 모를 말을 나에게 하고 있었다. 그렇지 않아도 낮에 여러 가지 생각을 했었는데, 한국전선의 기술자로서 한 달에 받는 돈이 10만 원이니, 하루 임금으로 계산하면 겨우 배추 한 포기 값밖에 받지 못하면서, 하루 종일 일을 하는 것이란 얘기였다. 그런 생각을 하니 나는 갑자기 부아가 치밀어 올랐다.

이튿날, 아내는 배추를 절이면서 내게 말했다.

"옛날 같으마 이맘때가 배추 씨앗을 밭에 심을 철인데 비닐하우스에서 속이 꽉 찬 배추를 수확하니 참 좋은 세상이지예?"

아내는 아기 돌날을 생각하는 것인지 얼굴에 미소가 가득했다.

아기의 돌날이 되어 큰형과 작은형이 일 때문에 오지 못하고 형수들과 누님이 오셨다. 비싼 음식은 아니었지만 아내가 온갖 정성을 들인 돌상을 차렸다. 모두들 아기의 건강과 앞날에 대해서 좋은 덕담을 한마디씩 해주었다. 아기는 한 발짝씩 조그마한 발로 걸음을 떼어놓으며 그날 모인 사람들 앞에서 한껏 재롱을 부렸다. 아기의 돌이 지나고 한 달이 되었을 무렵, 나는 아내에게 조용히 말을 꺼냈다.

"지금은 전선회사에서 반장으로 일을 하고 있지만은, 앞으로 시간이 지나서 배운 것도 없는데 돈도 얼마 벌지도 못하면 그때 가서는 살길이 더 막막할 기다. 그라니 내 생각에는 회사를 그만두고, 결혼하기 전에 했던 야채장사를 용산시장에 가서 다시 함 해보는 기 우짤까 싶다."

나의 이야기를 들은 아내는 놀란 입을 다물지도 못하고 있었다. 그러나 이내 똑바로 나를 쳐다보면서 말을 했다.

"괜히 한번 해보는 소리는 아닌 거 맞지예? 그라면, 당신이 그래 생각을 하고 꼭 해보고 싶으마 함 시작해 보이소."

아내는 나지막한 말로 내게 그렇게 말하고는 얼굴에 엷은 미소를 지어 보였다. 나는 아내의 손을 잡고, 자고 있는 우리 아기를 보며 다시 한번 이야기했다.

"우리가 결혼을 한 지도 벌써 2년이나 지났는데, 먹고사는 기는 조금도 나아진 기 없다. 애기 돌 때 산 배추 한 포기 값이 내 하루 품값이랑 같은 값인 기라. 내는 배운 거도 엄꼬 손에 기름 묻히는 전선기술자일 뿐이라 내가 암만 승진을 한다 케도 생산과장밖에는 될 수가 엄꼬, 그것도 꼭 된다는 보장도 없다, 아이가. 평생을 직장생활 해봐야 내 집 한 칸 살 수 없는 가난뱅이루 평생을 살아야 한다꼬 생각하니, 지금 쫌 고생스럽더라도 넓은 세상에서 다시 함 시작해보는 것도 괘안을 것 같았다. 그래가 여러 번 생각을 한 끝에 결심을 한 기라. 이래 당신이 내 말에 따라준다꼬 하니 회사에 이야기해가 당분간은 내 밑에 있는 애들한테 기술 갈차주고 조만간 그만둬야겠다."

# 또 한 번의 좌절

나는 회사에서 내 밑에서 일하는 사람에게 기술을 가르쳐 주었다. 그렇게 한 달이 조금 지나서 나는 회사에 사표를 냈다. 회사의 여러 사람들이 모두 만류하였지만, 나는 내가 할 일을 이미 정했기 때문에 그대로 회사를 나왔다.

이튿날, 나는 용산시장에 나가 보았다. 몇 년 만에 찾은 채소시장이었지만 전혀 낯설지 않았다. 이곳저곳을 하루 종일 다니면서 구경도 하고 사람들과 이야기도 해보았다. 앞으로 내가 지내야 할 곳이 바로 여기라고 생각을 하고, 어디에서 어떻게 시작을 해야 좋을지 살펴보았다. 현장을 직접 내 눈으로 보면서 계획을 세우는 것이 옳다고 생각한 나는 며칠 동안 용산시장의 구석구석을 모두 다녀 보았다. 며칠을 다니면서 여러 사람들과 이야기를 한 후에 원효로 4가 세원시장 안에 있는 동아상사에서 장사를 시작하기로 했다.

그곳에는 나보다 몇 살 위인 사람도 있었고, 상회의 사장은 공장식당에 납품을 하고 있었다. 나와 장사를 같이 하려는 사람은 성이 '이

씨'인데, 나보다 나이는 많았지만 성격이 쾌활하고 장사경험도 많아 앞으로 내가 배워야 할 사람으로는 괜찮을 것 같다는 생각이 들었다. 당연한 이야기지만, 장사를 하려면 적지 않은 액수의 밑천이 있어야 했다. 집에 돌아와서도 고민을 해보았지만 뾰족한 방법이 떠오르질 않았다.

그렇게 며칠을 생각하다가 시골에 있는 큰형님에게 찾아갔다. 지금까지의 고단했던 생활을 자세히 얘기하고 장사를 하고 싶다는 말과 함께 돈에 관한 이야기도 했다. 큰형님은 지금 100만 원의 돈이 있으니 가져가서 열심히 해보라고 하였다. 큰형님께 고맙다는 인사를 수도 없이 하고는 집으로 돌아왔다. 집에 두착한 나는 아내와 이야기를 하면서 한숨을 내쉬면서 방바닥만 바라보고 있었다.

"어디서 돈을 더 마련해야 할 낀데……."

"며칠만 쪼매 기다려 보이소."

나는 고개를 들어 아내의 얼굴을 쳐다보았다. 미안한 마음에도 나는 아내의 그 말에 실낱같은 희망을 걸고 있으니, 나도 어쩔 수 없는 인간인가 보다. 그러고 나서 얼마 후, 아내는 나에게 돈이 곧 마련될 것 같다고 했다. 나는 놀란 얼굴로 그런 돈을 어디서 구했는지 물었다.

"내 동생이 치과에서 간호사로 근무를 오래하면서 모아논 돈이라예. 그 돈이 220만 원인데 가가 빌리주기로 내하고 약속을 했심니다."

나는 아내의 그 말을 듣고, 속으로 쾌재를 부르고 있는 내 자신에게 말하듯 생각했다.

'시장에 나가서 장사를 시작하면 정말 열심히 해서 빠른 시간 안에 이자까지 얹어 반드시 갚아주리라.'

용산시장에서의 생활은 곧 도매시장의 생활이었다. 그곳은 보통사람들은 생각하지도 못하는, 낮과 밤이 뒤바뀐 삶을 살아가는 사람들이 일하는 곳이었다. 오후 5~6시만 되면 서울 근교에서 생산되는 상추, 깻잎, 파 등의 채소가 들어오기 시작했다. 트럭에 가득 싣고 들어오면 물건을 내리는 하차반의 아저씨들이 물건을 내리는 것으로 시작되어, 시간이 지날수록 전국 각지에서 생산되는 '채소'라 불리는 물건은 모두 트럭에 실린 채 들어왔다. 나는 여러 사람들과 어울려서 커다란 트럭에 실려 오는 무를 주로 사서 팔았다. 어떤 때는 이문이 많이 남고, 또 어떤 때는 적게 남는 등, 수입은 매일매일 일정하지가 않았다. 외상도 많았다. 장부 정리를 하면서 오후에는 외상으로 물건을 가져간 곳에 돈을 받으러 다녀야 했다.

집은 도봉동이고, 시장은 용산이고, 또 내가 장사하는 곳은 원효로 4가이다 보니 집에 매일 들어갈 수가 없었다. 그래서 아내와 상의를 한 끝에 이사를 하기로 결정하였다. 때마침, 우리 형편에 맞는 방이 있어서 생각보다 쉽게 이사를 할 수가 있었다. 이사를 가까운 곳으로 하고 나니 내 생활은 이사를 하기 전보다 한결 수월해졌다. 가게에 딸린 방에서 잠을 자지 않고 집에서 잠을 자고 시장으로 나갈 수가 있었다. 많은 돈을 한꺼번에 벌겠다는 생각은 아니었지만, 열심히 일하면 적어도 공장에 다니는 것보다는 벌이가 더 나을 것 같았다.

그런데 항상 어디를 가나 그놈의 노름이 문제였다. 나와 같이 있는 사람들은 장사가 일찍 끝나면 가게에 딸린 방에서 노름을 많이 했다. 처음에는 밥값내기로 시작한 것이 차츰차츰 돈의 액수가 올라가면서 급기야는 노름판으로 변하는 것이었다. 나는 나와 같이 장사하는 사람들에게 노름을 하지 말라고 여러 차례 이야기를 했지만 몇 년을 시장에서 생활을 하던 사람들이라 내 말은 들으려고도 하지 않았다. 하루하루 번 돈을 노름으로 탕진을 하고 심지어는 내 장사 밑천까지 빌려 달라는 것이었다. 나는 장사에 필요한 밑천은 빌려 주기도 했지만, 노름에 필요한 밑천은 절대로 빌려 주지 않았다.

가게에 달린 방에는 커다란 금고가 하나 있었다. 몇 사람이 함께 그 금고에 장사밑천을 넣어두고 지내고 있었다. 아무리 노름에 정신이 나간 사람이라도 그 금고에 든 돈을 가지고 노름을 하지는 않았다.

그런데 어느 날 급기야 일이 터지고 말았다. 이 씨가 금고에 넣어두었던 돈을 전부 노름으로 탕진해 버린 것이다. 저녁에 물건을 사서 장사를 해야 할 돈을 몽땅 날려 버렸으니, 너무나 기가 막히고 어이가 없었다. 나는 고개를 숙이고 겨우 미안하다는 말을 하고 있는 이 씨에게 마구 소리를 질렀다.

"그 돈이 어떤 돈인데! 내 돈을 가지고 왜 니가 노름을 하는 긴데?! 그 돈이 어떤 돈인데, 이 노무 셰끼야!"

그러나 이미 노름으로 날려 버린 돈은 다시 돌아오지 않았다. 내 돈을 전부 날려 버린 이 씨는 매일 시장에 나와서 장사를 하기는 했지만, 큰돈을 노름으로 날리고 푼돈으로 일을 해서 벌려니 그 장사가 잘될 리가 있었겠는가? 나는 할 수 없이 어떤 날은 다른 사람들이 장사하는 것을 도와주기도 하고, 또 어떤 날은 밑천도 없는 나를 몇몇 사람들이 배려해준 덕에 장사를 해서 겨우겨우 시장에서 버틸 수 있었다. 용산시장에서 새로운 삶을 시작해 보겠다던 나의 꿈은 엉뚱하게 생각지도 못한 일로 인해 깨어져 버리고 만 것이다. 아직까지 아내에게는 아무 말도 하지 못했지만, 이 사실을 아내가 알게 되면 얼마나 충격을 받고 또 얼마나 마음에 상처를 입을까? 말할 수도, 말 안할 수도 없는 이 어처구니없는 상황이 나는 정말 견디기 힘들었다.

그럼에도 부지런히 장사를 한 덕분에 집에는 굶지 않을 정도의 돈은 갖다 줄 수 있었다.

가을이 시작될 무렵이었다. 동아상사에 물건을 가져오는 화주가 있었는데, 전라도 광주에 사는 '임 씨'라는 사람이었다. 그는 나보다 나이도 한참 많은 사람이었는데, 그가 무나 배추를 작업해서 시장으로 가져오면 상인들이 이 사람의 물건을 서로 사려고 해 입찰가가 높게 책정되기도 하였다. 물건 선별을 잘 해서 양심적으로 작업을 해오는 화주라서, 그는 시장 내에서 평판이 아주 좋았다. 내 돈을 노름으로 탕진한 이 씨의 화주이기도 해서 이 씨하고는 형, 동생 하면서 막역하게 지내는 사이였다. 나도 자주 대하다 보니 나와도 얼굴을 보면 웃으며 인사하는 사이였다.

그러던 어느 날, 임 씨가 나에게 다가와 말했다.

"자네도 돈 있으면 여그서 이럴 게 아니라, 금년 가을 김장장사를 할라면은 광주에 가가꼬 밭을 사서 작업을 한 다음에 장사를 허면, 지금보다 많이 벌 수 있당게. 그러니 나허고 같이 밭떼기 장사 한번 해볼 생각 없는가?"

"저는 장사밑천을 저 이 씨가 노름으로 다 날리고 지금은 돈 한 푼 없는 처집니더. 생각은 있어도 할 수가 엄쓰니 별 수 있습니꺼?"

그 후로도 가끔씩 물건을 가지고 온 임 씨는 나에게 장사를 하자는 제안을 올 때마다 해왔다. 나 역시 한 번쯤 해보고 싶었지만 돈이 한 푼도 없는 형편이라 어쩔 수가 없었다. 괜히 듣지 말아야 할 소리를 들어 마음만 소란스러웠다.

우연한 기회로, 나는 예전 답십리에서 호형호제하던 형님의 여동생이 원효로에 살고 있다는 것을 알게 되었다. 그 여동생분과도 나는 누님이라 부르며 친동생처럼 따랐었다. 누님께 전화를 하니 무척 반가워하면서 집으로 초대를 하셨다. 우리 집에서도 그리 멀지 않은 곳에 그 누님의 집이 있어서, 장사가 일찍 끝난 날 그 집에 찾아갔다. 오랜만에 만나니 할 말도 참 많았다.

나는 지금까지 내가 겪은 일들을 그 누님에게 자세히 들려 주었다.

"그래가 어렵게 장사할 돈을 마련해가 시장생활을 시작해볼라 켓더만, 얼마 안 있다가 이 씨라는 사람이 노름해가 다 날리뿌고 돈도 준다, 준다 카면서도 주지도 않고, 내가 밑천이 없으니 장사도 제대로 몬 하고, 그래 있습니더."

내 이야기를 들으면서 누님 내외는 걱정을 많이 해주었디. 정성껏 차려주시는 점심을 막걸리 잔도 기울이며 맛있게 먹었다. 점심을 다 먹고 나서 누님은 나에게 앞으로 장사밑천도 없이 어떻게 살 것이냐며 걱정스러운 눈빛으로 물었지만, 나는 딱히 뭐라 할 말이 없었다.

"살다가 보믄 또 무신 수가 생기지 않겠습니꺼? 너무 걱정마이소. 점심 참 맛나게 잘 묵고 갑니데이. 가을에 김장 담을 때 되마 시장으로 찾아오이소."

나는 집으로 돌아와서 아내에게 누님에 대해 이야기를 하고 언제 우리 집으로도 초대를 하고 싶다고 했다. 아내는 흔쾌히 그렇게 하자고 말해주었다.

용산시장에서의 생활은 직장을 다닐 때보다 몸은 더 힘들었지만 직장생활과는 달리 또 다른 무언가를 내게 가르쳐 주었다. 세상 사람들이 모두 잠을 잘 때, 시장은 대낮같이 불을 밝혀놓고, 초저녁부터 다음날 아침까지 멀리 지방에서 오는 상인들과 서울 근교에서 장사를 하는 상인들로, 항상 복잡하고 시끄럽게 그리고 부지런하게 움직이며 사람 사는 것이 이런 것이라는 것을 항상 내게 일깨워주었다. 나는 비록 복잡하고 시끄러운 시장이지만 직장생활하면서 월급을 받는 것보다 시장에서의 생활이 훨씬 좋았다.

# 순진한 젊은 청년의 상처

일전에 만났던 원효로 누님이 시장으로 나를 찾아왔다.

"제법 장사꾼 태가 나는데?"

누님은 인사 대신 농을 걸어왔다.

"참말입니까? 시장생활이 이제 적응이 되가 그란 가 봅니다. 지금은 적응이 되사 그란지 힘도 별로 안 듭니다."

내가 팔고 있는 채소는 무라서, 알고 있는 사람에게 배추 몇 포기를 얻어, 무와 배추를 자루에 담아 들고 가기 편하도록 잘 묶어 주었다. 누님은 나에게 장사밑천을 아직 돌려받지 못 했느냐며 걱정스럽게 물었다.

"내 생각에는 아마도 한참 동안은 받기가 어려불 것 같심니다."

"내가 여윳돈이 있으면 동생한테 빌려 주면 좋겠는데 그렇지가 못해서 미안하네."

"아이구, 누님이 와 내한테 미안해합니까? 뭐, 우찌 되겠지예. 너무 걱정하지 마이소."

"가만 있자, 내가 주변에 알고 지내는 사람들이 있는데, 이자를 주면 돈을 빌려 주기도 할 거야. 돈이 꼭 필요하면 알아봐 줄게."

누님은 내가 싸놓은 배추자루를 들고 이렇게 이야기를 하고서 갔다.

며칠이 지나서 임 씨가 무를 트럭에 싣고 시장에 왔다. 임 씨는 물건의 좋고 나쁨을 잘 알기 때문에 이번에 싣고 온 무도 시장의 중간 상인들이 서로 사려고 경쟁을 할 정도로 좋은 품질이었다. 중간상인들에게 좋은 값에 일찍 물건을 판 임 씨는 웃는 얼굴로 나에게 다가와서 말을 걸었다.

"지난번 내가 밭에 가서 물건 사가지고 시장에서 팔자고 한 야그는 워츠게 생각 좀 해봤는가?"

나의 대답은 어쩔 수 없이 지난번과 같았다. 장사밑천이 없으니 밭떼기 장사는 할 수 없다고 했다.

"어츠게 해서라도 돈을 만들면 물건은 나가 좋은 것을 싸게 줄 텐게, 돈만 만들어지면 같이 동업을 하세."

그는 그렇게 말하고 다시 광주로 내려갔다. 내 돈을 다 날린 이 씨는 내가 돈을 달라고 하면, 조금만 기다려 달라는 말만 되풀이하며 돌려주지 않았다. 다른 사람들은 모두 어울려서 장사를 열심히 해서 돈을 벌었지만 나는 남이 하는 장사를 도와주고 얼마의 품삯으로 주는 돈으로 하루하루를 보내야 하는 실정이다 보니 수입도 다른 사람들과는 비교도 할 수 없을 만큼 적었다. 이렇게 하다가는 돈을 벌기는커녕 겨울 되면 먹고사는 것조차도 힘들게 될 지경이었다.

나는 몇 번의 생각 끝에 원효로 누님을 찾아갔다. 어떻게든 남의 돈은 빌리지 않고 버텨 보려 했는데, 가을철이 지나고 겨울이 오면 장사도 잘 되지 않을 테고, 그러면 어떻게 해서든 겨울이 오기 전에 돈을 벌어야 월동 걱정을 안 하고 살 수 있을 것 같았다. 나는 누님이 알고 있다는 사람의 돈을 빌릴 수 있다면 빌려 달라고 하였다.

며칠 후, 누님은 시장으로 종이에 싸인 돈 500만 원을 가지고 왔다. 이자는 매월 20만 원, 4부 이자였다. 비싸지도 싸지도 않은 이자였지만, 보증인은 누님이 책임을 지겠다고 해서 빌려온 것이라, 결국 누님이 보증인이 된 셈이었다. 비록 빌린 돈이지만 그 돈으로 장사를 하니 힘이 나는 것 같았다.

어느 날, 또 임 씨가 물건을 트럭에 싣고 왔다. 그는 올 때마다 나에게 따뜻한 말을 건네며 장사하는 방법이나 물건의 좋고 나쁜 점 등을 자세히 알려 주었다. 반면, 이 씨는 내 돈을 모두 날리고서도 나에 대한 미안함보다, 지난번에 잃은 돈에 대한 미련이 더 큰 것 같았다. 매일같이 어디에서 돈이 그렇게 생겼는지 노름을 하느라 장사도 내팽개치는 날이 많았다. 나는 아무리 생각해도 내 돈 400만 원을 받기는 틀린 것 같았다. 그 돈이 어떤 돈인지만 생각하면 가슴이 터져 버릴 것 같은 느낌이 들었다.

임 씨가 다시 물건을 싣고 왔을 때, 내가 먼저 말을 했다. 금년 가을에 밭에 가서 무를 사서 김장장사를 해보고 싶다고 이야기했다. 그러나 혼자서는 밭에서 작업도 하고 장사도 한다는 것이 어렵기 때문에, 임 씨와 동업을 해서 임 씨는 밭에서 작업을 하고 나는 그것을 받아서 장사를 하면, 어렵지 않게 장사를 할 수 있을 거라면서 자기와 내일 밭에 나가 보자고 하였다.

다음날, 임 씨가 무를 싣고 온 트럭을 타고 난생처음으로 전라도 광주에 갔다. 그는 광주 변두리의 이곳저곳의 무밭을 구경시켜 주었다. 그때가 10월이라 무는 가을 김장에 맞춰서 씨를 심어놓은 상태라 무의 굵기가 엄지손가락 정도였다. 이렇게 어린 무를 사서 김장철까지 가면, 그때 가서 시세가 얼마나 오르느냐에 따라 이익을 볼 수도, 손해를 볼 수도 있기 때문에 밭떼기장사는 그야말로 '투기'라고 해도 과언이 아니었다.

나는 임 씨가 이야기한 대로 동업을 하기로 하였다. 내가 투자할 수 있는 돈이 500만 원 정도라고 했더니, 임 씨도 500만 원을 투자하겠다며 다시 한 번 밭으로 가서 자라지 않은 무밭을 돌아다니며 출하할 때 작황이 좋은 무만을 사겠다고 하였다. 그는 나에게 서울로 올라가서 무밭을 계약할 때 돈을 송금해 달라고 하였다. 나는 그렇게 하겠다고 약속을 하고 버스를 타고 서울로 올라왔다. 계약일이 되어 나는 그에게 돈 500만 원을 송금해주었다. 돈을 송금해준 이후에도 임 씨는 가끔 서울에 왔다. 그는 물건은 좋은 것을 샀으니 아무런 염려 말라면서 나를 볼 때마다 안심시켰다. 나도 김장 때가 되어 시세가 좋아져서 돈을 많이 벌었으면 하는 마음을 가지면서 희망을 잃지 않았다.

그러던 중, 중동으로 돈을 벌기 위해 떠났던 매형이 돌아왔다. 거의 일 년 만에 돌아온 것이다. 매형은 나에게 그동안 고마웠다면서 다시 한 번 중동에 나가 일 년만 더 돈을 벌겠다고 했다.

"매형, 돈도 좋지만 매형이 외국에 가고 누나는 공장에 다니면서 일을 하니까네 집에 있는 애들 꼴이 말또 몬 하겠습디다."

나는 지난 일 년 동안의 이야기를 하나도 빠뜨리지 않고 이야기했다.

"외국에 안 나가고 돈 벌면서 애들하고 같이 살 수 있는 방법을 찾아봐야 되지 않겠습니까?"

그러나 매형과 누님은 앞으로 일 년 정도만 중동에서 일을 더하면

생활이 안정이 될 것 같다고 말을 했다.

"내가 용산시장에 있으니까네 어디 작은 가게라도 얻어가 채소장사라도 시작하면 애들하고 떨어지지 않고 살 수 있지 않겠는교? 장사하는 방법하고 물건 사는 방법은 내가 갈차줄 테니까네 중동에는 가지 마이소, 고마."

여러 날을 그렇게 설득을 하자 누님과 매형은 내가 있는 용산시장으로 나왔다. 나는 아침 일찍 장사를 끝내고 잠도 자지 않은 채 공릉동 일대를 돌아다녔다. 가게를 얻을 때까지 며칠 동안을 누님과 매형을 데리고 다니면서 가게의 몫과 입지를 상의한 끝에 마음에 드는 자그마한 가게를 얻을 수 있었다.

가게를 계약하는 날, 나는 누님 내외에게 말했다.

"이제는 외국에 가지 않아도 되니까네 열심히 장사하믄 애들하고 떨어지가 살지 않아도 될 낍니다. 새벽에 잠 쫌 덜 자고 시장으로 나오이소."

그렇게 시작한 누님의 채소가게는 생각했던 것 이상으로 장사가 잘 되었다. 시장에서 좋고 싼 물건이 있으면 다니면서 내가 미리 사 놓고 있다가 매형이 시장에 나오면 차에 실어 보내기도 했다. 낮에는 물건이 팔리지 않는 것이 있으면 그것을 싸게 사서 보내주니 동네에 좋은 물건 싸게 판다는 소문이 나서 장사가 꽤 잘 되는 것이었다. 아직 김장철이 시작되지 않아 낮에 집에 가서 잠깐 잠을 자는 그 시간을 빼고는 누님네 가게에 나가 장사를 거들었다.

시장에서 뜬눈으로 밤을 새우며 장사를 하고, 끝나면 누님에게로 가서 오후 늦게까지 장사를 도와주는 것이 여간 힘든 일이 아니었지만, 나는 거의 매일 그렇게 도와주었다.

그러던 어느 날, 시장 안의 누군가가 하는 소리를 듣게 되었다. 박정희 대통령이 서거했다는 것이었다. 나는 처음에 그 소리를 들었을 때는 누군가가 지껄이는 장난 정도로만 생각했었다. 그러다 깜짝 놀라 다시 물으니, 그 사람은 종이 한 장을 내게 내밀었다. 호외였다. 그 종이에는 커다란 글씨로 '박정희 대통령 어제 저녁 총탄 맞고 서거'라는 문구가 적혀 있었다. 믿기지 않는 일이었지만 그런 일이 우리나라에서 벌어진 것이었다. 박정희 대통령은 경제 개발 5개년 계획을 세워서 새마을운동과 더불어, 국민들에게 부지런하고 검소하게 살면 나도 잘살 수 있다는 희망을 준 사람이었다. 그런 박정희 대통령은 나에게 있어서 정신적 지주와도 같은 존재였다. 박정희 대통령을 오랜 장기집권을 한 독재자라고 하는 사람들도 있었는데, 적어도 나에게만큼은 육영수 여사와 함께 영원히 내 가슴속에서 지워지지 않을 분들임에는 틀림이 없었다. 텔레비전과 라디오에서는 연일 대통령의 죽음에 관한 소식들로 시끄러웠다. 사람들도 두 명 이상만 모이면 나라의 앞날에 대해서 이야기하기 바빴다. 한 나라의 대통령이 총에 맞아서 서거하는 일을 겪다 보니, 사회가 혼란스러워지며 어수선한 탓에 덩달아 도매시장의 장사도 잘 되지 않았다.

김장철이 시작되어도, 김장철만 되면 시세가 올라가리라던 예상과는 달리 채소 값이 오르질 않았다.

임 씨와 샀던 밭의 무를 1차 작업을 해서 팔았는데 본전도 되지 않았다. 서울에서 김장 무와 배추의 시세가 내려가니 산지에서의 값도 역시 많이 내려갔다고 했다. 나는 그래도 작업을 해서 판매를 하자고 했지만 임 씨는 나와는 다른 생각을 하고 있었다. 우리가 살 때 그 당시 무 값이 밭 한 마지기인 100평을 기준으로 20만 원을 주고 샀는데,

지금은 8만 원에서 10만 원이면 살 수 있으니, 비싸게 사놓은 무는 작업을 해서 땅에 묻어 두었다가 설을 쇠고 봄에 채소가 귀한 철에 팔면 이익이 생길 거라는 것이었다. 또 김장철에 팔 무는 산지에서 싼값에 사서 작업을 하여 김장장사를 하면 좋지 않겠냐는 것이다. 그러나 내 생각은 달랐다. 무를 내년 봄까지 땅에 묻어두었다가 작업을 하면 그때 가서 반드시 시세가 오르리라는 보장도 없거니와 특히, 나는 비싼 이자를 주는 조건으로 남의 돈을 빌려서 투자를 한 상태라 오랫동안 이자를 감당해야만 하는 부담이 너무 컸다. 그러니 이익이 남지 않더라도 작업을 해서 출하를 하자고 이야기하였다.

그렇게 몇 번을 이야기한 끝에 사놓은 무는 작업을 해서 출하를 하기로 약속을 하고 임 씨는 광주로 내려갔다. 광주로 내려간 임 씨는 비싸게 사놓은 무는 작업을 하지 않고, 산지에서 값이 떨어진 무를 새로 사서 작업을 해서 용산시장으로 보내왔다. 송장을 보면 조금씩 남기는 했지만, 시장에 들어오는 채소의 양이 워낙 많다 보니 경쟁이 심해 이익을 많이 남기지 못하는 일이 계속되었다. 그러다보니 짧은 김장철이 끝나고 김장시장도 한산해지며 물건을 파는 상인들도 현저히 줄어들었다. 임 씨는 그전에 나와 샀던 무는 출하하지 않고 모두 땅에 묻는 작업을 하는 중이라며 작업비를 송금해 달라고 연락이 왔다. 정말 기가 막힐 노릇이었다. 지금까지 이자를 내는 것도 쉬운 일이 아니었는데, 이제 겨울이 시작되면 장사는 더 안 될 테니 비싼 이자를 어떻게 감당해야 할지 가슴이 답답하기 이를 데 없었다. 작업비를 송금하지 않자 며칠 후 임 씨가 서울로 올라왔다.

"지난번에 사놓은 무를 땅에 묻지 않기로 그래 약속을 하지 않았습니까? 그런데 와 땅에 묻은 깁니까? 예? 와 묻은 거냐고예?"

나는 임 씨에게 짜증 섞인 목소리로 따져 물었다.

"내가 지금까지 투자한 돈이 전부가 남한테 빌리가 만든 돈이라는 기를 누구보다도 잘 아는 양반이 우째 일을 이 지경으로 만들어놓은 기냐고예? 내는 올겨울에 살아갈 방법이 엄써졌는데, 우짤깁니까?"

"내년 봄에는 지금 땅속에 묻어놓는 놈이 분명히 값이 올라갈 것이랑게. 지금 작업비를 들여가꼬 월동준비만 잘 해불면, 그동안 들어간 돈은 내년에 농협에 가서 새해 농자금 신청을 해서 내가 워뜨게든 해서 줄라니게, 걱정은 하지 마소."

나는 뾰족한 방법도 없고 임 씨의 말도 일리가 있는 것 같아, 몇몇 사람들에게 사정을 해서 100만 원을 빌려 임 씨에게 작업비로 주었다.

겨울 동안은 대부분의 가정에서 김장을 해놓은 탓에 장사가 잘 되지 않았다. 그런데도 남의 돈을 빌려 쓴 나에게 이자 주는 날짜는 빨리도 돌아왔다. 이자 줄 돈도 벌지 못한 탓에 나는 고민을 하지 않을 수가 없었다. 내가 시장 상인들에게 빌려 쓴 100만 원도 그렇지만, 원효로 누님이 다리를 놓아 준 500만 원이 문제였다. 처음에 빌릴 때 김장장사가 끝나면 갚기로 한 것이었는데, 그 돈으로 사놓은 무는 땅속에 묻혀 있으니 약속을 지키지 못하게 되어 누님에게 뭐라고 할 말이 없었다. 내가 돈을 갚겠다는 연락도 하지 않으니 걱정이 되었는지 누님이 늦은 저녁에 집으로 찾아 왔다. 나는 지금의 상황을 자세히 설명했다.

"봄까지만 기다려주시믄 틀림없이 갚을 김니다. 그라고 이자도 꼬박꼬박 드릴게예."

"동생 사정이 그렇다니까, 내가 가서 이야기해서 봄까지만 기간을 연장시켜 달라고 해볼게. 그러니까 동생도 너무 걱정하지마. 봄에는 채소들이 시세가 좀 좋아져서 동생이 돈 많이 벌면 좋겠네."

춥디추운 겨울의 채소 시세는 얼어붙은 날씨만큼이나 올라가지 않았다. 경기도 좋지 않은 탓에 설 대목이 되었음에도 시장에는 사람들이 나오지 않았다. 가끔씩 땅속에 묻었던 무를 마대작업을 해서 트럭에 싣고 임 씨가 왔지만 또다시 작업비와 마대 값, 차량운임을 계산하고 나면 무 한 차 작업을 해서 팔아도 손해가 나기 일쑤였다. 임 씨는 조금만 기다리면 시세가 오를 테니 걱정하지 말라고 했지만 남의 돈을 빌려서 그 돈을 몽땅 투자한 나로서는 걱정을 안 할 수가 없었다. 그동안 신용을 지키기 위해 제 날짜에 이자를 꼬박꼬박 맞춰 주다 보니 아내가 집주인에게 빌린 돈도 상당히 많았다.

그 긴 겨울도 거의 지나가고 따뜻한 기운이 제법 느껴질 만큼 날씨가 풀렸지만, 지난 가을의 풍작으로 인해 떨어진 무의 시세는 봄이되었어도 좀처럼 오르지 않았다. 그러다 보니 땅에 묻어놓은 무도 작업을 해서 팔아봐야 손해만 보는 상황이라 그마저도 할 수가 없는 지경이었다. 이런 일을 나는 누구에게 하소연도 못하고 앞으로 다가올 엄청난 일들을 어떻게 수습해야 할지 알 수가 없어, 그저 속만 끓이고 있을 뿐이었다.

봄이 되어도 돈이 없으니 당연히 장사를 하지 못했다. 이제는 더이상 어디 가서 돈을 빌릴 데도 없었다. 임 씨와의 잘못된 장사 한 번이, 나에게는 엄청난 빚더미가 되어 돌아올 줄은 상상도 하지 못했었는데, 이제 그것이 현실이 되다 보니 나에게 남은 것이라고는 희망이라고는 없는, 절망과 좌절뿐이었다. 일이 이 지경이 되고 나서야 알게된 사실이지만, 임 씨는 돈을 똑같이 투자해서 동업을 하기로 하고서는 자신의 돈은 단 한 푼도 내지 않고, 그동안 내 돈으로만 무밭을 사서 장사를 한 것이었다. 원금과 그 이자에 시달리면서 살아가는 나의 심정 따위는 눈곱만큼도 안중에 없고, 처음부터 나를 이용해서 돈을 벌어 보려는 수작이었던 것이다.

　나는 어느 날, 아무 연락도 없이 광주로 내려갔다. 광주의 양동시장을 찾아가서 이 사람, 저 사람과 이야기를 해본 결과, 임 씨가 자주 양동시장에 무 작업을 해서 가지고 온다는 것을 알았다. 나는 그래도 설마 설마 했었는데 내 염려가 현실이 되고 만 것이다. 그동안, 임 씨는 무밭 작업을 해서 가까운 양동시장에다 내다 팔고는 나에게 말도 하지 않고 혼자서 그 이익을 착복을 해온 것이다. 요는, 물건은 내 돈으로 사서 물건 판 돈은 자기가 챙긴 셈이었다. 나는 임 씨와 만나자마자 소리를 지를 수밖에 없었다.

　"사람이 우째 이럴 수가 있나? 내는 지금 빌린 돈 이자 갚다가 살고 있는 집 전세비도 까묵고 맨몸으로 쫓겨나게 생겼구마는, 당신은 내 돈 갖다가 혼자 장사를 해서 다 해 처묵어? 그기는 도둑놈만도 몬한 짓인 기라. 당신은 도둑놈만도 몬한 나쁜 놈인 기라. 당신, 한 달 안에 내 돈 다 내놓지 않으면 내도 가마 앉아서 당하지만은 않을 테니까네, 꼭 내놓는 기 좋을 끼다!"

　임 씨는 아무 말도 하지 않고 앉아 있다가 한마디했다.

　"4월 말일꺼정만 기다려주면 돈 다 갚을 텡께 기다려 보소."

　나는 약속을 받고 서울로 올라왔다. 며칠 만에 들어온 나를 보는 아내는 걱정을 많이 한 얼굴이었다. 잠시 후, 망설이고 서 있던 아내가 입을 열었다.

　"내가 주인집에서 빌리가 온 돈이 우리 집 전셋돈하고 같아져 버렸는데 우짬니까? 그라고 광주에 갔던 일은 우째 됐는교? 투자한 돈은 돌리 준답디까?”

"쪼매만…… 기다리 바라.”

그 후로 임 씨는 연락이 되지 않았다. 서울에 오지도 않았다. 4월 말일이면 돈을 돌려주겠다는 약속을 하고서는 연락이 두절된 것이었다. 하루하루 살아가는 것이 너무나 힘들고 괴로웠다. 앞으로 일어날 일들을 어떻게 수습해야 할지 머릿속이 텅 빈 것처럼 아무 생각도 나질 않았다. 내 돈을 마치 자기 돈처럼 쓰며 노름으로 탕진해버린 이 씨가 돈을 주지 않아 그 돈을 고스란히 빚으로 안고 있는 내게, 임 씨는 김장장사를 같이 하자며 속여 사기를 친 것이다. 세상 물정 모르는 순진한 청년일 뿐인 나에게 세상은 너무나 큰 상처를 안겨 주었다.

# 비참한 현실

나를 속인 두 사람을 모두 경찰에 고발하고 싶었다. 그러나 그렇게 한다고 해서 내 돈을 돌려받는다는 보장도 없고, 답답할 노릇이었다. 답답한 마음에 그동안 연락도 하지 못하고, 가보지도 못했던 작은형을 찾아갔다.

작은형은 지금까지 해오던 슈퍼를 그만두고, 그동안 알뜰히 저축해서 빌라 한 채를 사서 세를 놓고, 예전에 내가 다녔던 대원전선에 트럭기사로 취직을 했다. 회사가 경기도 화성시로 이사를 가서 작은형도 회사 가까운 화성으로 이사를 가서 살고 있었다. 그동안 아이들도 딸을 셋이나 두었다. 갑자기 찾아온 나를 보고 작은형과 형수는 무척 반가워했다. 그동안의 이야기를 한참 동안 하면서 나는 지금 내가 처한 상황을 모두 이야기하였다. 작은형은 아무 말도 하지 않고 굳은 표정으로 있었지만 형수는 조금 달랐다.

"정말 나쁜 사람이네요. 진작에 경찰에 신고를 하셨어야죠. 왜 가만히 있었어요?"

한참 동안 침묵을 지키던 작은형이 형수의 이야기를 듣고는 입을 열었다.

"앞으로 우예 살 생각이고?"

"뾰족한 수가 없십니다. 처제한테 빌린 돈하고 큰형님한테 빌린 돈, 가을에 빌린 돈하고 다 합치마 1,000만 원이나 되는 엄청난 돈을 빚을 지고 있는 내가 무신 계획을 세우겠습니까? 지금은 다 모리겠고 그냥 빚만 없으마 그기 최고로 행복할 것 같십더. 하지만 이미 물은 엎질러졌으니 답답하고 하루하루 살아가는 기 그래 괴로울 수가 없십더."

"그 빚은 몇 년 안에 내가 다 갚아줄 테니까네, 너는 제수씨하고 에기하고 같이 고향에 내리가 고향에 있는 우리 땅을 농사짓고, 송아지 한 마리 사줄 테니까네 같이 멕이면서, 다른 사람 땅도 도지를 하면서 살마 어떠겠노?"

나는 작은형의 이야기에 고개를 가로저으며 거절했다.

"형님이 신경 써주시는 기는 고마분데, 고향에 내리가는 기는 싫습니더. 지금까지 객지 생활한 지가 벌써 몇 년이나 지났는지 고향사람들은 다 알 낍니다. 어릴 때 같이 자란 동갑내기 친구들은 대부분이 중학교, 고등학교, 대학교까지 졸업하고 선생도 되고 공무원도 되고 직장생활 하면서 다 안정적으로 살고들 있는데, 내는 망해가 어디 갈 데가 없어서 고향 내리왔다는 소리를 들으마…… 죽으면 죽었지 그래는 몬 하겠십더."

나는 돈을 많이 벌고 성공을 해서 고향에 내려가서 살 수는 있겠지만 지금의 모습으로는 절대로 내려가고 싶지 않았다.

"그럼 니는 우째 생각하고 있는데?"

"글쎄예……. 우째 되겠지예."

나는 다른 대답을 찾을 수가 없어서 그렇게 말을 했다.

"그라믄 앞으로 우예 할지 니랑 내랑 함 생각 좀 해보자."

"너무 걱정은 하지 마이소."

나는 그렇게 작은형과의 해결책 없는 의논을 하고 집으로 돌아왔다.

이튿날은 누님네 가게를 찾아갔다. 누님네도 그동안 알뜰히 돈을 모아 공릉동에서 잠실로 가게를 옮겼다. 그때 당시 잠실은 한창 개발 붐을 타고 있는 중이어서 장사가 잘 되고 있었다. 내가 온 줄도 모르고 누님과 매형은 찾아오는 손님들에게 물건을 파느라고 한참 동안 정신이 없을 정도로 바빴다. 그래도 나와는 반대로 누님네 가게는 장사가 잘되는 것 같아 한결 마음이 놓였다.

잠시 후, 손님들이 좀 줄어들자 그제야 누님이 나를 알아보고 환한 미소를 지어 보이며 반겨주었다. 매형은 아침부터 공사현장, 건설현장 식당 등으로 배달을 다니느라 힘이 들어서인지 얼굴이 약간 야위어 있었다. 누님은 지금까지 고생을 많이 하면서 살아왔지만, 이제 가게 장사가 잘되는 덕에 많이 안정된 것 같았다. 나는 누님네 가게를 뒤로 하고, 전철을 타고 집에 도착을 했을 때는 밤 10시가 넘어 있었다.

집에 일찍 도착해봐야 아내 얼굴 보기도 그렇고, 주인집에서 빌린 돈을 전세금에서 제하다 보니, 이제는 그마저도 남지 않아서 방을 비워줘야 하는데, 갈 곳이 없어서 그렇게 하지 못하고 있으니 주인 얼굴 볼 면목도 없었다. 그렇게 나는 이래저래 마주하고 싶은 얼굴들을 피하기 위해, 충정로역에서 원효로 4가까지 일부러 걸어서 늦게 도착을 한 것이다. 아내는 그런 나에게 아무 말도 하지 않고 그저 내 눈치만 살피고 있어 오히려 내가 더 애가 탈 지경이었다.

5·18 광주사태가 터지면서 시장장사는 불안정한 시국 탓에 연일 불경기였다. 나는 장사밑천도 한 푼 없어 시장에 나가도 장사를 하지 못했다. 그렇다고 집에 있을 수만은 없어서 하릴없이 시장을 왔다 갔다 하면서 시간만 축내고 있었다.

그러던 중 작은형에게 연락이 왔다. 이야기할 게 있으니 형의 집으로 오라는 내용이었다. 일전에 내가 다녀간 뒤에 형과 형수는, 여러 지인들에게 돈 빌릴 곳을 수소문한 끝에, 마침 곗돈 300만 원을 타는 사람에게 몇 번을 사정사정하여, 일주일 후에 돈을 빌리기로 했단다.

"시장에서 다른 장사를 해보든가, 아니마 쪼매난 가게를 얻어가 소매로 장사를 해보두가, 뭣을 하든지 계획을 잘 세입가 니 하고 싶은 대로 함 해봐라."

나는 도매시장에서 돈을 떼이고, 사기를 당해서 몇 번의 빚을 지고 나니 용산시장에서는 장사하기가 싫었다. 또다시 그곳 사람들과 같이 일하며 어울리다 보면 지난번 같은 일이 또 일어날 것 같아, 나는 시장을 떠나기로 마음먹었다.

나는 북한산 뒤쪽에 있는 노고산에서 5일간의 예비군 훈련을 받고 끝나서 올 때마다 박석고개에서부터 갈현동까지 걸으면서 장사를 할 만한 점포가 있는지 여기저기를 둘러보며 알아보았다. 5일째 되는 날, 차고를 개조해서 점포를 만들어 월세를 놓는다는 글이 유리에 붙어 있는 것을 보았다. 주인에게 물어 보니, 보증금 300만 원에 월 7만 원이라고 하였다. 그러나 차고를 개조한 터라 방도 없고, 수도와 화장실도 없었다. 수도는 주인집 마당에서 쓰면 되었지만, 화장실은 주인집 현관문을 통해 들어가 마루를 지나야 이용할 수가 있었다. 잠을 잘 만한 곳도 없어, 차고 안쪽에 내루를 조그마하게 만들어야 해서 살아가기는 무척 불편하고 힘들 것 같았다. 작은형에게 이런 장소가 있다고 연락을 했더니 걱정이 되었던지, 비가 오는 날인데도 트럭을 끌고 찾아왔다.

"장소로 봐서는 장사는 될 것도 같은데, 제수씨하고 애기는 살기가 마이 힘들 것 같데이."

"형님, 지금 내는 찬밥, 더운밥 가릴 처지가 아인 거 같습니다. 여가 좁으마 좁은 대로 살면서 장사를 함 해볼랍니다."

작은형이 다른 사람에게서 빌려준 300만 원에 대한 이자 때문에, 작은형수는 알고 지내는 사람들을 모아서 만기가 되면 100만 원을 타는 스물네 명이 하는 계를 조직했다. 계는 원래 1, 2, 3번은 한 사람한테 절대로 주지 않는 것을 월 곗돈 불입금을 조금 더 내더라도 이자 주는 것보다는 낫다면서 1, 2, 3번을 내가 탈 수 있게 해주었다. 정말 마음 깊은 고마운 배려였다.

나는 개조한 차고를 임대계약을 하고서, 차고 안쪽에 한 평 정도의 내루를 만들어 잠을 잘 수 있게 해두었다. 그것은 벽은 없이 구들장을 몇 장 사서 바닥만 만들어놓은 것이었다. 어느 정도 정리를 해놓고 이사할 준비를 하였다. 이사라고 해봐야 전세금은 집주인에게 모두 빌려 쓴 탓에 받을 것도 없었다. 원체 이삿짐도 없었지만 차고가 좁아서 그나마도 들여놓을 공간도 없었다. 차고를 개조한 곳으로 이삿짐을 싣고 와서, 이제 이곳에서 살아야 한다는 암담한 현실을 실감했을 텐데도 아내는 나에게 불평 한마디 하지 않았다. 아내에게 미안하다고 말을 한다고 해서 앞에 놓인 현실이 해결될 것도 아니라서, 무뚝뚝하다는 것을 핑계 삼아 아무 말도 하지 않았다.

내루로 만들어놓은 방은 말이 좋아 방이지 벽도 없어서 밖에서 지

나는 사람들이 쳐다보면 그대로 다 들여다보였다. 아내는 양쪽 끝에 못을 박아 끈을 연결하고 이불을 쌌던 보자기를 옷핀으로 군데군데 집어서 밖에서 보면 그나마도 보이지 않게 해놓았다. 다행히 그곳이 차고였던지라 유리문 밖에는 셔터가 있어 저녁에 셔터를 내리면 지나가는 사람들이 가게 안을 볼 수 없었는데, 그것이 그나마 다행이라면 다행이었다.

이사를 하고서 이틀 후, 용산시장에 가서 채소를 용달차로 한 차를 사왔다. 돈은 한 푼도 없었지만 그동안 시장에서 알고 지내던 사람들이 외상으로 물건을 주었기 때문에 물건 들이는 데는 어려움이 없었다. 좋은 물건을 사다가 싸게 팔았다. 아내는 난생처음 해보는 장사가 어색한지 무엇을 어떻게 해야 하는지도 몰랐다. 장사를 하다 보면 아이가 밖에서 놀기도 하고, 어떤 때는 보이지 않는 곳까지 가기도 해서 장사를 하다 말고 찾으러 다닌 일도 한두 번이 아니었다.

장사는 박리다매를 생각하고 시작해서인지 제법 잘 되었으나, 문제는 배달이었다. 우리가 장사를 하는 가게는 평지에 있었는데, 갈현동은 대부분이 언덕길에다가 산동네였다. 그런 동네에서 배달을 하려면, 자전거도 없어서 대나무 바구니에 담아 어깨에 지고 다니다 보니 힘도 들고 무엇보다 시간이 많이 걸렸다. 그러다 보니 웬만한 건 아내가 대야에 담아서 머리에 이고 배달을 해야 했다. 몸도 가냘픈 데다 키도 작은 아내는 채소를 대야에 가득 담아 머리에 이고 산동네를 다니면서도 나에게 불평 한마디 하지 않았다. 남자인 내가 해도 힘든 일을, 몸도 약한 아내가 무거운 무를 담아 배달할 때면, 동네 아주머니들이 약한 여자에게 이렇게 무거운 것을 배달시킨다며 여자가 불쌍하다고 수군거리곤 했다. 그러나 아내는 자기가 손님을 상대하는 장사가 서툴러서 그런 거라고 아주머니들에게 웃으며 둘러대기도 하였다. 아내는 천성이 착해서 누구에게도 사소한 거짓말조차 하지 못하는 마음이 선하고 여린 사람이었다.

그러다 보니 나와도 종종 의견 차이가 생기곤 했다. 예컨대, 하루 장사를 하고 나면 다 팔지 못하고 물건이 남을 때가 많았는데, 그럴 때면 채소들을 물을 축여서 시들지 않게 손질을 잘 해놓았다가 이튿날 아침에 팔곤 했다. 새로 사온 물건과 전날 남은 물건을 깨끗하게 손질해서 섞어 놓으면 웬만한 전문가가 아니면 구별하기가 어려웠다. 손님이 물건을 사러 와서 전날 물건을 고른 후, 이 물건이 오늘 물건이 맞느냐고 물으면 나는 "예, 그럼요, 오늘 물건 맞심다" 하고 대답을 하면, 저쪽에서 청소를 하던 아내는 이쪽으로 다가오면서 "아줌마, 그 물건은 오늘 것이 아이고 어제 거예요" 하는 것이다. 그 순간 손님이 나를 쳐다보면 나는 얼굴이 뜨거워져서 쥐구멍에라도 숨고 싶은 심정이 들 때가 한두 번이 아니었다.

장사가 끝나고 셔터를 내려놓고는 아내에게 여러 차례 그냥 가만히 있어 달라고 이야기해보았지만 아내의 거짓말 못하는 성격은 쉽게 고쳐지지가 않았다.

어떤 때는 의견이 충돌하는 경우도 있었다. 그래서 장사꾼 거짓말은 하나님도 이해할 것이라고 아내를 설득하기도 하고, 때에 따라서는 나무라기도 하였다. 하지만 쉽사리 고쳐지지 않는 것이 아내의 천성인 것을 어찌하겠는가?

밭떼기 장사를 하면서 이 씨와 임 씨에게 떼인 돈의 원금은 갚지 못해도, 나는 힘은 들지만 열심히 장사해서 이자는 꼬박꼬박 주었다. 그것이 그나마 마음의 위안이 되었지만 원금을 갚을 정도의 장사는 되지 않았다. 그래도 장사가 바쁘게 되니 아이에게 자연히 소홀해지기 일쑤였다. 밥 때가 되어도 제대로 챙겨서 먹이지 못하다 보니 우리 아이 영규의 얼굴에는 피부병이 생기기 시작했다.

하루는 처이모님이 찾아왔다. 그분은 장모님의 바로 밑 동생이었다. 사시는 곳이 화월곡동이었는데 멀리 갈현동까지 찾아오신 것이다. 처이모님은 우리 사는 모습을 보면서 많이 안타까워하시며, 이럴 때일수록 싸우지 말고 더욱 사이좋게 지내야 한다고 말씀하셨다. 때마침, 밖에서 놀던 영규가 들어왔다. 처이모님은 영규의 얼굴을 보시더니 갑자기 우리를 꾸짖으시는 것이었다.

"이기, 뭐꼬? 애가 이지경이 되도록 두대체 뭐하고 있었드노? 에 얼굴에 버짐 핀 거 아나, 모르나? 버짐은 애가 영양실조가 되마 얼굴에 피는 기다, 참말로……. 내가 이래 온 김에 외갓집에 데리다 주까? 그라는 기 나을 끼다. 애가 이기 뭐꼬, 이기……."

아내의 얼굴을 쳐다보니 아내의 표정은 의외로 차분했다.

"이모가 우리 영규, 친정 엄마한테 데리다 주면 고맙겠어예."

"아무래도 그라는 기 낫겠다, 그자? 니는 결정을 한 거 같으니깐 말 나온 김에 지금 데리가야겠데이."

처이모님은 그 길로 영규의 손을 잡고 김천으로 떠나셨다. 예기치 못한 일이라 아무 준비도 못하고 영규는 외갓집으로 갔다. 영규를 보내놓고 아내는 스스로에게 위안이라도 하듯 중얼거렸다.

"시골에 내리가 있으면 엄마가 밥은 잘 챙기 멕일 거니까네. 여 있는 것보다는 안 낫겠심니꺼? 그래 하는 기 영규를 위해서는 더 좋을 김니더."

영규문제는 해결이 되었으나, 차고를 얻어서 그 안에서 살림을 하면서 장사도 같이 한다는 것이 보통 힘든 일이 아니었다. 낮에는 주인이 현관문을 잠그지 않아 화장실을 마음대로 다닐 수 있었지만 밤이 되어 현관문을 잠그면 밖에서는 열 수가 없기 때문에 화장실을 전혀 사용할 수가 없었다. 그것은 문을 잠가야 하는 외출을 할 때도 마찬가지였다.

우리가 장사를 하는 가게에서 400m 정도 떨어진 곳에 공중화장실이 있기는 했지만 장사를 하다가 화장실을 가야 할 때는 난감하기 이를 데 없었다.

나는 그래도 남자여서 어떤 때는 급하게 달려가서 볼일을 본다지만, 여자인 아내는 그럴 수도 없어서 이웃집에 사정을 해보거나 그렇지도 못할 때는, 결혼할 때 가져온 요강을 주인집 화단 나무 밑에 숨겨두었다가, 집 뒤쪽으로 가지고 가서 볼일을 보기도 했었단다. 잠을 자는 곳도 비좁아서 둘이 반듯하게 눕지 못하고, 항상 모로 누워서 잠을 자곤 했다. 그곳은 우리의 방이고, 집이고, 가게이고, 희망이고, 도망치고 싶은 현실이면서 또한 지옥이었다.

# 초라한 가장

　채소를 담은 대야를 머리에 이고 하루 종일 산동네를 이리저리 다니며 배달을 해야 하는 작은 체구의 아내는, 내게 말은 한 번도 하지 않았지만 무척 고단한 삶을 살고 있었다. 배우지도 못하고 돈도 없는 남편을 만난 서른 살의 내 아내.

　아내는 세상의 어느 누구보다 착하고 강해서 나에게는 넘치도록 과분한 사람임에 틀림없었다. 이런 사람도 곤히 잠을 자다가 밤중에 갑자기 벌떡 일어나 앉아 울음을 터뜨릴 때가 많았다.

　"와 그라는데? 와 우는데? 어디 마이 아프나? 말 쫌 해봐라?"

　"영규가…… 우리 영규가 꿈에 나와가 내를 찾으면서 엄마…… 엄마…… 하면서 자꾸 웁니더…… 내 우리 영규 너무 보고 싶어서…… 이 가슴이 아파가 죽을 것 같아예……."

　내 몸 안에 흐르고 있는 피가 몸 밖으로 다 빠져나가는 것 같았다. 그동안 돈을 벌어야겠다는 생각만으로, 아내가 육체적으로나 정신적으로 이렇게 고통스럽게 살고 있었다는 것을 나는 미처 몰랐다는 사실이, 내 자신을 더욱 비참하고 초라하게 만들었다. 빨리 돈을 벌어 방을 얻어서 외갓집에 가 있는 영규를 데려와서 같이 살아야겠다는 마음은 굴뚝같았지만 돈이라는 것이 마음먹은 대로 벌리지가 않았다.

"영규 아빠하고 영규 엄마처럼 부지런하고 검소하게 살면 조만간에 잘살게 될 거야."

집주인 내외는 우리의 사정을 알고 자주 위로의 말을 건넸다.

개조한 차고에서 장사를 한 지도 벌써 1년이 지났다. 지금까지 번 돈은 빌린 돈의 이자만 주었지, 원금은 그때까지 단 한 푼도 갚지 못했다. 그러던 중, 아내가 몸이 이상하다면서 조심스럽게 임신을 한 것 같다는 이야기를 하였다.

가슴이 철렁했다. 기뻐하고 축하해야 할 일이라는 것을 잘 알고 있었음에도, 내 가슴은 철렁 내려앉았다. 하나 있는 영규도 잠잘 곳도 없고 잘 먹이지도 못해 외갓집에서 자라고 있는데, 또다시 둘째아이가 태어나면 잠을 잘 곳도 없거니와 어디에서 어떻게 아이를 키워야 하나 나의 걱정은 태산같이 커져 있었다. 임신을 해서도 힘들다는 내색도 없이 아내는 오늘도 산동네를 다니며 배달을 다녔다. 그런 아내를 보는 내 마음은 예리한 칼로 가슴을 도려내는 것 같았다. 아내가 임신 사실을 이야기한 지 일주일이 지나서였다. 장사가 끝나고 셔터를 내린 나는 아내에게 조용히 말을 꺼냈다.

"지금 우리 형편이 하나 있는 아들도 처갓집에 보내놓고 있는 판인데, 애기를 하나 더 나으마…… 애기 키울 방도 없을뿐더러 돈도 없으니…… 앞날을 생각해가 병원에 가서…… 유산을 시키면…… 어떠겠노?"

나는 이런 비참한 말을 아내에게 해버리고 말았다. 말을 해놓고 차마 아내의 얼굴을 볼 수가 없어서 입술을 피가 배어 나오도록 깨물며 고개를 돌리고 앉아 있었다. 아내가 나의 이런 비겁한 말을 듣고 무슨 행동을 할지, 무슨 말을 할지 알 수가 없어서 나는 겁이 났다. 한참 동안을 아무 말도 없던 아내는 외로 꼬고 앉아서 눈물만 줄줄 흘리고 있는 나를 불렀다.

"영규 아빠……."

나는 아내가 부르는 소리에도 고개를 들어 아내를 볼 용기가 나지 않았다.

"영규…… 아빠……."

나는 고개를 들어 온 얼굴이 눈물로 범벅이 되어 있는 내 아내의 얼굴을 바라보았다. 내 눈에서 떨어져 내리고 있는 눈물을 본 그녀는 가느다란 신음소리를 흐느껴 울었다. 세상의 어떤 슬픔보다도 더한 슬픔이 그 흐느낌에서 느껴졌다.

시간이 한참이 흐르도록 울던 아내가 눈물을 닦고 의연한 표정으로 말을 하기 시작했다.

"얼마 전부터 꿈에 수염이 하얀 노인이 나와가…… 아무리 고생이 되고 힘이 들어도 이 애기는 꼭 낳아야 한다 카면서…… 애기가 태어나면 이름을 '석현'이로 지으라꼬 말을 했어예. 내는 교인이라 미신을 믿지는 않지만도 이 꿈은 이 애기의 태몽인 거 같습니다. 여가 비록 좁고 우리는 암 것도 엄지만은 내는 이 애기를 꼭 낳아서 잘 키워 볼랍니다."

아내의 표정에서는 아기를 지켜보겠다는 강한 의지가 엿보였다. 그러나 나의 생각은 그녀와는 달랐다. 지금은 잠도 편히 잘 수 있는 방도 없는데 추운 겨울이 되면 이곳에서는 아이를 키울 수 없을뿐더러 장사를 열심히 하여도 지금은 빚을 갚아야 해서 생활의 여유가 없기 때문에 나는 아내를 설득할 수밖에 없었다.

그동안 빌린 돈의 이자를 갚느라, 공부를 하고 있는 재천이에게도 1년 동안 돈 한 푼도 주지 못하고, 작은형님과 큰형님 두 분이 재천이를 돌본 것도 같은 형제로서 미안할 뿐이었는데, 이런 와중에 아기를 더 낳는다는 것은 염치도 없고 감당하기도 어려운 일인 것이다. 며칠 동안을 아내를 설득해 보았지만 아기를 낳겠다는 아내의 생각은 변하지 않았다. 아내가 뜻을 굽히지 않는 만큼, 아내를 설득해야 하는 나 역시 포기하지 않았다. 그러다 보니 하루 종일 힘든 장사가 끝나고 셔터를 내리고서, 우리 부부는 아내의 배 속 아기문제 때문에 한 달이 넘어가도록 결론을 내리지 못하고, 서로 갑론을박을 하며 자신의 주장만을 내세울 뿐이었다. 결국엔 참고 참던 아내가 지금까지 마음에 묻어두었던 모든 것을 쏟아내고 말았다.

"결혼을 해서 지금까지 4년이 넘도록, 내는 모든 일을 영규 아빠가 하자는 대로 따르고 암말도 안 했습니더. 장사를 한다 칼 때도 그랬고, 돈을 사기당했을 때도 그랬고, 노름 돈으로 돈을 떼였을 때도 그랬심더. 그라고 지금 이렇게 차고 안에서 장사를 하면서 무거분 거 머리에 이어서 배달까지 하고, 이 좁은 쪽마루 위에서 잠자고, 요강에 볼일 봐가면서도 내는 영규 아빠한테 아무 말도 안 했다, 그 말임니더. 언제 내가 영규 아빠한테 몸도 마음도 피곤하고 힘들다꼬 투정부리고, 엄살 부리고, 싫은 소리 한 번 하는 기를 본 적 있습니꺼? 내는 단 한 번도 당신 앞에서 싫은 소리는커녕, 얼굴 한 번을 찡그린 적이 없심니더. 단 한 번도예. 내도 하루 종일 물건 팔면서, 무거분 야채대야를 머리에 이고 산동네를 돌아댕기면서 배달하고 나면 여기저기 안 아픈 데 없이 말또 몬 하게 아팠지만은, 지금까지 불평 한 번 없이 견디면서 살 수 있었던 기는, 그래도 우리는 아직 젊으니까, 그래도 열심히 살면 언젠가는 잘살 수 있지 않을까 싶어가 희망을 갖고 여태껏 살아온 긴데, 하나님이 우리한테 주신 생명을 어찌하라꼬예? 당신이 지금까지 이래 살아온 내한테 그래 말해도 된다꼬 생각합니꺼? 내는 그래는 몬 합니다. 적어도 이번만큼은 당신 뜻대로 따를 수가 없다, 그 말임니더."

아내는 토해내듯 말을 다 마치고는 북받치는 서러움에 통곡에 가까운 울음을 터뜨리고 말았다. 나는 그런 아내의 말을 듣고 아무 말도 하지 않았다. 아니, 할 수가 없었다. 한참이 지나서 나는 아내를 불렀다.

"영규 엄마."

온 얼굴이 눈물로 범벅이 된 채 고개를 들어 나를 올려다보는 아내. 나는 그런 내 아내에게 다시 모진 말을 하기 시작했다.

"처갓집에서 크고 있는 영규도 몬 데리오잖아. 그란데 애기를 낳을라면 병원비도 있어야 할 끼고, 다른 건 몰라도 여 좀 둘러봐라. 여서 애기를 키운다는 기 말이 되는가 말이다. 그라고 애가 태어나마 생활비도 더 들어갈 거 아이가. 지금까지 우리가 장사는 열심히 하기는 했지만 이자만 겨우 줄 뿐이고 원금은 아직 한 푼도 몬 갚았는데, 이 와중에 애까지 하나 더 나으마 우리는 언제 돈 모으고 언제 잘살 수 있겠는가, 그 말이다. 생각을 해봐라. 하루라도 빨리 우리 영규 데리와야 안 하겠노?"

나는 내가 할 수 있는 설득은 다한 것 같았다. 그러나 아내의 대답은 한 가지뿐이었다.

"다른 거는 영규 아빠가 하자는 대로 다 할게예. 대신 이 애기만큼은 절대로 안 됩니더. 이 애기는 무신 일이 있어도 내가 책임지고 벌어서 잘 키울 낍니더."

나는 아내의 마음을 돌릴 자신이 없어졌다. 아내가 절대로 뜻을 굽히지 않을 것이라고 생각이 되자 나는 결국 설득을 포기하기로 하였다.

그 일이 있은 이후, 아내는 더욱 열심히 장사에 매진했다. 천성이 부지런한 성격이라 잠시도 쉬지 않았지만, 아기를 지키겠다는 이유가 생겨서인지 아내는 걱정스러울 정도로 열심히 일했다. 날이 가고 달이 가면서, 표가 나지 않던 아내의 배도 가을이 되면서 점점 불러오기 시작했다. 그럼에도 불구하고, 아내는 불러오는 배도 아랑곳하지 않고 무거운 채소를 머리에 이고 배달을 계속했다. 둘이서 장사를 하다 보니, 한 사람이 배달을 가고 없으면 다른 한 사람이 가게를 봐야 했다. 그런데 그때 갑자기 많은 손님이 올 때는 아내는 몸이 무거워서 오는 손님을 빨리 상대해줄 수가 없었기 때문에 힘이 들어도 배달을 다니려고 했다. 키도 작은데 거기다 배까지 불룩하게 나온 임신부가 채소바구니를 머리에 이고 뒤뚱거리며 걸어가는 모습을 보는 나는 심장이 쪼그라드는 심정이었다. 게다가 그런 아내를 보고 동네 아주머니들은 하나같이 내게, 임신한 여자에게 저런 일을 시키면 안 된다고 핀잔을 주곤 했다. 돈이 어느 정도 여유가 있으면 자전거나 오토바이를 구입해서 배달을 하면 훨씬 빠르고 수월하고 아내도 배달을 다니지 않아도 되니 정말 좋을 텐데, 빚진 돈의 이자를 갚기도 버거운 살림이라 자전거나 오토바이는 그저 바람일 뿐이었다.

# 가난하고 가여운 네 식구

아무리 열심히 장사를 해도 끝이 보이지 않는 힘든 시절은 계속되고 있었다. 가을 장사가 끝나자 시작된 겨울 장사는 모든 것이 정지가 된 듯 아무도 물건을 사가지 않았다. 아내의 배는 아기가 곧 나오려는 것같이 많이 불러왔다. 겨울이라 장사가 잘 되지 않아 한 가지 좋은 점은 만삭의 아내가 배달을 다니지 않아도 된다는 점이었다. 아내는 배만 불러왔지 얼굴과 몸은 많이 야위어가고 있었다. 올해 겨울은 다른 해보다 유난히 춥기까지 했다. 우리가 살고 있는 차고는 문을 완전히 닫기 전에는 너무나 추웠다.

그렇게 춥고 좁은 곳에서 하루하루 지내던 아내는 어느 날 아침, 배가 아프다며 괴로워하기 시작했다. 나는 어찌할 바를 모르고 안절부절못하고 있는데 마침 용환이 엄마가 왔다. 용환이 엄마는 아내와 동향에 나이도 엇비슷해 친구처럼 지내면서 우리 집일을 많이 도와주던 사람이었다. 용환이 엄마는 아내의 괴로워하는 모습을 보고는 깜짝 놀라며 말했다.

"애기 낳을라고 진통하는 것 같은데요. 병원에 가봐야 안 되겠습니까?"

"……."

내가 아무 말도 못하고 있는 사이, 아내의 고통스러워하는 소리를 들은 주인집 내외가 급히 나왔다.

"빨리 병원에 가봐야지, 이렇게 그냥 서 있으면 어떡하나?"

"……."

나는 정말 아무 말도 할 수가 없었다. 그런 내 모습을 본 주인아저씨는 혀를 끌끌 찼다. 벌써 두 달 동안이나 물건을 하나도 팔지 못하고, 그나마 조금 있던 돈은 빌린 돈의 이자로 주고 나니, 주머니에 남아 있는 돈이라고는 겨우 3~4만 원이 전부였다. 그런 사정이라 빨리 병원으로 아내를 데려가야 한다는 것을 알고 있음에도 어서 병원에 가자는 말이 입에서 나오지를 않은 것이다. 입만 들썩이고 있는 나를 보고 있던 주인아저씨가 나서며 말했다.

"당신하고 아주머니가 영규 엄마를 데리고 우리 방으로 들어가서 눕혀요. 여기서 이러고 있을 수는 없잖아, 사람이 이 지경인데."

나는 설마 사람이 어려워서 죽기야 하겠는가 하는 생각이 들었다.

"아임니다. 병원에 데리갈 낌니다."

나의 말에도 그 세 사람은 아내를 부축하고 주인집 안으로 데리고 들어갔다. 그러고는 주인아저씨가 나에게 한마디 말을 했다.

"어려울 때는 서로 조금씩 도우면서 살고 그러는 거야."

그렇게 이야기를 한 아저씨는 집으로 들어가지 않고 밖으로 나가는 것이었다. 주인집 안으로 들어갔던 용환이 엄마는 곧 밖으로 나오더니 용환이의 작은 외할아버지를 모시고 왔다. 우리 가게에서 멀지 않은 곳에서 복덕방을 하고 계시는 용환이 작은 외할아버지는, 군대에서 군의관으로 복무를 해서 나이가 많은 지금도 동네 사람들의 웬만한 치료는 그분이 맡아 하시곤 하셨다.

용환이 작은 외할아버지가 방에 들어가시고 한 시간이 지났을 무렵, 용환이 엄마가 나에게 왔다. 얼굴에 환한 미소를 띠며 나를 보는 것으로 보아 아내가 아기를 낳은 모양이었다.

"영규 아빠, 영규 엄마가 방금 애기 낳았어요."

나의 예상이 맞았나 보다. 그 소리를 듣고 긴장이 풀렸는지 다리에 힘이 빠지면서 휘청했다. 벽에 기대어 선 채 주머니에서 꼬깃꼬깃한 돈 만 원을 꺼내 들고 용환이 엄마에게 주며 말했다.

"용환이 엄마, 미안합니다만, 우리 집사람한테 미역국 좀 끓여 주이소. 부탁드릴게요."

나의 그런 염치없는 부탁을 흔쾌히 승낙을 한 용환이 엄마가 미역국을 끓이러 간 사이, 용환이 작은 외할아버지가 방에서 나오며 내게 말했다.

"애기엄마하고 애기는 건강한 것 같아 보이네. 근데 애기엄마가 임신을 했을 때 잘 먹지를 몬 했는지 엄마도 말랐고, 애도 배 속에서 영양섭취를 잘 몬 했는지 말랐드구만. 산모가 잘 먹어야 젖이 잘 나와서 애기한테도 잘 먹일 수 있을 테니까 산모한테 잘 먹여야 될 걸세."

그분은 그렇게 내 마음의 아픈 곳을 찌르는 말을 하고는 돌아가셨다. 잠시 후, 집주인 아주머니가 나왔다.

"영규 아빠, 이제 방에 들어가서 애기 좀 봐요."

방에 들어서며 아내를 본 나는 또다시 명치끝이 아파왔다. 조금 전에 이 방에 들어가기 전만 해도 그렇지 않았는데, 지금 아내의 얼굴은 심하게 부어 있었다. 아내는 부은 얼굴임에도 미소를 머금고, 옆에 눈도 못 뜬 채 누워 있는 아기를 보듬고 있었다. 아기의 얼굴과 이마를 손으로 만져 보는 아내는, 그 손조차 통통 부어 있었다. 아기를 낳는다는 것이 얼마나 힘이 들고 고통스러운 일이면 온몸이 저렇게 부어 오를까?

나는 내 아내가 불쌍하고, 가엾고, 또 고마웠지만, '고생했다, 고맙다'는 말이 차마 입 밖으로 나오지 않아 뻘쭘하게 앉아 있어야 했다.

"어머나, 근데 애기가 너무 잘생겼어. 이렇게 잘생긴 애 본 적 있어, 용환이 엄마?"

"아니요, 저도 처음 보네요. 남자애가 태어나자마자 이래 잘생긴 애기는 잘 없을 것 같네요, 그쵸?"

나는 그 두 아주머니의 얘기를 듣고서야 아기가 사내아이라는 것을 처음 알았다.

용환이 엄마가 끓여준 미역국을 아내는 맛있게 잘도 먹었다. 잘 먹고 나더니 아내는 눈물을 떨구기 시작했다.

"이 고마운 은혜는 제가 죽을 때까지 잊지 않을게예. 정말 고맙습니다. 정말 고마워예."

아내가 떨어뜨리고 있는 저 눈물 속에는 아주머니에 대한 고마움의 눈물과 함께, 무능한 남편과 비참한 현실에 대한 눈물이 한데 섞여 있는 것이리라.

아내가 아기를 낳은 후, 처갓집에 전화 연락을 했더니 며칠 후, 장모님이 영규를 데리고 올라 오셨다. 2년 동안을 처갓집에 맡겨놓고 한 번도 가보지도 못했는데, 영규는 여기서 떠날 때보다 키도 많이 크고 제법 아기태를 벗고 있었다. 장모님은 오시자마자 주인집 안방에 누워 있는 당신의 딸에게 가셨다. 누워 있는 아내와 아기의 앞에 무릎을 꿇고 앉으셔서는 눈물을 흘리시며 기도를 올리셨다. 장모님은 아내의 손을 어루만지시며 계속 눈물을 흘리시면서도 애써 미소를 지어 보이셨다.

"욕봤데이, 그래도 하나님의 은총으로 애기도 무사히 잘 낳았으니까네 감사하게 생각하고, 주인집 사람들이 이래 니한테 잘 해주시니 그것도 감사하게 생각해야 한데이. 주인 아지매요, 참말 감사합니다, 감사합니다."

주인집 안방은 너무나 따뜻했다. 아내가 몸조리를 하면서 아기와 함께 지내기에는 정말 좋은 곳이었지만 곧 방을 비워주고 우리가 살고 있는 차고로 가야 했다. 겨울이라 많이 추웠지만 그해 겨울은 유난히 더 추웠다. 연일 영하 15~20°를 오르내리는 강추위가 맹위를 떨치고 있을 때 우리는 차고로 들어가야 하는 것이다. 아내가 아기를 낳던 날은 이상하리만치 날이 포근했지만 그 이튿날부터 시작된 추위는 삼한사온이라는 말을 무색케 만들었다. 주인집에서 있는 동안 주인아주머니가 미역국도 끓여 주시고 심지어는 아기의 기저귀까지 빨아서 챙겨주시는 등 아내의 산후 뒷바라지를 자청하고 도와주셨다. 주인집은 딸 둘을 둔 네 식구였고, 집은 방이 세 개인 집이었는데, 세 개의 방 중에 하나는 세를 주고 두 개의 방을 부부와 아이들이 쓰고 있었다. 집사람이 그 집 안방에서 아기를 낳고 누워 지내는 동안 주인아저씨 내외와 두 딸들은 작은 방에서 불편하게 살아야 했다. 이같은 일들을 모두 들으신 장모님은 나를 보고 말씀하셨다.

"날이 추버가 차고 안에서는 애기하고 야가 겨울 지내기가 힘이 들 테니까네 김천에 내리가 있다가 봄 되가 날 좀 풀리면 다시 오는 기 어떠겠노?"

나와 아내는 장모님의 말씀을 듣고 그렇게 하는 것이 좋을 것 같았다. 그러나 아내는 내가 여기서 혼자 지내야 하는 것이 마음에 걸렸는지 나를 쳐다보았다.

"아무 걱정하지 말고 그렇게 하그라."

나는 그렇게라도 해야 아내와 아기가 조금이라도 나은 환경에서 지낼 수 있다는 생각에, 나는 생각 따위를 할 필요도 없이 그렇게 말했다. 장모님은 나의 말을 듣고 그제야 아기의 이불을 걷고 아기의 몸 상태를 보시고는 무릎을 구부리고 있는 아기의 다리를 주무르시며 "쭉쭉 크그레이" 하셨다.

그 순간이었다. 곤히 자고 있던 아기의 다리를 펴는 순간, 아기가 자지러지듯 울어대는 것이었다. 깜짝 놀란 장모님은 아기의 다리에서 손을 떼셨다.

"애가 쪼매 이상타."

아기는 오므리고 있는 다리를 펴지 못하는 것이었다. 장모님은 아기의 다리를 보시고 나서 아기의 손을 보셨다. 주먹을 꼭 쥐고 있는 아기의 손은 정말 작고 예뻤다. 그러나 장모님이 아기의 손가락을 가만히 펴려고 할 때 아기는 또 자지러지듯 울어댔다. 장모님도 그러했지만 나와 아내는 정말 끔찍할 정도로 놀라고 말았다.

잠시 후, 침착해지신 장모님은 아기의 옷을 모두 벗기고 아기의 몸을 구석구석 살펴셨는데, 아기의 무릎과 손가락을 펴려고 할 때마다 아기는 심하게 소리 내어 울었다. 울 듯한 표정으로 있는 나와 아내에게 장모님이 말씀하셨다.

"임신을 하마 영양가 있는 음식을 묵어야 하고, 일도 마이 하마 애기한테 문제가 생기니까네 조심해야 하는데, 니는 잘 묵도 몬 하고

무리하게 힘든 일을 너무 마이 해가 애가 이래된 기다. 그라고 애기한테 갈 영양이 모자라가 애가 마르고, 손가락하고 다리가 아직 배속에 있을 때같이 그대로 멈춰버린 기라. 하루에도 몇 번씩 쭈물러주고 펴 줘야 안 굳지, 애가 손하고 다리하고 이대로 굳으마 큰일난데이. 그라니까네 내일이라도 내하고 김천에 내리가야 되지 싶다."

저녁에 주인집 아저씨와 아주머니에게 그동안 고마웠다는 이야기를 했다.

"집사람은 내년 봄까지 처갓집에서 몸조리하고 올라올 낍니다. 참말로 고마웠심니더."

"큰아이 영규도 돌보시면서 영규 엄마에, 애기까지, 어쩌나? 거기다 양계장도 하신다면서요? 어떻게 돌보시겠어요, 나이도 있으신 분이. 봄까지 우리가 좀 비좁더라도 애들 방에서 지내면서 영규 엄마 밥도 하고, 미역국도 끓이고, 애기 기저귀도 내가 다 빨고, 산후조리다 해줄 테니까, 영규 외할머니는 영규만 데리고 가시라고 해요."

그 이야기를 들은 그 안의 모든 사람들은 하나같이 깜짝 놀랐다.

"주인댁에서 병원에 갈 형편도 안 되는 우리 딸한테 안방까지 내주시고 도와주셨는데, 어찌 더 신세를 질 수 있겠는교?"

"아니에요, 괜찮아요. 따님은 제가 잘 몸조리시킬게요."

아주머니의 이 같은 말에 너무 고마워서 말을 잃고 있는데, 주인집의 두 딸들이 우리에게 말을 걸어왔다.

"아저씨, 애기 너무 예쁜데 안 데려가시면 안 돼요? 우리랑 같이 있게 해주세요, 네?"

"우리 집사람이 원래 이러지 않는데 영규 엄마한테 뭔가 해주고 싶어 하고, 또 우리 애들도 애기 너무 좋아하고 하니까, 영규 외할머니께서는 아무 걱정하지 마시고 계시다가 영규 데리고 내려가시는 게 어떨까요?"

"그래도……그래도……."

장모님은 너무나 고마운 마음에 말을 잇지 못하셨다. 이틀 후 장모님은 영규의 손을 잡고 김천으로 떠나셨다. 영규가 김천으로 외할머니와 떠나기 전, 나는 영규에게 다가가서 영규를 품에 안았다.

"영규야, 와갓집 가서 외할아버지, 외할머니, 외삼촌, 이모 말씀 잘 듣고 있으면 아빠가 돈 마이 벌어서 맛있는 거 이만큼 사가지고 데리러 갈게. 아빠 갈 때까지 잘 기다리고 있으레이."

나는 영규의 조그마한 주머니에 천 원짜리 한 장을 넣어 주었다. 작고 귀여운 6살 내 아들, 영규.

"응."

영규는 그렇게 나에게 짧은 대답을 하고는 외할머니의 손을 잡고 다시 외갓집으로 떠났다. 영규가 서울역으로 가는 버스를 타고 떠나서 보이지 않게 되자, 나는 그 자리에 주저앉아 한 손으로 얼굴을 감싸 쥔 채 울고 말았다.

엄마와 자식을 떨어져 살게 하고, 또 출산한 아내와 아기도 있을 곳이 없어 주인집에서 신세를 지고 있으니, 남편으로서, 아이들의 아빠로서, 한 가정의 가장으로서 나는 너무나도 부끄럽고 초라하기 짝이 없는 인간이었다. 어떻게 하면 우리에게 닥친 이 어려운 상황을 이겨내서 남들처럼 온 가족이 모여 함께 살 수 있을까? 아무리 머리를 쥐어짜내도 해결할 방법도, 희망도 내겐 없었다.

# 친절한 동네 사람들과 석현이

장모님이 떠난 후, 주인집 아주머니의 아내에 대한 정성은 정말 대단했다. 친자매 간이라 해도 저렇게 잘 할 수는 없을 것만 같았다. 용환이 엄마도 자주 왔다. 용환이 엄마와 용환이 작은 외할아버지는 우리에게 주인집 가족들만큼이나 정말 고마운 분들이었다. 병원비도 없고 아기와 산모가 누울 장소도 없는 우리에게 주인집은 안방을 장소로 내어주었고, 용환이 엄마와 용환이 작은 외할아버지는 간호사와 의사가 되어 주었던 셈이다. 거기다 지금 주인집에서 아내가 산후조리까지 하고 있으니, 이 모든 축복과 배려와 은혜를 받고 태어난 아이가 바로 우리 둘째아들, 석현이인 것이다. 석현이는 모든 사람들의 귀여움을 받기 위해서 태어난 것인지 무척이나 순했다. 자식 자랑하면 팔불출이라 했던가? 엄마를 닮아서인지 잘 웃는 아이로, 좀처럼 울지 않았다.

지독하게도 춥던 겨울이 지나가고 봄이 되었다. 아내는 주인집 안방에서 석 달 반 동안 주인아주머니의 보살핌 속에 산후조리를 하고 오월이 되어서 석현이와 함께 거처를 차고로 옮겼다. 저녁이면 좀 선선했지만 낮에는 짧은 옷을 입어도 될 만큼 제법 따뜻했다. 장사를 하는 차고 앞길의 담 밑에는 구두를 수선하는 홍 씨 할아버지가 계셨다. 그분은 항상 웃는 얼굴에 오랫동안 동네 사람들의 신발과 우산 등을 수선해주시는 분이셨는데 이 동네에서는 사람 좋기로 소문이 났었다. 어느 날, 홍 씨 할아버지는 어디에서 나셨는지 헌 유모차를 구해와 고쳐서는 석현이를 거기에 앉히셨다. 석현이는 울지도 않고 유모차에 앉아서 홍 씨 할아버지의 어르는 소리에 까르르 웃으며 잘 놀았다.

봄이 되어 햇채소가 나오고, 각 집들마다 묵은 김치도 떨어지니 장사가 조금씩 되기 시작했다. 그러다 보니 아내와 나는 또다시 장사하는 데 바빠서 석현이를 잘 돌보지 못했다. 주인아주머니와 용환이 엄마, 홍 씨 할아버지가 석현이를 돌봐주었지만, 아직까지 갓난아기인 석현이는 엄마의 손길을 필요로 하고 신경을 써주어야 할 시기였다. 그런데 석현이는, 아침에 일찍 젖을 먹여서 홍 씨 할아버지의 유모차에 앉혀 놓으면 동네 아주머니들이나 근처 중, 고등학교에 다니는 여학생들이 데려가서 하루 종일 돌보다가, 저녁에 해가 질 때쯤 품에 안겨서 우리에게 돌아오는 것이었다. 분유도 자기들 돈으로 젖병까지 사서 먹이고 똥, 오줌 싼 기저귀도 깨끗하게 빨아서 말리고 목욕까지 시켜서 아기를 데리고 올 때는 그 고마운 마음을 어떻게 표현해야 할지 몰라 그저 "고맙습니다"라고 말할 뿐이었다.

석현이는 울지도 않고 순해서 동네 분들에게 소문이 났는지 어떤 때는, 석현이를 데려가려고 미처 젖을 먹이지도 않았는데도 자기 집에 데려가서 분유 사 먹이면 된다면서 서로 데려가려고 하는 것이었

다. 연세가 많으신 홍 씨 할아버지는 인자한 미소를 지으시며 항상
말씀하셨다.

"주인집이 안방에서 석현이를 낳게 허락해주고, 주인아줌마가 석
현이 기저귀 다 빨아주고, 석현이 손하고 다리를 주물러서 이제는 멀
쩡하게 되었으니, 석현이는 석현이 엄마 꿈처럼 꿈에 나타난 노인네
가 돌봐주는 것 같다는 생각을 했는데, 요즘에는 동네 사람들이 아침
마다 석현이를 데려가서 돌봐주니 얼마나 좋아, 그래. 내가 잘은 모르
지만, 석현이는 자기가 살 복을 갖고 태어난 것 같으니까 건강하게
잘 키우게."

동네 사람들의 배려와 주인집을 비롯한 여러 사람들의 도움을 받
아, 비록 돈을 벌지는 못했지만, 그 돈 말고는 우리에게 다른 걱정은
아무것도 없었다. 석현이가 조금씩 자라면서 잠을 잘 수 있는 공간이
워낙 좁다 보니 세 사람은 도저히 누울 수가 없었다.

장사가 끝나면 늦은 밤, 버스를 타고 용산시장으로 갔다. 그래도
시장에서 장사를 했던 덕분에 아는 사람들이 많아서 가게에 딸린 방
에서 몇 시간만이라도 새우잠을 잘 수 있었다. 그러고는 새벽녘에 일
어나 여러 가지 채소를 사서 용달차에 싣고 돌아와 장사를 했다. 물
건은 많이 팔기는 했지만 이문을 많이 남기면서 장사를 하는 것이 아
니었기 때문에 수입은 그리 많지가 않았다. 빌린 돈의 이자와 가게
월세 그리고 남는 돈으로 생활을 하는 데 쓰고 나면, 저축이라는 것
은 꿈에도 생각할 수가 없었다. 내년에는 외갓집에 맡겨 놓았던 영규
도 데려와서 유치원을 보내야 하는데 이렇게 지내다 보면 아무것도
할 수가 없을 것 같았다. 그래도 나와 집사람은 아직 젊고 건강했다.
아무것도 없고, 가진 것이라고는 빚뿐인 우리였지만, 그나마 위안이

되는 유일한 것은 바로 젊음과 건강이었다.

주변의 고마운 사람들의 보살핌 속에 석현이가 태어난 지도 1년이 되었다. 다른 집들 같으면 부모들이 돌잔치니, 새 옷이니, 난리겠지만 우리는 그렇지 못했다. 아무것도 해주지 못하고 있자, 주인아저씨와 아주머니가 사진이라도 한 장 찍어 주라고 했다. 아내는 다음에 찍어 주면 된다고 했지만 주인집 내외는 계속 사진을 찍으라고 권했다. 사진관에 데려간 석현이를 사진관에 있는 소품용 옷으로 돌복을 입히고 사진을 찍었다. 그것이 석현이의 돌날, 아내와 내가 석현이를 위해 해줄 수 있는 전부였다. 석현이에게는 부모로서 잘 해주지 못한 죄책 감이 있었지만, 솔직히 말해 뭐라도 해줄 수 있는 형편조차 되질 못했다. 큰형수나 작은형수, 누님에게 연락을 하면 금반지라도 가지고 올 사람들이었지만 모두가 빠듯한 살림인 것을 뻔히 알면서 뻔뻔스럽게 연락을 할 수는 없었다. 더군다나 그 사람들이 온다고 해도 와서 어디 앉을 자리도 없는 형편이고, 그렇다고 식당에 가서 대접할 만큼의 형편이 되지 않으니 아무에게도 연락을 할 수가 없었다.

겨울철이어서 장사도 되지 않던 어느 날, 잠실에서 장사를 하고 있는 누님에게서 주인집으로 전화가 걸려 왔다. 며칠 전, 길동 동서울시장 앞에 장사가 잘 되는 가게가 나왔다고 했다. 방도 가게에 붙어 있어서 영규도 데려와서 살아도 될 수 있겠다며, 시간을 내서 한 번 같이 가보자는 전화였다. 주인집 아저씨 내외의 따뜻한 마음과 정을 생각하면 이곳에서 오랫동안 장사를 하며 같이 살고 싶었지만, 내년이면 영규를 데려와서 유치원도 보내야 하고 또 후년이면 학교에도 입학시켜야 할 나이가 되니 고민이 되는 것은 사실이었다. 요즘은 장사가 잘 되지 않는 철이라서 시간을 내어 잠실 누님네 가게에 갔다.

누님네 가게는 겨울철인데도 내가 장사를 하는 갈현동과는 달리 장사가 잘 되고 있었다. 매형과 누님은 잠시 한가한 시간에 길동에 있는 가게에 대해서 이야기를 해주었다. 여기까지 온 김에 한번 가보겠다고 하자, 누님은 앞치마를 풀어서 매형에게 주고는, 낮 시간이 조금 한가하니 저녁 장사 전에 돌아온다고 하고는 앞장을 섰다.

나는 처음으로 강동구 길동을 갔다. 동서울시장은 현대식으로 새로 지은 시장으로, 점차 상권이 형성되고 있는 중이었다. 보러 간 가게는 시장의 바로 입구로 시장 전면에 위치한 곳이었다. 가게 안을 들어가 보니, 가게 안에 딸린 방은 좁긴 하지만 우리 네 식구가 그런대로 살 수 있을 것 같았고, 작지만 부엌도 딸려 있었다. 현재 장사를 하고 있는 사람들은 우리와 비슷한 나이의 사람들이었다. 가게는 마음에 들었으나 보증금이 갈현동 차고보다 200만 원을 더 주어야 하고, 권리금도 80만 원을 달라고 했다. 장사는 시장 입구이다 보니 어느 정도는 되는 것 같았다. 누님네 가게로 다시 돌아가니 매형 혼자서 바쁘게 장사를 하고 있었다.

"보고 온 가게는 어떻드노? 맘에 들드나?"

매형은 궁금했는지 나를 보자 대뜸 물어왔다. 나는 대답 대신 웃음을 띠어 보이며 고개를 가로저었다. 누님 대신 내가 장사를 하는 동안, 누님은 부엌에서 돼지고기를 넣은 김치찌개를 끓여서 때 이른 저녁상을 막걸리와 함께 차려주셨다.

"재길이하고 한잔하면서 식사하이소."

누님은 아까 풀어놓았던 앞치마를 두르고 가게에 나가 장사를 하기 시작했다. 매형과 나는 막걸리부터 들이켰다. 오랜만에 마시는 술이라서 그런지 시원스레 잘도 넘어갔다.

"처갓집에 가 있는 영규는 잘 있나? 석현이는 잘 크고? 그란데 애들도 애들이지만은 처남댁이 젤로 힘들고 고생스러불 테니까네 이럴 때일수록 처남이 따뜻하게 잘 해주야 할 끼다. 쪼매만 더 힘내고 살면 잘살 수 있지 않겠나? 그라니 그때까지 힘들고 고생스러버도 마음 단디 묵고 처남이 마음 약해지마 절대로 안 되는 기다, 알았나?"

매형은 내 앞에 놓인 빈 술잔에 막걸리를 한 잔 가득 따라 부었다. 매형이 따라준 술잔을 다시 단숨에 들이키고는 나는 매형의 말을 받아 이야기했다.

"매형, 내는 많은 욕심은 내지 않습니더. 하지만은 지금은 사는 기 너무 힘이 드네요. 내 돈 띠 묵은 이 씨랑 임 씨 때문에 우리 가족은 생이별을 해서 살고 있고, 빚더미에 올라 앉아 살고 있는 내 자신이 그래 한심할 수가 없심니더. 집사람하고 애들 생각해서 힘내서 살아야 하는 기는 잘 알고 있고 그래할 자신도 있습니다. 내는 부자들처럼 살아보겠다는 것도 아이고 그냥 나중에 장사할 수 있는 가게나 하나 전세로 얻고, 집도 방 두 개 전세로 얻고, 쪼매 은행에 저축할 정도의 돈만 있으마 세상 천지에 부러울 기 없을 거 같심더."

"얼마 있으마 방금 말한 거보다도 더 잘살 수 있을 테니까네 희망을 가지고 우리 열심히 함 살아보제이."

나는 누님이 끓여준 맛난 김치찌개와 막걸리를 먹고 자리를 일어났다. 버스와 전철을 갈아타고 집으로 돌아오니 시간이 밤 10시가 넘어 있었다. 나를 기다리고 있던 아내는 궁금했던지 내 얼굴을 쳐다보며 어떻게 됐는지를 물었다.

"가게에 방하고 부엌도 같이 있고, 위치는 큰 시장 젤 앞에 있어가 괘안트라. 그란데 보증금이 여보다 200만 원이나 더 줘야 되고 권리금도 80만 원을 달라 카드라. 그라니 한 300만 원이나 돈이 더 있어야 옮길 수 있으니 그기 되겠나? 내는 가게도 맘에 들고 여보라는 장사도 잘 되고 하니 가고 싶은데, 돈이 문제라서 우짤까 모리겠다.”

“모지래는 돈은 내가 용환이 엄마한테 얘기해볼 테니까 영규 아빠는 너무 실망하지 마이소.”

그러나 지금의 우리 현실이 남의 돈을 1,000만 원이나 빌린 것도 못 갚고 겨우 이자만 내고 있는데, 이 상황에 또다시 남에게 돈을 빌리자니 갚을 엄두가 나질 않았다. 그나마 다행인 것이, 지금 있는 차고의 보증금 300만 원은 2년 동안 곗돈을 꾸준히 넣은 결과 앞으로 석 달만 더 넣으면 끝이 나기 때문에, 결론직으로 2년 동안 이자를 갚고 300만 원을 번 셈이었다. 며칠 후 용환이 엄마에게 부탁을 했더니 좋은 가게가 있으면 옮기라면서 선뜻 300만 원의 돈을 빌려 주겠다고 했다.

“다시 한 번 그 가게를 가서 보고 그때도 괘안으마 함 옮겨 보입시다.”

“몬난 남편 만나가 니가 고생이 만타. 내가 해야 할 일을 영규 엄마가 다 해줘가 참말 고맙고, 다시는 다른 사람한테 돈 빌려 주는 일도 없을 끼고, 다시는 내가 하고 싶은 대로 혼자서 결정하는 일도 없을 끼다. 이사를 하마 영규도 데리오고 우리 네 식구가 한 집에서 살면서 열심히 벌어가 빚도 갚고, 돈도 모아가 잘 함 살아 보제이.”

주인아저씨 내외에게는 당분간 아무 말도 하지 않고 때가 되면 이야기하기로 하였다. 그리고 추운 겨울에 이사를 하기도 어렵고 하니 날이 풀리면 이사를 하기로 결정하였다. 길동을 다녀온 지 일주일 후, 아내가 빌려온 돈 100만 원을 가지고 4월에 이사를 하기로 하고 계약을 하였다.

계약을 하고 나니 나는 마음이 너무나 설레고 들떠 있었다. 멀리 외갓집에서 떨어져서 살고 있는 우리 영규도 데려와서 유치원에도 보내고 내년에는 학교에도 보낼 수 있다고 생각하니 가슴이 뿌듯해졌다. 내가 가져온 계약서를 본 아내도 내 말만 들었을 뿐인데도 기대와 설렘에 눈빛이 반짝였다. 이사 갈 날짜를 두 달 정도 남겨두고 시장에서 꼼장어를 조금 많이 사온 날, 주인집 마당에서 화덕에 장작불을 피운 후, 장작이 타고 난 숯으로 사온 꼼장어를 구우면서 우리 집 식구와 주인집 식구들, 안채에 세 들어 사는 집 식구들, 이렇게 세 가족이 막걸리를 마셨다. 모두 웃으며 불을 쬐며 구워 먹는 꼼장어의 맛은 정말 좋았다. 한참 맛있게 먹으면서 분위기가 무르익을 무렵, 주인집 내외에게 이야기를 꺼냈다.

"그동안의 고마움은 이 세상 살아가는 동안 절대로 잊지 않을 낍니다. 여서 오래오래 장사하면서 살면 좋겠는데 봄이 되마 영규도 유치원에 가야 되고 내년에는 학교도 보내야 하는데 그래 고민을 하던 참에 때마침, 마땅한 가게가 있어가 그쪽으로 이사를 하기로 결정을 했심니다."

주인집 아저씨는 아무 말도 없다가 이내 입을 열었다.

"영규 아빠, 정말 잘 생각했어. 함께 살고 싶은 마음은 있지만 사람은 또 때가 되면 그때그때 맞추면서 살 줄도 알아야 사람이 발전을 하는 거야. 헤어져서 살아도 마음만 변하지 않고 살면 되는 거지. 우리가 서운해하는 것은 전혀 신경 쓰지 말고 잘 살게."

이사를 가는 날, 이삿짐이라고는 용달차 한 대조차 되지 않았다. 그동안 정들었던 용환이 엄마와 이웃 주민들이 이삿짐을 실어 주었다. 주인아주머니와 용환이 엄마가 눈물을 흘리면서 못내 아쉬워하자 아내도 그들의 손을 잡고 그동안 신세만 지고 간다며 몇 번을 고맙다는 인사를 하였다. 내가 장사를 하던 가게 옆에서 노점을 하며 생선을 팔던 이 씨는 차에 짐을 싣는 것도 도와주었는데, 길동에까지 따라가서 짐 내리는 것을 도와주겠다며, 괜찮다며 만류하는 내 말에도 불구하고 이삿짐을 실은 화물칸에 올라타는 것이었다. 그동안 알고 지내던 고마운 사람들과의 이별을 뒤로하고 차는 출발했다. 한참을 달려 차가 강변도로로 들어서자 옆에 앉아 있던 아내가 울기 시작했다. 너무나 고마운 사람들과 헤어지는 것이 그리도 서운했던지 아내는 서럽게 울었다. 나는 석현이를 안으며 아내에게 말했다.

"우리가 지금 가는 곳에도 착하고 좋은 사람늘 마이 있을 끼다. 울지 말고 빨리 돈 벌어가 갈현동으로 이사를 가든지 아니면 자주자주 놀러가마 되지 않겠노?"

나의 위로에도 아내는 울음을 멈출 줄을 몰랐다. 그곳에서 온갖 일을 다 겪으면서도 친자매 간보다도 더한 정을 쌓으며 몇 년을 살았는데, 어찌 가슴이 아프지 않을 수 있겠는가? 나는 아내가 한동안 마음껏 울 수 있도록 그대로 내버려두기로 하였다.

# 새로운 터전

한 시간 이상을 달려 차는 드디어 우리가 장사를 하면서 살 수 있는 가게에 도착했다. 큰 시장 앞이라 갈현동보다는 번화했고 사람도 많았다. 다른 것은 다 차치하고 아내는 비록 좁기는 해도 방이 있는 것과 작은 부엌이 딸려 있다는 것이 기쁜 모양이었다. 그리고 산동네인 갈현동과는 달리 이곳은 구획정리가 잘 되어 있는 평지였다. 그러니 갈현동보다는 입지조건이 좋아 장사가 잘 될 것이라는 기대감이 들었던가 보다. 이삿짐을 다 내리고 가게 안과 방까지 짐을 옮겨다준 이 씨는 배달시킨 짬뽕 한 그릇으로 허기를 달래고는 우리에게 좋은 가게를 얻은 것 같다며 웃어 보였다.

"가게가 참 자리가 좋네요. 석현이네는 여기서 돈 아주 많이 버실 거예요. 나중에 시간 나시면 갈현동으로 가끔씩 놀러 오세요."

이 씨는 우리에게 힘이 되는 한마디를 해주고는 일어났다. 그도 넉넉지 못한 살림 탓에 갈현동 산동네 무허가 판잣집에서 살고 있었지만 마음만은 돈 많은 사람들의 그것보다 더없이 따뜻하고 넉넉한 사람이었다. 몇 번이나 고맙다는 인사를 하는 나의 말을 뒤로하고 그는 또 보자는 인사를 남기고 돌아갔다. 아내는 그에게 차비라도 주어서 보내지 않았다고 나를 타박했지만, 내가 주는 차비를 받을 것 같았으면 여기까지 오지도 않을 사람이라는 것을 알고 있었기에, 나는 괜스레 그의 자존심을 상하게 하고 싶지 않았다.

이삿짐을 정리하고서 가게 진열장을 설치하려고 하니, 그러려면 나무와 합판을 사야 하는데 돈이 없었다. 조금 있던 돈은 가게 보증금을 겨우겨우 맞추다보니 남아 있지 않은 것이었다. 아무 말도 하지 않고 가게에 앉아 어떻게 해야 하나 서성이고 있는데, 방 정리를 끝내고 나온 아내가 잠깐 보자면서 방 안으로 나를 불렀다. 방 안에는 금비녀 하나와 금반지 한 개가 누런 빛을 발하며 아내 앞에 놓여 있었다.

결혼하기 전 아내의 외할머니 것이었던 비녀와 반지를 할머니가 돈이 필요하실 일이 생겨서 아내가 할머니에게 돈을 드리고 산 것이라고 했다. 아내는 이것으로 넉넉하지는 않겠지만 가게 진열대를 만들고 나머지 장사밑천으로 쓰자고 하는 것이었다. 나는 염치없게도 아내의 마지막 남은 자존심과 같은 그 금비녀와 금반지를 주머니에 넣었다.

동네에서 시계와 반지 등을 파는 곳을 찾아가서 물건을 팔겠다고 보여 주니 그곳에서는 물건을 팔기만 하지 사지는 않는다고 말하는 것이었다. 그래서 나는 버스를 타고 잠실 새마을시장까지 가서 비녀와 반지를 돈 40만 원에 받고 팔았다. 목재상에 들러 나무와 합판 그리고 못과 망치, 톱을 사서 처음 해보는 어설픈 솜씨로 가게 진열대를 아내와 둘이서 이틀을 꼬박 만들었다. 진열대는 매끄러울 정도는 아니었지만 서툰 솜씨로 열심히 튼튼하게 만들었다. 또 그것이 생각보다는 돈이 많이 들지 않아 다행이었다. 진열대를 다 만들고 가게 청소까지 마친 후, 밤이 되자 나는 시장에 갈 준비를 했다. 아내는 아침 일찍 가도 되지 않느냐고 물었다.

"내일은 우리 가게 장사 첫날인데 일찍 물건을 사와가 가게 문을 열어야 되지 않겠나?"

아내는 내 말에 동감은 하면서도 걱정이 되었는지 가게 밖까지 따라나왔다.

"석현이하고 안에서 문 잘 잠가놓고 일찍 자라."

나는 그렇게 이야기를 하고는 잠실 누님네 가게로 갔다. 누님네 가게는 그때까지도 문을 닫지 않았다. 나는 이사를 한 것에 대해 이야기를 했다.

"진열대를 다 맨들었으니 내일부터 장사를 시작할라믄 시장에 나가봐야 할 거 같아서 지금 가다가 함 들러본 깁니다."

"내도 같이 가보자."

내 말을 들은 누님은 나와 같이 가겠다고 했다.

"돈도 좋지만은 이 밤중에 잠도 안 자고 우예 시장을 간다는 기고?"

매형이 누님을 말려 보았지만 누님의 고집도 참 대단했다. 가게 문 닫는 것을 매형에게 맡기고 나와 누님은 시장으로 갔다. 오랜만에 밤에 도착한 용산시장은 여전히 활기가 넘쳤다. 환한 불빛 속에 바쁘게 움직이는 여러 사람들의 사고, 팔고, 흥정하는 소리는 마치 삶 자체가 이곳에서 생겨나는 것이 아닐까 싶을 정도로 내게 생기와 활력을 느끼게 해주었다. 누님과 나는 싸고 좋은 물건을 사기 위해 새벽까지 시장의 이곳저곳을 돌아다니며 장을 보았다.

큰 용달차에 누님네 물건과 우리 물건을 앞뒤로 싣고, 먼저 누님네 가게에 물건을 내리고 우리 가게로 갔다. 일찍 가서 물건을 사와서 그런지 길 건너 앞에 있는 시장은 문도 열지 않고 있었다. 밤새 시장을 돌아다니다가 온 나는 아침 일찍 아내가 해주는 꿀맛과도 같은 맛있는 아침밥을 먹고 장사를 시작했다.

장사를 하는 첫날이라 물건을 싸게 팔았다. 이제부터 이곳에서 장사를 하려면 좋은 이미지로 사람들의 호응을 얻어 단골손님을 많이 만들어야 한다는 생각을 하면서 친절하게, 그리고 싸게 물건을 팔았다.

오전 10시쯤 되자 사람들이 많이 모여들기 시작했다. 아내와 나는 바삐 움직이면서 열심히 물건을 팔았다. 길현동보다는 장사가 한결 수월했다. 우선, 배달이 적었다. 대부분 아주머니들이 끌고 다니는 장바구니를 가지고 나왔기 때문에 특별히 많고 무거운 물건이 아니면 배달을 할 필요가 없었다. 장사 자체도 갈현동보다 잘 되었다. 저녁때가 되자 물건을 거의 다 팔았다. 그러자 아내와 나는 서로 얼굴을 쳐다보면서 환하게 웃었다.

"이대로만 가면 우리도 돈 벌겠는데" 하는 나의 말에 아내는 동의하는 뜻의 미소를 지어 보였다. 나는 오늘 저녁에도 일찍 시장에 나가겠다고 했더니 말릴 줄 알았던 아내가 다녀오라고 말하고 있었다. 그런 아내에게 나는 픽하고 웃어 보였다. 누님네 가게에 가자 물건을 일찍 해온 덕에 오늘 하루는 장사가 잘 되었다며 매형은 기분이 많이 좋아 보였다. 나의 첫날 장사이야기를 들은 누님과 매형은 좋은 일이 있을 거라며 기뻐해주셨다. 누님은 오늘도 나와 시장에 간다며 따라나섰다.

장사는 생각했던 것보다도 잘 되었다. 며칠 후, 대학에 다니는 막내 처남이 학교에 가지 않는 날을 이용해 영규를 데리고 왔다. 한참 동안을 보지 못해서인지 많이 자라 있었다. 나는 아내에게 영규가 다닐 유치원을 알아보라고 했더니 며칠 후, 이웃집 사람들의 도움으로 시립 아동유치원에서 연락이 왔다. 어렵게 사는 가정의 아이들을 위해 서울시가 운영하는 곳으로 맞벌이 가정의 아동을 우선순위로 선발해, 오후 5시까지 돌봐주며 유치원비도 사립 유치원의 30% 정도만 내면 되었다.

영규가 유치원을 가는 첫날, 나는 이제야 조금이라도 영규를 위해 무언가를 해줄 수 있다는 생각에 가슴 뿌듯하면서도, 다른 한편으로는 그동안 엄마 아빠와 떨어져 살아서 외로웠을 영규가 너무 가여워 가슴이 아팠다.

바쁘게 움직이며 장사를 하는 나의 생활은, 몸은 많이 고되고 힘들었지만 마음만은 한결 편했다. 그렇게 봄이 지나 여름으로 들어서면서 장마철이 시작되어 비가 무척 많이 왔다. 비가 얼마나 많이 왔는지 한강다리가 통제되었다. 텔레비전에서 호우주의보와 한강수위, 물이 넘친 곳 등을 매 시간마다 방송을 해서 그런지 저녁때가 될 무렵에는 가게 안에는 무 하나도 남지 않고 모두 팔렸다. 저녁을 일찍 먹고 누님네 가게에 가려고 길을 나섰는데 평소에는 다니던 버스가 다니질 않는 것이었다. 천호동 사거리와 풍납동이 모두 물바다가 되어 버스가 다니는 건 고사하고 사람들도 모두 대피했다고 했다. 다른 버스라도 타고 잠실을 가려고 해도 그쪽으로 가는 길은 모두 막혀서 도저히 갈 수가 없었다. 집으로 다시 돌아가는데 택시가 앞에 와서 멈춰 섰다.

"어디까지 가세요?"

"길이 막히가 잠실에 갈라 케도 갈 수가 없심다."

"잠실까지 태워다 드릴 테니까 오천 원만 주세요."

"갈 수 없다 카는 길을 어떻게 갈 수가 있습니까? 비가 마이 와서 길이 다 막혔다 캅니다."

"무슨 일이 있어도 잠실만 데려다 드리면 되는 거잖아요? 타세요, 데려다 드릴 테니까."

택시를 타고 둔촌아파트 뒤쪽까지는 별 탈 없이 갔으나 거기에서 부터 거여동으로 가는 도로에 줄지어 가는 사람들의 모습은 마치 영화에서 본 전쟁 피난민들의 행렬을 연상시켰다. 20분 정도면 갈 수 있는 거리를 2시간 30분이나 걸려서 잠실에 도착했다. 누님은 내가 오기를 안절부절못하고 기다리고 있었다.

"아이고, 니 욕봤데이. 근데 비 와서 천지가 야단인데 시장에 나가 봐야 야채가 들어오겠노? 한강다리도 다 통제를 한다 카는데 내일 하루는 쉬는 게 안 낫겠나?"

"하며, 그래하는 기 좋지 싶다."

옆에 있던 매형도 누님의 말을 거들었다.

"이래 어렵기 여까지 왔는데 나가 봐야지예. 오늘 물건만 살 수 있으마 내일은 아마도 장사가 엄청나게 잘 될 낍니다. 잠실대교를 통제하면 용산시장에는 못 가지만 가까운 청량리시장에라도 가보마 되지 않겠습니까?"

나는 말을 마치고 누님네 가게를 나섰다. 그러자 걱정을 하던 누님도 따라나섰다. 매형은 걱정을 많이 하면서 만류했지만 말린다고 말을 들을 사람들이 아니라는 것을 알고는 무리하게 가지 말고 잠실대교를 통제하면 돌아오라고 하였다.

모든 차선의 버스가 운행을 중지했다. 택시를 잡아서 이야기하자 이번에도 택시기사는 5,000원을 요구했다. 택시를 타고 잠실대교의 중간쯤 갈 때 가로등 불빛이 비치는 다리의 난간 사이로 한강물이 흐르는 것이 보였다. 나는 깜짝 놀라 숨도 잘 쉴 수 없었다. 시커먼 물이 다리를 집어 삼키기라도 할 것처럼 다리 바로 아래에서 흐르고 있었기 때문이었다. 택시 안쪽으로 탄 누님이 놀라실까봐 아무 말도 하지 못하고 차가 어서 강을 건너가기만을 바랐다. 그렇게 택시가 강을 다 건너왔을 때는 온몸이 땀으로 젖어 있었다. 만약에 다리를 건너다 한강물이 순간적으로 넘쳐 버렸으면 어땠을까, 생각을 하니 몸서리가 쳐졌다.

우리가 위험한 순간을 지나서 청량리시장에 도착했을 때는 밤 12시가 지나 있었다. 복잡하고 물건도 많던 시장 안은 깨끗이 청소라도 한 것처럼 푸른 채소라고는 어디에도 없었다. 그 많던 사람들조차 그 큰 시장에서 손가락으로 셀 수 있을 정도였다. 길 건너 경동시장을 가 봐도 마찬가지였다. 어떤 사람은 강원도에서 무를 싣고 오다가 산사태가 나서 길이 막혀 오지 못하고 있다는 얘기도 들을 수 있었다. 그러니 오늘은 채소 값이 무척 비쌀 거라는 것이었다.

새벽녘이 되자 무 몇 차와 배추 두 대가 들어왔다. 다른 푸성귀들도 조금씩 들어왔지만 평상시 들어오던 양에 비하면 그것은 10% 정도의 양밖에는 안 된다고 사람들이 수군거렸다. 누님과 나는 채소 가격이 많이 비싸기는 했지만 팔 수 있는 만큼을 사서 한곳에 모아두고 이곳저곳을 다니면서 구색을 맞추었다. 평상시처럼 많이 살 수는 없었지만 그래도 시장을 일찍 나온 덕에 어느 정도 구색은 갖출 수가 있었다. 물건을 다 사놓고 어둠이 가시기를 기다리고 있는데 물건을 사러 나오는 사람들이 늘어나기 시작했다. 그러나 무와 배추를 포함해 여러 채소들이 일절 들어오지 않는 것이었다. 사람들은 누님과 내가 사서 모아놓은 채소를 보면서 이 물건을 어디에서 샀느냐, 돈을 더 줄 테니 팔라면서 야단들이었다. 우리는 용달차를 불러 채소를 실으면서 팔지 않는 물건이라고 몇 번을 말하면서도 왠지 기분이 좋았다. 다른 사람들이 할 수 없는 일을 우리가 해냈다는 성취감을 맛보는 것도 꽤 괜찮은 기분이었다.

밤새 시장을 돌아다니며 산 채소를 싣고 차를 타고 가면서 혹시 한강다리를 통제하면 어쩌나 하는 걱정이 또다시 들기 시작했다. 용달차 기사아저씨도 걱정을 많이 하면서 천호대교와 광진교가 통제되었다는 이야기를 했다. 아저씨는 성내역과 동서울터미널을 연결하는 전철철교 옆으로 차가 다닐 수 있는 좁은 다리가 있다면서 거기까지는 미처 통제를 못 했을 것 같으니 그쪽으로 가보자고 했다. 길도 잘 모르는 우리로서는 기사아저씨의 말을 따를 수밖에 없었다.

차는 어느덧 동서울터미널까지 왔다. 어젯밤에 잠실대교를 건너면서 본 한강물도 엄청나게 불어 있어 두려웠는데, 지금 눈앞에 보이는 한강의 모습은 그야말로 바다보다 더 넓고 깊을 것만 같았다. 누런 흙탕물이 흐르는 거대한 강물은 그곳에 무엇을 넣든 흔적도 없이 삼켜 버릴 것처럼 그 물살이 대단했다. 차가 막 철교 옆 다리로 들어서서 조심스럽게 앞으로 나아가는데 뒤쪽에 경찰차가 멈춰 서더니 철교 입구의 차량을 통제하기 시작했다. 다행히 우리가 탄 용달차는 경찰차보다 한발 앞서 다리 진입로에 들어섰기 때문에 경찰의 제지를 받지 않을 수 있었다. 그렇게 좁은 다리 위를 용달차는 조심스럽게 건너왔다.

가게 앞에 내가 산 채소를 내려놓고 누님은 용달차로 누님이 산 채소를 싣고 잠실로 갔다. 채소를 진열하고 나서 아내에게 사온 값을 알려주고 나는 잠시 눈을 붙였다. 밤새도록 한숨도 못 잔 탓도 있었지만, 시장을 오가며 마음을 졸이며 긴장을 한 탓에 몹시 피곤했다. 그리 오래지 않아 밖에서 나는 시끄러운 소리에 나는 잠에서 깰 수밖에 없었다.

밖으로 나와 보니 가게 안에는 채소를 사려는 사람들이 많이 모여 있었다. 어떤 이들은 앞 시장에는 채소를 구하지 못해 문도 못 열었는데, 이 집은 어떻게 이 난리 통에 채소를 구해 왔는지 알 수가 없다며 궁금해하기도 하였다. 도매시장에서 비싸게 사와서 가격이 비쌈에도 불구하고 우리 가게에서만 채소를 팔았기 때문에 저녁때가 되자 물건을 모두 다 팔 수 있었다. 불과 24시간 동안 두려움과 긴장감, 성취감과 만족감, 이 모든 감정을 느낄 수 있었다는 것이 마치 꿈속의 하루인 것처럼 멍하니 실감이 나지 않았다.

# 빚을 갚는 방법

    길동에서의 장사는 그런대로 괜찮은 정도는 되어 1년 반 동안은 열심히 노력한 만큼 수익도 올릴 수 있었다. 그러나 가까운 가락동에 농수산물시장을 지어 용산 청과물시장을 이전시켜 개장을 하니, 장사가 점점 덜 되기 시작했다. 엎친 데 덮친 격으로, 우리 가게에 두부를 갖다 주는 중간상인이 주변 식품가게들에 독점으로 물건을 대주었는데, 그러다 보니 그 일대의 두부 값이 모두 동일했다. 그런데 얼마 전부터 다른 두부 도매공장이 생기더니 길동 전 지역의 식품가게에 기존에 물건을 대주던 곳의 절반 가격에 물건을 대주기 시작하면서 다른 사람의 거래처를 모두 빼앗아갔다. 다른 가게들은 모두 싼 두부 도매공장으로 거래처를 바꾸었지만, 나는 2년을 알고 지내온 기존의 거래처를 값이 더 싸다는 이유로 바꾸고 싶지 않았고, 또 정으로 상도덕을 지키고 싶다는 생각에 나 혼자만 거래처를 바꾸지 않았다. 값싼 두부 도매공장에서 몇 번 우리 가게를 찾아와 자기들과의 거래를 종용하기도 했지만 내가 끝내 거절하자 그 이후로는 오지 않았다. 그러나 신의를 지키는 것은 잘한 일이라고 생각은 했지만 두부가 팔리는 양이 현저히 줄어들었다. 가락동 시장의 영향과 두부 장사들의 경쟁 때문에 우리 가게의 하루 매출이 많이 줄어들고 말았다.

겨울철이 되어 손님이 뜸해진 날, 이곳저곳의 장사가 잘 된다는 곳을 찾아다녔다. 장사가 잘 되는 곳이 있으면 가게를 옮기고 싶어서였다. 여러 군데를 다녀 보았지만 수중에 가진 돈이 모자라서 그런지 마땅한 곳을 찾지 못했다. 갈현동을 떠나올 때 용환이 엄마에게 빌린 돈은 그동안 꾸준히 부어온 곗돈을 두 달 후면 탈 차례여서 갚으면 되지만, 앞서 빌려 와서 이자도 주지 못한 처제에게 빌린 돈은 아직 그대로 남아 있었다. 다른 사람에게 빌린 원금의 이자를 주다 보니 생활은 항상 넉넉하지 못했다. 그러나 현재로서는 열심히 형편대로 사는 수밖에 없었다.

오늘도 시장에서 조그만 용달차에 물건을 싣고 오면서 용달차 기사아저씨와 이야기를 하다 보니 얘기 끝에 내 신세에 대해 이야기를 하게 되었다. 나보다 한참은 나이가 들어 보이는 그 기사아저씨가 인생의 경험이 많아 보였는지, 나는 나의 힘든 삶에 대해 이야기를 하고 있었다. 아무리 벌어도 빚에서 헤어 나올 수가 없다는 나의 말을 듣고 난 아저씨가 한마디했다.

"그 빚 갚는 방법 가르쳐줄까?"

"그래요, 가르쳐주세요."

나는 아저씨의 물음에 건성으로 대답을 하고는 무언가 머리를 번쩍하고 스치는 기분에 아저씨에게 물었다.

"방금, 그기 무슨 얘깁니까?"

"젊은 사람이 말을 잘 못 알아듣네. 그 빚 갚는 방법을 가르쳐 주겠다고, 내가."

"돈을 갚지 말고 띠 먹으라는 얘기지예?"

"남의 돈을 갚지 않고 띠어 먹으면, 앞날에 잘 될 일도 잘 안 되고 그러는 거야."

"그라믄 그 많은 빚을 갚을 수 있는 방법이 뭡니꺼?"

"무슨 일이 있어도 이자부터 갚지 말고 원금부터 갚는 거야. 높은 금리의 이자를 계속 갚다보면 원금은 죽을 때까지 벌어서 갚아도 못 갚고, 평생을 빚쟁이로 살아야 하는 거지. 그러니까 지금부터 갚는 돈은, 만 원을 갚아도 돈 빌린 사람한테는 원금을 갚는 거라고 꼭 말을 하고 갚아. 그리고 이자는 원금을 다 갚고 나서 갚으면, 아무리 고리대금으로 이자놀이를 하는 사람이라도 이자에 이자를 붙여 달라고 하지는 않으니까, 돈 벌어서 무조건 원금부터 갚아."

순간 나는 머리가 맑아지는 것 같았다. 아저씨에게 삶의 크나큰 지혜를 듣고 나서 나는 바로 실행에 옮겼다. 한 달 후, 다른 때 같으면 이자로 줄 돈을 빌려준 사람에게 들고 가서 용달차 아저씨가 가르쳐준 대로 이야기를 했다. 그러자 처음에는 막무가내로 안 된다며 고집을 부렸지만 나 역시 내 고집을 꺾지 않았다.

그날 이후, 나는 이자 대신 원금을 통장계좌로 넣어주었다. 진작이런 방법을 알았더라면 이자를 줄 돈으로 원금을 벌써 갚고도 돈이 남았을 것을 하는 생각을 했다. 곗돈 300만 원을 타서 아내에게 주면서 이제 용환이네 돈을 갚으라고 했다.

"이 돈으로 이제 용환이 엄마한테 빌리 온 돈 갚자. 주면서 그동안에 정말 고마웠다는 말 꼭 해레이."

길동으로 이사를 온 지도 벌써 4년이 지났다. 영규는 벌써 3학년이 되었고 우리의 가정생활도 많이 달라졌다. 비록 넉넉하지는 않은 살림살이였지만 마음만은 행복했다. 시골 큰형님의 장사도 이제 제법 잘 되는 것 같았고 작은형도 전선회사에서 공사현장으로 전선을 싣고 다니다가, 현장에서 다 쓴 전선 감는 드럼통장사를 시작해 사업이 잘 된다고 했다. 재천이는 혼자 독학으로 검정고시를 합격하고 대학교까지 합격을 해서 졸업을 한 후, 얼마 전에 건설회사에 취직을 했다면서 다녀갔다. 삶에 대한 자신감이 조금씩 생겨나고 우리 형제들의 안정된 모습으로 마음에 뿌듯함을 느끼는 나날이 계속되던 어느 날, 우리 가게에 두부를 갖다 주는 조 씨가 낮에 찾아왔다. 두부는 아침 일찍 가져다주고 대금은 저녁에 수금을 해가곤 했는데 그날은 낮에 온 것이었다. 낮에 웬일이냐고 묻기도 전에 두부를 배달하던 차를 타라면서 차문을 열었다. 영문도 모른 채 쳐다보는 나에게 조 씨가 말했다.

"광장동 극동아파트 단지 상가 지하에 빈 점포가 있는데 잘만 하면 여기보다 장사가 더 잘 될 것 같아서 그래."

조 씨의 차를 타고 천호대교를 건너자 곧바로 극동아파트 단지가 보였다. 단지 입구에 위치한 상가 지하로 내려가니 대형슈퍼마켓이 있었다. 슈퍼 안에는 과일, 채소 등 식품부에 정육점까지 모두 있었다. 우리가 보러 온 가게는 슈퍼 뒤쪽에 조그만하게 위치해 있었다. 그곳은 가게라기보다는 5평 정도 되는 상가의 좌판이라는 표현이 맞는 듯했다. 비어 있는 곳이라 불까지 꺼져 있고 통로에 공용 불만 켜져 있어 더 궁색해 보이는 그 가게는, 대형슈퍼와의 경쟁에서 시설부터 모든 면이 불리한 경쟁이 될 것 같았다.

그러나 나는 아파트 상가에서 한 번쯤 장사를 해보고 싶었다. 상가의 점포는 개인의 것이 아니라 땅주인이면서 아파트 분양까지 한 대한제지 소유의 건물이었다. 상가 앞 길 건너에 대한제지 본사가 있어서 부동산 사람과 함께 본사 사무실의 상가 담당과장을 찾아가서 점포에 대해 알아보았다. 임대료는 보증금이 480만 원으로 그리 비싼 편은 아니었지만 나로서는 아무래도 무리가 따르는 금액이었다. 길동에 있는 가게를 정리하면 임대료는 되겠지만 아파트상가 점포는 방이 딸려 있지 않아서 따로 방을 구해야 하기 때문에 돈이 더 있어야 했다.

집에 와서 아내에게 광장동의 상가 이야기를 하면서, 그곳은 돈을 더 벌어서 가자고 말했다.

"광장동에 가서 장사해보고 싶으믄 함 해보입시다."

아내의 그 말에 나는 의아한 표정으로 아내를 쳐다보았다.

"지난번에 용환이 엄마한테서 빌려온 돈은 사실은 갈현동에서 장사하면서 한 푼 두 푼 모아가 만든 돈이지 빌린 돈이 아입니다. 당신이 곗돈 타서 갖다 주라 켔던 거 여 있어요."

그러면서 아내는 내가 지난번에 용환이 엄마한테 갚으라고 주었던 돈 300만 원이 든 통장을 보여 주었다. 나는 이렇게 나를 놀라게 한 아내가 어이없어서 그저 헛웃음만 나올 뿐이었다.

이튿날 아내가 내준 그 300만 원을 들고 광장동 대한제지 본사에 가서 계약을 했다. 극동 1차 아파트는 4년 전에 500세대가 입주를 완료한 상태였으나, 2차 900세대는 현재 공사가 진행 중이라 입주가 시작되는 금년 말쯤 장사를 시작할 계획이었다.

그러나 회사에서는 너무 늦게 시작을 하면 해약을 하겠다고 하는 것이었다. 그렇게 고심을 하던 중에 우리 가게가 있는 건물의 건물주가 그 건물을 다른 이에게 팔았는데, 새로 건물을 인수한 사람이 우리 가게를 자기네가 사용을 할 계획이니 시간을 줄 테니 비워 달라고 하였다. 그렇지 않아도 빨리 가게를 빼야 하는 상황이었기 때문에 우리로서는 잘된 일이었다.

일이 이렇게 진행이 되니 나는 상가 부근에 서둘러 방을 알아보았다. 마침 적당한 방 한 칸이 나와 계약을 하고 집에 도착하니 아내가 내게 말했다.

"그동안에 빌린 돈도 마이 갚았으니까네 이참에 다 갚아뿟는 게 좋지 않겠습니까? 내가 지금까지 영규하고 석현이 교육보험을 들어서 매달 꼬박꼬박 넣었더니 동방생명에서 300만 원까지 대출을 해준다 캅디다. 그라니 내 동생 돈은 나중에 갚더라도 남한테 빌린 돈은 다 갚아버리자고예."

나는 아내의 말에 고개를 끄덕였다. 나는 돈 빌려준 사람과 만나서 그동안 이자 대신 갚았던 원금을 계산해서 얼마 남지 않은 원금을 모두 갚아 버렸다. 그러고는 2년 동안 주지 못했던 이자를 갚기 위해 얘기를 꺼냈다.

"그동안 내 돈 갚느라 고생 많았습니다. 내가 이자는 받지 않을 테니까 앞으로 잘 사셨으면 좋겠네요."

그 사람은 내게 이렇게 이야기를 하고는 일어섰다.

"고마워서 우짭니까? 고맙심다, 고맙심다."

그 사람은 연신 고맙다고 하는 나의 손을 잡았다.

"지금까지 사신 것처럼만 착실하게 사세요. 그러면 꼭 부자 되실 거예요."

# 아버지의 죽음

광장동으로 이사를 하는 날, 나는 마음이 몹시 설렜다. 처제에게서 빌린 돈 250만 원은 아직 갚지 못했지만 다른 사람에게서 빌린 그 많은 돈은 다 갚았기 때문이었다. 보험회사에서 대출한 300만 원은 사채에 비하면 금리가 워낙 낮아서 큰 부담이 없었다. 그리고 가게 보증금과 방 전세금이 있으니 앞으로 열심히 하면 잘살 수 있지 않을까 하는 작은 희망이 생기기 시작했다.

이사를 하고서 연휴가 지나자 드디어 아파트 상가에서 장사를 시작하였다. 아파트라서 그런지 주민들이 물건을 고르는 것과 가격에 대해서 예민할 정도로 까다로웠다. 게다가 그곳이 지하상가인 데다가 내가 장사를 하는 곳의 바로 앞에 식당이 있어서 뜨거운 열기가 이쪽으로 그대로 전해지면서 상가 안은 정말 더웠다.

장사밑천은, 이삿짐을 옮기고 진열장과 그릇, 바구니 등을 구입하고 나니 30만 원 정도밖에 남지 않았다. 그 돈으로 물건을 사서 장사를 시작했는데, 하루에 매상이 13~14만 원밖에 안 될 정도로 팔리지 않는 것이었다. 그래도 이제 시작이니 단골도 생기고 그러면 장사가 잘되는 날이 오겠지 하는 기대감 속에 장사를 시작한 지 3일째 되는 날, 작은형수로부터 전화가 걸려왔다.

"형수님, 웬일로 전화를 다 하셨네예?"

"조금 전에…… 아버님이 돌아가셨어요."

"예? 지금…… 뭐라고 하셨습니까?"

"아버님이 조금 전에 돌아가셨다고요, 서방님."

앞이 캄캄했다. 아버지의 죽음으로 인해서가 아니라 앞으로 어떻게 살아야 할지가 걱정이 되어서였다. 갖은 고생 끝에 겨우 빚을 갚고 열심히 하면 된다는 희망을 가지고 새로운 터전에서 이제 막 시작을 하려는데 아버지가 돌아가신 것이다. 더욱이 더운 여름철이라 하루만 지나도 썩고 상하는 여름채소들을 어떻게 할 것인지 걱정이었다. 사다 놓은 물건을 팔아야 하는 것도 팔아야 하는 것이지만, 당장 내려갈 여비조차 내겐 없었다.

아내는 가게 문을 닫고서라도 시골 큰형님 댁으로 가자고 했지만 나는 아무 대답도 하지 않았다. 나는 그저 하필이면 내가 이렇게 살기 힘들 때 돌아가신 아버지가 원망스러울 뿐이었다. 저녁때까지 장사를 했는데도 물건이 많이 남았다. 하루 종일 물건을 팔았는데도 15만 원 정도밖에 팔지를 못한 것이다. 장사를 끝내고서 아내와 이야기를 시작했다.

"오늘 물건이 이래 마이 남았으니 내일 둘이서 다 시골에 내리가쁘면 남은 물건은 상해서 전부 버려야 하는데 우짜면 좋겠노?"

"아버님이 돌아가싰는데 물건이 문젬니꺼? 내일 아침 첫차로 내리가입시다."

아내의 말이 옳다. 그렇지만 남은 물건은 다 버리고 그다음 장사는 또 무슨 돈으로 물건을 사오나 생각하니 머리가 지끈거렸다. 집으로 돌아와서도 대책이 서질 않았다.

"내일 아침 일찍 가락시장에 가서 물건을 사와 가지고 장사를 하고 오후에 시골에 내리갈끼다. 둘이서 가믄 팔다가 남은 물건을 다 갖다 버려야 하는데, 그라면 손해가 너무 심하니까네 아버지 장례에는 내 혼자 갔다 올란다."

"내도 며느린데 내가 가지 않으면 아주버님들하고 형님들한테 내가 무슨 소리를 듣겠심니까?"

아내의 근심 어린 얼굴에 나는 못 들은 척 **결론**을 내렸다.

"영규 엄마는 몸이 디게 아픈 걸로 하마 된다."

나는 누워서 어린 시절 엄마가 살아 계셨을 때 한 집안의 가장인 아버지가 얼마나 가정을 돌보지 않았는지, 얼마나 아버지로서의 도리조차 한 번도 하지 않았는지를 생각했다. 나는 아버지가 돌아가셨다는 연락을 받았을 때 눈물은커녕 조금도 슬프지 않았다. 그렇게 나는 밤이 깊도록 아버지를 그리워하며 추억하는 대신 원망만을 하고 있었다.

새벽에 일찍 일어나서 오늘 장사할 물건들을 정리정돈했다. 아내는 어제 저녁에 내가 한 말 때문이었는지 아무 말도 하지 않았다. 오후 3시가 되어서 그날 장사한 돈 7만 원을 가지고 예천으로 가는 버스에 올랐다.

큰형님 댁에 도착을 한 시각은 벌써 밤 10시가 넘어 있었다. 집 안에는 이웃 분들과 일가친척 분들이 많이 와 있었다. 내가 도착하자 큰형님은 아무 말도 하지 않고 있다가 말을 꺼냈다.

"니는 오지 않을 줄 알았는데…… 지금이라도 왔으니 됐다. 방 안에 드가 봐라."

아버지의 시신은 벌써 염까지 끝나고 방 윗목에 안치되어 병풍으로 가려져 있었다. 엎드려 절을 두 번 한 후에도 내 눈에서는 눈물이 나지 않았다. 밖으로 나와 형님들과 마루에 앉아 있었지만 나는 아무 말도 하지 않았다. 아버지에 대해서는 궁금하지도 않았고 아무것도 알고 싶지 않았다.

다음날 아침 일찍 동네 사람들이 상여를 꾸미기 시작했다. 상여를 다 꾸미자 사람들이 시신이 안치된 관을 상여로 옮기고 관 위에 꽃으로 만든 상여 덮개를 씌웠다.

'그래도 아버지는 꽃상여를 타고 떠나는구나, 우리 엄마는 지게로 지어다 옮겼는데…….'

그런 생각이 드니 정말이지 하나도 슬프지가 않았다. 사람들이 상여를 메고 곡조에 맞추어 상여소리를 했다. 형님들과 형수들, 친척들은 모두 절을 하며 돈 봉투를 앞에 놓인 상 위에 놓고는 눈물을 흘리며 슬퍼했다. 마당에서 아침식사를 마친 상여꾼들은 상여를 메고 가기 시작했다. 아버지의 장지는 엄마의 산소 옆이었다. 풍수가 미리 묏자리를 봐서인지 관이 도착했을 때는 관이 묻힐 땅을 다 파놓은 상태였다. 하관하는 시간에 맞추어 하관식이 시작되었다.

풍수가 관 뚜껑을 열고 저승 갈 노잣돈 30원을 수의 속에 넣어주라고 하자 큰형님이 10원짜리 동전 세 개를 수의 속에 넣었다.

그 순간 나도 모르게 목이 메여왔다.

'세상에 태어나 한평생 살면서 겨우 노잣돈 30원을 가져가려고 자식들에게, 또 엄마에게 그렇게 책임감 없이 살았나? 이토록 허망하게 세상 등지고 갈 거면서 30년이 넘도록 처자식을 나 몰라라 했단 말인가? 그럴 거라면 보란 듯이 크고 화려하게 가는 저승길이나 되지……'

어느새 내 눈에서는 아버지가 아닌, 한 인간에 대한 연민의 눈물이 주르륵 흘러내리고 있었다.

하관식이 끝나고 상주들이 삽으로 흙을 떠서 관을 덮었다. 곧이어 상여꾼들이 관 위에 흙을 모두 덮고 묘를 만들기 시작했다. 엄마의 산소 옆에 빈소를 차려놓고 문상객을 맞을 준비를 하면서 형님들에게 조용히 이야기했다.

"형님, 저 먼저 지금 서울 올라가마 안 되겠심니까?"

"와? 집에 무신 일이 있나?"

"일이 있는 기 아이고예, 가게하고 방을 얻어서 이사를 한 지가 매칠 안 됐는데 아직까지 단골도 엄꼬, 날씨가 더버서 물건을 해다 노마 빨리 팔지 안 하면 죄다 썩어서 버리야 한다, 아임니꺼. 지금 집사람이 몸이 아파가 장사도 할 수가 엄꼬, 여를 오지도 몬 했는데, 내가 지금 서울 가서 장사를 하는 기, 나중에 형님이 쌀 한 가마니 사주시는 것보담도 내를 더 도와주시는깁니다."

"그래, 올라가라. 하관식 참석했으마 됐지 싶다. 가서 아픈 제수씨 빨리 쉬라 카고 니가 가가 장사해레이. 어서 가봐라."

머리에 쓴 건과 삼베로 된 상주 옷을 벗어놓고 아무도 모르게 장지에서 걸어 나왔다. 뒤를 돌아보니 상여꾼들이 상여소리에 맞추어 묘에 쌓인 흙을 밟아 다지고 있었다. 나는 그 모습을 뒤로하고 걸어가면서 소리 내어 울고 있었다. 마지막 가는 부모의 묘조차도 다 만들어지기 전에, 먹고살기 위해 떠나는 불효막심한 놈이 될 수밖에 없는 내 자신이 너무나 한스럽고 미웠다. 몇 번이나 뒤를 돌아보면서 흐르는 눈물을 닦지도 않고 도망치듯 그곳을 벗어나 서울로 올라왔다.

내가 가게에 도착했을 때는 아직 저녁 장시간이 되지 않았을 때였다. 아내는 며칠 지나야 올 줄 알았던 내가 24시간도 채 되지 않은 시간에 돌아오자 어찌된 일인지 궁금한 눈빛으로 나를 쳐다보았지만, 우리는 저녁에 집에 가서 이야기를 하기로 하고 장사에 전념했다. 밤 10시가 되어 장사를 끝내고 집에 도착했다. 아내는 저녁준비를 하며 밥을 연탄불에 올려놓고 나서 내게 일찍 돌아온 이유를 물었다. 나는 있었던 일들을 사실대로 이야기했다.

"영규 엄마가 몸이 아파가 장례식에도 참석하지 몬 했는데 내가 일찍 올라와 장사를 하지 않으면 곤란스럽다 카고, 상여꾼들이 산소에 흙 얹어서 밟는 동안에 내는 고마 와뿟다."

"아프지도 안 하는 사람을 아프다꼬 거짓말은 왜 했는겨? 그러지 않아도 아버님 장례식에 가보도 몬 해가 앞으로 아주버님들하고 형님들한테 어뜨게 말을 해야 하는가 싶어 무섭구마는, 장례식도 다 끝나지 않고 산소도 다 안 만들어진 상태에서 그냥 와뿟는 사람이 세상 천지에 어데 있습니까?"

"내도 영규 엄마가 아프다꼬 거짓말을 하고 싶어가 한 기 아이다. 당신은 산소도 다 안 만들어진 상태에서 떠나오는 자식이 세상 천지에 누가 있느냐고 물었지만, 내가 와 그켔는지 아나? 돈, 그노무 돈 때문인기라! 아부지가 아무리 미워도 그렇지 돌아가셨다는 연락을 받고도 곧바로 내리가지도 몬 하고 늦게 가는 바람에 마지막 얼굴 볼 수 있는 염하는 것도 그노무 돈 때문에 지켜보지 몬한 내가 나도 참 싫다, 그 말이다."

나는 옆에서 아무렇게나 누워 자고 있는 영규와 석현이를 바라보았다.

"내는…… 꼭 돈 벌 끼다, 꼭 돈 벌 끼다! 내가 어떻게 살아왔는데……. 내는 꼭 돈을 벌고 말 끼다!"

며칠 동안의 가게 장사는 너무나 어수선했다. 그러나 곧 최대한의 서비스와 질 좋은 물건으로 손님들에게 좋은 이미지를 심어 주기 위해 노력하기 시작했다. 우리는 슈퍼보다 일찍 문을 열어서 늦게까지 장사를 했다.

"젊은 사람들이 부지런하고 야채도 싱싱하고 좋은데, 여기는 앞에 있는 슈퍼 때문에 장사가 잘 안 되는 자리였어요. 여기서 장사하던 사람들이 몇 번이나 바뀌었는지 모른다니끼요. 그리디가 지난번부디 한참 동안 아무도 장사를 하지 않더니, 아저씨네는 그런 거 모르고 여기서 장사 시작하신 거죠? 참, 그리고 여기 아파트 공터에 2주에 한 번씩 알뜰장이 들어서는데 그날은 이 상가에 사람들이 아예 오지를 않을 거예요."

어떤 아주머니는 우리에게 이렇게 이야기를 하면서 걱정을 해주기도 했다.

"걱정해주셔서 고맙심니다. 앞으로 좋은 물건 싸게 팔 테니까는 우리 가게 자주 오이소. 다른 사람들한테도 이야기 좀 마이 해주시고예."

나는 그 아주머니에게뿐만이 아니라 내 자신에게도 다짐을 하는 말을 하고 있었다.

# 정승같이 쓰기 위해 개처럼 벌다

그동안 직장생활을 하던 재천이가 직장을 그만두고 사업을 한다면서 사무실 개업 준비를 하기 위해 우리 가게를 찾아왔다. 다른 집에서 개업 준비에 쓸 채소를 사기는 뭣해서 우리 가게에서 채소를 사기 위해 먼 길을 제수씨와 - 그 사이 재천이는 결혼을 했다 - 함께 우리 가게에 왔단다. 제수씨도 살림을 알뜰하게 하는 사람이라 필요한 채소를 종이에 적어 왔다. 이것저것 상당히 많은 양의 채소를 한곳에 모아놓고 아내가 봉투에 차곡차곡 담았다. 담아서 보니 커다란 봉투로 몇 덩이가 되었다.

재천이는 봉투에 담아놓은 채소 값이 모두 얼마냐고 물으면서 주머니에서 지갑을 꺼내들었다.

"됐다, 그냥 가 가라."

"그냥 가져가면 우짭니까? 내도 돈 있습니다."

"돈은 무신 돈이고, 그냥 가 가라니까."

"그래도…….."

재천이는 망설이다가 지갑을 다시 주머니에 넣고는 고맙다는 인사를 하고 제수씨와 봉투를 들고는 돌아갔다. 나는 잘 가라는 인사를 하고 뒤를 돌아보니 아내는 재천이와 제수씨가 가는 것도 보지 않고 아무 인사도 하지 않고 있었다.

"와 당신은 시동생이 가는데 인사도 안 하고 그래 있노?"

내 물음에 고개를 든 아내의 얼굴을 보고 나는 적잖이 놀랄 수밖에 없었다. 아내는 뒤돌아서서 소리 없이 울고 있었던 것이다. 영문을 모르는 나는 다급히 물었다.

"니, 와 이라노? 어데 마이 아프드나? 어데가 아픈데?"

"……."

아내는 아무 말도 없이 손을 내밀어 들고 있던 계산서를 보여 주었다. 아내는 재천이가 가져간 채소를 모두 적어서 금액을 계산해놓은 상태였던 것이다. 13만 5천원.

"우리 가게 하루 매상이 13만 원에서 15만 원입니더. 근데 삼촌이 가지고 간 야채는 다 고급야채라 금액이 큰데, 이익은 붙여 받지 않더래도 원가는 받았어야 하는 거 아임니까? 우리가 여유가 있으믄 내도 얼마든지 주고 싶지만은, 지금 우리는 장사밑천도 겨우겨우 지탱하고 있는 판에 이라면 되느냐, 그 말입니다. 내는 이러면 안 된다는 거 알지만도 울고 싶을만치 속이 상합니다."

"동생이 사업을 한다고 개업식이라도 하면 축하하는 뜻에서 난초니 화환이니 보내줘야 카고, 바쁘지 않으면 형이니까 참석도 하고, 도와줄 일 있으믄 도와줘야 하는 긴데, 그러지를 몬 하니까, 야채라도 쫌 줘서 보내야 내 마음이 편하니까 그란 기다. 그라고 내가 아무리 어려버도 동생한테 우째 돈을 받을 수 있노? 지금 당장은 재천이가 가지고 간 야채 값이 아쉽겠지만은 나중에 당신하고 내가 오늘 일 이야기할 때는 그때 돈 안 받기를 잘 했다꼬 이야기할 때가 꼭 올 끼다.”

생각해보면 아내의 말도 틀린 말은 아니었지만 그렇다고 동생에게 돈을 받을 수는 없는 노릇이었다. 결국 나는 재천이의 사무실 개업식에 가지 못했다. 꼭 가게가 바빠서 가지 못한 것만은 아니었다. 내가 개업식에 가겠다고 아내에게만 가게를 맡겨두고 갈 수는 없었기 때문이었다.

우리 가게는 아파트 단지 내에 있는 가게라서 가게도 깨끗하게 해야 하고, 물건도 갈현동이나 길동에서보다도 더 질 좋은 것으로 팔아야 하고, 친절하게 서비스도 해야 했다. 무나 배추 같은 부피가 크고 무거운 것의 배달은 물론이고 저녁 때 바쁜 시간에 두부 한 모라도 배달해 달라는 전화가 오면 배달을 했다. 어떤 때는 너무 바빠서 석현이의 손에 두부를 담은 봉지와 아파트 동호수가 적힌 종이를 적어서 주면 석현이도 배달을 해야 했다. 그러다가 어느 집에서 200원인 두부를 배달했더니 돈을 500원을 주더라며 300원이 생겼다며 철없이 좋아하는 석현이를 볼 때는 가슴이 미어지는 것 같았다. 아무리 바빠도 석현이에게만큼은 절대로 배달을 시키지 말자고 아내와 약속을 했다.

비가 무척 많이 내리던 어느 날이었다. 무 한 개를 배달해 달라는 전화가 걸려 왔다. 비옷을 입고 머리에는 오토바이 헬멧을 쓴 채로 12층까지 올라가 배달시킨 집의 초인종을 눌렀다. 안에서 젊은 새댁이 문을 열어주면서 내가 건네는 무를 받았다. 무를 받아들고는 가만히 나를 쳐다보던 그 새댁이 내게 말을 했다.

“아저씨, 아저씨가 거기 서 있으면 현관에 물 떨어지잖아요. 밖에 나가서 기다리실래요?"

머리에 무언가로 한 대 얻어맞은 기분이 들었다. 억수같은 비를 맞으며 500원짜리 무 하나를 오토바이를 타고 12층까지 배달을 해주면 적어도 고맙다는 말 한마디 정도는 들을 줄 알았는데, 아무리 물건을 사주는 손님이라지만 나는 손이 다 후들거릴 정도로 심히 당황했다.

잠시 후 그 새댁은 500원짜리 동전 하나를 들고 나와, 문 밖에 서 있던 내 손바닥에 툭하고 떨어뜨리고는 고개를 숙여 고맙다는 인사를 하는 내 말이 채 끝나기도 전에 문을 닫아 걸어버렸다. 엘리베이터를 타고 내려오는 내 얼굴에는 빗물인지 눈물인지 모를 것이 쏟아져 내리고 있었다. 나는 가게로 돌아와 비옷과 모자를 벗고는 수건으로 얼굴을 문질러 닦았다. 수건을 던져놓고 나는 조금 전의 굴욕을 생각하며 어떻게 하면 더 장사를 잘할 수 있을까를 고민하다가 앞에 있던 쪽파를 까기 시작했다. 그냥 가만히 앉아 있으면 아까의 일이 머릿속에서 계속 나를 괴롭힐 것 같기도 했지만, 무엇보다도 쪽파를 까서 팔면 손님들에게도 호응을 얻을 수 있지 않을까 하는 생각에서였다.

아내와 나는 손님들이 요구하고 원하는 것이 있으면 무엇이든지 들어주었다. 배추를 절여 달라고 하면 절여주었고, 쪽파와 부추를 다듬어 달라고 하면 다듬어 주었다. 가락동시장에서 제일 품질이 좋은 것만을 사와서 싸게 팔았다.

시장에서는 다발로 묶어서 양도 많고 가격도 비싼 것을 가게에 가지고 와서는 적은 양으로 다시 묶어 싸게 팔았다. 아내가 담가서 판 오이지는 아파트 주민들에게 맛있다고 소문이 날정도로 반응이 좋았다. 그렇게 아내와 나는 우리가 할 수 있는 한 무엇이든지 정성을 다

해 열심히 했다. 그렇게 하다 보니 조금씩 장사가 나아질 무렵이었다.

당시에 미국에서 귀국한 '이상구' 박사가 연일 텔레비전에 나와 채식주의와 엔도르핀 호르몬에 대한 강의를 하여, '이상구 박사 신드롬'을 일으키며 사회적으로 큰 반향을 불러일으켰다. 고기보다는 채식 위주의 식생활이 건강에 좋다는 그의 건강법은 그동안 고기를 가장 선호하던 우리나라 사람들에게 인식의 변화를 일으키며 많은 사람들에게 큰 호응을 얻었는데, 그중에서도 살림을 하는 주부들에게 그의 건강법은 가히 선풍적이라고 말할 수 있을 정도로 대단한 호응을 얻었다. 이상구 박사의 채식주의 강의가 전파를 탄 지 불과 이틀 만에 우리 가게의 하루 매상이 갑자기 달라지기 시작했다.

하루에 15~20만 원이던 매출이 갑자기 80만 원으로 올라가더니, 급기야 닷새쯤 뒤부터는 120~130만 원까지 매출이 올라가는 것이었다. 이것이 꿈인가, 생시인가 싶기도 하면서도 며칠 지나면 원래대로 돌아가겠지 하는 생각을 하며 괜한 기대는 하지 않으려고 했다. 그러나 우리 가게를 찾는 손님들은 줄어들지 않았다.

우리는 정말 바쁘게 움직이고 또 움직였다. 이상구 박사의 채식주의론이 우리에게 많은 도움을 주기도 했지만, 그간 아파트 주민들의 요구사항을 모두 들어주면서 아내와 내가 주민들에게 좋은 이미지를 쌓아온 것도 장사가 잘 되기 시작한 중요한 이유임에는 틀림이 없었다.

예컨대, 어떤 사람이 우리 가게에서 채소를 주문하면서 슈퍼에 가서 라면이나 다른 물건을 사오라고 부탁하기도 하였다. 심지어 어떤 때는 우리 집 물건보다 슈퍼에서 사오라고 부탁한 물건이 훨씬 많은 적도 있었다. 그만큼 우리는 주민들의 요구사항을 무엇이든 들어준 것이다. 그러다보니 슈퍼 안의 채소코너보다 시설도 잘 되어 있지 않은 우리 가게의 채소가 더 잘 팔렸다. 그것은 2주마다 한 번씩 서는 알뜰시장도 마찬가지였다.

"이 가게가 이렇게 잘 되는 건 아저씨, 아줌마가 처음이에요. 열심히 해서 돈 많이 버세요."

상가 사람들은 물론 아파트 주민들도 우리 가게를 지날 때면 그렇게 입을 모았다. 사람들이 우리에게 그렇게 이야기를 해줄 때면 아내와 나는 항상 고맙다고 인사를 하고는 서로 쳐다보며 환하게 웃었다. 서로가 서로에게 그동안 수고했다고 격려라도 하듯이······.

가게를 처음 시작할 때는 우여곡절도 많았지만 이제는 안정을 찾아 자리를 잡은 것 같았다. 가게의 하루 매상도 처음 가게 문을 열 때는 생각하지도 못했던 결과가 나오니 그동안 계획 없이 살아온 지난 날을 생각하면서 아내에게 제안을 했다.

"우리도 이제 장사도 어느 정도 되고 하니까, 정기적금이라도 하나 들면서 앞으로 살 것을 계획 함 해보는 기 어떻겠노?"

"그라믄 좋지예. 내도 그 생각하고 있었그든예."

날이 갈수록 둘이서 장사를 하기가 버거울 정도로 장사는 잘 되었다. 그러나 몸은 힘들고 피곤해도 은행의 적금통장을 들여다볼 때마다 큰 위안이 되어 견딜 수 있었다.

우리는 장사를 시작한 지 일 년 만에 방 2개짜리 집으로 전세를 얻어 이사했다. 새 집으로 이사를 하던 날, 방과 방 사이에 있는 입식부엌에서, 그런 부엌을 아내에게 줄 수 있었다는 것이 너무나 좋은 나머지 나는 막걸리 한 사발을 마시고 부엌에서 잠을 잤다.

영규와 석현이는 작은 방에서 둘이서 지낼 수가 있어서 좋았던지 안방에는 오지도 않을 정도였다. 쉬는 날, 아이들을 데리고 천호동에 있는 가구가게에 가서 2개의 책상과 2개의 의자를 샀다. 책상과 의자를 아이들 방에 들여놓으니 비로소 아이들의 공부방 같아 보였다. 책꽂이에 책을 가지런히 꽂아주면서 나와 아내는 공부 열심히 하라는 말을 잊지 않았다.

극동아파트 상가에서 장사를 한 지도 여러 해가 지났다. 영규는 어느덧 중학생이 되었고 석현이도 초등학교 4학년이 되었다. 그동안 장사를 열심히 한 결과 이제는 어느 정도 생활의 여유도 갖게 되었지만 아이들의 뒷바라지와 힘든 가게일 때문에 아내는 위장과 허리가 좋지 않아 자주 고통을 호소하며 힘들어 했다. 아내의 얼굴이 많이 야위어져서 보는 사람들의 눈에도 아픈 것이 표시가 날 정도로 몸이 많이 좋지 않았다.

"아줌마 데리고 병원에 가서 종합검진 한번 받아 보세요. 많이 안 좋아 보이시네."

단골손님들이 종종 나에게 이렇게 말을 할 정도였다. 하지만 아내는 곧 괜찮아질 거라면서 병원에 가는 것을 차일피일 미루었다. 날이 갈수록 아내의 몸은 더욱 안 좋아지고 더욱 야위어갔다. 그러나 아픈 아내를 위해서 내가 억지로라도 병원에 데려가야 했었는데 아내가 하는 대로 그냥 내버려둔 것이 아내를 더 아프게 만든 것이었다.

어느 날, 아내의 모습을 보고서 더 이상 장사를 한다면 아내를 죽일 것 같다는 생각이 들었다. 그 모습을 보고 나는 결단을 내리지 않을 수가 없었다. 가락동시장에서는 우리 가게가 장사가 잘 된다는 것이 알려져 있는 터라, 내가 가게를 그만하고 싶다는 얘기를 하자마자 내가 하는 가게를 인수하고 싶다는 사람이 나타났다. 가게가 장사가 잘 되고 있는 상태라 권리금을 천만 원을 받고, 일주일 동안 가게를 같이 나가는 조건으로 하여 다음 날 가게를 인계하기로 결정했다. 하지만 그 사실을 아내에게는 말을 하지 않았다. 장사를 끝내고 집으로 돌아온 나는 내일 다른 사람에게 가게를 넘겨야 한다는 사실을 이야기했다. 아내는 깜짝 놀라 눈을 휘둥그레 뜨고 나를 쳐다보았다.

"지금까지 고생 고생해 가른서 터 닦아 놓은 가게를 어떻게 그래 쉽게 팔아 버릴 수가 있는교? 이제부터 돈 벌어서 집도 사야 하고 애들 얼마 있다가 고등학교, 대학교 보낼라카믄 돈도 마이 필요할 낀데 가게 팔아뿌고 뭐해서 돈 벌고, 뭐해서 묵고 살낍니꺼?"

"돈은 우리가 아직 젊으니까 벌면 되지만은 당신이 몸이 그래 되가믄서 장사를 하는 걸 더 이상은 볼 수기 없었다, 내는. 당신 죽이시 않을라믄 가게를 팔아야 했다꼬."

"내는 쪼금만 쉬마 괜찮을 낀데, 내가 무신 중병에 걸렸심니까?"

"우쨌거나 내일부터는 다른 사람이 장사를 할 끼다. 그라니 당신 몸 좀 나아지마 그때 가서 다른 일 다시 시작해보자."

이튿날부터 일주일을 새로 장사를 시작한 사람을 위해 도와주면서, 단골로 오던 손님들에게 그동안 고마웠다는 말을 하며 아내의 건강 때문에 장사를 그만두니 새로 가게를 맡은 사람들을 소개하면서 계속 도와 달라고 인사를 했다. 사람들 중에는 아줌마 건강을 위해서 잘 생각했다는 이들도 있었고, 그만두어서 서운하다는 이들도 있었다. 그들은 인정 많은, 정말 고마웠던 사람들이었다.

# 노력하는 자에게 돈은 다가온다

　장사를 그만두니 아내의 몸은 많이 좋아졌다. 몇 개월을 병원에 다니면서 치료를 하니 많이 나아졌던가 보다. 그러나 무엇보다도 힘든 일을 안 하고 쉴 수 있어서였을 게다. 몇 개월을 쉬면서 아내의 몸은 좋아졌지만 나의 마음은 조금씩 다급해져가기 시작했다. 매일같이 부동산을 다니면서 알아보았지만 장사를 할 만한 마땅한 장소가 나오지 않았다. 아내 역시 몸은 편해지고 건강이 회복되어 가고 있긴 했지만 장사를 하지 못하기 때문에 걱정이 많은 것 같아 보였다.

　장사를 그만둔 지 6개월이 되었을 때였다. 평소에 몇 번을 들렀던 부동산에서 며칠 있으면 현재 공사를 하고 있는 강변 전철역 앞, 현대아파트 2단지 상가분양을 한다는 정보를 알려주었다. 아무래도 상가의 위치가 좋고 아파트 세대수에 비해 점포의 수가 많이 부족해, 경쟁 입찰방식으로 분양을 할 것 같다면서 귀띔을 해주는 것이었다.

　나는 이튿날부터 신문을 보면서 광고란에 현대아파트의 상가분양 광고가 게재되었는지 매일 살펴보았다. 그러던 중, 현대아파트 상가의 분양광고가 신문에 실려 분양방법을 알아볼 수 있었다. 일전에 부동산에서 알려준 대로 경쟁 입찰방식이었다. 입찰보증금을 은행에 예치하고 입찰이 있는 날, 계동에 있는 현대건설 본사로 갔다.

난생처음 대기업의 본사 안까지 들어간 터라 어리둥절하였다. 지하에 있는 입찰장소는 극장과 비슷한 구조로 되어 있었다. 시간이 지날수록 많은 사람들이 들어왔다. 입찰시간이 되자 한 사람이 나와 압찰방식에 대한 설명을 했다.

그동안 공사현장에도 몇 번을 가보았던 내가 분양을 받고자 하는 점포는 지하에 있는 식품부였다. 위치는 슈퍼의 앞자리여서 괜찮다고 생각은 했지만, 호수마다 품목이 지정되어 있어 지정된 호수에서는 다른 품목의 판매를 할 수 없었다. 나는 그동안 극동아파트 상가에서 4년 넘게 번 돈 전체를 입찰금액으로 써 넣어서라도 내 가게 하나를 이 기회에 갖고 싶었다. 입찰금액을 적어 넣는 용지를 받아들고서 다른 사람이 볼 수 없도록 손으로 가려가며 입찰금액을 적어냈다. 내가 적은 금액은 지하 식품부의 금액으로는 상당히 높은 금액이었다. 전날 저녁, 아내와 확인한 우리가 가지고 있는 돈 1억 500만 원 중 내가 적은 금액은 1억 300만 원이었다. 금액을 적어서 내면서 손이 다 떨리고 두근거리는 가슴도 진정이 되지 않았다. 사람들이 자기가 적은 종이를 들고 나가 함 속에 넣었다.

잠시 후, 함 속에 든 종이를 모든 사람들이 보는 앞에서 바닥에 쏟아 놓자 각 점포의 호수 고르는 작업은 신속히 진행되었다. 개표를 하면서 최고 금액을 적어낸 사람의 이름과 그 금액을 발표하였다. 내가 써 낸 B3호 점포는 내 이름과 금액이 발표되었다.

그 순간 뒤쪽에서 '야!' 하는 소리와 함께 '사기다!' 하는 소리가 들려왔다. 옆에서도 웅성거리기 시작했다. 너무 많은 금액을 써냈다는 것이었다.

하지만 나는 며칠 동안을 생각하면서 아파트 2,006세대에 독점으로 채소장사를 하려면 그 정도의 금액이 적당하다고 생각해서 그렇게 적어낸 것이었는데, 사람마다 생각이 다르다고는 하지만 너무 비싼 값을 적어냈다고 소리들을 지르니, 괜스레 이마에 진땀이 나며 적잖이 당황스러웠다.

집으로 돌아와 입찰결과를 이야기하며 두 달 정도 후에 다시 장사를 시작할 수 있으니 그동안 몸을 잘 추스르라고 이야기했다. 아내와 이야기를 하던 도중에 전화가 걸려왔다. 부동산이었다. 오늘 점포를 입찰받은 사실을 알고서 전화번호를 어떻게 알아냈는지, 내게 3천만 원의 이익이 나도록 해줄 테니 자신에게 팔라는 내용이었다. 나는 바로 거절을 하고는 전화를 끊어 버렸다. 불과 2시간 전만 해도 입찰금액을 비싸게 적어 냈다며 사기라는 소리를 들은 상황이었는데, 3천만 원을 남겨준다니 도대체 어찌된 일인지 참으로 기분이 묘했다.

분양을 받아 장사를 시작하고 처음 한 달 동안은 아파트 사람들이 이사를 오는 중이어서 장사가 잘 되지 않았다. 그러나 한 달이 지나고 두 달째가 되자 입주를 한 가구 수가 많았다. 그러다 보니 다른 점포들의 장사도 잘 되었지만 그중에서도 슈퍼마켓과 우리 채소가게가 다른 점포들에 비해 가장 장사가 잘 되었다. 그동안 한참을 쉬어서인지 아내의 건강도 많이 좋아졌고 그러니 아내도 힘을 내서 장사를 할 수가 있었다.

우리 가게의 장사는 나날이 번창해갔다. 배달하는 사람을 두었는데도 바쁠 지경이었다. 아내와 나는 밀려드는 손님들 때문에 하루 종일 쉬지 않고 움직여야 했다. 그런데 그렇게 바쁜 와중에도 아내는 우리가 먹을 아침, 점심밥은 꼭 집에서 만들어 가지고서 마을버스를 타고 가게로 가져왔다. 배달하는 사람은 식당에서 점심을 사주었지만 우리 둘이서 먹을 밥만큼은 사 먹지 않고 싸온 밥을 먹었다. 그 이유는 단 한 푼이라도 낭비하지 말고 은행에 저축을 해서 조금이라도 돈을 모으기 위함이었다. 여름철에는 아침에 싸온 밥을 먹고 남겨두었다가 점심때 먹기도 했는데, 그럴 때면 밥에서 쉰내가 나기도 했다. 그러면 남은 밥을 수돗물에 두어 번 헹구어서 먹곤 했다. 그나마도 어떤 때는 바빠서 먹지 못할 정도였고 점심 한 번 먹으려면 먹다가도 몇 번씩 일어나서 물건을 팔아야 했다.

나는 돈주머니를 허리에 차고 장사를 했는데 아내는 앞치마를 허리에 두르고 장사를 했다. 손님들이 많아 받은 돈을 일일이 차곡차곡 간추리지 못하고 주는 대로 구겨지든 말든 넣은 돈이 내 돈주머니와 아내의 앞치마에 가득 차면 커다란 비닐봉투에 담아놓곤 했다. 저녁이 되면 봉투에 돈을 모두 담아서, 내가 오토바이를 앞에서 타면 아내는 구겨진 돈이 가득 든 비닐봉투를 들고 오토바이 뒤에 앉아서 집으로 향했다.

집에 도착하면 아내는 돈을 안방에다 쏟아놓고 영규와 석현이에게 돈을 간추리라고 하고는 저녁준비를 시작했다. 아내가 저녁을 준비하는 동안 잠시 자리에 드러누우면 그대로 잠이 들어 버려, 밤 11시가 넘어서 아내가 저녁을 먹으라고 깨우는 소리에 눈을 뜨는 것이 거의 일상처럼 되어 버렸다. 그렇지만 나는 아무리 힘들어도 새벽 4시면 어김없이 일어나 택시를 타고 시장으로 나갔다.

장사가 잘 되다 보니 사야 할 채소의 양도 상당히 많았는데, 매일

사는 물량이 차에 차곡차곡 실으면 억지로 실을 수 있는 양이었고, 어떤 때는 한 차에 다 실을 수가 없어서 두 번을 실어 나르기도 하였다. 가락동시장에서도 대형슈퍼 말고 일반 채소가게 중에서는 대한민국에서 가장 장사가 잘 되는 가게라고 입을 모았다. 장사가 나날이 번성해가면서 몸은 고단했지만 그만큼 돈도 많이 벌 수 있었다. 밤에 집에 도착하면 지난날 고생했던 기억이 떠올라 아내에게 몇 번인가를 말했다.

"우리 이대로 4, 5년만 더 장사하고 그만하자. 옛날에는 돈이 없어 고생을 했고, 지금은 돈이 있어도 고생스럽기는 마찬가지다, 그자? 그러니 어느 정도 돈이 모여지마 고생은 그만했으믄 싶다."

시골에 있는 큰형님이 참깨를 사서 참기름을 짜고, 고추를 사서 고춧가루로 만들어 터미널에 들어오는 버스에 실어 보내면, 그것을 내가 가서 찾아와 질 좋은 국산 고춧가루와 참기름을 팔기 시작한 것이 주민들에게 좋은 호응을 얻었다. 현대아파트에서 장사를 한 지 1년이 지나갈 무렵, 우리는 고덕동 배재고등학교 뒤쪽에 있는 현대건설에서 지은 40평형 아파트를 분양받았다. 2년 후면 난생처음으로 우리 집이 생긴다는 생각에 힘든 줄도 모르고 하루하루 즐거운 마음으로 지낼 수 있었다.

시골 큰형님은 고추장사가 그런대로 잘 되는 것 같았고, 작은형님은 전선드럼통 납품하는 사업이 잘 되는 것 같았다. 동생 재천이도 나날이 사업이 발전해가는 모양이었다. 그러나 재천이가 하는 사업은 건설회사의 하수처리시설 현장에 여과기 등을 제작해서 설치하는 공사와 종합병원이나 대학교, 제약회사 등의 무균실을 공사하는 사업을 하다 보니, 공사대금을 항상 약속어음으로 받아야 했다. 어음을 현금

화해서 쓰자니 수수료를 제하고 나면 이윤이 적게 남아서 직원들 월급을 줘야 할 때는 항상 나를 찾아와야 했다.

그렇게 동생의 사업이 어떤 때는 갑자기 현금이 필요한 경우가 자주 일어나서, 그때마다 내가 도와주다 보니 은행에 돈이 있긴 했지만 정기적금도 하나 들어놓지 못했다. 재천이는 내 돈을 가져가서 짧게는 20일, 길게는 6개월 만에 가져올 때도 있었지만 매번 빌려간 돈은 반드시 가져왔다. 그러한 역경 속에서도 재천이의 사업은 성장해갔다. 이제는 나만 안정된 기반을 닦으면 우리 형제들 모두가 잘살 수 있는 날이 그리 멀지 않은 것 같았다.

장사는 생각했던 것 이상으로 잘 되었지만, 독점으로 장사를 하다 보니 아무리 좋은 물건을 싸게 팔아도 불만이 있는 사람들을 만나는 것은 피할 수 없는 일이었다. 그렇게 모든 사람들의 요구사항을 일일이 들어줄 수는 없었지만, 우리는 우리가 할 수 있는 최선을 다해 서비스했고 그래서 큰 탈 없이 무난히 장사를 계속할 수 있었다.

그런데 문제는 손님들이 아니라 배달하는 사람이 문제였다. 툭하면 나오지 않아, 그럴 때면 아내와 둘이서 점심을 먹을 시간도 없이 종종거리며 일을 해야만 했다. 배달을 하는 사람이 어떤 때는 30일 중에 16일밖에 나오지 않은 경우도 있었다. 나이도 나보다 몇 살 많은 사람이어서 그동안 아무 말도 하지 않고 월급도 한 푼도 빼지 않고 다 주었다. 그 사람은 월급을 받아갈 때는 봉투에 돈을 확인하고는 씩 웃으며 나가서는 3~4일은 나오지 않았다. 며칠 만에 나와서는 옷을 갈아입으며 일할 준비를 할 때, 결국 그에게 참았던 말을 했다.

"옷 다시 갈아입고 우리 가게 일, 그만두이소."

그는 약간 당황한 듯 나를 쳐다보았다.

"한마디로 당신 같은 사람은 우리 가게에서는 필요 음따, 그 말입니다. 다른 데 가서 일자리 알아보이소."

"사장님, 앞으로는 빠지는 일 절대로 없을 테니 한 번만 이해해주세요."

"이래하는 나를 원망하지 마이소. 나도 몇 년 전만 해도 아저씨보다 더 어렵게 살았지만, 사람은 없을수록 더 부지런하고 검소하고 일하는 것을 감사하게 생각을 하면서 살아야 하는데, 아저씨는 뭘 했습니까? 우리 집에서 일한 지가 한두 달도 아이고 벌써 일 년이 넘었잖아요. 일 년 동안 일하러 나온 날이 도대체 며칠이나 됐심니까? 내하고 우리 집사람은 밥도 집에서 싸온 식은밥 먹으면서도, 아저씨는 식당에서 제일 맛난 밥으로 항상 시키줬잖습니까? 또 어떤 달은 거의 다 빠지고 나오지도 않은 날이 더 많아도 월급에서 한 푼도 안 뺐습니다, 내는. 아저씨가 우리 가게에 계속 나오마 내 성격이 다 배리뿌까봐 도저히 안 되겠으니 더 이상 아무 말하지 말고, 그만두고 나가이소."

배달하던 사람이 없으니 당연하겠지만 아내와 나는 정신이 없을 정도로 바빴다. 배달할 곳이 있으면 여러 곳으로 갈 것을 한 번에 모아서 오토바이에 싣고 다니다 보니 마음이 급해지고 그러다 보니 속력도 빨라졌다. 상가를 돌면서 아파트 단지로 급하게 좌회전을 할 때였다. '꽝!' 소리와 함께 아파트 안에서 과속으로 나오던 차와 부딪히고 만 것이었다. 오토바이를 타고 가던 나는 부딪힘과 동시에 오토바이와 함께 차 밑으로 머리만을 남기고 깔리고 말았다.

주변을 지나던 사람들이 "악! 사람이 죽었다!" 하며 소리를 지르는 것이 어렴풋이 들려왔다. 사람들이 우르르 달려와서 차 밑에 머리만 내놓고 깔려 있는 내 몸을 끌어냈다. 정신을 차린 나는 내 다리 밑을 내려다보았다. 멀쩡했다. 다행히도 차 밑으로 들어가기는 했지만 바퀴에 깔리지는 않은 것이었다. 나는 조심스럽게 일어나서 걸음을 옮겨 보았지만 아무런 이상이 없었다. 그러나 차 밑으로 들어간 오토바이는 많이 부서져 있었다. 운전을 한 사람은 몹시 당황하여 병원에 가보자고 했지만 나는 아무런 이상이 없는 것 같았다. 적어도 그때까지는……

그런데 가게로 돌아와 기침이 나더니 그때마다 옆구리가 저리고 뜨끔뜨끔 아파왔다. 차에 부딪혔으니 당연히 그러려니 했는데 시간이 지나도 호전되지 않고 통증은 더욱 심해져갔다. 며칠이 지나도록 아프면서 심지어는 기침이나 재채기를 하면 속옷에 소변까지 나오는 것이었다. 걷는 것도 조심스레 걸어야 했고, 무엇보다도 새벽에 시장을 갈 때 택시를 타고 가는데, 새벽 시간이라 속도가 빠른 택시를 타고 노면이 고르지 못한 공사현장이라도 지날 때면 이를 악물고 그 고통을 참아야 했다.

일주일이 지나도 나아지질 않아서 가까운 정형외과를 찾아가 엑스레이를 찍어 보았다. 정형외과 의사가 일주일이나 되었다는 나의 이야기를 듣고는, 이런 몸 상태로 어떻게 시장을 다니면서 장사를 했냐고 물었다. 궁금해하며 쳐다보는 나에게 의사는 말했다.

"갈비뼈가 세 개나 금이 갔어요. 지금 입원하지 않으시면 뼈가 어긋나서 잘 낫지 않을 수 있으니까 지금 바로 입원을 하세요."

의사의 말에 바로 입원을 할 수는 없는 노릇이라 나는 난감하기 이를 데 없었다. 나는 의사에게 며칠만 지나고 입원을 하겠다고 하고 가게로 돌아왔다. 잔뜩 걱정을 하고 있던 아내가 다짜고짜 물었다.

"어디가 잘못됐답니까?"

"뭐, 갈비뼈가 쬐끔 금이 갔다 카드라."

"예? 갈비뼈가 금이 갔다 카는데 입원을 안 하고 일로 돌아오면 우짭니까?"

"가게 때문에, 가게에 배달을 할 사람이 없으니깐 그라지. 사람 구해놓고 그 담에 입원해야지 우짜겠노."

아내는 잠실 누님에게 내가 차와 부딪혀서 다치게 된 과정을 이야기하고 병원에 입원을 해야 할 사람이 아픈 몸으로 가게에서 일을 하고 있다고 이야기를 한 모양이었다. 누님의 큰아들 홍태가 대학교 수능시험을 치고 집에서 쉬고 있는 중이었는데, 누님의 이야기를 듣고 온 것인지 우리 집에 일을 도와주기 위해 찾아온 것이다.

"엄마 아빠가 외삼촌 가게일 도와주라고 해서 왔어요. 외삼촌은 걱정하지 마시고 병원에 얼른 입원하세요."

홍태는 장사를 하는 집에서 그동안 가게 일을 많이 도우면서 커서 그런지, 장사를 하는 움직임이나 손님을 상대하는 태도가 여간 잘하는 것이 아니었다.

나는 다음날 새벽 여느 때와 마찬가지로 새벽 4시에 일어나 택시를 타고 고통을 참으며 시장에 도착했다. 어렵사리 몇백만 원어치나 되는 우리 가게 하루 물량을 구입한 다음, 우리 물건을 고정적으로 싣고 가는 용달에 물건을 확인하여 차곡차곡 쌓아 싣고는 가게로 가져가 경비아저씨들의 도움을 받아 모두 옮겨놓았다.

홍태가 온 다음 날, 나는 정형외과에 입원을 할 수 있었다. 환자복을 입고 간호사가 놓는 주사를 엉덩이에 맡고 팔에는 링거를 꽂은 채 편안한 침대에 누워 있으려니 잠이 쏟아져 왔다. 내가 입원한 병실에

나 말고도 환자가 세 명이 더 있었지만 그 환자들이 다들 돌아다니면서 소일할 때도 나는 거의 침대에 누워서 잠을 자는 시간이 많았다. 의사도 나에게 될 수 있으면 움직이지 말고 가만히 누워 있는 것이 가장 빨리 낫는 방법이라면서 빨리 퇴원하고 싶으면 움직이지 말라고 했다. 홍태가 장사를 잘하기는 하지만 병원에 누워 있는 나의 머릿속은 잠을 자는 시간 외에는 가게생각으로 가득했다.

그예 병원에서 주는 저녁을 먹고는 환자복을 입은 채로 가게에 갔다. 아내와 홍태는 하루 종일 장사를 하느라 피곤해하면서도 내가 가게에 가면 병원에 있어야 할 사람이 왜 나왔냐며 타박을 주었다. 나는 가게에서 흐트러진 채소를 정리하거나 부추나 쪽파를 앉아서 다듬기도 하고 빗자루를 들고서 가게 안을 쓸기도 했다. 하루의 장사가 끝나면 홍태와 아내는 집으로 가고 나는 병원으로 가서 잠을 잤다.

병원에 입원하고부터는 평소보다 30분씩 일찍 일어나야 했다. 가락시장에 일찍 나가 물건을 사다가 경비아저씨들이 가게로 옮겨주면 물건을 정리해놓고, 병원에 의사가 출근을 하기 전에 입원실 침대에 누워 있어야 했기 때문이었다. 갈비뼈를 다쳐서 밖으로 다니면서 움직이면 병원의 간호사나 의사가 걱정을 많이 하기 때문에 가게에도 시장에도 몰래 다녀야 했다. 병원진단이 8주가 나왔으니 어쩔 수 없이 병원에서 시키는 대로 따라야 했다.

병원에서 지낸 지 2주쯤 되었을 때는 상가의 상인들이 한두 명씩 면회를 오기도 하였다. 모두가 바쁜 와중에 짬을 내어 와준 것이 고맙기 그지없었다.

아내는 뼈가 부러지거나 다친 데에는 사골국물이 좋다는 말을 하며 매일 아침 사골국물을 보온병에 담아 병원에 들러서 주고는 가게로 갔다. 내가 입원하고부터 아내가 할 일이 더 많아졌는데도 단 하루도 빠뜨리지 않고 사골국물을 가지고 왔다. 그런 아내의 힘든 모습을 보면서도, 내가 너무나 무뚝뚝한 사람이다 보니 어떻게 표현해야 할지를 몰라 답답해하며 지내야 했다.

# 드디어 갖게 된 우리 집

현대아파트 상가에서 장사를 시작한 지 딱 3년이 되었을 때였다. 그때는 내가 병원에 입원을 한 지 한 달이 조금 지났을 때이기도 했다. 같은 상가에서 부동산을 하는 사람이 문병을 왔다. 그는 나보다 나이가 몇 살 위였는데 평소에 가깝게 지내던 사이였다.

"빨리 완쾌해야지, 요즘 아주머니가 고생이 너무 심해. 빨리 나아서 아주머니 좀 편하게 해 드려."

그 얘기를 듣는 순간, 나는 그 사람에게 이렇게 이야기를 하고 있었다.

"우리 가게 좀 다른 사람한테 팔아 주이소."

"뭐라고? 지금 우리 상가에서 이 씨네 가게만큼 장사가 잘 되는 가게가 없구만, 왜 가게를 팔아?"

"그래도 가게를 팔아 버릴랍니다. 팔아 주이소."

이튿날 부동산 사장이 어제 얘기한 가게 매매 건을 이야기하면서, 꼭 팔겠다면 살 사람이 있으니 계약을 하자며 계약서를 꺼내어 주면

서 계약금을 주는 것이었다. 매매가는 분양받았을 때보다 조금 더 받
았지만 가게를 사는 사람은 오지 않고, 모든 것을 부동산에 위임하여
임대를 놓는다고 하여, 일 년 동안 임대료를 주기로 하고 매매계약을
체결하였다.

저녁에 가게에 나가 일을 하면서 가게를 판 계약금을 아내에게 주
었다. 병원에서만 지내던 사람이 갑자기 2천만 원짜리 자기앞수표를
손에 쥐어 주자 아내는 놀란 얼굴로 쳐다보았다.

"이기 웬 돈임니꺼?"

둘러대서 말해보았자 결론은 결국 같은 것이기에 나는 솔직히 말
하기로 하였다.

"가게 팔았다."

"무신 가게?"

"무신 가게는 무신 가게? 이 가게. 우리 가게 팔았다꼬."

아무렇지도 않게 말을 한 나를 멍하니 쳐다보던 아내는 이내 눈물
을 줄줄 쏟아내기 시작했다.

"내하고…… 상의나 쫌 하고 팔아도 팔지…… 말 한마디도 안 하고 이
래 잘 되는 가게를 그래 혼자 가가 팔아뿌고 오는 기 어디 있습니까?"

"우리가 하고 싶은 만큼 임대해가 장사는 할 수 있다."

나의 이 말로도 아내의 서운함을 달랠 수는 없었다.

며칠 후 가게 잔금을 모두 받고서, 보증금 4천만 원에 월 140만 원
의 임대료를 주기로 하는 임대계약서도 작성했다. 갈비뼈에 금이 간
것도 더 이상 통증이 느껴지지 않아 7주쯤 되었을 때 일주일을 앞당
겨서 퇴원을 하였다. 이제 우리 가게였던 가게가 임대료를 내야 하는
남의 가게가 되었지만, 나는 마음이 편해져서인지 열심히 일했고 그

러다 보니 장사도 잘 되었다.

고덕동에 짓고 있는 분양받은 아파트는 이제 모든 공사가 끝나고 마당과 주변에 조경공사를 하는 중이었다. 상가가 일을 쉬는 날에는 버스를 타고 가서 토목공사와 골조공사를 할 때부터 두 달에 한 번꼴로 공사현장을 둘러보곤 했다. 난생처음 갖게 되는 우리 집이라는 것을 생각하며 한 층, 한 층 공사가 진행되어 가는 것을 보고 있자니, 가슴속에 뿌듯함과 함께 힘들게 일을 해도 희망이 있는 삶을 산다는 생각이 들게 했고, 또 그것은 나와 내 아내가 하루하루를 버티고 지탱해 나갈 수 있는 큰 이유가 되어 주었다.

어떤 날은 아내와 영규, 석현이와 함께 나들이 장소로 아파트 공사현장을 둘러보고, 주변 산속 공원에서 이곳이 앞으로 우리가 이사 올 집이라는 이야기를 하며, 싸 가지고 간 김밥을 먹을 때도 있었다.

우리 집이 될 조경공사를 하며 거의 완성단계에 있는 아파트는 현재 공사 중인 고덕역이 확정된 곳에서 거리도 150m 정도 떨어져 있고 학군도 배제고등학교와 한영고등학교, 한영외국어고등학교가 가까운 곳에 있었고, 특히 이승만 대통령의 모교인 배재고등학교는 담장만이 경계였을 정도로 가까이 있었다. 그리고 주변에는 자그마한 산들이 여기저기에 많이 있어 공기가 맑고 쾌적한 것이 나는 특히나 마음에 들었다. 아파트 입주를 20여 일 앞두고 그동안 열심히 일하고 돈도 많이 벌게 해준 우리의 가게를 정리했다.

가락동시장에서 장사가 잘 되는 가게라고 소문이 나 있던 가게라 가게를 그만둔다고 하니 여러 상인들이 자기에게 가게를 넘겨 달라고 하였다. 그러나 나는 어려운 사람에게 기회를 주고 싶다는 생각이 들었다. 마침, 마음은 너무나 착하고 시골에서 소를 키우는 축산업을 하다가 소 값 하락으로 실패를 하고 아이들 둘과 부인, 네 식구가 전라도에서 올라와 노점에서 장사를 하고 있는 사람이 있다길래 나는 그 사람에게 가게를 주기로 하였다.

다른 사람들은 권리금을 많이 주겠다고 하는 이들도 있었지만, 지금까지 힘들게 살아온 내 인생을 생각하면, 어려운 사람에게 누군가 작은 힘을 보태준다면 경제적으로 안정을 찾아 일어서는 데 큰 도움이 되리란 생각에, 몇천만 원의 권리금보다 나는 사람의 정을 택했던 것이다. 그 사람에게 10여 일 동안 가게를 운영하는 방법과 물건의 품질과 수량 그리고 손님들에게 유의해서 지켜야 할 사항들을 알려 주었다. 그 사람이 장사를 하던 첫날, 그날은 내가 장사를 하던 때와 거의 비슷한 수준으로 장사가 되어, 저녁에 물건을 판 돈을 세어 보는 그들 부부의 얼굴은 믿어지지 않는다는 표정으로 그저 놀라워했다.

독점으로 장사를 한다는 자만심에 손님들에게 불친절하다거나 물건의 값을 너무 비싸게 받는다거나 질이 떨어진 물건을 팔 경우, 아파트 주민들은 반상회나 부녀회모임 등에서 상가의 각 점포들에 대해 이야기를 할 수 있기 때문에 잘못해서 좋지 않은 소문이라도 나게 되면 불매운동까지 일어날 수 있으니 각별히 주의하라고 일러 주었다.

하지만 이들 역시 착하고 부지런했고, 무엇보다도 나보다 나은 점은 나는 차도 없을뿐더러 운전조차 할 줄 몰랐는데, 이 사람은 헌 용달차라도 있어서 직접 물건을 싣고 올 수 있으니 오고가는 운임도 절약되고 시간도 절약할 수 있는 장점이 있었다.

마지막으로 장사를 도와주던 날 저녁, 그들 부부는 일찍 장사를 마치고 어디 가서 저녁식사라도 대접하고 싶다며 나의 의중을 물어왔다. 나는 진지한 표정으로 그들에게 이야기했다.

"무신 일이 있어도 아침에 물건을 사서 가게에 도착을 하는 시간은 10분 이상 차이가 나지 않게 하고, 가게 문 닫기 전까지는 배달을 가는 시간을 제외하고는 절대로 가게를 비우지 말고, 저녁에 장사를 마칠 때도 저 앞에 있는 슈퍼보다 일찍 문을 닫지 말아야 함니데이. 지금 내가 한 말은 무신 일이 있어도 꼭 명심해서 장사를 해야 함니데이."

나의 아집으로 아내를 고생시킨 지 11년이나 지났다. 결혼을 한 지 15년, 햇수로 16년 만에 아내의 고생을 마감하기 위해, 아니 어쩌면 나와 아내, 우리 두 사람의 고생을 마감하기 위해 장사를 그만두었는지도 모르겠다. 아내는 평생의 꿈인 새집으로 이사를 간다는 생각으로 장사를 하지 않는다는 아쉬움도 잊은 채 나와 아이들을 데리고 여기저기를 다니며 새집에 가서 쓸 물건들을 보러 다녔다.

그동안 우리 집에서는 생각하지도 못하고 살았던 식탁을 살까 말까 고민도 하면서 즐거운 고민을 하는 아내의 모습에, 나는 아내가 갖고 싶다고 하는 것이 무엇이든 다 사주겠다고 약속을 하였다. 아내는 무슨 물건을 고르든 실용성 있는 물건을 택했고 꼭 필요치 않거나 사치스러운 가구나 식탁 등은 눈을 동그랗게 뜨고 웃으며 구경하는 것으로 만족했다. 나는 아내의 이런 마음에 고마운 마음이 들었지만, 그래도 이번만큼은 아내가 고르는 물건보다 조금 더 비싼 것으로 사자며 이야기를 했더니 아내와 아이들도 웃으며 동의를 해주었다.

우리의 새 보금자리로 이사를 가기 전, 우리가 그동안 쓰고 살았던 가구들과 텔레비전, 전축들을 모두 옮겨놓고 나머지 이삿짐들을 둘러보았다. 버릴 것이라고는 수년이 된 아이들의 책상 두 개뿐이었다. 그렇다고 이삿짐이 많지도 않아서 우리 식구들의 옷 보따리와 주방에서 쓰던 가재도구, 5년 전에 산 냉장고와 17인치 텔레비전, 이불보따리가 우리 이삿짐의 전부였다. 그래서 1톤 화물트럭에 실으니 반밖에 되지 않았다. 그동안 살림하는 물건 하나 사지 않고 알뜰히 살아온 아내가 존경스러울 만큼 고맙게 느껴졌다.

아내와 석현이는 용달차의 조수석에 앉고 나와 영규는 짐칸에 올라 앉아 새집으로 출발했다. 이삿짐이 많지 않아 30분도 채 되지 않아서 이사가 끝났다. 아마도 세계에서 가장 빠른 이사시간이라고 기네스북에 오를 수도 있지 않았을까 싶다. 우리 네 식구의 얼굴에는 이 세상에 그 무엇과도 바꿀 수 없는 것을 얻은 듯한 표정이 가득했다.

아내는 미리 들여놓은 장롱에 이불과 옷가지들을 정리해 넣으면서도 실감이 나지 않는지 몇 번이나 장롱이 너무 좋다느니, 새로 산 가구들이 집과 잘 어울린다느니 하는 말을 연신 이야기하고 있었다. 그렇게 이삿짐 정리를 마치고 아내와 둘이 있을 때 나는 아파트의 등기권리증을 앞에 놓으며 아내에게 말했다.

"앞으로 살면서 내가 무신 사업이나 장사를 할 때, 아파트를 담보로 해서 한다꼬 하면 무신 일이 있어도 찬성하지 말고, 처음으로 장만한 우리 집을 꼭 지켜야 한데이."

나는 이야기를 하면서 아내의 손에 등기권리증을 쥐어주었다. 아내는 내 말을 듣고 잠시 등기권리증을 내려다보더니 이내 고개를 끄덕였다.

"그동안 당신 고생 마이 했심니다. 이제부터는 욕심내지 않고 할 수 있는 일을 천천히 찾아보입시다."

이사를 온 첫날밤에 12시가 되어서 잠자리에 들었지만 좀처럼 잠이 오지 않았다. 방에 누워 있다가 거실에 나가서 거실 바닥에 누워보았다. 소파가 있었지만 거실 맨바닥에 베개를 베고 누워 보아도 잠은 오지 않았다. 부엌에 가서 싱크대 앞에 가서 누워 보아도 마찬가지였다. 안방에 다시 들어와서 누우니 커다란 창이 있어 불을 끄고 있어도 환하고, 마음이 이토록 진정이 되지 않고 설레니 오늘 밤은 잠을 이룰 수 없을 것만 같았다. 며칠 동안 같은 일이 반복되는 이 설레는 마음은 어쩐 일인지 쉽게 진정이 되지 않았다. 그러나 나는 잠을 자지 않아도 잠을 푹 자고 일어난 것마냥 너무나 기분이 좋았다. 아내는 어린아이 같은 나의 행동이 우스웠던지 웃으며 내게 물었다.

"와 이렇게 안절부절을 몬 합니까? 그래 좋아요? 그러다 병나면 우짤라고……. 우리 집 누가 빼앗아 가지 않으니까는 잠 좀 푹 자이소."

아내는 내게 그렇게 말했지만, 나는 잠을 자지 않아도 아무렇시도 않은 것이, 마음이 즐거우면 건강에 이롭다는 말이 정말 옳은 말이라는 것을 새삼 실감했다.

# 새로운 일에 도전

아파트에 입주하고부터 우리 집 식구들에게 큰 변화가 생겼다. 영규는 배재고등학교에 들어갔고 석현이는 배재중학교에 들어갔다. 지금까지 늦잠 한 번 잘 여유도 없이 새벽부터 늦은 밤까지 장사를 했던 아내와 나는 매일같이 아무 일도 하지 않고 쉬면서 아이들이 학교에 가고 없을 때는 집주변 산에 다니기도 하고 동네 여기저기를 다녀보면서 새로운 동네에 적응하려고 많이 걸어 다녔다. 경제적으로는 그동안 장사를 열심히 하면서 근검절약하여 살아온 덕분에 웬만한 사업을 시작할 만큼 저축해놓은 돈이 있었다.

나는 매일 아침을 먹고 나면 배낭을 메고 혼자서 등산을 다녔다. 아차산에도 가보고, 도봉산과 북한산에도 가보고, 서울에 있는 산이란 산은 아내가 싸주는 김밥과 물을 들고 매일같이 다닌 것 같다. 저녁에 등산복 차림으로 동네에 도착한 나는 기원에 들러 바둑을 두는 것으로 소일을 하며, 훗날에 할 수 있는 새로운 일을 생각했다.

장사를 그만둔 지도 벌써 수년이 훨씬 지났다. 친척 집안의 팔촌형님이 서울대학교가 있는 신림동에서 오래전부터 그곳 학생들을 상대로 하숙을 치고 있었다. 오랫동안 찾아뵙지도 못해서 신림동으로 한 번 찾아가겠다고 했더니 신림동에서 낙성대역 부근으로 이사를 했다면서 새로 이사한 곳을 알려 주었다. 팔촌형님의 집은 낙성대역에서 가까운 곳에 있었는데 7층짜리 오피스텔 건물을 새로 지어 임대를 하고 있는 중이었다. 1층에서 6층까지는 원룸식 오피스텔이었고 7층은 살림집으로 지어서, 형님은 그곳에 살면서 임대사업을 하고 있는 것이었다. 나는 형님에게 여러 가지 궁금한 것들과 임대사업의 수익성과 집을 짓는 방법 등에 대해 물어 보았다. 형님은 내가 묻는 말에 설명을 자세히 해주었지만 이해가 가지 않는 부분들도 많았다.

집에 돌아온 나는 오늘 있었던 일들에 대해 다시 한번 생각해 보면서 머릿속에 그림을 그려보았다. 몇 번의 고심 끝에 나는 결론을 내릴 수가 있었다. 그것은 팔촌형님처럼 나도 땅을 사서 건축을 하여 임대사업을 한번 해보자는 것이었다. 나는 아내에게 이야기를 했다.

"건축의 '건' 자도 모르는 양반이 어떻게 건축을 하겠는교? 그리고 건축을 하는 사람들은 디게 사납고 험한 사람들도 많타 카든데……. 내는 좀 그렇네요."

아내는 아무것도 모르고 건축을 하겠다는 내가 못 미더운지 반대를 했다. 하지만 나는 건축이라는 것에 한번 도전해보고 싶었다. 일단 아내에게는 말을 하지 않기로 하고 나는 낙성대의 팔촌형님에게 찾아갔다. 형님 내외분에게 나도 건축사업을 해보고 싶으니 건축을 시작하려면 어떻게 해야 하는지 가르쳐 달라고 부탁을 드렸지만 그분들은 내 계획에 반대를 한다고 했다. 이유인즉, 돈이 적게 들어가는 사업이 아니라는 것, 그리고 건축을 한 번도 해보지 않고서 이렇게 무리를 하면서까지 하지는 말라고 했다. 만일 일이 잘못되었을 시에는 막대한 손해를 볼 수도 있기 때문이라는 것이었다. 하지만 형님 내외는 나의 생각을 바꾸지는 못하였다.

고덕동에서 하루도 빠지지 않고 매일 형님을 찾아갔다. 나는 형수님을 설득해 형수님이 알고 있는 부동산을 몇 곳 소개받을 수 있었다. 낙성대라는 곳도 처음에는 어떤 곳인지 알지 못했는데, 여러 번 오고 가면서 강감찬 장군의 어머니가 반짝반짝 빛나는 별이 품속에 와서 안기는 태몽을 꾸고 그를 낳은 곳이라서 '낙성대(落星岱)'라고 이름 붙여졌다는 것을 알게 되었다. 박정희 대통령 시절 강감찬 장군의 업적에 비해 장소가 너무 좁다고 하여 현재의 낙성대 공원을 조성하고, 공원 내에 '안국사'라는 사당을 만들어 국민들이 찾아볼 수 있도록 해, 관리도 잘 되어 있고 관람객들도 상당히 많았다.

나는 부동산을 다녀 보다가도 낙성대 공원을 자주 찾아가 쉬곤 했다. 집에서 아침 일찍 전철을 타고 와서 저녁 늦게 집으로 갔다. 매일 같이 반복되는 나의 일과가 낙성대 주변을 둘러보는 것이었다. 그렇게 두 달 이상을 다니다가 입지조건이 좋은 곳의 땅이 매물로 나온 것을 알게 되었다. 부동산에서는 그 땅이 무조건 좋다고 하였지만, 건축을 하려면 설계사무실에 가설계를 의뢰해보고 결정을 해야 한다는 팔촌형님의 말대로, 설계사무실에 의뢰를 하고 하루를 기다렸다. 설계사무실에서 그려준 가설계는 내가 만족할 만큼의 수익성이 있는 땅이었다.

땅 주인과 몇 시간의 흥정을 한 끝에 값을 조금 깎아 계약서를 쓸 수 있었다. 난생처음 내가 땅을 산 것이었다. 계약서를 들고 집으로 간 나는 아내에게 오늘 있었던 이야기를 하면서 계약서를 보여 주었다. 계약서를 본 아내는 놀라는 기색이 역력했다. 물론 앞으로의 일들이 걱정이 되어서였겠지만 내 생각은 달랐다. 이제부터 나는 새로운 일에 도전할 수 있다는 생각으로 아내를 설득하려 했지만 아내의 반대하는 마음을 돌리기는 힘들었다.

"이 집 사 가 오면서, 당신이 앞으로 무리해서 사업을 한다꼬 할 때는 절대로 찬성하지 마라 했던 거 기억납니까? 그라니 나는 절대로 찬성을 할 수가 없심니다."

"당신이 그래 끝까지 찬성을 하지 않으면 나도 건축을 하겠다는 생각을 포기할 끼다. 그란데 이번에 건축을 할 수 있는 기회를 놓치면 내는 살면서 마이 후회를 할 것 같다. 내일 내하고 같이 계약힌 땅을 보고 나서도 당신이 반대를 하면, 건축 포기할 테니 함 같이 가보자."

나는 이튿날 아내와 함께 계약을 한 부동산이 아닌 다른 부동산에 가서 그 땅의 가격을 물어보았다. 그 부동산에서 하는 말이, 그 땅은 지금 매물로 나와 있지 않은 상태이지만, 만약에 나온다면 입지조건이 좋아 내가 계약을 한 가격을 훨씬 호가하는 가격을 줘야 할 것이라고 했다. 우리는 부동산을 나와 그 땅에 현재 지어져 있는 집을 찾아갔다. 나는 아내에게 조금 전의 부동산에서의 이야기를 했다.

"만일 내가 건축을 하는 것을 당신이 끝까지 반대한다면, 계약한 건물을 도로 팔믄 되지 않겠나? 다행히 지금 그 사람이 말하는 것보다 싸게 사서 우리는 손해는 안 볼 끼다."

"다시 팔라믄 뭐하러 고생스럽게 샀습니까? 당신이 건축을 하는 기 그래 소원이라 카니까, 그 소원 함 풀어 보이소."

아내의 그 말이 얼마나 반갑고 고마웠는지 모르겠다. 왠지 어깨에 힘이 생기는 것 같았다. 우리가 산 땅의 집 주위를 이곳저곳 다니면서 다른 집을 짓고 있는 현장도 둘러보고 공사를 마친 집들도 구경해 보았다.

팔촌형님의 도움으로 건축을 하는 기술자들을 각 분야별로 소개받았다. 각 분야마다 책임자들과 계약서를 작성했다. 공사의 시작은 옆집과의 사이에 가림막을 치고 토목공사의 기초인 철거작업을 하는 것으로 시작되었다. 철거 후 폐기물을 출하시킨 뒤 측량을 하고 터파기 토목공사가 끝나고서야 본격적인 철근작업과 콘크리트작업 등 건축공사가 시작되었다.

일꾼들이 일하는 주변을 다니면서 일꾼들이 일을 하다가 흘려 놓은 못이나 결속선 등을 주워 다시 사용할 수 있도록 제자리에 가져다 놓으면 일꾼들이 그것을 다시 쓸 수 있었다.

고덕동에서 전철을 타고 현장에 도착하면 일꾼들은 제 시간에 오지 않고 항상 몇십 분이 지나서야 오곤 했다. 오후에 일이 끝나고 일꾼들이 모두 퇴근을 했을 때도 나는 수도와 전기 등을 확인하고 가장 늦게 집으로 돌아갔다.

처음 하는 건축이라는 일에 대한 기대감과 호기심으로 날짜 가는 것도 잊은 채 지냈는데, 그 기대감과 호기심은 나에게 새로운 일에 도전할 수 있는 활력소가 되어 주었다.

한 달이 가고 두 달이 지나자 골조공사가 끝나고 벽돌쌓기 등이 시작되었다. 창호공사와 미장공사 등 일의 순서대로 분야별로 일이 진행되어 가는 과정을 하나도 빼놓지 않고 노트에 기록했다. 내가 처음 집을 짓겠다고 했을 때 여기저기에서 싼값에 집을 지어 주겠다며 건축을 하는 사람들이 견적서를 가지고 왔었다. 여러 견적서를 보면서 내 나름대로 생각을 해보았다. 건축 일을, 집 한 번 짓는 것으로 끝낸다면 받은 견적서를 검토해서 업자를 선택해 공사를 맡기면 편하겠지만, 그렇지 않고 계속 건축을 하려면 힘이 들더라도 내가 직접 현장에서 인부들과 같이 호흡을 맞추면서 경험을 쌓아야 건축을 하는 사람으로서 홀로 설 수가 있을 거라고 생각했다.

이 사람, 저 사람들이 해주는 득이 되는 말들을 귀담아 들으며 하루하루 배우는 동안 어느덧 모든 공사를 마치고 준공검사까지 마무리 짓고 방을 임대하기 시작하면서 6년 반 동안이나 살았던 생애 처음으로 장만했던 아파트를 팔고 새로 지은 집으로 이사를 했다.

전철역이 가까워서인지 임대가 잘 되었다. 새로 지은 집으로 이사도 하고 임대도 모두 끝나고 나니 ㄱ다음부터는 내기 할 일이 별로 없었다. 그래서 매일같이 걸레를 가져다 건물의 계단이며 복도를 청소했다. 시간이 있을 때에는 건축을 하는 사람들을 만나 그 사람들에게 식사대접도 하고 술도 한잔 같이 하면서 여러 가지 조언을 듣기도 했다.

오랫동안 장사만 하던 몸이라 나의 직업은 장사와 관련된 길로만 갈 것 같았는데 마흔아홉 살의 나이에 직업을 바꾼 것은 우연이라기보다 필연, 혹은 운명이 아니었을까 하는 생각이 든다.

이 일은 나에게 나도 할 수 있다는 자신감이 생기게 해준 계기가 되어 주었다. 서울에서의 건축일이라는 것이 공사를 무사히 마쳤을 때는 해냈다는 성취감과 자신감이 들었지만, 작은 토지에 주변에 오래된 주택들이 많을 때에는 종종 충돌이 생기기도 했다. 지적공사에서 나와 측량을 하여 경계표시를 해놓으면 그것을 믿지 못하겠다고 억지를 부리는 사람들도 있었고, 집을 철거할 때는 먼지 나고 시끄럽다며 현장에서 욕설을 하는 사람도 있었다. 또 자기네 집은 어느 쪽으로든 창을 다 냈으면서 새로 짓는 집은 자기들 쪽으로 절대로 창을 내지 말라고 윽박지르는 사람도 있었다. 골조공사인 레미콘을 칠 때에는 좁은 골목길에 주차해놓은 차들을 다른 곳으로 옮겨야만 레미콘차가 들어올 수 있었는데 그 차들을 빼 달라고 부탁을 해야 하는 일들은 일꾼을 시키지 않고 내가 직접 했다.

그래도 즐거운 시간들도 많았다. 하루의 힘든 일과가 끝나고 일꾼들과 웃으며 식당에서 한잔의 술과 식사를 할 때면 그날의 피곤이 모두 사라지고 내일 다시 일을 할 수 있는 활력이 충전되는 기분이 들었다.

나는 여러 힘든 일들을 겪으면서도 새로이 직업을 선택한 것에 대해서 후회하거나 좌절하지는 않았다. 채소장사를 하던 때를 생각하면, 이보다 더 어렵고 험한 일을 당한다 해도 이겨낼 수 있는 자신감이 나에게는 충분히 있었기 때문이었다.

# 또 다른 도전, 공부

요즘은 '마이카 시대'라 할 만큼 자동차가 필수였지만 우리 집은 2003년이 되어서야 자동차를 탈 수 있었다. 자동차 면허증은 10년 전에 취득해 놓았었지만, 돈 번 자랑하지 말고 얼마나 알뜰하게 살고 있는가를 자랑하라던 큰형님의 말씀이 뇌리에 박혀 자동차를 구입할 생각도 하지 않았다. 나는 우리 네 식구가 그동안에 살아온 삶은 고생을 많이 하고 힘들게 살긴 했지만 절대 부끄럽게 살아온 삶은 아니라고 생각하며 살아왔다.

시간이 많이도 흘렀나 보다. 큰아이 영규의 결혼시기가 다가온 것을 보면…….

세월이 무척이나 빨리도 지나갔다. 여자친구를 데리고 인사를 왔을 때 아이들은 서로 4, 5년을 알고 지냈다고 했다. 결혼을 해서 잘살겠다며 둘이 처음 만나게 된 이야기도 했지만 아이들의 이야기를 듣고 있던 나는 한마디만 물었다.

"지금까지 느그 둘이서 서로의 장점만을 보면서 좋다 카고 사랑을 한 것 같은데, 앞으로 2, 3개월 동안은 서로의 단점만 보면서 지내봐라. 결혼에 대한 이야긴 그때 가서 다시 하자."

나는 그렇게 이야기를 하고는 아이들을 돌려보냈다. 2개월이 조금 지나서 다시 찾아온 아이들에게 지난 번 내가 이야기한 것에 대한 생각을 말하라고 했다. 아이들은 어려울 때나 힘들 때도 잘살 수 있다는 말을 하였다.

나는 큰아이의 여자친구에게 말했다. "우리 집안의 생활관은 첫째, 근면 검소해야 하고, 둘째, 집안 어른들에게는 공경해야 하고, 형제간에는 우애가 있어야 한데이. 또 결혼을 하면 일 년 동안은 시부모인 우리하고 같이 살면서 내가 이야기한 것들을 다 배워야 한데이. 그리고 집에 가서 어른들에게 내가 한 얘기 하나도 빠짐없이 다 이야기하고, 이것이 지켜진다는 약속이 있어야 나는 결혼을 승낙할 기다. 그러니 어른들도 내 말에 찬성을 하시면 만날 날짜하고 장소를 3일 전에만 알려 주시면 언제든지 내가 찾아가겠다고 전해 드리그라."

일주일 후에 큰아이로부터 그 집 어른들이 내 뜻을 모두 받아들이겠다는 이야기와 장소와 날짜를 전해 들을 수 있었다.

얼마 후, 큰아이의 여자친구의 가족들과 우리 집 가족들의 상견례를 가졌다. 며느리 될 아이의 집안은 경제적으로 그리 넉넉한 집안은 아닌 것 같아 보였다. 여러 가지 이야기가 오고가다가 나는 혼수는 해오지 말라는 말과 함께, 지난번에 내가 한 말을 꼭 지켜야 한다는 약속을 다시 한번 확인했다.

2008년 12월 23일. 우리는 큰아이 영규를 결혼시켰다. 아이들을 신혼여행 보내고 아내와 둘이만 남았을 때, 나는 아내에게 말했다.

"우리가 결혼을 한 지도 그리 오래 지나지 않은 것 같은데, 우리가 벌써 며느리를 보았네. 세월이 참 빨리도 지나간다, 그자?"

아내는 나를 보며, 보일 듯 말 듯한 희미한 미소를 지으며 고개를 끄덕였다.

올해도 어김없이 즐거운 명절, 설날이 다가왔다. 큰아이와 며느리, 작은아이와 아내, 우리 식구 모두 큰형님집이 있는 수원으로 차례를 지내러 갔다. 형님들 가족들과 오랜만에 모여 차례를 지내고서 이야기를 하고 세배도 받고, 세뱃돈도 주면서 건강과 복을 비는 덕담을 나누었다. 그러고는 형님들과 여러 가지 이야기를 나누던 중, 작은형님의 한마디 말에 현기증이 날 정도의 충격을 받고 말았다. 나보다 세 살이나 위인 작은형님은 수원에서 시의원으로 2선제 당선을 한 현역 시의원이었다. 그런데 형님이 하는 말이 "올해 내는 대학교에 간다"는 것이었다. 깜짝 놀란 나는 작은형님에게 물었다.

"형님이 어떻게 대학교를 갈 수 있습니까?"

"그동안에 사업하고 시의원생활 하면서 야간고등학교에 다녀서 올해 졸업한다."

나는 작은형님이 너무나 훌륭하고 존경스럽게 생각되었다.

술 한잔을 쭉 들이켜고 나서 "내도 공부나 함 해보까?" 하며 생각 없는 말투로 한마디하는 것을 작은형님이 듣고는 내게 진지하게 이야기했다.

"진작에 했으마 내하고 같이 대학교에 갈 수 있었을 낀데, 지금 시작하면 내보다는 늦게 가겠지만, 하고 싶으마 꼭 한 번 해봐라."

집으로 돌아온 나는 지금까지 내가 살아온 세월을 생각해 보았다.

'지금까지 이 정도 살아온 것도 잘 살아온 것이라고 스스로 생각하며 살았는데, 나보다 세 살이나 많은 형님이 아직까지도 배움에 대한 미련을 버리지 않고 공부를 했는데, 나는 이게 뭐란 말인가? 지금까지 나는 우물 안 개구리였단 말인가?' 이런 생각들이 머릿속을 헤집고 다녀 괴롭기까지 했다.

설 연휴가 끝나고 곧바로 나는 학원이 많이 밀집해 있는 노량진으로 갔다. 즐비한 학원간판을 보며 다니던 중 대방역에 있는 국제 검정고시 학원을 찾을 수 있었다. 학원건물 주변에는 중·고등학생들로 보이는 아이들이 많이 있었는데, 나이가 많은 사람들도 한두 명 건물 안으로 들어가는 것이 눈에 띄었다. 그렇게 학원 주변을 30분을 맴돌다가 건물 안으로 들어가서 엘리베이터를 타고 5층으로 올라갔다. 5층으로 올라가서 안으로 들어가니 부원장이라는 여자 분이 친절하게 안내를 해주었다. 나는 조심스럽고 나지막한 목소리로 이야기했다.

"공부를 하고 싶어 왔는데, 지금 내 나이가 쉰일곱이라 할 수가 있겠습니까? 제가 너무 늦게 찾아온 기 아인지…… 꼭 공부를 하고 싶은데……."

나는 말끝을 흐렸다. 그러자 그 부원장이라는 분이 일어서면서 따라오라고 하고는 앞장을 섰다. 잠시 후, 어느 창문을 가리키며 안을 들여다보라고 하는 것이었다. 나는 안을 들여다보았다. 칠판 앞의 젊은 선생이 가르치는 학생들 중에는, 얼핏 보아도 나와 나이가 비슷해 보이는 사람들이 상당수 앉아 있었다. 보여주는 강의실마다 나이 든 사람들이 어느 정도씩은 젊은 학생들과 섞여 앉아 공부를 하고 있었다. 강의실을 둘러보고 다시 사무실 의자에 앉아 지금 등록을 하면 두 달 후에 있는 검정고시도 볼 수 있다고 하는 이야기를 들었다.

"두 달 공부해서 우째 검정고시 시험을 볼 수가 있습니까?"

"꼭 합격을 하겠다는 시험이 아니라 경험 삼아서 시험을 보면 다음 시험에 긴장도 덜 하고, 또 여러 가지로 시험에 도움이 되니까요."

등록을 하라는 부원장의 말에 하루만 생각을 해보고 등록을 하겠다는 이야기를 하고 집으로 돌아왔다. 집에 도착한 나는 아내에게 지난 며칠 동안의 나의 결심과 오늘 노량진에서 들은 검정고시 학원에 다녀온 이야기를 하였다. 아내의 놀라는 모습은 내 상상 그 이상이었다. 그러나 다음에 아내의 입에서 나온 말을 오히려 나를 놀라게 하기에 충분했다.

"열심히 하면 당신은 꼭 해낼 수 있을 테니까는 지금부터라도 그동안 하고 싶었던 공부, 해보이소. 보자…… 내일부터 학원에 다니면 되겠네요."

아내는 이렇게 이야기하면서 내가 가져온 학원안내문을 들여다보고 있었다.

아침식사를 일찍 끝내고 학원 시작시간에 맞춰 일찍 노량진을 향해서 출발했다. 사무실에 들어가 학원등록금을 회원제로 해서 합격할 때까지 다닐 수 있게 일시불로 결재를 했다. 월별로 결재를 해도 되지만 다니다가 스스로 변명거리를 찾아 포기하는 일이 없도록 하기 위한 자구책이었다.

부원장의 안내에 따라 나는 기초반부터 시작했다. 다행히도 나와 나이가 비슷한 사람이 여럿 있었다. 40여 년이 넘도록 하지 않던 공부를 책상 앞에 앉아 선생님이 가르쳐주는 대로 책을 펴서 읽고 쓰니, 지난 시절이 떠오르며 감회가 새로웠다. 지금에 와서 이야기지만 수학, 영어, 과학은 정말이지 어려웠다. 학원에서 하루의 공부가 끝나고 집에 도착한 후, 책가방을 집에 들여놓고 사람들과 약속이 있어 식사를 하면서 술을 한잔하고는 집으로 돌아와 공부를 좀 해보려고 하니

도저히 책을 볼 수가 없었다. 술을 먹은 탓이었을 게다.

아침에 일어나 책을 펼치니 또 어제 배운 것이 기억이 나질 않았다. 너무 늦은 나이에 공부를 시작해서인지, 아니면 어제 마신 술 때문인지 알 수가 없었다.

학원에 도착해서 수학을 가르치는 선생님에게 어제 배운 것이 하나도 기억이 나질 않을 정도로 모두 잊어버렸다고 하자, 처음엔 누구나 그렇다면서 학원에서 열심히 배우고 집에 가서 복습을 많이 하면 공부가 잘 될 것이라는 말을 해주었다. 또 공부라고 하는 것은 열심히 하는 것이 최선의 방법이라는 말도 덧붙였다.

집에 도착해서 거실에 커다란 상을 펴놓고 앉아서 오늘 배운 책을 가방에서 모두 꺼내어 상 위에 놓고는 책 한 권을 한 시간씩 번갈아 가면서 읽고 노트에 적어가면서 공부를 하기 시작했다. 맛있는 냄새가 코를 자극하는 저녁상이 차려진 후, 아내가 부르는 소리를 들은 후에야 나는 식탁에 가서 앉았다. 나는 식사를 하기 전, 가족들에게 말했다.

"내가 앞으로 거실에서 공부를 해야 할 것 같으니까는 아침은 8시에 먹었으마 싶고, 저녁은 7시 반에 먹었으마 싶다. 이래하는 내를 이해해 주고 그래 해주길 바란데이."

나의 생활은 매일, 거의 똑같은 일의 반복이었다. 학원에서 선생님들이 가르쳐주는 것을 메모하고 중요한 부분은 책에 줄을 긋고 표시도 해두었다. 저녁을 먹을 때는 공부를 시작하기 전의 식사량보다 1/3의 양을 줄여서 먹었다. 배가 부르면 잠이 오기 때문이었다. 거실바닥에는 아내가 꺼내놓은 방석이 있었지만 나는 방석도 눈에 보이지 않는 곳으로 치웠다.

상 위에는 책과 노트와 커다란 물병만이 놓여 있었다.

아침 6시에 일어나 두 시간을 공부를 하고 학원을 다녀오면 낮 2시 30분이 되었다. 이후 저녁식사 시간까지 공부를 하다가 식사 후에는 30분 정도를 쉬고 새벽 2시까지 공부를 했다. 공부를 하다가 잠이 오거나 눈이 침침해지면 세수를 하고 다시 자리에 앉아 공부를 계속했다. 학원을 다니며 집에서 공부를 하기 시작하면서 나는 누구와 만나는 일은 물론, 술 한잔 먹는 일도 삼갔다.

2월 11일에 학원을 등록해서 4월 13일, 고입 검정고시가 있는 날이 되었다. 학원에 등록을 하고 공부를 한 기간이 짧아서 이번 시험을 보지 않겠다고 했더니, 부원장은 합격히지 못해도 시험을 한 번 보는 것도 괜찮다며 권유해서 나는 시험을 보기로 하고 원서를 써서 제출했다.

시험 고사장은 우리 집에서 그리 멀지 않은 관악구에 있었다. 고사장에 도착해서 교문을 들어서는데, 긴장을 풀어주고 용기를 북돋워주기 위해서 내가 다닌 학원 외에 다른 많은 학원에서 나와 '합격을 기원합니다'라고 씌어 있는 현수막을 들고 '힘내세요!' 하며 큰소리로 외치는 소리를 들으니, 그 짧은 순간에 지난 시절의 배우지 못해 주눅 들어 살아야만 했던 삶이 주마등처럼 뇌리를 스치면서, 어느새 내 눈에서는 눈물이 흘러내리고 있었다.

감정을 추스르고 교실로 들어선 나는, 내가 앉아서 시험을 볼 자리를 확인한 후, 눈을 감고 앉아 있었다. 아직 시험은 시작되지 않았지만 내 속에서는 만감이 교차되고 있었다.

잠시 후, 시험이 시작되었다. 짧은 기간 동안 열심히 공부는 하였지만 시험은 몹시 어려웠다. 하지만 서두르지 않고 한 문제, 한 문제,

내가 알고 있는 것을 떠올려 가며 최선을 다해 시험에 응했다. 매 과목마다 적은 답안지는 다른 종이에 적어놓을 수가 있었다. 오전 10시에 시작한 시험은 오후에 두 과목의 시험을 더 보고 나서야 모두 끝났다.

시험을 본 4층에서 사람들 속으로 천천히 운동장으로 내려오니 부원장과 수학 선생님이 우리 학원생들을 기다리고 있었다. 잠시 있으려니 학원에서 보았던 사람들이 모여들기 시작했다. 그들은 시험문제가 다들 어렵다고 이야기를 했는데 몇몇 사람들은 웬만큼 시험에 만족하는 듯 보였다. 학원에서 알고 지내던 나보다 나이가 조금 어린 친구는 두 과목밖에 합격하지 못했다며 아쉬워했다. 그런 그에게 부원장은 학원에 나와 공부를 한 지 얼마 되지 않아서 그런 거라며 위로의 말을 건넸다.

시험이 끝나고 나니 홀가분한 기분이 들어서였는지 술이나 한잔하고 가자는 누군가의 말에 모두들 이구동성으로 찬성을 했다. 한참을 걸어가는데 수학 선생님이 내게 다가와 말을 건넸다.

"아버님은 답을 적어서 갖고 오지 않으셨어요?"

"적어 오면 뭐합니까? 떨어졌을 낀데요, 뭘."

"답 적어 오신 것 좀 보여 주시겠어요?"

나는 쑥스러워서 머뭇거리며 그녀에게 답을 적은 종이를 내밀었다.

잠시 후, 식당에 도착하여 술과 안주를 시켜놓고 앉아 그동안 통성명도 하지 않고 지내던 우리들은 서로의 이름과 나이 등을 말하며 악수를 나눴다. 술자리가 한창 무르익을 무렵, 수학선생님이 나를 밖으로 불렀다.

"와 그러십니까?"

수학선생님의 뒤를 따라 나온 나는 의아한 표정으로 선생님을 쳐다보았다. 그런데 조그마한 체구의 수학선생님이 눈을 크게 뜨고 한껏 웃고 있는 것이 아닌가.

"합격하셨어요! 아버님, 합격하셨다고요. 정말 대단하세요. 저는 그동안 열심히 공부하는 분이신 줄은 알고 있었지만, 두 달 만에 합격을 하실 줄은 정말 몰랐는데, 진짜 대단하시네요."

수학 선생님이 나에게 왜 이런 이야기를 하는지 알지 못하고 있는 나에게 선생님은 계속 말을 하였다.

"아까 답 적은 종이 주신 걸로 확인을 해 봤거든요, 아버님이. 합격하신 거 확실해요."

"뭔가 잘못됐겠지요. 어떻게 내 같은 사람이 합격을 할 수가 있겠심니까? 선생님이 뭘 잘 못알아 봤겠지예."

"그럼 월요일에 학원에서 다시 확인해보죠. 그때까지는 다른 사람들한테는 말 안 할게요."

선생님은 내게 그렇게 말을 하고는 웃으며 식당으로 들어갔다. 나는 조금 전 수학선생님의 말이 믿어지지 않았지만, '아닐 거야, 아닐 거야'라고 마음속으로 되뇌고 있었지만 나는 그것이 사실이기를 그어느 때보다도 간절히 바라고 있었다.

우리는 술을 마시며 이야기를 나누다가 밤 10시가 넘어서야 밖으로 나왔다. 모두들 고생했다는 격려를 하고는 학원에서 다시 만나자며 인사를 하고 헤어졌다. 술 냄새를 풍기며 들어오는 나를 아내는 자지 않고 기다리고 있었다. 아무 말도 해주지 않는 나에게 아내가 먼저 말을 꺼냈다.

"늦게 공부를 시작한다는 기 그래 만만한 일은 아니었잖아요. 그라고 두 달 공부해서 합격할 거 같으마 아무나 다 공부하고 합격하겠네 예. 너무 실망하지 말고 다시 시작해 보이소.”

아내는 내가 시험에 떨어져서 속상해서 술을 마셨다고 생각한 모양이었다. 아내는 내가 실망할까봐 이런저런 위로의 말을 해주며 내 눈치를 살피면서 이부자리를 펴주었다.

# 사당오락

　나는 아침 일찍 일어나서 관악산에 올라갔다. 두 시간을 쉬지 않고 걸어 연주대 정상 바위 위에 서서 산 아래 저 먼 곳을 내려다보았다. 날씨가 맑아 인천 앞바다까지도 보였다. 몸을 조금씩 돌릴 때마다 안양, 군포, 과천, 의왕, 분당, 심지어는 잠실, 아차산, 도봉산, 인왕산, 청와대, 광화문, 63빌딩까지 모두 보였다. 그리고 산 바로 아래에는 우리나라의 최고의 대학이라 일컬어지는 서울대학교의 전경이 보였다. 관악산, 참으로 명산이라는 생각을 하고 자주 이 산에 오르리라 마음먹었다.

　학원에는 이미 나보다 먼저 나온 사람들이 이틀 전 시험을 본 결과에 대해서 확인을 하느라 분주했다. 나를 본 수학선생님이 조금 전에 내 시험결과를 확인한 결과 합격이 확실하다며 부원장실로 나를 데려갔다.

　"아버님, 합격하셨어요. 그동안 열심히 하셨는데, 이렇게 빨리 합격을 하실 줄은 저도 몰랐네요. 대단하세요. 그러니까 아버님은 오늘부터 고등학교 과정을 배우는 대입검정고시 공부를 하셔야 해요."

나는 부원장의 말을 듣고 나서야 '내가 정말 합격을 했구나, 이게 꿈은 아니겠지?' 하는 생각이 들며 가슴이 벅차올랐다.

나는 학원 사무실에서 대입검정고시 등록을 새로 하고 책을 받을 수 있었다. 고입검정고시 회원제 등록을 하여 학원비를 일시불로 내고 두 달 만에 합격을 하고 나서, 또다시 대입검정고시 등록을 하려고 보니 결과적으로 상당히 비싼 등록금을 내버린 셈이었다. 그래서 부원장에게 이야기를 했더니 책값은 받지 않을 테니 학원비만 내라고 해주었다. 사무실을 나와서 나는 대입검정고시 강의실로 들어갔다.

지난 두 달 동안 공부하면서 봐온 사람들이 몇 명 눈에 띄었다. 내가 들어서자 의아한 표정을 짓는 사람들도 있었다. 휴식 시간에 고입검정고시 강의실에 있던 사람들이 내게 와서 두 달 만에 합격할 수 있었던 비결을 알려 달라고 웃으며 물어왔다.

기분 좋은 하루였다. 학원 수업이 모두 끝났을 때, 부원장이 강의실에 들어와서 석 달 후인 7월 30일이 대입검정고시일로 확정이 되었으니 열심히 공부해서 다들 합격하길 바란다는 말을 했다.

아침에 나갈 때와는 달리 밝은 얼굴로 들어오는 나에게 아내가 웃으며 물었다.

"무신 좋은 일 있어예?"

"내 고입검정고시 합격했다. 이거는 대입검정고시 준비 책이다."

나는 대입검정고시 책을 가방에서 꺼내어 아내에게 보여 주며 말했다.

"예? 그기 참말입니까?"

그동안 열심히 공부하는 모습을 보아 오긴 했지만, 두 달이라는 짧은 시간 안에 합격을 할 것이라는 것을 생각하지 못한 것은 나와 마찬가지였나 보다. 다시 거실의 공부상 앞에 앉은 나는 공부에 더욱 매진해야겠다고 다짐을 했다. 두 달 만에 고입검정고시도 합격했는데, 석 달 반 동안이면 대입검정고시에도 합격할지 그 누가 알겠는가?

학원에서 오전반은 1시에 끝나고 2시부터 5시 30분까지는 오후반 수업이 진행되었다. 나는 회원제 등록을 했기 때문에 오전, 오후반 강의를 모두 듣고 집으로 돌아와서 저녁식사 후, 곧바로 거실에 앉아 공부를 시작했다. 편하면 잠이 올까봐 저녁 식사량은 거의 절반으로 줄이고 딱딱한 바닥에 앉아 두 달 동안 공부를 해온 것이 지금은 많이 적응되었다. 거의 매일 밤을 2시까지 공부를 하였다.

토요일과 일요일은 학원이 쉬는 날이라 금요일과 토요일은 꼬박 밤을 새우기도 하면서 공부를 계속하였다. 그러다 보니 가끔 코피가 쏟아지기도 했지만 그렇다고 공부를 소홀히 할 수는 없었다.

그렇게 공부를 하는 동안 하루에 네 시간 이상 잠을 자본 날이 없었다. 학원 선생님들은 나에게 공부를 너무 열심히 한다며 칭찬들을 해주었는데, 나는 선생님들이 생각하는 것만큼 그렇게 공부를 많이 하지는 못한다고 이야기했다. 그러나 그들은 강의실 앞에서 학생들의 얼굴만 봐도 열심히 하는 사람은 금방 알 수 있다고 하는 것이었다. 시험이 얼마 남지 않은 날, 수학선생님이 웃으며 말했다.

"다른 사람들은 몰라도 아버님은 합격할 수 있으니까 더욱 열심히 하세요."

시험 전날, 나는 학원에서 일찍 돌아와 그동안 가지 못했던 목욕을 갔다. 따뜻한 물속에 몸을 담그고 지난 몇 달 동안의 시간을 눈을 감고 돌이켜보았다. 평소 친분이 있던 사람들과 술 한 잔, 식사 한 번

하자는 전화도 많이 받았지만 지방에 볼 일이 있어서 안 된다, 몸이 아프니 다음에 하자며 여러 가지 핑계를 대며 단 한 번도 만나지 않았더니 요즘은 연락도 오지 않았다. 누구에게도 공부한다는 말을 하지 않았고 아내에게도 하지 못하게 했다.

저녁을 먹고 나서 두 시간 정도 책을 읽다가 일찍 잠자리에 들었다. 다음날 아침 6시에 일어나서 한 시간 동안 공원을 산책했다. 무더운 여름이 한창이었지만 이른 아침이라 공기가 시원한 것이 무척 상쾌했다. 가방에 시험에 필요한 필기도구를 넣고서 고사장에 도착했을 때는 벌써 많은 사람들이 모여 있었다. 고사장만 달랐지 시험 보는 모든 방식이 똑같았다. 같은 학원에 다니는 사람들이 몇 명 눈에 띄었지만 서로 눈인사만 할 뿐 긴장을 놓지 않으려는 듯 아무 말도 하지 않았다.

오후 4시가 넘어서 시험이 끝났다. 고사장을 나서는데 다른 곳에서 시험을 치른 사람에게서 전화가 걸려 왔다. 시험도 끝났으니 만나서 시원한 맥주 한 잔 하자는 얘기였다. 내가 약속한 장소에 도착했을 때는 이미 여러 사람들이 모여서 오늘 있었던 시험에 대해서 한창 이야기를 나누고 있었다. 나는 그들과 시원한 맥주를 마시며 이야기를 나눴다. 오랜만에 부담 없이 즐긴 짧은 시간이었다.

모두다 각자의 갈 길로 가고 나서 나는 차도 타지 않고 몇 정류장을 걸어갔다. 오늘 시험을 본 과목들과 출제되었던 문제들을 떠올리면서 나는 그동안 노력했던 만큼 최선을 다 했다고 생각했다. 그러고는 미리 결과에 대해 연연하지 않기로 했다. 아내는 이번에도 내 눈치를 보며 조심스레 말을 걸어왔다.

"대입공부가 그래 쉽지가 않은 만큼 너무 조급하게 생각하지 말고 다음 기회도 있으니까는 이젠 좀 쉬어가면서 천천히 하이소."

이틀 동안 아무 데도 가지 않고 푹 쉬었다. 몇 달 만인지 모르지만 잠도 마음껏 잤다.

학원에서 합격했다는 소리를 듣고 나는 비로소 안도의 한숨을 내쉬었다. 두 달 만에 고입검정고시, 석 달 반 만에 대입검정고시에 합격을 했다고 생각하니 북받쳐 오르는 감정에 눈물이 나기 시작했다. 시험에 떨어진 사람들도 나에게 축하의 말을 해주었다. 수학선생님 역시 나에게 축하의 말을 건네왔다.

"정말 수고 많으셨어요. 어렵게 공부하신 만큼 지금까지 공부하신 거 잊지 않게 공부 계속하세요. 지금 계속 공부하지 않으시면 여태 공부하신 거 다 잊어버리거든요. 그리고 그렇게 공부하시면서 대학에 가는 것도 한번 생각해 보세요."

나는 집으로 돌아와 아내에게 이 사실을 이야기해주었다.

"내가 대검 시험에도 합격했다."

"아이고, 당신, 정말 큰일 했네예."

아내는 저녁 내내 아는 지인들에게 전화통화를 하면서, 내가 그동안 공부를 한 사실을 자랑스럽게 이야기하면서 기쁜 얼굴빛을 감추지 못했다. 나는 수학선생님의 말대로 하는 것이 좋겠다는 아내의 말에 계속해서 학원을 다녔다. 어떤 이들은 합격을 하고서도 학원에 왜 오느냐고 물었지만 그럴 때면 나는 대답 대신 웃기만 했다.

그로부터 두 달 후, 수학선생님이 알려준 대로 강남대학교에 수시 1차 원서를 넣었다. 원서를 접수하는 날, 나 같은 사람을 합격시켜 줄 대학이 있을까 하는 생각을 하면서 대학교 정문을 들어서는데, 나는 대학교의 안과 밖이 마치 다른 세상인 양 느껴졌다.

원서를 접수한 지 15일 후, 면접시험 날짜가 잡혔다. 면접시험 하루 전부터 가슴이 두 방망이질 치는 것이 긴장되고 진정이 되지 않았다. 검정고시 보던 때도 이렇지는 않았는데, 막상 대학 면접시험을 본다고 하니 긴장되고, 또 설레는 마음은 어쩔 수가 없었다. 정해진 시간 20분 전에 도착해서 대기실에 가서 기다렸다. 생각했던 것보다 많은 사람들이 벌써부터 와서 기다리고 있었다. 어린 학생들부터 청년들, 또 나이가 나와 엇비슷해 보이는 사람들도 있었다. 12시에 도착했는데 조교를 따라 면접장에 들어간 시간은 4시가 넘어 있었다. 문 안으로 들어서니 다섯 분의 교수님들과 컴퓨터 앞에 아가씨가 한 명 앉아 있었다. 다섯 명의 교수님들과 마주 앉자 첫 번째 교수가 말을 꺼냈다.

"우선 우리 강남대학교에 지원을 하신 것에 대해 감사를 드립니다. 적지 않은 나이신데 짧은 시간에 고검과 대검을 다 합격하셨네요? 어떤 방법으로 공부하셨습니까? 어떤 과목이 제일 어렵던가요?"

"어려서부터 공부를 하고 싶었지만 가난한 가정형편 때문에 공부를 하지 못하고, 그동안은 아이들 키우고 학교 보내느라 경제적으로 여유가 없었지만은, 검소한 생활을 하며 살아온 지금은 경제적으로 여유가 생겼는데, 하고 싶었던 공부를 하지 않고 시간을 보내 버리면 나중에 후회하는 삶을 살게 될 것 같아서 공부를 하게 되었습니다."

그러자 두 번째 교수가 질문을 했다.

"여기에 있는 자기소개서를 보니 그동안 고생을 많이 하시면서 살아 왔는데 살면서 가장 힘들고 서러웠던 때가 언제였습니까?"

나는 순간 '읍……' 하며 울음을 터뜨리고 말았다. 그러자 그 안에 있던 교수들이 모두 당황하는 것이었다. 나는 그 순간, 대구 교동시장에서 옷가게 점원으로 있을 때 밤중에 맨몸과 맨발로 쫓겨났을 때가 머릿속에 떠올랐기 때문이었다. 면접이 중단되었다. 기록을 하던 아가씨가 교수님의 지시로 물 한 잔을 갖다주었다. 질문을 했던 교수가 당황해하며 내게 말했다.

"제가 아픈 상처를 생각나게 해서 죄송하네요. 물 드시면서 마음을 조금 진정시키세요."

그러면서 그는 나의 대답을 기다리고 있었다.

"제가 어렸을 때, 대구에 있는 시장에서 물건을 속여서 파는 것이 너무 싫어가 사장에게 그만둔다고 말했더니, 밤에 옷을 모두 벗기고 맨발로 겨울에 쫓겨났던 적이 있었습니다. 그때가…… 아무래도 제일 마음에 남아 있었나 봅니다."

내 대답이 끝나자 세 번째 교수의 질문이 이어졌다.

"지금까지 살면서 가장 훌륭하고 존경하는 사람이 있습니까?"

"있습니다."

"어느 나라 사람입니까?"

"일본 사람입니다."

교수들이 일제히 나를 응시했다.

"어떤 사람입니까?"

"일본의 굴지의 기업 회장입니다. 저는 그분의 재산을 부러워하는 것이 아이고 그분의 인생철학을 존경합니다. 그분도 나처럼 부모님께 가난 때문에 아무것도 물려받지 못했다고 합니다. 어느 날, 직원이 '회장님은 세상에서 제일 존경하는 분이 어느 분이라고 생각하십니까?' 하는 질문을 했는데, '나의 아버지요'라고 당당하게 대답했다고 합니다. 직원이 '회장님의 아버지는 가난하여 공부도 가르쳐주지 못하고 튼튼한 건강도 물려주지 못하였는데 어째서 아버지를 훌륭하다 하십니까?' 하고 다시 물으니까 그분의 말이 '나의 아버지가 가난을 물려준 것은 나를 부지런한 사람으로 만들어주었고, 약한 몸을 물려준 것은 운동을 하여 건강하게 사는 법을 알게 해주었으며, 가르치지 못한 것은 모르는 것을 알려고 누구에게나 물어서 모든 사람을 스승으로 여기게 하였다'고 합니다. 그런데 저는 부모님에게 그분보다 한 가지 더 물려받은 기 있습니다."

"그게 뭡니까?"

"건강입니다. 교수님이 보시다시피 저는 마쓰시타 고노스케 회장보다 건강함을 제 부모로부터 물려받았습니다. 저를 합격시켜 주신다면 학교에 다니는 일이 어렵고 힘이 든다고 할지라도 결석 한 번 하지 않고 졸업할 때까지 잘 다닐 자신 있습니다."

다섯 명 교수와의 일대일 면접을 끝내고 나오려는데 교수 한 분이 "잠깐만요!" 하며 나를 불러 세웠다.

"면접은 모두 끝났으니 가셔도 상관은 없는데, 하고 싶은 이야기가 아직 있는 것 같아서, 혹시라도 다 못하신 이야기가 있으면 앉아서 마저 다 하시고 가세요."

나는 다시 자리에 앉았다.

"예, 있습니다. 제가 국민학교 6학년 때 담임선생님과 40여 년 전에 약속을 한 적이 있습니다. 어데 가서 살든지 꼭 공부를 하라고 하셨고 나도 선생님 말씀대로 공부를 하겠다는 약속을 40여 년이 지나도록 지키지 못한 못난 제자가 되었습니다. 그분이 지금 대구에 살고 계신데 너무나 오랜 세월이 지나 고입검정고시 합격증하고 대입검정고시 합격증, 두 가지를 가지고 갈라니 그동안 약속을 지키지 몬한 죄송함에 가지를 몬 하겠습니다. 이참에 그 합격증들하고 대학교 입학 합격증을 같이 가져가서 선생님을 뵙고 싶습니다. 제가 오늘 훌륭하신 교수님들 앞에서 면접을 본 것을 인생을 살면서 절대로 잊지 않겠습니다."

나는 말을 마치고는 눈물을 닦으며 일어났다.

"선생님과의 약속을 꼭 지키시길 바라겠습니다."

교수 한 분의 그 말을 듣고서 나는 인사를 하고 면접실을 나왔다. 내가 면접을 보고 나와 보니 시간이 한 시간이나 지나 있었다. 점심도 먹지 않고 5시가 되도록 있던 터라 면접을 끝내고 나오니 너무나 배가 고팠다. 집으로 돌아오면서 교수들과이 면접시간을 생각했다. 울음이 북받쳐 올라 눈물을 흘린 것이 혹시라도 교수님들에 대한 예의가 어긋났던 것은 아니었을까, 마음에 걸렸지만 면접을 마쳤다는 홀가분한 기분은 가히 나쁘지 않았다.

# 내 나이 쉰여덟, 대학생이 되다!

면접시험을 본 지 한 달 후 운전을 하며 가던 중 문자 메시지가 도착했다. 운전을 하던 중이라 볼 수가 없어서 학원 주차장에 차를 세우고 메시지를 확인하는 순간, 나는 목 놓아 큰 소리로 울어 버리고 말았다.

'강남대학교 수시 1차 합격을 축하합니다!'

이 간단하고 간결한 메시지 한 문장이, 나에게 쌓여 있던 그동안의 배움에의 한과 맺힌 설움을 한꺼번에 해소해주었던 것이다. 쏟아져 내리던 눈물을 닦아 보아도 가슴이 터질 듯이 진정이 되질 않았다. 나는 집으로 전화를 걸었다. 우리 둘째 석현이가 전화를 받았다.

"석현아, 강남대학교 원서 수험번호 찾아서 합격자 명단 쫌 확인해 레이."

차에서 내려 학원의 5층으로 올라갔다. 수학선생님과 부원장에게 메시지 내용을 보여 주었더니 이내 부원장이 컴퓨터로 확인해 보았다.

"합격하신 거 맞아요! 어머, 축하드려요. 아버님의 그동안의 노력이 이렇게 빛을 보게 되네요. 축하드려요!"

합격을 확인하고서 집으로 돌아오면서 기쁨도 기쁨이지만, 지나온 내 삶을 생각하니 흐르는 눈물이 멈추지 않았다. 집에서는 아내와 며느리가 나를 기다리고 있었다.

"아버님, 정말 축하드려요."

"우찌 이래 장한지, 당신도 이제부터는 대학교도 댕기고 하고 싶은 공부도 마음껏 다 해보이소."

입학식이 있기 얼마 전, 오리엔테이션 여행을 갔다. 강원도 스키장 콘도로 버스만 해도 40여 대나 되었다. 어린 학생들 속에 나이 먹은 사람들은 거의 없었다. 다른 학생들은 끼리끼리 모여서 즐겁게 이야기도 하곤 했지만 나이가 많은 나는 대화를 함께할 상대가 별로 없었다. 어린 학생들과 섞여 단체생활을 하면서 줄도 서 보고, 저녁에는 선배학생들의 공연도 보았다. 초청된 가수들이 화려한 무대에서 공연을 펼치자 학생들의 분위기는 그야말로 열광의 도가니가 되었다.

이튿날 저녁에는 서울에서, 이미 졸업한 나이 많은 선배들이, 나와 몇 사람을 위해서 일부러 시간을 내어 찾아와 입학을 축하해주며 늦게나마 강남대학교에 온 것을 환영한다는 말을 해주었다. 그 선배들은 어린 다른 학생들과는 다른 식당으로 가서 맛있는 식사를 사주며 학교에 다니면 그때 자주 보자는 말을 하고는 다시 서울로 올라갔다. 2박 3일간의 오리엔테이션 여행을 어린 학생들 속에서 함께 마치고 돌아가면서 이것이 대학 생활인가 하는 생각을 하며 집으로 돌아갔다.

쉰여덟의 나이에 자식보다 어린 학생들과 어울려 함께한 오리엔테이션 여행은 앞으로의 학교생활에 대한 자신감을 갖게 하는 계기가 되기에 충분했다. 2010학년도 강남대학교 신입생 입학식장 안에는 학생들도 많았지만 총장님을 비롯한 여러 교수님들이 상당히 많이 계셨다. 강남대학인이 된 것을 축하하며, 또한 자랑스럽게 생각한다는 총장님의 축사에 내 눈에서는 주책없는 눈물이 멈출 줄 모르고 흘러내렸다. 흐르는 눈물을 닦으면서도 지금 이것이 꿈인지 생시인지, 그저 행복하고 감격스러울 뿐이었다.

2010년 3월 2일. 나는 비로소 대학생으로서의 첫 등교를 할 수 있었다.

# 에필로그 - 내 인생은 멈추지 않는다

그토록 하고 싶었던 공부를 왜 진작 시작하지 않았을까? 가끔 후회가 될 때도 있지만, 나는 지금이라도 이렇게 대학생이 된 것이 참 잘한 일이라고 생각한다. 누군가 나에게 인생을 살면서 가장 잘한 일이 무엇이냐고 묻는다면, 그것은 바로 늦게나마 공부를 시작한 일이고, 그리고 무엇보다도 내 아내와 결혼을 한 일이라고 나는 자신 있게 대답할 수 있다.

이제 나의 대학생활은 긴장되고 어색했던 마음은 사라지고, 호기심과 기대감과 배움에의 열망으로 하루하루 변해가며 적응이 되고 있다. 수업이 시작되기 전의 강의실 안, 이곳은 마치 지금이 한낮이라도 되는 것처럼 형광등 불빛이 강의실 안을 밝게 비추고 있는데, 고개를 돌려 창밖을 내다보면, 저 멀리 어느 집에서 흘러나오는 것인지 모를 작고 희미한 불빛들만이 반짝이는 깜깜한 밤중일 뿐이다.

나는 지금 여기에서 무엇을 하고 있는 것일까? 현실과 꿈을 구분짓기 위한 유쾌한 질문을 던져 본다. 공부. 내가 그렇게도 하고 싶었던, 바로 그 공부. 내가 그렇게도 다니고 싶었던 대학교에서 지금 나는 공부를 하고 있는 것이다!

어두운 밤, 지금 이렇게 대낮 같은 강의실에 앉아 있는 나는, 아마도 이 세상에서 가장 행복한 대학생일 게다. 가슴이 벅차다는 말로밖에 설명할 수 없는 이 행복감을 과연 그 무엇과 감히 비교할 수 있으랴?

내 나이 쉰여덟. 지금까지 무던히도 고생을 하며 살아왔지만 그 고생 속에서도 나는 언제나 최선을 다하며 정직하게 살아왔다고 자부한다. 나는 지금껏 열심히 살아온 내 자신이 너무나 장하고, 너무나 대견스럽고, 또 너무나 자랑스럽다고 내 스스로를 칭찬해주고 싶다.

나는 앞으로 절대로 자만하거나, 절대로 현실에 안주하지 않을 것이다. 나는 또다시 새로운 일에 끊임없이 도전할 것이고, 언제나 내 인생의 삼모작을 꿈꾸며 준비할 것이다.

이재길 ——————————————————————————————————

1954년 경북 예천 출생
1967년 지보초등학교 졸업
1969년 서울 대원전선주식회사 입사
2003년 예지건설 대표이사
2009년 고입검정고시 합격
2009년 대입검정고시 합격
2010년 강남대학교 입학
2012년 강남대학교 재학 중

내 인생은
멈추지 않는다

초 판 인 쇄 | 2012년 2월 1일
초 판 발 행 | 2012년 2월 1일

지 은 이 | 이재길
펴 낸 이 | 채종준
펴 낸 곳 | 한국학술정보㈜
주    소 | 경기도 파주시 문발동 파주출판문화정보산업단지 513-5
전    화 | 031) 908-3181(대표)
팩    스 | 031) 908-3189
홈 페 이 지 | http://ebook.kstudy.com
E - m a i l | 출판사업부  publish@kstudy.com
등    록 | 제일산-115호(2000. 6. 19)

ISBN    978-89-268-3051-2 03810 (Paper Book)
        978-89-268-3052-9 08810 (e-Book)

이담
Books 는 한국학술정보 (주)의 지식실용서 브랜드입니다.